cocon

Sylvia Engelmann, geboren 1956 in Frankfurt am Main, lebt mit Mann, Hund und Katze in der Wetterau.

Alle Personen und Handlungen dieses Romans sind frei erfunden. Ähnlichkeiten mit lebenden Personen sind rein zufällig. Viele der Schauplätze wie Städte, Straßen, Landschaften und öffentliche Gebäude sind real, trotzdem habe ich mir die Freiheit bewahrt, manches zu verändern, wenn es die Geschichte verlangt hat.

Sylvia Engelmann: Schattenstaub
Erschienen im CoCon-Verlag
In den Türkischen Gärten 13, 63450 Hanau
Tel. 06181 17700 Fax 06181 181333
E-Mail: kontakt@cocon-verlag.de
www.cocon-verlag.de
ISBN 978-3-86314-237-7
Hanau 2013

Titelgestaltung und Titelfoto: Manfred Nachtigal

SYLVIA ENGELMANN

SCHATTEN STAUB

WETTERAU-KRIMI

cocon

Für Penelope
† 10. September 1975

Kinder erleben nichts so scharf und bitter
wie die Ungerechtigkeit

Charles Dickens

Mit vor Furcht geweiteten Augen horcht der kleine Junge in die Nacht. Seine Augen brennen und er blinzelt. Die Fensterrollläden sind fest geschlossen, und keine noch so kleine Lichtquelle lässt ihn irgendetwas erkennen. Ihn umgibt nur absolute Dunkelheit. Nicht einmal die Kontur seiner eigenen Hand könnte er ausmachen, wenn er denn überhaupt den Mut besäße, seine Hand unter der schützenden Bettdecke hervorzuziehen.
So starrt er ununterbrochen in das undurchdringliche und unheilvolle Schwarz. Plötzlich spürt er, wie seine Schlafanzughose angenehm warm und feucht wird. Aber das kurze Gefühl der Entspannung und Erleichterung weicht schnell und verwandelt sich wieder in lähmende Angst. Er ist nicht davon aufgewacht, dass ihm wieder passiert ist, was ihm in seinem Alter längst nicht mehr passieren darf, sondern es ist in dem Moment geschehen, als ihn etwas aufgeschreckt hat. Was war das?
Mit angehaltenem Atem lauscht er konzentriert in den Raum, aber sein Herz klopft so laut und schnell und übertönt damit alle anderen Geräusche. Das Rauschen in seinen Ohren schwillt mit seinem Herzschlag rhythmisch an und ab. Nach einer Weile beruhigt sich sein Puls. Nun sind wieder die ruhigen und regelmäßigen Atemgeräusche der anderen Jungs zu hören, das Ticken der Uhr über der Tür, leise Knackgeräusche des Holzfußbodens.
Da ist nichts Ungewöhnliches, vielleicht hat er sich getäuscht. Jetzt bloß nicht weinen, bloß niemanden wecken.
„Bitte, bitte, bitte, lieber Gott, ich will auch lieb sein und keinen Ärger machen, aber hilf mir! Bitte, hilf mir!"
Er hält seine heißen und verschwitzten Hände ganz fest gefaltet und betet lautlos und voller Inbrunst. Ob es nun Gott oder der Zufall entscheidet, in dieser Nacht geschieht ihm nichts.
Mit der beklemmenden Angst vor der drohenden Strafe im Nacken liegt der kleine Junge noch lange still in seinem Bett und überlegt, wie er morgen die Spuren seines neuerlichen Versagens am geschicktesten beseitigen kann, ohne entdeckt zu werden.
Schweißgebadet schläft er irgendwann vor lauter Erschöpfung ein.

Mittwochnachmittag

Die gleißenden Sonnenstrahlen blendeten Berthold. Er setzte sich auf die obere Treppenstufe und wühlte in seinem Rucksack nach der Sonnenbrille. Zwischen einem verschwitzten T-Shirt und der Tageszeitung trafen seine Finger zuerst auf eine zerknautschte Zigarettenschachtel. Berthold steckte sich eine der filterlosen Zigaretten zwischen die Lippen, ohne sie anzustecken. Schließlich wurde er fündig, wischte mit dem T-Shirt ein paar Krümel von den grünen Gläsern und setzte sich die Sonnenbrille auf. Eine Ray-Ban-Aviator. Ein Geburtstagsgeschenk von Richie und Gertrud. „Das wichtigste Accessoire eines echt coolen Bullen" hatte auf der beiliegenden, knallroten Glückwunschkarte gestanden, die das Abbild eines Stiers in Angriffshaltung zierte.

Es war kurz nach 17 Uhr, als Kriminalhauptkommissar Berthold Hortmann das Hauptportal des dreistöckigen Gebäudes der Polizeidirektion Friedberg im Grünen Weg verließ und den Parkplatz überquerte. Der Teer unter seinen Füßen schien zu kochen.

Seit Wochen war es brütend heiß, und die Hitze schien kein Ende nehmen zu wollen. Berthold sah in den strahlend hellen Himmel, dessen intensives Blau von keiner noch so kleinen Wolke getrübt wurde. Eigentlich das ideale Biergartenwetter, aber Klübers Angebot, noch irgendwo gemeinsam ein Bier zu trinken, hatte er abgelehnt. Zwar hatte er gespürt, dass er den jüngeren Kollegen mit seiner Absage vor den Kopf gestoßen hatte, aber sein Wunsch nach einem Privatleben, so einsam es auf Außenstehende wirken mochte, war einfach stärker.

Wenn es sein musste, arbeiteten sie bis zu 24 Stunden und länger an einem Stück zusammen, und Berthold hatte meistens einfach nicht mehr das Bedürfnis, die wenigen Stunden nach der Arbeit auch noch mit Kollegen zu verbringen.

Was nicht hieß, dass er Klüber oder die anderen Kollegen nicht mochte.

Kriminalhauptkommissar Hortmann bestieg sein altes Rennrad und fuhr los. Als er sich auf der Frankfurter Straße befand, bog er nicht rechts ab, um auf schnellstem Wege nach Hause zu fahren, sondern radelte bis zu der

Höhe, wo die Frankfurter Straße in die Kaiserstraße überging.

Auf der Kaiserstraße flanierten und schlenderten, eilten und drängten die Bürger der Kreisstadt einzeln oder in Gruppen an den gut erhaltenen Fachwerkhäusern vorbei, die bis heute von der reichen Vergangenheit der ehemaligen Freien Reichsstadt zeugen. Friedberg gehörte im Mittelalter zu den wichtigsten Städten im heutigen Hessen, bis ihm das nahegelegene Frankfurt auch als Messestadt den Rang ablief.

In einer Straßenbefragung der Hessenschau gab allerdings die Mehrheit der Befragten auf die Frage „Nennen Sie ein wichtiges Ereignis in der Geschichte dieser Stadt" die Antwort: „Elvis Presley".

Dieser war zwischen 1958 und 1960 in einer Friedberger Kaserne stationiert. Das ist für die Bewohner der größte Glanzpunkt in der jüngeren Vergangenheit. Ihren Stolz auf den „King" feiern die Friedberger im Wetterau-Museum, und er findet mit einem Ehrenmal am Elvis-Presley-Platz seinen Ausdruck. Zusätzlich erinnert eine Statue auf dem Kreisel am Ortsausgang Richtung Ober-Wöllstadt an Elvis.

Die Kaiserstraße bot Berthold die willkommene Ansicht der vermeintlichen Normalität mit ihrem gutartigen Anschein, die er manchmal brauchte, um innerlich auf Abstand zu den Bildern gehen zu können, die ihm aufgrund seines Berufes täglich begegneten.

Berthold stieg ab, steckte sich seine Zigarette an und spuckte ein paar hartnäckige Tabakbrösel aus, die an seinen trockenen Lippen festklebten. Er schob sein Rad auf den Bürgersteig und lavierte es geschickt an allen Hindernissen vorbei.

Er nahm junge, lachende Menschen wahr, die entweder direkt oder über Handy mit irgendjemandem zwanglos kommunizierten, Mütter, die mit ihren Kindern sprachen und lachten, ihnen die Nase putzten oder ein Eis in die verklebten Händchen drückten. Er sah Paare, die ihre Einkaufsausbeute in ihren Autos verstauten oder sich hastig mit ihren Tüten durch das Gedränge wühlten.

In einem Straßencafé saß eine kleine Gruppe junger Männer. An ihren melodischen und lautstarken Komplimenten, die sie vorbeilaufenden jungen Frauen hinterherschickten, war unschwer zu erkennen, dass es sich um Italiener handeln musste. Ihre klangvollen Zurufe ließen zwei kichernden Teenagern die Röte ins Gesicht steigen. Die wortreiche Aufmerksamkeit schien den Mädchen zu gefallen, denn sie drehten sich lachend zu den Männern um. Dabei hielten sie sich die Hand vor den Mund, aber ihre leuchtenden Augen und ihr betont aufreizender Gang straften diese schamhafte Geste Lügen.

Wie sich das uralte Spiel weiterentwickelte, beobachtete Berthold nicht mehr, er machte bei einer kleinen Trinkhalle halt und kaufte ein paar Schachteln Rothändle ohne Filter, mehrere Flaschen Apfelwein und eine Limo.

„Feierabend?", fragte ihn der Kioskbesitzer, dessen rote und großporige Knollennase seinen Kunden einen Hinweis auf die Nebenwirkungen von unkontrolliertem Alkoholkonsum geben konnte. Die Stammkundschaft, die sich vor der kleinen Trinkhalle an ihren Bierflaschen festhielt, wies ebenfalls handfeste exemplarische Symptome auf. Der Abdruck ihres Konterfeis hätte eine eindrucksvolle Warnung für Schnapsflaschen abgegeben, und keinerlei Worte hätten so gut die Argumente zusammenfassen können, warum man im Umgang mit Alkohol vorsichtig sein sollte. Aber Berthold hielten die entsetzlichen Hinweise auf Zigarettenpackungen über Krebserkrankung, Impotenz, Herzinfarkt und Schlaganfall auch nicht vom Rauchen ab, und so nahm ihm der Anblick der Korsakovgruppe nichts von seiner Vorfreude auf einen eiskalten Äppler. Er nickte.

„Ja, endlich Feierabend!"

Kaum hatte Berthold die schwere Haustür aufgedrückt, ertönte Frau Eberleins Stimme:

„Ach, de Herr Kommissar. Un wie hammers denn? Gell, des Fahrrad lasse se mer net widder hier unne im Flur stehn! Isch muss hier vorm Wochenend e mal rischtisch durschputze."

Sie stand mit einem Putzlappen in der Hand an den Briefkästen und wischte eifrig über die zerkratzten Metallbehälter. Obwohl sie ihrem Mann zuliebe nun schon vor zwanzig Jahren nach Friedberg gezogen war, hatte sie ihren Frankfurter Dialekt nicht abgelegt und wies mit ihrer breiten Mundart stolz darauf hin, eine geborene Frankfurterin zu sein. An ihrem Lokalpatriotismus konnten auch die Jahre im Exil nichts ändern.

Berthold war zwar kein waschechter Frankfurter Bub, aber er hatte lange in Frankfurt gelebt und gearbeitet und in dieser Zeit vieles, was für diese Stadt typisch war, lieben gelernt, da bildete der Dialekt keine Ausnahme. Für seine Nachbarin frischte er seine Sprachkenntnisse immer wieder auf. Ein Grund, warum ihn Frau Eberlein in ihr großes Herz geschlossen hatte. Ihre Neugier konnte manchmal echt nerven, aber Berthold mochte sie. Sie war hilfsbereit und immer freundlich und kümmerte sich um Murr, wenn er selbst verhindert war und nicht als Dosenöffner fungieren konnte. Der Kater gab sich der älteren Dame gegenüber immer sehr schmusebedürftig, war so gut wie nie launisch und adelte damit Frau Eberlein. Bertholds Herz folgte der Stimme seines Wohnungsgenossen blind.

Berthold klappte den Deckel seines Briefkastens hoch und mit einem Blick stellte er fest, dass er sich die Mühe sparen konnte, seinen Schlüssel herauszuholen.

„Un war heut was los?“ Mit erwartungsvollen Augen blickte Frau Eberlein ihren Nachbarn an und erhoffte sich eine aufregende und spannende Geschichte.

Oft genug tat Berthold ihr den Gefallen und begeisterte die ältere Dame mit fantasievollen Ausschmückungen über den dramatischen Alltag eines Kriminalhauptkommissars. Sein heutiger Arbeitstag allerdings war mit endlosen, aber unerlässlichen bürokratischen Arbeiten vergangen. Berthold hatte die meiste Zeit vor seinem Computer verbracht, Berichte geschrieben, Dienstpläne aktualisiert, Abschriften und Protokolle kontrolliert. Seit er die Urlaubsvertretung für Kommissariatsleiter Gernot Jansen übernommen hatte, stapelten sich auf seinem Schreibtisch zusätzliche Papierberge, deren Anblick ihm zeitweise heftigste Kopfschmerzen verursachte. Daher konnte er sich diesmal beim besten Willen nichts Faszinierendes aus den Fingern saugen und zuckte nur bedauernd mit den Schultern:

„Sorry, aber aach die böse Bube habbe im Moment Ferien. Aber isch verspresch Ihne, Frau Eberlein, dass des net so bleibe dut!“ Er schob sein Fahrrad an der guten Seele des Hauses vorbei in den Aufzug.

Mit zum Schwur erhobenen Fingern bekräftigte er ein „Äääährenwort!“, bevor er im Aufzug verschwand.

„Ach, Sie …, Sie ...“ Frau Eberlein fuchtelte drohend mit dem Putzlappen hinter ihm her. Bevor ihr der passende Ausdruck für ihren Nachbarn einfallen konnte, schob sich die Aufzugstür geräuschvoll hinter Berthold zu.

Der Lift fuhr schwerfällig an und stieg rasselnd in die Höhe. Im zweiten Stock bremste er ab und gab ein schnaufendes Geräusch von sich, das eher dem letzten Atemzug eines sterbenden Drachen glich als einer Errungenschaft des Baujahres 1974, wie der aufgeklebte Hinweis neben dem fast blinden Spiegel glauben machen wollte.

Kriminalhauptkommissar Hortmann stieg aus und stellte sein Rad neben seiner Wohnungstür ab.

Es war brütend heiß in der Wohnung. Murr begrüßte seinen Ernährer mit einem kläglichen „Mau“ und schien ziemlich angeschlagen zu sein.

„Tja, Alter, wer sich das ganze Jahr einen Pelzmantel leisten kann, darf sich nicht beschweren“, erklärte Berthold seinem Kater, während er ihn liebevoll zur Begrüßung streichelte.

Er hatte am Morgen vergessen, die Rollläden zu schließen, und die Sonne hatte die Räume in einen Backofen verwandelt. In jedem Zimmer riss er die Fenster auf, um für Abkühlung zu sorgen. Von außen schien nicht viel Frischluft hereinzuströmen, aber es ließen sich unschwer tiefe und traurige Gitarrenklänge ausmachen.

„Aha, Richie hatte Frühschicht.“

Bertholds Info ließ Murr kalt, er lief kommentarlos in die Küche und beaufsichtigte aufmerksam seinen Versorger bei der Zubereitung einer Mahlzeit.

Dose Ravioli öffnen, in einen Topf mit heißem Wasser stellen, aufwärmen. Berthold öffnete eine Dose Katzenfutter und schaufelte den Inhalt in eine kleine Schale, in der er auch ein paar von den Nudeln zerteilte. Das Katzenmenü stellte er neben seinen eigenen Teller auf den Tisch. Murr ließ sich davor nieder, und schweigend aßen sie in ruhiger Übereinstimmung, die Köpfe nebeneinander über ihre Rationen gesenkt.

Solche Sitten waren unter anderem ein Grund für das Scheitern seiner letzten Frauenbekanntschaft. Petra, oder hieß sie Gisela? Egal, eine Frau jedenfalls, die Murrs Platz in der Familienrangliste ganz unten einordnen wollte, da, wo ihrer Meinung nach auch ein Tier fressen sollte, auf dem Boden. Eine Einstellung, die Gisela – oder Petra? – keine Chance für die Entwicklung einer längerfristigen Beziehung mit Berthold gab.

Nach dem Essen wischte sich Berthold mit einer Serviette über den Mund, säuberte damit oberflächlich den Tisch und begann Murr zu streicheln.

Der Kater stieß mit seinem Kopf an Bertholds Stirn und schnurrte zufrieden. Wenn sein Ernährer so anfing, konnte das seine Zeit eine Weile in Anspruch nehmen, also streckte er sich ganz lang vor Berthold aus, blinzelte ihm schläfrig zu und nahm die Streicheleinheiten ergeben hin.

„Hab die Arbeit großzügig verteilt. Ist ja zurzeit kaum einer da, machen alle Urlaub. Wie mich dieser trockene Schreibscheiß manchmal anödet! Jetzt, wo Jansen nicht da ist, mache ich den ganzen Tag nichts anderes. Die Tankstellenüberfälle gehen anscheinend auch erst richtig los, gestern waren es zwei und heute schon wieder einer. Die Kerle kriegen den Hals nicht voll genug. Aber da kümmern sich Hegi und Tanja drum. Früher oder später kriegen wir sie alle."

Denn entgegen der Aussage gegenüber Frau Eberlein machten die „bösen Buben" keineswegs alle Urlaub. Während der Rest der Bevölkerung im Freibad saß oder an irgendeinem der vielen Seen der Gegend badete und grillte, gab es andere Mitglieder der Gesellschaft, die ohne Rücksicht auf Verluste ihre Geldbeschaffungsmaßnahmen trafen und vor Waffengebrauch nicht zurückschreckten. Besondere Sorgen bereitete ihnen in letzter Zeit ein Brandstifter, der bei den aktuellen Wetterverhältnissen große Schäden anrichtete und die betroffenen Hausbesitzer in große Verzweiflung stürzte. Die Presse berichtete fast täglich über den „Feuerteufel von Friedberg" und heizte die Stimmung auf ihre Weise zusätzlich an. Die Kollegen arbeiteten unter Hochdruck an den Fällen, aber bisher gab es noch keine einschneidenden Erkenntnisse, die sie zum Täter führten. Bis jetzt hatte der zwar professionell gehandelt, aber es konnte nur eine Frage der Zeit sein, bis ihm ein Fehler unterlaufen würde.

Anders als in Großstädten, die eine eigenständige Mordkommission hatten, war ihre Dienststelle nicht nur für Tötungsdelikte zuständig, sondern ermittelte auch bei Brand-, Raub-, Waffen- und Sittendelikten und nahm zusätzlich Aufgaben der Staatssicherheit wahr. Keiner der Mitarbeiter des K10 konnte sich über zu wenig Arbeit beklagen. Zumindest beim Thema Arbeitsaufkommen hatten sie bei der Polizei einen krisensicheren Job.

Sanft strich Berthold über Murrs weiches, glänzendes Fell. Es bildeten sich kleine Haarwolken, die eine Weile in der Luft schwebten, um sich dann langsam auf dem Tisch niederzulassen.

„Bald machen wir auch Ferien, Murr. Sobald die Scheißschulferien rum sind, lassen wir es uns so richtig gut gehen, mein Alter!"

Berthold blies gedankenverloren die Haarwolken vom Tisch und dachte an das Sabbatjahr, das er sich und auch schon seinem Kater so oft versprochen hatte.

Na ja, wenigstens zum Nidda-Stausee würde er es diesmal wohl schaffen. Das mediterrane Wetter machte Urlaub in Deutschland sehr attraktiv.

„Au! Verdammt!"

Berthold zog seine Hand zurück.

Der Kater hatte ihm unmissverständlich klargemacht, dass sein Langmut, Liebkosungen entgegenzunehmen, nun vorerst vorbei war. Berthold brummte ein liebevolles „Drecksack" und ging ins Bad. Murr gähnte, streckte sich aufreizend und rollte sich dann zufrieden zu einem Nickerchen zusammen.

Frisch geduscht, mit einem Flaschenkorb voll Apfelwein und Limo bewaffnet, machte sich Berthold auf den Weg in den Keller. Diesmal ging er zu Fuß, und Murr folgte ihm Stufe um Stufe lautlos. Die Bluesmelodien wurden lauter, während sie sich dem Keller näherten. Berthold entließ erst Murr in den Hinterhof für seinen täglichen Freigang und stieg dann die letzten Stufen zum Keller hinab. Er öffnete die schwere Tür.

In einem großen und angenehm kühlen Kellerraum saß im Halbdunkel ein Mann auf der Couch. Viel war nicht von ihm auszumachen, da in dem Raum trotz geöffneter Kellerluke dichter Rauch waberte. Der Geruch von Zigaretten und Marihuana wehte Berthold entgegen. Berthold begrüßte seinen Freund und Nachbarn Richard Green.

„Ei, un wie?!"

„Ey, man, what's up?"

Richard lachte. Große, weiße Zähne blitzten auf. Seine Augen waren nur als weiße Halbmonde zu erkennen, den Rest verbarg die Dunkelheit.

Berthold ließ sich aufseufzend neben Richie fallen und übersah geflissentlich den Joint, den ihm sein Nachbar entgegenhielt. Dass Richie diese Offerte immer wiederholte, obwohl der Kriminalhauptkommissar noch nie sein Angebot angenommen hatte, war so eine Art Running Gag zwischen ihnen. Bertholds Drogenkonsum beschränkte sich auf Nikotin, Koffein und Äppler. Er verstand zwar das Bedürfnis, sich mithilfe von Drogen über Frust, Langeweile, Einsamkeit oder andere Defizite hinwegzutäuschen, aber Berthold hielt sich an gesellschaftliche Regeln und Gesetze, auch wenn er sie manchmal anders setzen würde. Aber er konnte für sich und andere nur glaubwürdig sein, wenn er auch in privater Hinsicht lebte und handelte, wie er es in seinem Beruf von anderen forderte.

Richie sah seinen Freund und Nachbarn an, dessen dunkle Augen so viel Tiefe hatten wie der Schmerz, den er manchmal in ihnen zu lesen glaubte.

Er deutete auf die Flaschen in Bertholds Korb und wiederholte seine Frage mit seiner tiefen, warmen Stimme und einer breiten Mischung aus Hessisch und Südstaaten-Slang.

„What's up, man, was ist los, Mann?"

„Was meinst du? Was soll denn los sein?"

„Officer! Isch sehe die Menge der Flaschen und isch sehe your Mimik und isch brauche nur zwei und zwei zusammenzuzählen. Was ist es diesmal: eine blutige Familiendrama, eine erschlagene Cowboy inmitten seiner beste Milschkühe? Nein, nein, lass misch raten, es ist schlimmer: Du durftes nicht raus spielen gehen, sondern nur Homework an de Computer!? Right?!"

„Nicht schlecht, Detective! Deine Zeit bei der Army war nicht umsonst."

Richie riss die Augen auf und erwiderte aufgebracht: „Oh, erzähl mir keine Bullshit! Isch kann dir sagen, was diese Zeit mir die Army gebracht hat, God dammed. Nur mein Gertrud, my one and only, und die habe ich erst kennegelernt, als sie mich fertiggemacht haben und back to Friedberg gebracht haben, totally poisoned von Vietnam, man."

„So habe ich es nicht gemeint, sorry. Ich wollte damit nur sagen, dein kriminalistischer Instinkt ist gut. Sowas wird durch eine Soldatenausbildung doch auch geschult, oder etwa nicht?"

„Glaub mir, Berthold" – das ‚Berthold' klang eher wie ‚Börthould' –, „gelernt habe isch bei der Army nur Dinge, die isch nie lernen wollte und die misch in mein Leben nie weitergebracht haben, sondern nur klein gemacht, man, so fucking tiny." Den Daumen presste er mit dem Zeigefinger so fest zusammen, dass die rosa Farbe seiner Handinnenfläche so weiß wurde, wie sie wahrscheinlich jeder Rassist für ideal hielt.

Betroffen sog Berthold die Luft ein. Seine Bemerkung tat ihm leid, er wollte seinen Freund nicht an Dinge erinnern, die diesem offensichtlich auch heute noch zu schaffen machten. Wie ein Trampel hatte er ein heikles Thema berührt. Er versuchte es mit einer Zeile aus seinem Lieblingsgedicht: „Wahrlich, nur der ist weise, der das Dunkel kennt, das, unentrinnbar und leise, jeden von jedem trennt. Du bist ein weiser Mann, Richie. Wir lernen die besten Lektionen im Schmerz, das ist der Preis."

"You bloody germans and your Dischter und Denkermentality. Let's make music, man."

Richies Humor gewann die Oberhand. Er zog mit diesen Worten seine Gitarre wieder an sich und beendete damit ein Thema, für das er keine passenden Worte fand. Seine Musik konnte da viel mehr erreichen. Der Blues erzählte eindrucksvoll von Leid, Arbeit, Armut, aber auch von Hoffnung, Freude und Hingabe. Er griff eine Weile ein Stück in unregelmäßiger Rhythmik, bis sein Nachbar seinen Bass ausgepackt und angeschlossen hatte. Berthold stieg in das Schema ein, das Richie vorgab. Sie improvisierten eine Weile, und nach kurzer Zeit packte Richie seine Empfindung in eine erste Strophe:

Time now, baby, meet you in the hell, bringing our running shoes.

Time now, baby meet, you in the hell, bringing our running shoes.

Da eine Strophe des frühen Blues meist nur aus drei Zeilen besteht und die erste Zeile wiederholt wird, variierte

Richie das Lied durch eine ähnliche Melodie und schloss leise mit *Well, come out the window, we won't have time to loose*.

Richards Stimme war einzigartig. Ein tiefer, aber sanfter Bass mit einem feinen Klingeln, das Berthold an das Motorengeräusch eines alten VW-Käfer erinnerte. So traurig und wehmütig der Grundton auch war, so lag doch hauchzart, wie eine feine Patina, Lebensfreude und Zärtlichkeit darüber. Die Stimme dieses Mannes war Ausdruck seiner sensiblen Persönlichkeit und seines südstaatlichen Charakterfundaments.

Richie und Berthold machten nun schon seit Jahren in diesem Kellerraum zusammen Musik. Sie hatten sich kurz nach Bertholds Einzug kennengelernt und auf Anhieb zu einer unkomplizierten und zwanglosen Beziehung gefunden. Einer Freundschaft, die nicht vieler Worte bedurfte. Bertholds etwas undiplomatischer und polternder Art waren auf Dauer nur Wenige gewachsen, und Richie und seine Frau gehörten zu den Menschen, die, gesegnet mit einer hoher Frustrationstoleranz, Bertholds Seele mit ihrer verborgenen Warmherzigkeit und Gutmütigkeit annehmen und schätzen konnten.

Nicht zuletzt verband sie ihre gemeinsame Liebe zum Blues und zur Jazzmusik. Vor einigen Monaten hatten die beiden Männer ihren ersten gemeinsamen Auftritt in der Kulturwerkstatt Wölfersheim gehabt und eigene Arrangements und Coverversionen präsentiert. Nicht nur ihnen und ihrer kleinen Fangemeinde hatte es Spaß gemacht, auch das restliche Publikum hatte begeistert Applaus gespendet. Fotos von diesem ersten Gig hingen nun in ihrem Keller. Gertrud hatte sie im Großformat entwickeln und rahmen lassen.

Nach zwei Stunden entspannter Selbstvergessenheit öffnete sich die Tür.

„Stör ich euch?“

Richie lachte laut auf und streckte seiner Frau die Hand entgegen. „Hey, darling! Come in! You are exactly what two sad old guys like us need!“

Die große und füllige Blondine trat lächelnd ein. Sie trug ein Tablett herein und stellte es auf einen niedrigen, kleinen Tisch.

„Hier, Vitamine, Männer, wenn ihr sonst schon so unvernünftig seid. Bei dem Wetter hockt ihr hier unten und dröhnt euch zu! Mann, Mann, Mann!"

Sie hatte eine Schale Obstsalat, Schälchen, Löffel und frisch geschlagene Sahne mitgebracht und teilte die gesunden Wirkstoffe in drei Portionen auf.

Gertrud Green war eine Frau, der man ansah, wie gerne sie kochte und aß. Sie unternahm nie Versuche, sich für eine schlanke Figur zu kasteien, sondern stand zu ihren sinnlichen Rundungen. Sie genoss und war dabei ausgeglichen und zufrieden.

Gertrud und Richie waren seit Langem verheiratet und bildeten eine Gemeinschaft, um die sie Berthold beneidete. Wenn er das Idealbild einer Beziehung vor Augen hatte, dann waren es seine Nachbarn. Ihre Herzenswärme durchdrang ihren Umgang miteinander auf so aufmerksame und feinfühlige Weise, dass sie jedem unbekannten Beobachter wie frisch Verliebte vorkommen mussten. Berthold hatte sie auch einige Male streitend erlebt, aber dabei nie böse oder verletzende Worte vernommen. Ihre Beziehung hatte jeglicher Intoleranz standgehalten, die sie im Deutschland der Siebzigerjahre als sogenannte Mischehe oft erfahren hatten. War die Bevölkerung den amerikanischen Soldaten generell durchaus freundlich gesonnen, vor allem den Dollars, die die jungen Männer großzügig ausgaben, so gab es für die Frauen, die sich mit GIs einließen, Vorbehalte bis hin zu unflätigen Beschimpfungen. Frauen wie Gertrud, die sich in einen Schwarzen verliebten, wurde das Leben oft schwer gemacht.

Der Versuch, in Georgia, Richies Heimat, Fuß zu fassen, war ebenfalls an den gegenseitigen Vorurteilen gegenüber der jeweils anderen Hautfarbe und Herkunft von Weißen wie Schwarzen gescheitert. Nach zwei Jahren waren sie enttäuscht nach Friedberg zurückgekehrt. Richie arbeitete als Lagerarbeiter in einer Friedberger Firma, und Gertrud steuerte ihren Anteil als freie Übersetzerin zu ihrem Lebensunterhalt bei. Ihre Liebe füreinander hatte all diese Widrigkeiten überstanden, und sie trotzten fest und unbeirrbar allen Vorurteilen, die sich bei einigen Hardlinern auch im einundzwanzigsten Jahrhundert eisern hielten.

Berthold genoss den Umgang mit den beiden und war dankbar, dass er an ihrem Glück ein wenig teilnehmen durfte.

„Musst du morgen arbeiten?", fragte er seinen Nachbarn.

„Yeah, aber das Weekend ist frei. Was meint ihr, machen wir endlisch unsere Barbecue? Das Wetter ist ideal."

„Deshalb sitzt ihr ja auch hier unten in eurem Bunker", versetzte ihnen Gertrud einen kleinen Seitenhieb.

„Ja, du hast recht, lasst uns in den Hof gehen, jetzt müsste es auch schon etwas kühler sein." Berthold erhob sich und packte seine Gitarre ein. Sie räumten alles zusammen und stiegen die wenigen Treppen hinauf zum Hinterhof, in dem Murr gerade eine erfolgreiche Jagd zum Abschluss brachte und genüsslich eine verletzte Maus zu Tode hetzte. Alle drei setzten sich auf die alte Holzbank, die unter einem Holunderbusch stand, und sahen eine Weile dem grausamen Treiben zu. Gertrud hatte Probleme damit, diesen Kampf ums Überleben zu beobachten, deshalb stand sie auf und bewässerte die Blumenkübel mit dem Gartenschlauch.

„Baby, that's life!"

„Ich weiß, aber ich will es nicht sehen, Richard."

Das Nagetier versuchte vergeblich, Murrs Klauen zu entkommen. Der Kater ließ der erschöpften Maus immer wieder einen kleinen Vorsprung, gab ihr eine winzige Chance, zu überleben, um dann blitzschnell mit seinen Krallen nachzusetzen, um die Hoffnung in scheinbarer Boshaftigkeit zu zerstören. Das kleine Tier quiekte jedesmal qualvoll auf, wenn die Katze zuschlug, ergriff aber beharrlich von Neuem die Flucht, sobald sich der Griff in seinem Fleisch lockerte.

Dann endlich ertönte ein letzter Pieps, und Murr hatte sein Spiel beendet. Den Schwanz stolz wie ein Spazierstock gebogen, trug er die Beute in seinen spitzen Zähnen zum Hauseingang und legte sie auf der Fußmatte ab. Vermutlich wollte er das Tier später mit in die Wohnung nehmen. Diese Hoffnung würde ihm Berthold genauso konsequent nehmen, wie Murr dem pelzigen, kleinen Etwas das Leben genommen hatte, das jetzt reglos auf der Fußmatte lag.

Die drei Freunde blieben in dem von drei Seiten ummauerten Innenhof sitzen und schauten in den Himmel, an dem schließlich die Sterne blinkten.

Als die Kirchturmuhr elf Uhr schlug, hatte Berthold bereits eine wohlige Müdigkeit erfasst. Fast alle Fenster im Haus waren dunkel, nur vereinzelt flackerte blaues Licht hinter den Scheiben auf und verriet, dass die Bewohner vor dem Fernsehgerät saßen. Lediglich auf dem Balkon im fünften Stock stand Herr Akdeniz, der neue Nachbar, der mit seiner Frau das Durchschnittsalter in ihrem Haus deutlich gesenkt hatte, und rauchte. Durch die Geburt ihres ersten Kindes war es auf der Skala gleich noch ein paar Schritte weiter in die Anti-Aging-Zone gerückt. Seit das Baby auf der Welt war, rauchte der stolze Vater nur noch außerhalb der Wohnung. Gertrud winkte ihm kurz zu und stand auf.

„Ich bin müde, und mein Buch ruft mich."

Sie begann, ihre Habseligkeiten zusammenzupacken. Gertrud war eine passionierte Krimileserin. Sie verschlang ein Buch nach dem anderen und diskutierte oft mit Berthold über die Geschichten, die sie ins fiktive kriminelle Milieu führten. Aber sie ließ sich von Berthold nicht ihr schauriges Vergnügen vermiesen, der ihr immer wieder klarmachen wollte, dass Polizisten keine muskelbepackten Borderline-Haudegen à la Hollywood waren und dass Kriminalromane wenig mit der Realität zu tun hatten. Davon wollte Gertrud nichts wissen, sie genoss die Abenteuer ihrer von Frauen umschwärmten Helden und deren Lösungssuche in hochkomplizierten und verworren konstruierten Tathergängen und Motiven.

Die Wirklichkeit sah anders aus. Berthold erlebte in seinem Polizeialltag keine atemberaubenden Jagden nach dem Unrecht, sondern wühlte in traurigen Schicksalen und viel menschlichem Unrat. Er und seine Kollegen waren auch keine von der Bevölkerung verehrten Kämpfer, sondern begegneten immer wieder Vorurteilen, die sich in Begrifflichkeiten wie „Scheißbullen" oder „Bullenschweine" äußerten und manchmal auch gewalttätiger zum Ausdruck gebracht wurden.

Die meisten Fälle, denen Berthold bisher begegnet war, hatten sich nicht als undurchsichtiges Konstrukt hochintellektueller Gesetzesbrecher herausgestellt. Im Gegenteil, meist war ziemlich schnell klar, wer der Täter war und wo das Motiv lag. Die Hauptarbeit für ihn und seine Kollegen bestand darin die lückenlosen und handfesten Nachweise für eine Anklage zu liefern. Dafür bewältigten sie haufenweise langatmige bürokratische Schwierigkeiten, Stoff, der sich zugegebenermaßen nicht dazu eignete, Leser lange bei der Stange zu halten.

Richie war benebelt von der Mischung aus Äppler und Grasjoints und Berthold sprach sowieso nie mehr als unbedingt nötig, also sahen sich die beiden Männer nur an, nickten sich in stillschweigendem Übereinkommen zu und standen auch auf. Berthold packte die tote Maus am Schwanz und warf sie ungerührt in die Mülltonne. Im Hausflur verabschiedeten sich die drei Freunde. Gertrud küsste Berthold auf die Wangen und drückte ihn herzlich. Er roch ihr dezentes Parfum, es war blumig, mit einem Hauch Aprikose oder Pfirsich. Er war sich nicht sicher.

Die beiden Männer klopften sich wortlos, nur von einem kurzen Brummen begleitet, auf die Schultern. Berthold ging zurück in den Hinterhof und rief in der Dunkelheit nach Murr.

Der getigerte Kater löste sich ganz langsam aus einem Schatten. Er hatte Bertholds Ruf schon erwartet, wollte aber unter keinen Umständen auf einen Befehl reagieren, vor allem nicht nach der derben Missachtung seiner Jagdkünste. Er begab sich nie in die Erniedrigung einer Unterordnung, sondern verschenkte wohldosiert Gunst und Gnade. Berthold wartete geduldig und hielt ihm die Tür auf. Ein Zögern an der Türschwelle, dann ein kleiner, eleganter Sprung und Murr war mit einem Satz im Hausflur. Er eilte seinem Mitbewohner geschmeidig voraus.

Berthold gähnte laut und folgte Murr. Er war so hundemüde, dass er nach seinen vier Standardminuten Zähneputzen nur noch matt ins Bett sank und nicht mal mehr die Klagelaute zweier rivalisierender Katzen wahrnahm, die durch das offene Fenster hereindrangen und Murr mit einem Satz auf die Fensterbank springen ließen. Mit aufgerissenen Augen und geweiteten Pupillen starrte der Kater gebannt auf den Innenhof hinunter und erwartete mit aufgeregt wedelndem Schwanz den erbitterten Kampf, der sich hoffentlich vor seinem Fenster zutragen würde.

Mittwochnacht

So undeutlich, wie sie in der Nacht die zarten, kleinen Blumen wahrnehmen konnte, so vage konnte sie sich in Gedanken zurückholen, was längst vergangen war. An das Gefühl der Unbeschwertheit erinnerte sie sich nur noch dunkel. Und doch hatte es einmal für sie existiert. Nur tiefe Wehmut stieg in ihr mit der Erinnerung an eine Zeit auf, in der die Leichtigkeit ihres Seins eine Selbstverständlichkeit gewesen war und die nie wiederkehren würde.

Anniken starrte in ihren kleinen Vorgarten, wo sie die blauen und weißen Blüten mehr ahnen als sehen konnte. Sie liebte ihre Blumen über alles. Sie halfen, die düstere Leere in ihrem Leben auszufüllen, oder dämpften die innere Unruhe, die immer wieder ihr Seelenheil bedrohte.

Wenn sie an Blättern und Blüten zupfte, hier und da etwas beschnitt, düngte oder umtopfte, war sie im Einklang mit sich selbst. Die Gedanken flossen dann ruhiger und geordneter, und sie quälte sich nicht mehr so stark mit ihrem Trübsinn.

Doch nun war alles anders. Das Ungleichgewicht einer nüchternen Kalkulation vermochte sie nicht mehr durch die Freude an der Arbeit oder durch ein paar Blumen auszugleichen. Sie hatte eine Gewinn- und Verlustrechnung über ihr Leben erstellt, und das Leben stand eindeutig auf der Sollseite.

Schon oft hatte sie mit dem Gedanken gespielt, ihrem Leben ein Ende zu setzen, und die verschiedenen Varianten auf ihre Durchführbarkeit geprüft. Selbstmord als Lösung ihrer Probleme stellte eine beruhigende Aussicht dar, und dabei war es bisher geblieben, sie war immer noch am Leben.

Aber nun wollte sie endlich handeln, den Plan endgültig umsetzen. Ihre Entscheidung, die ihr verbliebene Kraft und ihren Mut nicht mehr in das Leben zu investieren, sondern in eine letzte, befreiende Tat, hatte eine erstaunliche Wirkung. Nach dem festen Entschluss, ihrem Leben selbstständig und geplant ein Ende zu setzen, fühlte sich Anniken auf einmal ruhig und friedlich.

„Dann wart ihr meine letzten Lobelien, Margeriten und Petunien, die ich eingepflanzt habe“, dachte Anniken, und bei diesem Gedanken schossen ihr dann doch die Tränen in die Augen. Sie blinzelte und schluckte. Nein, sie würde nicht weinen. Das hatte sie vor Jahren das letzte Mal getan, und sie würde auch jetzt nicht mehr damit anfangen. Es galt, eher realistische und logistische Probleme zu lösen.

Erhängen kam zum Beispiel gar nicht in Betracht, sie konnte ja nicht einmal auf einen Stuhl oder eine Leiter steigen. Die häufigste Todesvariante suizidaler Frauen war angeblich das Aufschneiden der Pulsadern, aber auch diese Ausführung des Ablebens verwarf Anniken, zu blutig, zu schmerzhaft, vor allem, wenn man, wie sie, keine Badewanne zur Verfügung hatte, um im heißen Wasser den Schmerz zu reduzieren und das Ausbluten zu beschleunigen.

Sie hatte über die verschiedensten Gifte und Medikamente im Internet recherchiert und ihre Bestände an geeigneten Präparaten durchsucht. Im Stillen bedankte sie sich bei Professor Dr. Strecker, der während eines ihrer Klinikaufenthalte, gebefreudig wie ein Weihnachtsmann, den Sack mit den vielfältigsten Herrlichkeiten der Pharmaindustrie geöffnet und an seine Patienten großzügig verteilt hatte. In weiser Voraussicht hatte sie sich damals einen kleinen Vorrat angelegt. Die Verfallsdaten der Medikamente waren zwar längst überschritten, aber Anniken konnte sicher sein, dass sie ihre Wirkung nicht verloren hatten. Eine kleine Pille aus dem Fundus der Antidepressiva hatte sie vor einer Stunde geschluckt, und nun stellte sie fest, wie ihr Mund trocken wurde und eine wohlige Stimmung sie überkam.

Während sie weiter über eine auf ihr Körpergewicht angepasste Dosis und Medikamentenmischung nachdachte, die sie sanft einschlafen lassen könnte, zündete sich Anniken den Rest eines Joints im Aschenbecher an. Sie inhalierte tief, hielt, so lange sie konnte, die Luft an und blies den Rauch langsam aus. Vielleicht hatte sie etwas Glück und eine schmerzfreie restliche Nacht lag vor ihr. Dann könnte sie morgen noch einmal zu Maria frühstücken gehen. Maria gehörte das Cafe auf dem Marktplatz, bei dem sie an guten Tagen selbst ihre Backwaren erstand.

Gute Nächte, das hieß erträgliche bis wenige Schmerzen und ausreichender Schlaf, und gute Tage hieß: keine bleierne Mattigkeit und keine lähmende Kraftlosigkeit, die sie so oft gefangen hielt. An diesen sogenannten guten Tagen kaufte sie selbst ein, und wenn es das Wetter zuließ, setzte sie sich auf den Marktplatz vor Marias Bäckerei oder in eins der anderen Cafés in ihrer Nähe, vorausgesetzt, es verfügte über einen ebenerdigen Zugang. Sie frühstückte, las die Zeitung oder beobachtete die Niddaer Bevölkerung. Mittlerweile kannte sie einige Gesichter, und ab und zu setzte sich jemand an ihren Tisch und sie wechselten ein paar Worte. Das passierte allerdings nicht oft. Ob es allein an ihr, ihrer besonderen Situation oder aber an der sprichwörtlichen Sturheit der Oberhessen lag, wusste sie nicht, es interessierte sie aber auch nicht weiter. Anniken war nicht an persönlichen Kontakten interessiert.

Ihr Motiv, hierherzuziehen, in eine Gegend, die ihr fremd war, zu Menschen, die sie nicht kannte und die nichts von ihr wussten, entsprang dem Wunsch zu vergessen. Der neue Standort sollte eine Distanz zu den erlittenen Verletzungen und Erlebnissen herstellen und sie all die bösen Geister vergessen lassen, die sie so oft und unnachgiebig quälten. Neue Betrübnisse suchte sie nicht. Dazu fehlten ihr die Kraft und Energie, die dabei zwangsläufig draufgehen mussten, um am Ende würde sie doch nur enttäuscht werden. Das Wahrscheinlichkeit, zu verlieren, erschien ihr stets ungleich größer als die Aussicht auf geeignete Gesellschaft.

Aber diese Ängste gehörten nun der Vergangenheit an, es gab keine Risiken mehr. Dieses eine und letzte Mal konnte sie nur noch gewinnen. Es galt, einen Zeitpunkt festzulegen und alle Vorbereitungen zu treffen. Sie würde ein Testament schreiben und ihr Vermögen einer gemeinnützigen Einrichtung vermachen. Anniken ging im Kopf ein paar Institutionen durch, die ihr bekannt waren und eine finanzielle Unterstützung sinnvoll einsetzen könnten. Ihr kam das Kinderheim von Nidda in den Sinn, in dem behinderte Kinder lebten und von dem sie in der Zeitung gelesen hatte. Morgen würde sie die Erbschaft schriftlich regeln.

Die Schlossgasse lag ruhig und verlassen vor ihr. In keinem Haus brannte Licht, alles schien zu schlafen. Es war bereits nach drei Uhr morgens, und wahrscheinlich würde die Frau im Haus gegenüber in circa einer Stunde das Licht anmachen.

Wie in unzähligen anderen langen Nächten saß Anniken im Erdgeschoss ihres kleinen Häuschens. Hier verbrachte sie fast jeden ihrer einsamen Tage, Abende und Nächte, hörte Musik, las, arbeitete oder sah in ihren kleinen Vorgarten und genoss den Anblick ihrer Pflanzen. Manche Nächte empfand sie als schier endlos. Nächte, in denen sie nicht schlafen konnte, weil Schmerzen oder Grübeleien sie wach hielten. Sie kannte daher zwangsläufig so manche Gewohnheit ihrer Nachbarn. So wusste sie, dass die Frau, die gegenüber wohnte, Schichtdienst hatte und an manchen Tagen sehr früh morgens ihr altes, schmuckes Fachwerkhaus verließ. Den leichtfüßigen und beschwingten Gang dieser Frau, die jeden Morgen anmutig ihren Weg auf hochhackigen Schuhen nahm, begleiteten Annikens Blicke stets mit einer Mischung aus Bewunderung und Trauer.

Anniken selbst würde nie mehr gedankenlos eine Straße entlang laufen oder eine Treppe herauf- oder herunter gehen. Seit sie nicht mehr zu den Fußgängern gehörte, drehten sich ihre Gedanken beim Anblick einer Treppe meist um die Unüberwindlichkeit derselben und um die Fragen: Wo ist eine Rampe, gibt es einen Aufzug, wo ist eine verfügbare Begleitperson? Bis diese manchmal unüberwindlich scheinenden Schwierigkeiten aus dem Weg geräumt waren, fehlte ihr meist schon die Kraft für ihr eigentliches Vorhaben.

Wieder rückte der Stundenzeiger ihrer Uhr einen Strich weiter. Das Haus gegenüber lag immer noch im Dunkeln.

„Vielleicht kann sie heute ausschlafen", dachte Anniken.

Sie wohnten beide in der Schlossgasse 21, die junge Frau von gegenüber wohnte in 21a. Der freundliche Briefträger in ihrem Viertel kannte sich zwar bestens aus, aber die Aushilfskräfte der Post sorgten immer wieder für Verwechslungen bei der Zustellung von Briefen. Selbst die städtischen Behörden schickten manchmal Unterlagen oder Rechnungen mit der falschen Adresse, und daher wusste Anniken, dass ihre Nachbarin Martina Gerstenberger hieß.

Sie schloss ihre Augen für einen Moment und versuchte herauszufinden, ob der Schlaf endlich stärker sein würde als ihre Rast- und Ruhelosigkeit. Die Pillen und das Marihuana taten ihre Wirkung, und ihre Gedanken wurden langsam verschwommen, lösten sich wie eine zarte Sommerwolke gemächlich auf und gingen in Traumbilder über. Anniken fühlte sich so glücklich und frei wie seit Ewigkeiten nicht mehr. Als sie sich ihre Beerdigung vorstellte und dabei an die verlogene Gesellschaft dachte, die sich um ihr Grab versammeln würde, nahm sie ihre Hände vor den Mund, um nicht laut loszulachen. Drehte sie jetzt etwa durch? Aber selbst diese Möglichkeit konnte ihr nicht die Hochstimmung verderben, die sie immer mehr ergriff.

Doch plötzlich ließ sie ein kratzendes Geräusch hochschrecken. Direkt vor ihrer Haustür stand jemand.

Anniken konnte nur den dunklen Umriss einer großen Gestalt ausmachen, die ganz eindeutig dabei war, sich Zutritt zu ihrem Haus zu verschaffen.

Punkt acht Uhr wird das Licht gelöscht. Der kleine Junge liegt in seinem kalten Bettchen und wickelt sich ganz fest in die Decke ein. Als Angsthase und Bettnässer wird er ständig von den anderen gehänselt und drangsaliert, aber jetzt im Dunkeln kann er es sich gestatten, ein paar Tränen zu vergießen. Lautlos natürlich. Niemand darf sein Weinen bemerken, sonst wäre ihm nur wieder der Hohn und Spott seiner Bettnachbarn sicher.

In dem kleinen Schlafsaal stehen sich, nur von einem schmalen Gang getrennt, jeweils acht Betten aus weiß gestrichenem Metall gegenüber. Er ist der jüngste und der schmächtigste unter seinen Zimmergenossen. Außer ihm gibt es auf der niedrigsten Stufe der Hackordnung noch einen Jungen namens Alvin, der zwar zwei Jahre älter, aber auch nicht besonders kräftig und nicht mutig genug ist, um sich zur Wehr zu setzen. Und so konzentrieren sich die Gemeinheiten der Jungs meistens auf Alvin und auf ihn, den Jüngsten.

Eine Situation, die ihn dazu bringt, sich immer mehr in sich selbst zurückzuziehen, um in einer eigenen, inneren Welt Zuflucht zu suchen. Diese Traumwelt kann er nach seinen Wünschen und Sehnsüchten gestalten, und bisher helfen sie ihm, alle Ungerechtigkeiten und Bosheiten auszuhalten.

Jeden Abend vor dem Einschlafen denkt er an seine verstorbene Mutter. Es ist so beruhigend, wenn er davon träumt, wie es wäre, wenn sie zusammensein könnten. Ein eigenes Heim, in dem sie lachen, kochen, lesen, abspülen, saubermachen und all die bekannten Dinge tun, die im Alltag anfallen. Nie gibt es Anlass für Streit und Verdruss. Es fühlt sich so gut an, sich diese Geschichten auszudenken.

Außer diesen Träumen gibt es noch etwas, das ihn tröstet: das Lesen. Sein Lieblingsbuch ist die Geschichte des Oliver Twist von Charles Dickens. Das Weihnachtsgeschenk aus einem Spendenpaket hat er unzählige Male gelesen. Die Seiten waren bereits zerfleddert, als er es bekam. Auf der Innenseite des Buchdeckels steht ein Datum, 23.4.1956, und darunter sechs Worte in einer ihm fremden Schrift. Die Buchstaben sind dicht und steil aneinandergereiht. Da wollte jemand schön schreiben, aber die Hand hat mit den Buchstaben kämpfen müssen, das verraten kleine, zittrige Schnörkel. Aufrecht und sauber teilen sie der Welt etwas mit, das der Junge nicht entziffern kann. Vielleicht war der 23.4.1956 ein Geburtstag und das Buch ein Geschenk.

Ob dem früheren Besitzer die Geschichte auch einmal so viel bedeutet hat wie ihm? Aber eigentlich ist das wenig wahrscheinlich, denn wer verschenkt einen so kostbaren Schatz? Zumindest kann sich der kleine Junge nicht vorstellen, seine Ausgabe jemals wegzugeben. Zu sehr fühlt er sich mit diesem Buch verbunden.

Beim Lesen trauert und leidet er mit Oliver, und er schöpft mit ihm Hoffnung, wenn der mutterlose Junge auf freundliche Menschen trifft, die ihm helfen wollen. Es gibt viele Gemeinsamkeiten, und doch gibt es einen großen und schwerwiegenden Unterschied in ihrer beider Leben: Das Ende von Olivers Geschichte steht fest, egal wie oft er auch das Buch liest. Das Happy-End ist immer garantiert.

Der Junge beneidet Oliver darum. Er weiß nicht, wie es mit ihm weitergeht. Wird er auch eines Tages einem Menschen begegnen, der ein gutes Herz hat wie Herr Brownlow oder eine freundliche Seele wie Frau Bedwin? Ihm fehlt diese Sicherheit, und so findet er die Geborgenheit nur in seinen Träumen, in denen seine innig geliebte Mutter immer die gleiche wunderschöne, zarte und lichtumflutete Gestalt bleibt, die Sanftheit und gütige Liebe ausstrahlt.

In einer seiner Lieblingsvorstellungen geschieht eines Tages ein Wunder, und seine Mutter ist gar nicht tot, sondern holt ihn ab, und begleitet von den fassungslosen und neidvollen Blicken der anderen Heimbewohner verlassen sie Hand in Hand Maibuchen.

Manchmal sieht er sich, wie er mit seiner Mutter in den Zoo geht und mit ihr die Tiere füttert. Und manchmal träumt er davon, wie sie in seinem zukünftigen Kinderzimmer in einem geblümten Sessel sitzt und ihm mit weicher und ruhiger Stimme eine Geschichte vorliest.

Diese Bilder hat er so oft in seinem Kopf, dass sich die Geschichten nicht immer von der Wirklichkeit trennen lassen. Wenn ihm seine Mutter einen Kuss gibt, kann er ihre Lippen auf seiner Wange fühlen, und er kann sie riechen, sogar noch am anderen Tag. Es ist ein Duft, der ihn an Orangen und Vanillepudding erinnert. Seine Träume geben ihm Ruhe und Frieden.

Aber seit ein paar Wochen wird das Träumen immer schwieriger. Es fällt ihm immer schwerer, sich die üblichen schönen Bilder in seinem Kopf auszumalen. Seit das Schreckliche und Beängstigende zum ersten Mal geschehen ist, schiebt es sich immer wieder in seinen Kopf, und die Angst jener Nacht lässt sich so schwer vertreiben.

In diesen Nächten spürt er sofort, dass es nicht seine Bettnachbarn sind, die ihm einen üblen nächtlichen Streich spielen wollen. Das hier ist größer, stärker. Es ist das ausnahmslos Böse, das ihn tief in der Nacht aus dem Schlaf reißt, ihm eine Hand auf den Mund legt und mit rauer Stimme in sein Ohr flüstert, dass er keinen Laut von sich geben und sich nicht bewegen soll. Vor Angst ist er weder zu dem einen noch dem anderen fähig. So starrt er nur in panischer Angst ins Dunkle, um dieses Wesen zu erkennen, das ihn mit eisernem Griff festhält. Aber es ist zu dunkel. Dicht an seinem Ohr atmet das Ungeheuer heftig, und mit der anderen Hand drückt es ihn unbarmherzig auf das Bett. Langsam löst sich die Hand von seinem Mund und beginnt, den kleinen und zarten Körper des Jungen zu befühlen. Der spürt die tastende Hand auf seinem Körper, fühlt, wie sie Regionen erforscht, die in ihm ein Schamgefühl aufsteigen lassen, das ihn, vermischt mit Angst und Ekel, zum Schwitzen bringt.

Wer ist das? Was passiert hier mit mir? Muss ich sterben?

Als sich das Ungeheuer endlich so lautlos zurückzieht, wie es gekommen ist, bleibt der Junge regungslos liegen. Er traut sich noch lange nicht, sich zu bewegen. An ihm klebt ein widerlicher Geruch, der ihm die Luft zum Atmen raubt. Der Junge ist zwölf Jahre alt.

Nur ein leises Wimmern dringt aus dem tiefsten Grund seiner Seele.

Das Telefon lag im Schafzimmer und damit außer Reichweite. Die Idee, laut zu schreien, kam ihr gar nicht. Ihr Kreislauf pumpte Adrenalin durch ihren Körper und bereitete ihn auf Flucht vor. Ohne zu zögern reagierte Anniken. Sie rollte langsam und vorsichtig mit ihrem Rollstuhl von der Fensterfront rückwärts in die hintere Ecke des Zimmers. Dorthin, wo sich ein Flur befand, in dessen Mitte eine steile Holztreppe in das obere Geschoss, links davon eine Tür in das Bad und rechts eine in ihr Schlafzimmer führte. In dieser dunklen Abgeschiedenheit wartete sie ab.

Die Haustür führte direkt in den offenen Wohnbereich. Es gab keinen Flur.

Der Eindringling verursachte klickende, metallische Geräusche am Schloss. Ihre Haustür war nur zugezogen und nicht abgeschlossen. Eine solche Vorsichtsmaßnahme hatte Anniken in Nidda nicht für notwendig gehalten. Seit sie in dieser Kleinstadt lebte, hatte sie noch nie von einem Einbruch in ihrer Nähe gehört oder gelesen. Bisher. Zumindest lebten auch ihre Nachbarn mit unverschlossenen Türen und Fenstern, sei es in einem festen Vertrauen in Gott oder in ihre Mitmenschen oder einfach nur aus Leichtsinn oder Bequemlichkeit. Der Briefträger kannte die meisten Einwohner seines Bezirks und legte in ihrer Abwesenheit ein Päckchen einfach in den Flur oder nahm eine Abkürzung durch den Garten und stellte dort die Sendung zu. Langjährige Nachbarn kündigten ihre gegenseitigen Besuche meistens nur durch ein Klopfen an oder traten einfach unangemeldet ein.

Anniken nahm sich vor, ihre Nachlässigkeit in puncto Sicherheitsmaßnahmen zu ändern, ohne darüber nachzudenken, dass ihre Selbstmordabsichten eine Änderung ihrer Gewohnheiten nicht mehr erforderlich machten.

Mit einem Profi hatte sie es anscheinend nicht zu tun, denn erst nach, wie ihr schien, endlosen Minuten wurde die Tür langsam und zögerlich geöffnet. Zeit für Anniken, um sich einen Plan für ihr weiteres Vorgehen zu überlegen. Das Adrenalin hatte sie in Alarmbereitschaft gesetzt und ihr jeglichen Schmerz und jede Müdigkeit genommen. Sie verspürte nicht einmal Angst. Im Gegenteil. Übermütig und gespannt harrte sie der Dinge, die sie jetzt noch erleben sollte.

Alles war so unwirklich und gleichzeitig so klar und normal. Anniken fühlte sich wie in einem dreidimensionalen Schwarz-Weiß-Film. Sie war Zuschauerin und Akteurin in einem.

Jemand trat ein, zog leise die Tür hinter sich zu und verharrte einen Moment. Offenbar versuchte sich die Person in dem dunklen und unbekannten Raum zu orientieren. Anniken hörte ein leichtes streifendes Geräusch, das sie als tastende Berührung auf der Tapete identifizierte.

Der Lichtschalter lag auf der linken Seite, war aber in einer Höhe angebracht, die für einen Menschen in sitzender Position bequem zu erreichen, für die fremde Person in ihrem Haus jedoch ungewohnt war, denn es blieb dunkel.

Sie würde das tun, was sie am besten konnte: bluffen. Die meisten Menschen zeigten sich von Anniken und ihrer vermeintlichen Stärke, ihrem Selbstvertrauen und ihrem Lebensmut tief beeindruckt. Es war so erstaunlich einfach, Menschen etwas vorzumachen.

Reglos saß Anniken geborgen im Schatten. Langsam tastete sich der Eindringling an der Wand vor.

Der Dilettantismus, bei einem Einbruch nicht mal eine Taschenlampe mit sich zu führen, überzeugte Anniken in ihrer Überlegenheit.

„Lassen Sie das und nehmen Sie beide Hände über den Kopf", befahl sie ruhig, aber bestimmt. Die Gestalt fuhr erschrocken zusammen, dabei rutschte ihr etwas aus der Hand, das scheppernd und klirrend auf dem Boden landete. Es klang wie ein Schlüsselbund.

„Die Hände über den Kopf, oder ich sehe mich gezwungen zu schießen."

„Okay, okay. Keine Panik! Ich tue, was Sie sagen."

Und tatsächlich hob der Fremde die Hände.

„Treten Sie drei Schritte nach vorn, damit ich Sie besser sehen kann."

„Oder damit ich eine bessere Zielscheibe abgeben kann, oder was?", fragte rau eine männliche Stimme und räusperte sich.

„Oder damit ich weiß, wer sich in meinem Haus aufhält."

„Hören Sie ..., ich wollte ...", stotterte der Eindringling.

„Interessiert mich nicht. Tun Sie einfach nur, was ich will", kommandierte Anniken barsch und beobachtete, wie der Mann näher kam und in der Mitte des Zimmers stehen blieb. Hier leuchteten die Straßenlaternen das Zimmer etwas besser aus, und sie konnte im Dämmerlicht ein blasses Gesicht ausmachen.

„Stehen bleiben", herrschte sie ihn an.

Sie fuchtelte mit ihrem Feuerzeug auffordernd herum. Näher durfte er nicht kommen, denn sonst würde ihr Bluff auffliegen. Das lächerliche, metallene Ding in Form einer Pistole war ein Geschenk von Frau Jägers zehnjährigem Sohn Daniel. Es lag schwer und griffig in der Hand und fühlte sich echt an. Anniken hatte zwar noch nie eine echte Pistole in der Hand gehalten, aber so musste sich ihrer Meinung nach ein Schießeisen anfühlen.

„Setzen!"

Knappe und klare Anweisungen waren wohl am sinnvollsten. Zum einen hatte es Anniken mit einem Mann zu tun, und zum anderen erschien ihr der beschränkte Jargon aus Actionfilmen als der Situation angepasst.

Ihre Berechnung ging auf. Der Mann gehorchte und setzte sich auf den Boden, die Hände immer noch über dem Kopf verschränkt.

Anniken hasste es, bedingt durch ihre Sitzposition zu anderen Menschen aufsehen zu müssen. Es zwang sie in die Höhe eines Kindes, und in diesem Falle war es vielleicht überlebenswichtig, nicht die Unterlegene durch den falschen Blickwinkel zu werden.

Sie sah sich den Mann auf ihrem Parkett an.

Er hatte ein ansprechendes Aussehen, dominiert von großen, dunklen Augen. Das Gesicht wurde eingerahmt von langen, lockigen Haaren, die zu einem Pferdeschwanz zusammengebunden waren, deren Farbe sie bei den Lichtverhältnissen noch nicht ausmachen konnte. Die Nase war nahezu klassisch geschnitten. Trotz seines kantigen Kinns hatte der Besucher ein Gesicht, das etwas Weiches und Verletzliches ausstrahlte. Sein Alter schätzte Anniken auf Mitte bis Ende dreißig und das Resümee ihrer Beobachtung war: ein einnehmend attraktives Exemplar Mann.

An seinem suchenden Blick konnte sie sehen, dass er Schwierigkeiten hatte, sein Gegenüber genau zu erkennen. Noch saß sie gut getarnt im Dunkel, aber so schnell, wie der Morgen kam, waren es nur noch wenige Minuten, bis das Licht sie voll erfassen würde und ein wildfremder

Mann, ein Einbrecher, ein Krimineller entdecken würde, dass er einer mit einem Feuerzeug bewaffneten Frau aufgesessen war. Einem Krüppel.

Der erste Singvogel fing zaghaft an, den Morgen zu begrüßen, und bald fielen die anderen Vögel in das Lied ein und zwitscherten immer kräftiger drauflos. Ihr fröhlicher, unbeschwerter Gesang bildete einen merkwürdigen Kontrast zu der gespannten Situation, in der sie sich befand. Die Morgendämmerung drängte die Dunkelheit immer mehr zurück und löste die Schatten um sie herum langsam auf. Licht erhellte zögernd, aber stetig den gesamten Raum.

Was auf den Mann wie skrupellose Kaltschnäuzigkeit wirken musste, war nichts anderes als eine tiefe Lebens- und Leidensmüdigkeit und nicht zuletzt das Ergebnis eines brisanten Drogencocktails.

Was sollte ihr auch Angst einjagen? Ihren Tod hatte sie selbst oft genug herbeigewünscht, und er stellte keine Bedrohung mehr für Anniken dar. Wer wenig zu verlieren hat, kann alles auf eine Karte setzen. Sie ließ die vermeintliche Pistole sinken.

„Nehmen Sie die Hände runter und erzählen Sie."

Der Mann ließ die Hände ganz vorsichtig sinken und blies erstaunt seine Backen auf, als traute er der Situation noch nicht ganz. Mit einem „Pffft" stieß er die Luft aus und fragte: „Wie meinen Sie das? Was soll ich Ihnen denn erzählen?"

„Ihre Gründe, hier zu sein und meine Nachtruhe zu stören."

Der Mann sagte eine Weile gar nichts, aber seine hochgezogenen Schultern entspannten sich.

„Es interessiert mich wirklich", fügte sie etwas sanfter hinzu.

Anniken, die nie etwas von sich und ihrer Gefühlswelt preisgab, konnte anderen durchaus freundlich und aufmerksam zuhören. Nicht auf alles, was Anniken manchmal zu hören bekam, war sie auch wirklich neugierig, dagegen war sie auf diesen Menschen wirklich gespannt. Mit einem Einbrecher hatte sie sich ihres Wissens noch nie unterhalten. Vielleicht hatte er Interessanteres zu bieten als das, was sie üblicherweise zu hören bekam.

„Vielleicht werden Sie es mir nicht glauben, aber ich bin noch nie irgendwo eingebrochen. Ihr Haus ist das erste."

Den Kopf nach unten geneigt schwieg er jetzt.

Anniken presste die Lippen fest aufeinander, um nicht loszuprusten. Sie glaubte ihm. Ein plumper Anfänger. Bevor Anniken fragen konnte, warum er gerade ihr Haus zum Objekt seiner neuen beruflichen Ambitionen auserkoren hatte, bemerkte sie, wie seine Schultern zitterten. Dieser Mann vor ihr weinte.

Anniken zog genervt ihre Augenbrauen hoch und atmete tief ein. Das ging ihr jetzt entschieden zu weit. Sie musste die Situation irgendwie steuern, aber in welche Richtung? Und vor allem wie? Einen kurzen Moment lang kam Anniken das Pfadfinderbuch von Tick, Trick und Track in den Sinn. Dieses Buch hatte sie sich als Kind sehnlichst gewünscht. Das ultimative Nachschlagewerk, das den Neffen von Donald Duck in jeglicher Notlage den entscheidenden Hinweis geben konnte, hätte bestimmt auch einen weisen Ratschlag unter dem Stichpunkt W parat: W wie ‚Wie gehe ich am geschicktesten mit einem weinenden Einbrecher um?'

„Rauchen Sie?"

Er nickte.

„Auch Tüten?"

Wieder nur ein Nicken. Mit hängenden Schultern, den Kopf gesenkt, hielt der Mann den Blick weiterhin auf den Boden gerichtet.

Anniken legte die Spielzeugpistole auf ihren Schoß und rollte zum Fensterbrett, zog die Rauchutensilien zu sich heran und blieb vor dem Fremden stehen. Sie klappte das Holzkästchen auf und begann, einen Joint zu drehen. Eigentlich hatte sie für heute genug. Aber im Moment war ja erst einmal nicht an Schlaf zu denken, und vielleicht half das Marihuana, die Situation zu entspannen.

Sie konzentrierte sich auf ihr Tun, bemerkte aber, dass ihr Gegenüber den Kopf hob und sie beobachtete. Das Zimmer war jetzt fast hell. Hell genug, um alles zu sehen.

Anniken atmete tief ein und erwartete eine Reaktion. Aber nichts geschah.

Der Mann betrachtete sie unverwandt, und als er die Hand hob, tat er es nicht etwa, um zu einem Schlag auszuholen, sondern nur, um sich die Augen zu trocknen und sich wie ein Kind mit dem Ärmel über die Nase zu wischen. Diese Geste fand Anniken irgendwie rührend.

Sie streckte ihm den Joint mit einem aufmunternden Lächeln entgegen.

„Bitte sehr. Als Gast dürfen Sie anrauchen. Eingeladen oder nicht."

Der Mann lehnte sich leicht vor und ergriff mit zittriger Hand den Joint. Hatte er etwa immer noch Angst vor ihr? Nahm sie dieser Mann tatsächlich als Bedrohung ernst? Anniken hatte ihre taffe Rolle inzwischen satt und war mit dem Erreichten zufrieden.

Sie konnte sich aber einen kleinen Abschlussschocker einfach nicht verkneifen: Sie nahm die Pistole wieder in die Hand, zielte auf den Joint in der Hand des Fremden und drückte ab. Ein ziemlich kümmerliches Flämmchen flackerte auf.

Der Mann hatte sich nicht bewegt, ja nicht mal mit der Wimper gezuckt. Hatte er sie etwa von Anfang an durchschaut? Das konnte nicht sein. War er ein Waffenkenner und konnte auf Entfernung einen echten Colt von dieser Kopie unterscheiden? Möglich. Sie wusste ja nicht, mit wem sie es hier zu tun hatte. Oder war es ihm vielleicht schlichtweg egal, was mit ihm passierte? Was hatte ihn getrieben und hierher geführt, was ging in ihm vor? Sie wusste nicht, warum, aber sie hatte Mitleid mit ihm.

„Wartet draußen jemand auf Sie, ein Komplize oder wie man so was im Fachjargon nennt?"

„Nein, ich bin allein unterwegs." Mit angehaltenem Atem quetschte er die Antwort heraus und blies eine riesige Qualmwolke aus. Er zog zweimal hintereinander und reichte ihr dann hustend den Joint.

So, wie es sich gehört, dachte Anniken. Gemeinsam zu kiffen, hatte sie auch immer unter einem starken sozialen Aspekt erlebt. Man teilte sich unter Gleichgesinnten brüderlich und gerecht das Vergnügen bis hin zum letzten Krümel.

Nachdem sie ebenfalls tief inhaliert hatte, musste auch sie heftig husten. Die Situation war so surreal und komisch, dass sie plötzlich anfing zu lachen. Erst zögerlich und verhalten glucksend, dann lauthals.

Ihr Einbrecher stutzte einen Moment und stimmte schließlich erleichtert in das Gelächter ein.

Es überrollte sie beide und riss sie mit. Immer wieder ebbte die Belustigung ab, um dann, angefacht durch einen

Blick oder eine Bewegung, immer wieder aufs Neue zu entbrennen. Das Lachen wurde immer hysterischer. Anniken rannen die Tränen übers Gesicht.

Die Anspannung der letzten Minuten hatte sich explosionsartig entladen. Anniken merkte, dass die Lacher „ihres“ Einbrechers langsam wieder in ein Weinen übergingen. So fließend die Grenze zwischen beiden Gemütsbewegungen war, so fließend rollten ihm die Tränen übers Gesicht. Anniken konnte ihm emotional nicht so schnell folgen. Lachend rang sie nach Luft und versuchte, wieder ernst zu werden.

Schweigend saßen sie sich eine Zeitlang gegenüber und rauchten, während draußen die Welt erwachte. Menschen begannen ihr Tagwerk, und verstärkt drangen Motorengeräusche durch die Fenster. Der eine oder andere Passant lief geschäftig am Haus vorbei.

Anniken begann sich nach ihrem Bett zu sehnen, als der Mann vor ihr unvermittelt sagte:

„Ich weiß nicht mehr weiter, ich bin am Ende.“

Seine Stimme klang erstaunt, als träfe ihn diese Erkenntnis unvorbereitet.

„Ich weiß nicht mal, wo ich heute schlafen kann.“

Er sah ihr direkt in die Augen.

Anniken holte tief Luft. Seine Sätze ernüchterten sie unangenehm. Diese seltsame Geschichte versprach nicht, kurz und lustig zu werden. Fragen schwirrten in ihrem Kopf herum, diffus und noch nicht richtig greifbar, aber sie waren da. Hatten eigentlich schon vor dem Lachanfall in einer Hirnregion gelauert, die für die Vernunft zuständig war, und sprangen jetzt unbarmherzig aus ihrem Versteck, nahmen Gestalt an und forderten mit Nachdruck Antworten und Entscheidungen. Wollte sie wirklich hören, wer dieser Fremde war? Konnte sie nach diesem unerwarteten und anregenden Höhenflug wieder Bodenberührung ertragen? Die Region für Vernunft kam in ihrem Gehirn nicht so recht in die Gänge, also überließ Anniken ergeben ihrer Intuition das Stimmrecht. Hier saß ein Mensch, der sie um Hilfe bat und erst einmal nur ein Bett und ein Dach über dem Kopf brauchte. Diese Form der Unterstützung kostete sie ja nichts. Sie konnte sich ohne Anstrengung als großzügig erweisen und vor ihrem Ableben so ganz nebenbei eine gute Tat vollbringen. Wer wusste schon, was nach dem Tod auf einen wartete, warum sollte sie nicht in der nächsten Welt durch ihre Barmherzigkeit Eindruck schinden? Anniken grinste. Die Ausgelassenheit war für einen Moment wieder zurückgekehrt, aber ihr ganzer Körper wurde von einer tiefen Müdigkeit erfasst, die sich auf jeden ihrer Muskeln legte.

„Ich muss schlafen, dann kann ich dir zuhören – wenn du willst", fügte sie hinzu.

Unbewusst war sie zum vertrauten Du übergegangen und hatte damit eine Atmosphäre des Entgegenkommens geschaffen.

Der Mann hatte das offenbar registriert, denn er lächelte erleichtert. „Wohnst du denn hier ganz alleine?"

„So sieht es aus. Warum?"

„Ich meine nur. Nicht, dass du mit deinem Freund oder Mann Probleme wegen mir bekommst", gab er zu bedenken.

„Mach dir mal keine Gedanken über meine Freunde und Ehemänner", erwiderte Anniken unwirsch. Sie hatte keine Lust, auf seine unausgesprochene Frage zu antworten.

„Es tut mir leid, dass ich dich in diese Situation gebracht habe. Wirst du die Polizei anrufen?"

Anniken schüttelte verneinend den Kopf. „Ich weiß nicht, warum, aber der Gedanke ist mir bis jetzt nicht gekommen. Nein, ich glaube, ich will erst mal nur meine Ruhe. Wenn du willst, kannst du hier bleiben oder abhauen. Deine Entscheidung."

Nun doch erstaunt fragte der Mann: „Hast du denn gar keine Angst vor mir?"

„Angst? Nein, ich habe keine Angst vor dir!" Sie sah ihm in die Augen und überdachte kurz ihre spontane Aussage. Er hielt ihrem Blick stand. Ja, sie war sich ihrer Einschätzung sicher.

„Wie gesagt, du kannst gehen, wenn du willst. Aber dann tu es jetzt, sofort. Wenn du bleiben willst, sag mir deinen Namen und bleib. Ich muss ins Bett."

Ihr Gegenüber antwortete mit fester Stimme: „Frank. Ich heiße Frank."

Anniken rollte in den angrenzenden Flur und deutete wie eine Stewardess bei der Einweisung der Passagiere in die verschiedenen Richtungen.

„Hier rechts ist mein Zimmer und links geht es ins Bad. Nimm dir, was du brauchst. Die Couch im Wohnzimmer ist erprobt und bequem. Im oberen Stockwerk ist zwar viel Platz, aber es steht alles leer. Da gibt es leider nichts Bettähnliches. – Ach ja, und ich bin Anniken."

Mit dieser Bemerkung ließ sie Frank stehen und rollte in ihr kleines Schlafzimmer. Sollte ihr Gast selber für sich sorgen, sie hatte keine Kraft mehr. Sie schloss die Tür hinter sich, ließ ihren Arm auf der Türklinke liegen und lehnte ihren Kopf gegen das grau lackierte Holz.

„Auf was habe ich mich da eingelassen? Ich muss verrückt sein."

Für einen Moment hielt sie in dieser Haltung inne und überlegte, ob sie abschließen sollte, entschied sich aber nach kurzem Zögern dagegen. Wenn Frank ihr etwas hätte tun wollen, wäre es bereits möglich gewesen, und er hatte zu keiner Zeit bedrohlich auf sie gewirkt.

Anniken rutschte vollkommen angekleidet in ihr Bett. Fürs Auskleiden war sie viel zu erschöpft. Schwerfällig brachte sie ihren Körper in eine leidlich bequeme Stellung. Sie zog das dünne Bettlaken über sich und sah zum Fenster. Durch die schweren, roten Gardinen drang sanftes, getöntes Licht herein. Wo sich die Stores teilten, fiel ein Streifen gleißenden Sommerlichts durch einen schmalen Schlitz.

„Das wird wieder verdammt heiß heute", dachte Anniken und gab sich bemerkenswert gelassen und unbesorgt dem ersehnten Schlaf hin.

Donnerstagmorgen

Berthold schlug die Zeitung auf und steckte sich seine erste Zigarette an. Der Rauch stieg in sein linkes Auge und brannte höllisch.

„Scheißkippen", fluchte er.

Jeden Tag nahm er sich vor, wenigstens erst einmal zu frühstücken, bevor er sich daran machte, seine Tagesration abzuarbeiten. Und drei Päckchen Rothändle ohne Filter täglich sind Arbeit.

Wenn er nach dem Aufstehen den ersten Hustenanfall aushielt und den Brechreiz beim Zähneputzen unterdrückte, war es sogar harte Arbeit. Und doch gab es auch Momente, wo es für Berthold immer noch ein Genuss war, sich eine Zigarette anzustecken und den Rauch tief einzuatmen.

Hustend machte er sich zwischen dem schmutzigen Geschirr auf die Suche nach einer Tasse. Chaos beherrschte die ganze Arbeitsplatte. Geschirr, übervolle Aschenbecher, Zeitungen, ungeöffnete Post, aufgerissene Suppentüten und leere Rotweinflaschen ergaben einen Hindernisparcour, den Murr trotz seiner Leibesfülle problemlos und mit Eleganz bewältigte. Der rotgetigerte Kater ließ sich schnurrend auf einem Prospekt für Küchenmöbel nieder und sah Berthold an. Dann blinzelte er und forderte Berthold mit einem kurzen „Mau" zum Dialog auf.

„Warts ab, du alter Fresssack", knurrte Berthold. Seine Stimme klang so rostig wie ein alter Auspuff. „Sag mir lieber, ob wir noch Filtertüten haben. Na, haben wir oder haben wir nicht?"

Ein langgezogenes Mauuu erklang.

Berthold fand keine Filtertüten.

„Na dann, Plan B."

Berthold füllte den Wasserkocher auf, öffnete den Küchenschrank und nahm ein Glas mit löslichem Kaffee heraus.

„Bin doch gar nicht soo unorganisiert. He, was meinst du, mein Alter?"

Murr schloss die Augen und verzichtete auf eine Antwort.

„Respekt! Du bist ein echter Diplomat! Was hältst du heute von Huhn mit Basilikum?"

Murr erhob sich und sprang von der Arbeitsplatte auf den Tisch, um seinen Platz am Fressnapf einzunehmen.

Berthold interpretierte dies als Zustimmung und gab dem Kater seine Ration. Der schnurrte und schmatzte.

„So, dann darf sich der Dosenöffner auch mal ein gutes Tässchen Kaffee gönnen, gelle?"

Berthold schaufelte sich vier Löffel Zucker in seinen Kaffee, als er ein Brummen vernahm. Es dauerte eine Weile, bis er realisierte, dass es sein Handy war, das im Vibrationsmodus nach ihm rief.

Ein Blick auf das Display verriet ihm den Namen des Anrufers und dass dies bereits der zweite Anruf innerhalb weniger Minuten war. Er nahm ab und knurrte seinen Partner an:

„Ich habe heute nur Bereitschaft und komme heute erst um zwei, mein Lieber. Ich hoffe für dich, dass du eine gute Ausrede hast, warum du unser exzellentes Frühstück störst ... Nein, ich meine nur das von Murr und mir, du testosterongesteuertes Wesen ... Mh, aha … ja okay! ... Ja, ich bin fertig, hol mich ab."

Berthold legte auf und probierte sein Gebräu.

„Gar nicht so übel, das Zeug."

Er schüttete das Getränk in den Ausguss, bückte sich und streichelte Murr.

„Bereitschaft ist Bereitschaft, mein Alter. Bis später."

Berthold verließ seine Wohnung und fuhr mit dem Fahrstuhl in das Erdgeschoss. Als sich die Tür aufschob, stand er Frau Eberlein gegenüber.

„Ach, der Herr Kommissar. Ei, wie geht's uns dann?", fragte ihn die kleine, stämmige Frau.

„Frau Eberlein, sein se mer net bös, abber isch bin im Einsatz!"

„Ach, wie uffreschend. Dann passe se ma gut auf sisch uff, Herr Kommissar, dass mer bloß nix passiert!"

Berthold tippte sich in militärischer Manier mit zwei Fingern an die Stirn, schob sich am üppigen Umfang seiner Nachbarin vorbei und blieb in der Haustür des vierstöckigen Altbaus stehen.

Es war bereits sehr warm, und das um halb acht morgens. Der Himmel war etwas verhangen. Die Atmosphäre war schwül und drückend. Es sah fast so aus, als wollte es regnen.

„Wenn nicht bald mal ein Gewitter für Abkühlung sorgt, bekommen wir bald noch mehr zu tun", dachte Berthold.

Er hatte während seiner Laufbahn bei der Polizei die Erfahrung gemacht, dass sich solche Temperaturen früher oder später in mitmenschlichen Spannungen niederschlugen und zu einer erhöhten Gewaltbereitschaft führten. Kam dann noch Alkohol ins Spiel, gipfelte das in einem sprunghaften Anstieg in der Kriminalstatistik. Die Massenschlägerei in der Zeltdisco in Borsdorf am letzten Wochenende war so eine typische Entladung physikalischer Kräfte gewesen.

Als Berthold sah, wie Kriminaloberkommissar Klüber mit seinem Ford Mondeo um die Straßenecke bog, trat er auf den Bürgersteig hinaus. Er bestieg den Wagen und knurrte nur kurz.

„Ich nehme an, das sollte ‚Guten Morgen, lieber Lothar heißen'?" Klüber strahlte seinen Kollegen an.

Berthold würdigte seinen Partner keines Blickes, sondern zog nur abschätzig die Augenbrauen hoch. Er ging nicht weiter auf Klübers Einmaleins des Guten Tons ein.

„Ja, auch ich wünsche dir einen Guten Morgen, lieber Berthold." Klüber fuhr, immer noch schmunzelnd, los.

„Gott, wie kann man morgens um die Uhrzeit so gelaunt sein, und das auf dem Weg zu einer Leiche! Du bist pervers!", provozierte Berthold den Kollegen.

Doch Klüber schien heute resistent gegen seine Herausforderungen zu sein.

„Dir ist wohl die Grinse eingefroren bei den arktischen Temperaturen hier drin. Mach mal die Scheißklimaanlage aus! Mann, Mann, Mann!", maulte er und kurbelte das Fenster runter.

Klüber kannte seinen Kollegen lange genug und ließ sich seine Laune nicht verderben. Ein Partner, auf den man sich verlassen und dem man vertrauen konnte, war eine großartige Sache. Klüber wusste das zu schätzen, und da er nicht übermäßig empfindlich war, überging er meistens großmütig Bertholds zeitweilige Reizbarkeiten und Marotten. Mit der Zeit hatten sie ihre gegenseitigen kleinen Gemeinheiten kultiviert. Sie spielten sich ihre Provokationen wie Pingpongbälle zu und versuchten sich in der Schnelligkeit ihres Schlagabtauschs zu übertreffen. Auf Außenstehende wirkte dieses Spiel manchmal ruppig und barsch, aber die Kollegen, die sie kannten, wussten, dass sich die beiden auf beneidenswerte Art einig waren und in ihrer Teamarbeit effizient ergänzten.

Klüber stellte also die Klimaanlage aus und wartete ab. In kürzester Zeit herrschte eine brütende Hitze in dem Fahrzeug, denn auch der Fahrtwind brachte keine Abkühlung. Er blies nur noch mehr heiße Luft in das Innere des Autos.

„So eine Klimaanlage ist darauf ausgerichtet, die Temperatur zu regeln. Ich kann sie so einstellen, dass du weder frierst noch schwitzt." Klüber sprach in einem betont pädagogischen Tonfall. „Sag mir einfach in deiner freundlichen Art Bescheid, wann du die Vorzüge des technischen Fortschritts nutzen möchtest."

Berthold ignorierte den Hinweis und fragte: „Also, was wissen wir?"

Klüber schlug den Weg auf die B275 in Richtung Lauterbach ein.

„Eine Hundebesitzerin hat heute früh um zehn nach sieben auf ihrem Morgenspaziergang in Bad Salzhausen eine weibliche Leiche gefunden, zumindest ging um diese Uhrzeit der Anruf in Büdingen ein. Der Anruf kam bei der Leitstelle an, weil sie über ihr Handy angerufen hat. Und die Büdinger haben kurz darauf uns und dann die Jungs in Nidda verständigt. Die haben sich der Sache schon angenommen. Ebert und Pfitzner sind auch schon hingefahren. Alle wurden über Funk verständigt, nur du bist nicht gleich rangegangen. Hey! Guck dir den Idioten an!"

„Wissen wir schon, wer die Tote ist?"

Statt einer Antwort deutete Klüber mit der Hand auf die Windschutzscheibe und fuchtelte wild herum.

Ein tiefergelegter, quietschgelber Opel mit blauen Rallyestreifen überholte die komplette Reihe Autos vor ihnen und fuhr ohne Sicht auf den Gegenverkehr blind in die nächste Kurve.

„Na, scheint doch gut gegangen zu sein", brummelte Berthold, froh, dass Klüber abgelenkt wurde und er sich nicht zu rechtfertigen brauchte, warum er nicht gleich ans Telefon gegangen war. Berthold überlegte, wann und warum er sein Handy auf Vibrationsalarm gestellt hatte.

Er kam zu dem Schluss, dass er sich mit seinem Alkoholkonsum vielleicht doch etwas zurückhalten musste.

Die Abende, an denen er keinen Alkohol trank, waren in der letzten Zeit eindeutig in die Minderheit geraten.

Klüber atmete hörbar aus. „Der hat Nerven, der kleine Wichser!"

Berthold wischte sich den Schweiß mit einem Taschentuch vom Gesicht: „Only the best die young. Wie lange sollen wir denn noch hinter diesen Deppen herzockeln, gib Gas, wir haben es eilig!"

Klüber stöhnte: „Auf einmal?!", griff zum Blaulicht und platzierte es auf dem Dach des Mondeo. Das Polizeisignal ertönte lautstark, und Klüber gab Gas.

Berthold lachte endlich:

„Na, wo ist denn unser kleiner Selbstmörder?"

Sie holten den Fahrer des gelben Opel nach ein oder zwei Kilometern kurz vor Wölfersheim ein, und nachdem ihm das Blaulicht von hinten auf die Pelle gerückt war, konnte sein Fahrstil auf einmal als „den Verkehrsbedingungen angepasst" bezeichnet werden. Als sie den Michael Schumacher für Arme überholten und auf gleicher Höhe fuhren, lehnte sich Berthold aus dem Beifahrerfenster, sah sich den Fahrer an und zeigte ihm den gesenkten Daumen. Der glatzköpfige Fahrer sah kurz zu ihm rüber, hob seinen von Tattoos übersäten Arm, legte salutierend die Hand an die Stirn und grüßte breit grinsend.

„Der kann sich bei unserer Leiche bedanken, dass ich ihm nicht das Grinsen austreibe", knurrte Klüber nun doch etwas verstimmt. Aber gleich darauf erhellte sich sein Gesicht wieder und er fragte: „Wollen wir uns nicht mal um ein neues Auto bemühen?" Dabei grinste er spitzbübisch. „Ich habe bei der Sicherstellung was Nettes entdeckt."

„Mach, was du willst, aber kümmer dich allein darum, ich habe keinen Bock auf Diskussionen und Formblätter, mein Lieber. Punkt."

„Okay!"

Klüber begann zu pfeifen. Die Aussicht auf das neue Fahrzeug schien seine gute Laune noch zu steigern. Berthold war sich sicher, dass er in Gedanken schon mit ölverschmierten Händen unter der Motorhaube seines neuen Lustobjektes lag.

Nach einer 25-minütigen Fahrt lenkte Klüber den Mondeo in die Ortseinfahrt Bad Salzhausen. Ein Schild ermahnte die Besucher, nur im Schritttempo zu fahren und sich ruhig zu verhalten, da sie sich in einem Kurort befänden. Klüber hatte bereits das Martinshorn ausgeschaltet und befolgte die Aufforderung, indem er nun tatsächlich in der angesagten Geschwindigkeit die Hauptstraße befuhr. Es kamen ihnen keine anderen Fahrzeuge entgegen, und auch die Bürgersteige lagen verwaist in der Morgensonne. Nur vor dem Thermalbad standen zwei alte Damen mit ihren Rollatoren und unterhielten sich.

„Dieses Bad Salzhausen wirkt ziemlich schläfrig auf mich", bemerkte Klüber.

„Eher komatös, würde ich sagen", antwortete Berthold trocken.

Schnell war der kleine Kurort durchquert, und schon passierten sie ein Ortsschild, das sie diesmal darum bat, bald mal wieder zu Besuch zu kommen. Auf der rechten Seite der Straße lag ein idyllischer Gutshof mit einem herrlichen Außengelände, auf dem ein paar Pferde und Kühe weideten. Nach wenigen Metern deutete ein Wegweiser „Alter Friedhof" nach links.

Ein Schotterweg führte über einen Bahnübergang, links davon lag der Wald. Rechts sah man über ein paar Wiesen und verbrannte Getreidefelder, und in der Ferne konnte man Häusergiebel ausmachen, die schon zu Nidda gehören mussten. Schließlich gabelte sich der Weg und lotste den Besucher linker Hand zum Friedhof, während er rechts noch etwa 200 Meter bis zur Bundesstraße verlief und entweder nach Nidda oder, in der anderen Richtung, an einem Kinderheim vorbei zur Harb führte. Überquerte man die Bundesstraße, gelangte man auf einem Feldweg nach Kohden.

Kohden, die Harb und Bad Salzhausen waren nur drei von 14 Ortsteilen der Stadt Nidda, einer kleinen Stadt mitten in der Wetterau, mit insgesamt etwas über 19 000 Einwohnern.

Klüber bog nach links in den Wald ein, wo bereits einige Einsatzfahrzeuge den Weg blockierten. Er parkte auf dem Grünstreifen neben dem Notarztwagen und dem Krankenwagen aus Schotten. Zwei Dienstwagen von der Polizeistation Nidda und, wie Berthold an den Kennzeichen erkennen konnte, zwei weitere Autos vom Erkennungsdienst Friedberg waren zur Stelle.

Klüber und Berthold stiegen aus und liefen zur Absperrung.

Vor dem Friedhofseingang lag ein kleiner, unbefestigter Parkplatz, der nur für drei oder vier Autos Platz bot. Dieser Standort und der Friedhof am Waldrand waren weiträumig abgesperrt. Auch der Weg zur Bundesstraße war mit einem Band markiert und hielt ein paar Zuschauer davon ab, näher an den Ort des Geschehens zu kommen, um einen Blick auf das Szenario zu erhaschen.

Berthold forderte laut eine Beamtin auf: „Nehmen Sie mal die Personalien von den Leuten da auf, ich will von jedem wissen, ob er was gesehen hat. Jeder kommt ins Polizeipräsidium und wiederholt mir persönlich seine Aussage. Ach ja", fügte er noch lauter hinzu, „Fotos von allen!"

Das klang fast wie ‚Freibier für alle!', aber als sich die Polizistin zu den Menschen umdrehte, verließen bereits die ersten den Schauplatz.

„Na also", grollte Berthold und wandte sich dem jungen Polizisten an der Absperrung zu, der sich ganz genau ihre Ausweise ansah.

Mit einem zackigen „Guten Morgen, Herr Kriminalhauptkommissar Hortmann" gab er den Männern den Weg frei.

Klüber grinste amüsiert und raunte seinem Partner verhalten zu: „Eifriger kleiner Kollege! Ganz frisch im Dienst."

„Du bist schon zu lange dabei, um Adjektive wie frisch und eifrig zu verdienen. Frech und abgebrüht träfen es schon eher, gell mein Lieber?", provozierte Berthold.

Bevor Klüber zum Gegenschlag ausholen konnte, kam ihnen mit ernstem Gesicht Polizeioberkommissar Hiller vom Polizeiposten Nidda auf dem Waldweg entgegen. Berthold begrüßte ihn mit Handschlag. Die große, schwielige Pranke des Kollegen war schweißnass.

„Na, so sieht man sich mal wieder." Berthold wischte sich unauffällig die Hand an seiner Hose ab.

Der schwergewichtige Mann hatte ein knallrotes Gesicht und schwitzte offenbar höllisch. Der Kragen seines Hemdes war bis auf Brusthöhe geöffnet und legte eine beachtliche Körperbehaarung frei. Bis zum Hals kräuselte sich dichtes rotblondes Haar. Unter den Achseln wies das Hemd dunkle, feuchte Flecken auf. Der Mann sah im Moment nicht gerade zum Anbeißen aus, war Berthold aber sehr sympathisch. Ein paarmal hatten sie bereits beruflich miteinander zu tun gehabt, und Hiller hatte sich immer als kompetent und vor allem kooperativ erwiesen, was bei den verschiedenen Polizeistationen im Umland leider nicht immer üblich war.

Manche Kollegen aus den kleineren Wachen hatten ihre Vorbehalte gegen die Leute von der Kriminaldirektion, und umgekehrt mussten die von der Leitung ihre Bereitschaft zur Zusammenarbeit auch immer wieder unter Beweis stellen, um akzeptiert zu werden. Die Vorurteile waren schlichtweg auf beiden Seiten vertreten. Aber mit Hiller hatte man diese Probleme längst hinter sich und konnte gleich mit der Arbeit beginnen.

„Das Opfer liegt dort drüben. Hier entlang." Der Polizeiinspektor deutete auf den Parkplatz.

„Wo ist unsere Zeugin?", fragte Berthold.

Der Polizeiinspektor deutete auf eine Stelle im Wald.

„Sie sitzt dort mit einem Kollegen. Ist total fertig, na ja, kein Wunder!"

„So schlimm?!"

„Unsereins ist da ja so manches gewohnt, Kriminalhauptkommissar, aber eine unbedarfte Person haut sowas schon mal um." Hiller schnaufte schwer.

„Das werden wir erst noch sehen, wie unbedarft wer ist", entgegnete Berthold und sah sich um.

Sanft leuchtete die sommerliche Morgensonne die Bäume in den Höhen aus, tauchte den Boden in einen kühlen Schatten und belog den Betrachter mit einem trügerisch friedlichen Eindruck. Die Bäume bildeten mit Laub- und Tannenzweigen einen grünen, schützenden Bogen und vermittelten den Anschein von Geborgenheit. Das Zwitschern der Vögel komplettierte die vermeintliche Idylle.

Berthold schüttelte sich, obwohl sie in der Sonne standen. Beim Anblick des Waldes war ihm plötzlich wieder ein alter Filmklassiker mit Heinz Rühmann und Gert Fröbe eingefallen, den er gemeinsam mit seinem Vater im Kino angesehen hatte: „Es geschah am helllichten Tag."

Dieser Film hatte den jungen Berthold tief beeindruckt. Danach war er nie mehr durch einen Wald gestreift, ohne sich bewusst zu werden, dass es keine objektive Sicherheit gab, egal wie romantisch oder idyllisch eine Umgebung auch wirken mochte. Das Grauen konnte sich zwischen duftenden Blumen genauso verstecken wie in einer dunklen und verdreckten Gosse. Und was würde dieser einladende Ort für sie bereithalten?

„Okay! Und wo liegt die Tote?“, fragte Berthold, obwohl er Reitzer schon entdeckt hatte.

„Dort drüben im Gebüsch.“ Hiller deutete nach rechts auf den Parkplatz, der direkt gegenüber dem alten, mit Natursteinmauern umgebenen Friedhof lag. Die drei änner liefen in die angegebene Richtung zu den Parkbuchten, hinter denen sich ein kleiner Erdhügel befand. Vor der aufgeworfenen Erde befand sich, an einem Pfosten befestigt, ein Metallschild. Daneben kniete bereits der Rechtsmediziner Dr. Reitzer.

„Ach, kommt ihr auch mal“, lautete seine lakonische Begrüßung. Reitzer stand Berthold in Sachen Höflichkeit in nichts nach. Er erhob sich und ging ein paar Schritte zurück, um Berthold und Klüber den freien Blick auf das Opfer zu lassen.

Auf dem Waldboden lag der Körper einer jungen Frau. Es war unschwer zu erkennen, dass sie tot war. Sie lag auf dem Rücken, die Beine unnatürlich verdreht und die Arme vom Körper abgewinkelt. Ihre Haare hatten sich teilweise zwischen Zweigen und Blättern verfangen und hingen wie ein helles Netz im Gebüsch. Sie lagen strahlenförmig wie eine Sonnenkorona, um ihren Kopf. Blut hatte die blonden Haare auf der linken Seite dunkelrot gefärbt und verklebt. Die weit aufgerissenen Augen starrten aus einem bleichen Gesicht fast erstaunt in den Himmel. Der geöffnete Mund verstärkte diesen Eindruck. In diesem Moment flog eine dicke, grüne Fliege aus den geöffneten Lippen, um sich gleich darauf mitten auf der leicht trüben Pupille des linken Auges niederzulassen und auf dem Augapfel herumzukrabbeln. Diese Fliege störte Berthold, ekelte ihn an und machte ihn gleichzeitig traurig. Doch er presste die Lippen aufeinander und hielt sich zurück, um nicht das Ungeziefer zu verscheuchen. Bestimmt hatte diese Frau gestern noch mit einer schnellen, unbewussten Bewegung eine Fliege weggejagt, ohne sich darüber im Mindesten Gedanken zu machen, wie lange sie noch dazu in der Lage sein würde. Heute lag sie tot und verschmutzt auf dem Waldboden und hatte alles Weltliche hinter sich gelassen.

Auch ohne ein Wort mit dem Rechtsmediziner gewechselt zu haben, sagten ihm sein Instinkt und die bekannte innere Unruhe, die sich an diesem Ort sofort in ihm breitgemacht hatte, dass es sich hier um ein Gewaltverbrechen handelte.

Berthold hob seinen Blick und las den Text auf dem Hinweisschild über dem Opfer:

Abfälle ablagern verboten
Zuwiderhandlung kann mit Geldbuße
bis 10.000 Euro geahndet werden
Magistrat der Stadt Nidda

Klüber und Berthold sahen sich betroffen an. Berthold blies seine Wangen auf und mit einem „Pfff!" ließ er die Luft stoßweise entweichen. Automatisch griff seine Hand zu den Zigaretten. Klüber zog ärgerlich die Augenbrauen hoch, als er Bertholds Griff zur Packung Rothändle bemerkte.

„Jaaa!", brummte Berthold unwillig, steckte aber die Zigaretten wieder weg und ging neben dem Opfer in die Hocke.

Er schätzte die Körpergröße der Toten auf etwa 1,70 Meter. Sie war schlank, Alter zwischen 25 und höchstens Anfang 30, blondgefärbt, wie ein dunkler Haaransatz erkennen ließ. Das Opfer hatte ein ärmelloses geblümtes Sommerkleid an, das bis auf die Hüfte hochgerutscht war. Es ließ den Blick auf ein weißes Spitzenhöschen frei. Auf der rechten Stirnseite klaffte eine Platzwunde, und auf der Wange des Opfers waren Schmutz und ein verwischter und staubiger Abdruck zu erkennen, den Berthold als Hundepfote identifizieren konnte. Am linken Handgelenk sah er dunkle Flecken, möglicherweise kleine Blutergüsse.

Trotz der wächsernen Haut war zu erkennen, dass es sich bis vor Kurzem um eine attraktive junge Frau gehandelt haben musste. Viel zu jung zum Sterben, und doch hatte jemand dieses Leben gewaltsam ausgelöscht. Unter diesem Schild schien die Tat eine grausame und verachtende Fortsetzung zu finden.

„Was kannst du mir sagen, Doktor?" Berthold sah zu Reitzer hoch.

„Bis auf die Tatsache, dass wir es mit einer weiblichen Leiche zu tun haben, gar nichts. Ich habe sie noch nicht einmal umgedreht. Ich wollte euch den ersten Eindruck lassen."

Klüber drehte sich zu einem Kollegen von der Spurensicherung: „Habt ihr alles fotografiert?"

Dieser bestätigte durch ein kurzes Nicken.

„Wer hat den Tod festgestellt?"

„Ein Notarzt aus dem Schottener Krankenhaus. Offenbar kein Dummkopf, denn er hat sich Gott sei Dank nicht an der Leiche zu schaffen gemacht.

So, also ..., Fliegeneier in den Unterlidern ..., Nase und ... ja Mund. Wir haben Sommer, und meine kleinen Freunde sind schnell, trotzdem ist die Frau noch nicht lange tot. Na gut, dann lagern wir sie jetzt mal um."

Reitzer ging in die Hocke und drehte den Körper der Frau auf den Bauch. Aus dem rechten Gehörgang sickerte dabei etwas Blut.

Ihnen bot sich ein entsetzlicher Anblick. Berthold sah im Augenwinkel, wie Klüber sich abwandte. Um eine große und bereits verkrustete Verletzung am Hinterkopf herum ragten kleine Knochensplitter hervor und allerlei Leben lief, flog und krabbelte auf der Wunde herum.

Das Ökosystem war bereits mit Abbau, Verarbeitung und Verwandlung beschäftigt. Ein ganz normaler und notwendiger Prozess und doch wird er von vielen Menschen als schrecklich und irgendwie pietätlos empfunden.

Reitzer hingegen fühlte mit professioneller Gelassenheit weiter den Schädel ab. Den schwarzen Käfer, der zielstrebig den Hals der Leiche hinauflief, hob er vorsichtig mit Daumen und Zeigfinger hoch und setzte ihn auf dem Waldboden wieder ab.

„Schweres Trauma am linken Hinterkopf. Da hat jemand mit Kraft zugeschlagen."

„Also ist ein Unfall auszuschließen?", fragte Berthold.

„Nagel mich nicht fest, aber das ist mehr als unwahrscheinlich. Da wurde mit Wut oder Kraft oder beidem gearbeitet. Durch einen Sturz fügt man sich nicht so eine Wunde zu. Guck mal, was das für eine Öffnung ist. Außerdem ...", der Rechtsmediziner besah sich die Wunde, „außerdem sieht es so aus, als ob da jemand nicht nur einmal zugeschlagen hat."

Er tastete vorsichtig den Rücken ab und befühlte nun zentimeterweise die Extremitäten der Toten.

„Keine Knochenbrüche."

Berthold kannte die widerlichen Geräusche, die ein Knochenbruch bei dieser Untersuchung verursachen würde. Wenn die rauen Oberflächen der Bruchenden aneinanderrieben, entstand ein Knistern und Knacken, das bei ihm jedesmal einen Brechreiz auslöste.

„Kann noch nicht lange tot sein. Totenstarre ist bereits teilweise eingetreten, aber keine Anzeichen von Verwesung. Trotz der Temperaturen sind noch keine nennenswerten Totenflecken zu sehen. Sind alle am Rücken. Das heißt, die liegt seit Eintritt des Todes so da. Ich nehme aber an, dass sie nach dem ersten Schlag auf das Gesicht gefallen ist, dann wurde noch mal zugeschlagen, wie oft, muss ich genauer untersuchen. Danach wurde sie umgedreht, dafür spricht die verdrehte Haltung der Beine. Hier im Wald ist die Insektenbildung schneller als an einem anderen Ort und trotz der Hitze ist sie noch nicht weit fortgeschritten. Die Madenbestimmung wird mir genauere Hinweise zur Zeitpunktbestimmung geben. Weitere Verletzungen, wie Schnittverletzungen et cetera, sehe ich jetzt erst mal nicht. Keine Schürfwunden an den Fersen, kein bisschen Sand oder Gras, kein Teer zu sehen, was auf Verletzungen durch Wegschleifen oder Transport der Leiche schließen lassen würde. Außerdem: So wie der Stein hier aussieht, könnte sie genau damit getroffen worden sein. Und auch genau an dieser Stelle."

Reitzer wies auf einen großen, tropfenförmigen Stein, der nicht weit von der Leiche entfernt lag.

„Den nehme ich gleich mit und vergleiche die Maße mit der Wunde und die Blutspuren mit der Leiche, dann könnt ihr ihn haben. Aber Pfitzner wird dir gleich sagen können, dass ihr bei der Erdanhaftung keine Fingerabdrücke finden werdet. Vielleicht aber genügend Hautabrieb für eine DNA."

Klüber probierte sein Glück bei Reitzer: „Du meinst, sie ist hier erschlagen worden?"

„Ich meine gar nichts, ich zähle nur Fakten auf."

„Du hast aber gesagt ..."

Klüber wurde von Reitzer unwillig unterbrochen. „Ja, ich weiß, was ich gesagt habe. Guck dir doch die Menge Blut hier auf dem Boden an. Ist bestimmt viel in dieser trockenen Erde versickert, aber für post mortem ist mir das immer noch zu viel. Todeszeitpunkt vor circa ... sieben bis neun Stunden, das kommt auch mit der Uhrzeit des Opfers hin. Vorausgesetzt, die Uhr ging richtig. Also, das muss fürs erste genügen, Herrschaften."

„Was für eine Uhr?", fragte Berthold erstaunt. Ihm war kein Schmuck am Handgelenk der Leiche aufgefallen.

„Hier, eine Uhr im Fingerring."

Der Arzt zeigte dem Ermittler einen billigen, goldfarbenen Ring am Finger des Opfers, in dem eine Uhr eingelassen war. Das kleine Uhrenglas war zerschlagen, aber man konnte die Zeit ablesen, als die Uhr stehengeblieben sein musste. Laut Zifferblatt war das 23 Minuten vor elf gewesen.

Reitzer stand auf und streckte sich. Er hielt sich mit seinen Diagnosen immer sehr bedeckt und ließ sich nie aus der Ruhe bringen, gab seine fundierten Erkenntnisse immer erst dann weiter, wenn er sich seiner Sache sicher war. Das hieß im Klartext: Vor der Obduktion war nie viel aus ihm herauszuholen. Aber diesmal war der Rechtsmediziner erstaunlich gesprächig, daher hielt sich Berthold zurück. Er wollte Reitzer nicht auf die Nerven gehen. Der Mann würde seinen Job wie immer herausragend erledigen und seine Erkenntnisse so bald wie möglich preisgeben.

Klüber deutete auf die Unterwäsche des Opfers. „Sexualdelikt ist wohl wenig wahrscheinlich?"

Reitzer ignorierte Klüber wie immer, verzog nur abschätzig einen Mundwinkel und klopfte sich seine Hose ab. Sein Statement war beendet.

Er griff in seine Hosentasche, zog ein Päckchen Zigaretten heraus und machte eine auffordernde Kopfbewegung zu Berthold. Der folgte ihm.

„Feuer?"

Reitzer schüttelte den Kopf und zog sein eigenes Feuerzeug heraus. Die Männer steckten sich ihre Kippen an und rauchten schweigend. Berthold dachte für einen kurzen Moment daran, Reitzer auf sein frostiges Verhältnis zu Klüber anzusprechen, verwarf den Gedanken aber sofort wieder. Sie hatten im Moment Wichtigeres zu tun. Aber er nahm sich vor, das Thema bei Gelegenheit anzuschneiden.

Reitzer sah sich forschend um und meinte beiläufig: „Schöne Gegend hier. In diesem Bad Salzhausen will meine Frau schon seit ewigen Zeiten mit mir im Kurpark spazieren gehen. Da wohnt man so nah und nutzt so selten die Gelegenheiten, das alles zu genießen."

Berthold nickte. „Na ja, jetzt sind wir ja hier."

Reitzer schüttelte unwillig den Kopf. „Prima, Berthold, soll ich das nächste Mal auch Frau und Kinder mitbringen?"

Der Gescholtene schwieg lieber.

Die beiden Männer rauchten wortlos ihre Zigaretten und beobachteten dabei, wie die üblichen Ermittlungsarbeiten durchgeführt wurden. Mit ernstem Gesicht machte jeder der erfahrenen Kollegen konzentriert seinen Job. Jeder Fall forderte erneut die volle Aufmerksamkeit und den ganzen Einsatz, denn jedes Opfer verdiente es, dass ihm Respekt entgegengebracht und der Fall nicht als reine Routine betrachtet wurde.

Sie löschten ihre Zigaretten sorgfältig aus, und Berthold steckte die Stummel in seinen Taschenaschenbecher. So etwas Praktisches schenkte sich Berthold selbst zu Weihnachten. Ein starker Raucher wie er musste für alle Notfälle gerüstet und Rauchen so gut wie immer möglich sein.

Der Rechtsmediziner machte eine auffordernde Bewegung in Richtung des Opfers. „Bist du fertig?"

Berthold nickte.

„Dann kann ich die Frau mit zu mir nehmen. Hast eh Glück gehabt, dass ich noch auf dem Weg in die Rechtsmedizin war, als ich den Funk mitgehört habe."

„Na, dann danke ich dir auch recht schön, dass du dir *meine* Leiche so schnell angesehen hast!"

Diese kleine Spitze konnte sich Berthold nicht verkneifen, obwohl er genau wusste, dass Reitzer nicht verpflichtet war, am Tatort zu erscheinen. Aber ein guter Rechtsmediziner legte Wert auf die genaue Untersuchung des Tatortes, die Stellung der Leiche und andere Hinweise, die eine genaue Diagnose bei der Obduktion erleichtern konnten. Und Reitzer war ein äußerst kompetenter Mann. Er überließ so wenig wie möglich dem Zufall.

Jetzt winkte er den Fahrer des gerade eingetroffenen Leichenwagens herbei.

„Abmarsch!", brüllte er und stapfte ohne ein weiteres Wort davon.

„Ruf mich an, sobald du mir Näheres berichten kannst“, rief Berthold dem Arzt überflüssigerweise hinterher und ging zu Klüber.

Der erstattete kurz Bericht: „Ich habe mit Herbert gesprochen. Die Spusi hat nichts Nennenswertes sichergestellt. Keine Papiere oder sonst irgendetwas, was auf die Identität der Frau schließen lässt. Kein Handy, keine Handtasche mit Lippenstift ...“

„Kein Spiegel, keine Tampons, keine Nähseide, Klüber, jetzt zähl mir nicht auf, was Frauen so alles in diesen Riesensäcken mit sich führen!“

„Nur eine Menge alter Kippenstummel und den üblichen Müll, den die Leute so im Wald liegen lassen“, fuhr Klüber unbeirrt fort. „Mit Fußspuren sieht es auch schlecht aus. Der Waldrand ist total ausgetrocknet. Selbst weiter drin im Gehölz ist alles schon verdorrt und staubig. Das wird vielleicht nicht viel bringen. Wir suchen großflächig ab.“

„Mh“, knurrte Berthold, „komm, wir nehmen uns mal die Frau vor.“ Er wies mit dem Kopf in die Richtung, in der ihre Zeugin saß.

Die Frau hockte zusammengekauert im Schatten eines Baumes. Sie hatte den Kopf auf ihre Arme gelegt, die die Beine umschlangen. Als die Polizisten näher traten, sahen sie, dass ihr Körper von Weinkrämpfen geschüttelt wurde.

Direkt vor ihr saß ein großer, brauner Labrador, der seinen Blick nicht von seinem Frauchen ließ. Als die beiden Männer näher kamen, wandte er wachsam seinen Kopf in ihre Richtung und unterzog sie offenbar einer schnellen Prüfung. Der Test schien zu ihren Gunsten ausgefallen zu sein, denn er sah nun wieder zu seiner Besitzerin und leckte ihr die Hände ab. Mit einem leisen Winseln versuchte er sie auf die Männer aufmerksam zu machen. Die warfen sich einen Blick zu, und es war klar, wie ihre Arbeitsteilung aussehen würde.

„Hallo, ich bin Kriminaloberkommissar Klüber, und das ist mein Kollege Kriminalhauptkommissar Hortmann. Wir sind von der Kriminalpolizei Friedberg. Ich muss Ihnen ein paar Fragen stellen.“

Die Frau hob den tränennassen Blick und schniefte geräuschvoll. Ich habe schon alles dem Mann da hinten gesagt“, schluchzte sie und zeigte auf Hiller.

„Dann erzählen Sie uns eben alles noch einmal“, ließ Berthold seine tiefe Stimme erklingen. Er hatte sich schräg hinter ihr aufgebaut und schaute auf sie herunter. Empört drehte sich die Zeugin zu ihm um.

„Zeigen Sie mir erst mal ihren Ausweis!“, fuhr sie ihn an. Berthold zog lächelnd die Augenbrauen hoch. „Tatortfan oder Krimileserin“, dachte er und zog das grüne Dokument aus seiner Hosentasche. Die Frau sah von dem Papier zweimal auf und schien das Foto mit der Person vor ihr genau abzugleichen.

„Hat alles seine Richtigkeit?“

Statt einer Antwort gab sie Berthold die Karte zurück und drehte sich seinem Kollegen zu. Der hielt ihr auch seinen Ausweis hin und musterte die Zeugin unverhohlen. Auf eine Überprüfung seines Dokuments verzichtete sie jedoch.

Was Klüber sah, erleichterte ihm seine Rolle als „netter Bulle“ ungemein. Obwohl sie saß, schätzte er sie als mittelgroß ein. Anfang, Mitte zwanzig. Sehr schlank, aber, was man deutlich durch das knallenge T-Shirt erkennen konnte, eine beachtliche Oberweite. Die kurzen Hosen zeigten schöne, schlanke Beine und sehr gepflegte Füße, mit winzigen rosa bemalten Fußzehen. Insgesamt war sie braungebrannt und passte durch ihr lockiges, blondes Haar genau in Klübers Beuteschema. Er sah ihr mit verständnisvoller Miene in die blauen Augen.

„Tut mir leid, wenn ich Sie jetzt auch noch belästigen muss, Sie haben sich sicher sehr erschreckt.“

Klüber fragte mit einem Blick auf den Hund, ob er sich setzen dürfe.

Dankbar lächelte sie ihn an.

„Ist schon okay“, schniefte sie und rückte nun einladend zur Seite. Klüber setzte sich neben sie.

„Ich will Ihnen ja helfen, aber ...“ Sie fing wieder an zu weinen.

Klüber war das personifizierte Verständnis.

„Das muss ganz schrecklich für Sie gewesen sein. Aber vielleicht können Sie mir ja trotzdem helfen und ein paar Fragen beantworten?“

Der Kollege hatte tatsächlich ein Päckchen Papiertaschentücher dabei, und Berthold hoffte, dass er sich zurückhalten und ihr nicht die Tränen persönlich trocknen würde, aber zu seiner Erleichterung beschränkte sich Klüber darauf, ihr das Taschentuch zu reichen.

Dankbar griff Frauchen zu und wischte sich die Tränen ab. Anschließend unterzog sie ihre Nase einer geräuschvollen Reinigung und warf das durchweichte Taschentuch achtlos hinter sich.

„Schön, dass es Menschen gibt, die den Wald lieben", dachte Berthold. Mit spitzen Fingern ergriff er das Taschentuch und warf es der Zeugin in den Schoß.

„Entsorgen Sie Ihren Müll zu Hause."

Empört drehte sich die Frau zu ihm um, aber als sie seinen Gesichtsausdruck sah, wandte sie sich wieder schweigend ab. Klüber nahm das Taschentuch und steckte es in seine Hosentasche. Berthold schüttelte ungläubig den Kopf.

Ob die junge Frau nach der gründlichen Reinigungsprozedur nun einen ungetrübten Blick auf Klüber werfen konnte und erst jetzt erkannte, welch attraktives Exemplar Mann neben ihr saß, oder ob es an der Aussicht lag, der Polizei behilflich sein zu können, wollte Berthold nicht bewerten. Er stellte aber wieder einmal fest, dass ihre Arbeitsteilung letztlich immer gut funktionierte, denn die Dame startete jetzt durch, und Klübers Augen klebten förmlich an ihren feucht glänzenden rosa Lippen.

Karina Bertram stellte sich vor und erzählte, dass sie im Sommer oft lange Morgenspaziergänge mit Willy, ihrem Labradorrüden, unternahm. Willy liebt den Wald. Sie wohne seit ihrer Trennung von Sascha Klinger, ja dem Sascha Klinger (!), mit Willy ganz allein in einem Einfamilienhaus in Kohden. Berthold hatte keine Ahnung, wer *der* Sascha Klinger sein sollte – aber Klüber zeigte sich beeindruckt. Sie müsse erst um zehn Uhr ihr Nagelstudio in Nidda öffnen, daher habe sie genug Zeit für ein langes Gassi mit Willy.

Berthold räusperte sich, um nicht loszulachen.

„Ich sehe mich noch ein bisschen um", teilte er seinem Kollegen mit, aber Klüber und Karina hatten nur Augen füreinander. Gemeinsam streichelten sie über Willys braunes, weiches Fell.

Nicht dass Berthold die Zeugin sofort als potenzielle Täterin eingestuft hätte, aber nicht selten traten Täter als besonders hilfreiche und eifrige Zeugen auf, und der erfahrene Polizist ließ sich immer alle Optionen offen. Er wusste, dass Klüber, trotz seiner Schwäche für bestimmte Frauentypen, seine Befragung nach diesem Prinzip durchführen würde.

Klüber würde alles Erwähnenswerte aus dieser Dame herausbekommen und, wie Berthold ahnte, noch einiges mehr. Hauptsache, es diente der Wahrheitsfindung. Seine Aufgabe war hier erledigt.

Er stapfte zum Schotterweg zurück und stellte sich mit dem Rücken zum Feld. So hatte er Sicht auf den Tatort, auf den Parkplatz rechts davon und auf die verwitterte Steinmauer des kleinen und offenbar sehr alten Friedhofs. Schützend umrahmten knorrige, dicke Bäume den kleinen Gottesacker, von deren Ästen Kaskaden von Efeu auf die Mauer und die bemoosten Steine herabhingen. Berthold konnte nur wenige Reihen mit alten Grabsteinen und -figuren ausmachen. Zwischen den Gräbern sah er den Kollegen Herbert Pfitzner von der Spurensicherung in der obligatorischen weißen Kluft wie ein Gespenst umherschreiten.

Dass die Leiche mit dem Auto hierher transportiert und dann entsorgt worden war, schien unwahrscheinlich. Wie Reitzer festgestellt hatte, könnten die Blutmenge, die Lage und die Verletzungen des Opfers darauf hinweisen, dass dies der Tatort war. Aber was hatte die junge Frau nachts in diesem Wald gemacht? War sie hier allein oder in Begleitung gewesen? War sie ihrem Mörder hier zufällig begegnet oder kannte sie ihn? Die Kleidung der Toten entsprach nicht der einer Joggerin und wies auch auf keine andere sportliche Betätigung hin. Sie hatte weiße, bequeme Sandalen an. Vielleicht ging sie ja hier regelmäßig spazieren, und irgendjemand hatte ihr aufgelauert.

Wie sah der Wald an dieser Stelle mitten in der Nacht aus? War er dunkel und unheimlich oder bot diese Stelle direkt am Friedhof eine ideale Stelle für ein romantisches Stelldichein?

Er ging nun noch einmal zum Fundort. Auf der trockenen Walderde gab es Schuhabdrücke und Reifenspuren, die aber alt zu sein schienen, da sie undeutlich waren. Pfitzner trat zu ihm.

„Ich habe hier ein bisschen rumgekratzt, habe aber nichts Auffälliges gefunden."

„Na toll! Und die Reifenspuren, kannst du mit denen nichts anfangen?"

„Sieht schlecht aus. Es ist zu trocken, Berthold. Die Spuren sind alt und überlagert, staubig und nicht wirklich ergiebig. Außerdem sind wir hier schließlich auf einem Parkplatz, da sind Reifenspuren ja nichts Ungewöhnliches. Aber gleich da hinten auf dem Feld habe ich etwas gefunden, weil die Erde unter dem hohen Gras nicht ganz so ausgetrocknet ist. Da ist jemand im großen Bogen drübergefahren und hat eine extrem breite Spur hinterlassen. Aber ob ich unter dem Gras was finde, kann ich dir nicht sagen. Bin dran und sehe mal weiter."

„Alles klar", brummte Berthold, und Pfitzner stapfte wieder davon.

Berthold nahm etwas Erde in die Hand und ließ sie durch die Finger rieseln. Von zwölf Monaten im Jahr regnete es in Deutschland mindestens die Hälfte der Zeit und ausgerechnet jetzt, wo ein schöner Regenguss die Spurensuche erheblich unterstützt hätte, musste der deutsche Wald zur Savanne mutieren.

Berthold stand auf und ging den Weg weiter bis zu einer Stelle, die im Schatten lag. Stöhnend ließ er sich nieder. Hier waren die Temperaturen etwas angenehmer, und er griff erneut zu einer Rothändle. Während er rauchte, machte sich Berthold Notizen. Er hielt die wenigen Eckdaten fest, die sich bis jetzt ergeben hatten. Nicht einmal eine Seite füllten die mageren Informationen.

Er sah wieder auf. Über den Feldern vor ihm zogen ganz langsam ein paar Wolken, und erst, wenn man eine Weile hinschaute, konnte man ihre Bewegung wahrnehmen, aber der Himmel klarte auf und versprach einen weiteren verdammt heißen Sommertag. „Aus dem Gewitter wurde wohl wieder nichts."

Berthold hustete, drückte seine Kippe sorgfältig in seinem Taschenaschenbecher aus und steckte ihn mit dem Notizblock in seine Khakihose. „Mein freies Wochenende kann ich mir höchstwahrscheinlich abschminken", dachte er.

Seit Langem hatten sie im Hof ein kleines Grillfest geplant und sich gestern Abend endlich auf den kommenden Samstag festgelegt. Gertrud wollte Salat machen, Richies Lieblingspart war das Hantieren mit Feuer, Kohle und Grillgut, und Berthold sollte die Getränke besorgen. Geschirr und Besteck brachte sich zu solchen Gelegenheiten jeder selbst mit.

Wenn er es recht bedachte, dann stellten seine Nachbarn die wenigen außerberuflichen Kontakte dar, die er pflegte, und er würde es sehr bedauern, wenn dieses kleine Sommerhighlight verschoben oder gar aufgehoben werden musste. Er sollte Frau Eberlein auch Bescheid geben. Ihr Mann arbeitete jedes Wochenende in einer Firma für Gebäudewachdienst, und sie würde sich bestimmt freuen, wenn sie den Abend nicht alleine verbringen musste. Aber er erwähnte besser erst mal nichts von dem Vorhaben, dann musste er Frau Eberlein auch nicht enttäuschen. Heute war schon Donnerstag, und sie hatten einen Mord aufzuklären.

Persönliche Wünsche und Bedürfnisse standen bei Berthold in der Prioritätenliste immer erst hinter seinem beruflichen Pflichtgefühl, und hätte er zu diesem Zeitpunkt auch nur geahnt, welche Dimension dieser Fall für ihn persönlich annehmen sollte, sein Bedauern über ein verlorenes Wochenende hätte entschieden an Bedeutung verloren.

Berthold wischte sich eine Haartolle aus der Stirn. Mittlerweile stand auch ihm der Schweiß auf der Stirn, und er hatte schrecklichen Durst.

Die Landschaft rings um ihn strotzte nur so vor satter Kraft. Auf den sanften Hügeln grünten Weiden und Wiesen neben großen, leuchtend gelben Getreidefeldern. Die Wetterau. Eine der fruchtbarsten Gegenden Deutschlands. In wenigen Tagen würden die riesigen Mähdrescher auftauchen, um die diesjährige Ernte einzufahren, und die Bauern Tag und Nacht in Trab halten.

Berthold erinnerte sich an seinen ersten und einzigen Sommeraufenthalt auf einem Bauernhof. Ein Dorf im tiefsten Niederbayern. Es war eine herrliche Zeit der kurzen Hosen, schmutzigen Füße, eiskalten Bäche und der süßesten Kirschen und Erdbeeren gewesen. Er hatte auf dem Traktor oder auf der Ladefläche des Anhängers mitfahren dürfen und bei der Getreideernte geholfen. Damals waren noch viele Hände nötig, um die Garben zu bündeln und aufzustellen. Die Maschinen heutzutage nahmen den Landwirten viel mühselige Arbeit ab und sparten Personal ein, aber sie waren sehr teuer und mussten jederzeit ausgelastet sein, um nicht die ohnehin schon schmalen Erträge noch mehr zu mindern.

Gleichzeitig schob sich ihm wieder das Bild der jungen Toten vor sein inneres Auge. Das grauweiße Gesicht der Frau, deren Blick von einem dünnen Schleier überzogen war. „Diese Frau sollte sich im Leben tummeln, und die Augen sollten voller Lebensfreude leuchten", dachte er.

Auch wenn er schon viele Leichen gesehen hatte, machte ihn jeder neue Fall erneut betroffen. Immer wieder wühlte ihn die menschliche Abgründigkeit zutiefst auf. Was brachte Menschen dazu, so grenzenlos böse zu handeln? Jeder Fall eröffnete Berthold tiefe Einblicke in Einzelschicksale, die letztlich Motive und die Bereitschaft zum Morden hervorgebracht hatten.

Als Erstes mussten sie die Identität der Toten feststellen. Berthold erhob sich stöhnend und ging zurück. Er blieb stehen und sah zu, wie Klüber die Zeugin mit ihrem Hund zu einem Einsatzfahrzeug brachte und ihr zum Abschied die Hand gab.

„Und hier noch mein Visitenkärtchen. Sie können mich immer erreichen. Rund um die Uhr, auch mitten in der Nacht, wenn es sein muss." Berthold säuselte die Worte leise vor sich hin, und tatsächlich bewegten sich die Lippen seines Kollegen synchron dazu.

„So, nun noch ein Winke-Winke und tschüss", und tatsächlich hob Klüber seine Hand und winkte Karina Bertram noch einmal zu. Diese erwiderte die Geste lächelnd, und selbst Willy bellte noch einmal kräftig, bevor er in den Wagen sprang.

Berthold öffnete die Tür des Mondeo. Eine Hitzewelle wie aus einem Backofen strömte ihm entgegen. Klüber kam mit dynamischem Schritt, geschwellter Brust und siegessicherem Lächeln auf ihn zu.

„Klimaanlage, oder du läufst!

Das Scheusal lässt ihm keine Möglichkeit zu entkommen. Die drohenden Worte, der harte Griff und die schmerzvollen, demütigenden Berührungen lösen eine alles lähmende Angst aus. Schon allein der Geruch, den dieses Monster ausströmt, verursacht Ekel. Wenn es mitten in der Nacht auftaucht, reißen den Jungen manchmal schon diese Ausdünstungen aus dem Schlaf, bevor die unbarmherzigen Hände gierig zugreifen.

Am Morgen danach kann er manchmal nicht mehr glauben, was er erlebt hat. Kann es sein, dass er sich diese Geschehnisse nur einbildet? Wie kann er sicher sein, dass es nicht seine eigene Fantasie ist, die ihn quält? Vielleicht ist dieses Ungeheuer eine Strafe Gottes für seine Hoffnungsträume. Vielleicht stellen diese ja eine Sünde dar, sind sie doch Ausdruck seines Wunsches zu entfliehen. Muss er nicht vielmehr dankbar sein für das, was er erhält, und sich nicht ständig danach sehnen davonzulaufen?

Die dröhnenden Worte des Pfarrers in einer seiner sonntäglichen Predigten hallen in seinen Ohren: „Sei dankbar für das, was dir gegeben wird, und empfange in Demut! Maßlosigkeit und Hochmut sind schwere Vergehen, die Gott sieht und gnadenlos richtet!“

Ist seine Fantasie ein Zeichen seines Hochmuts, darf er sich über sein Dasein hinwegträumen, oder erzürnt er damit Gott? Hat Gott ihm das Ungeheuer geschickt? Seine Gedanken sind verwirrt, und er muss sich Klarheit verschaffen. Alvin, er wird Alvin fragen. Vielleicht weiß der mehr. Immerhin ist er zwei Jahre älter und zwei Jahre länger im Religionsunterricht.

Nein, das darf er nicht tun. Falls es das Monster wirklich gibt und es nicht Auswuchs seiner Einbildung ist, muss er tun, was es von ihm verlangt, sonst wird es ihn töten. Das hat er mittlerweile verstanden. Er kann niemanden fragen, denn da ist niemand, dem er vertraut; und außerdem fehlt ihm, wie immer, der Mut.

Der Polizeipräsident hatte immer als Erster alles Wissenswerte über einen Fall auf dem Tisch liegen. Den Staatsanwalt in Gießen hatte Klüber informiert und den Pressesprecher auch. Ihr direkter Vorgesetzter Jansen war noch im Urlaub, und da sollte man ihn möglichst auch noch lassen. Seine familiären Konflikte mit zwei pubertierenden Teenagern waren ein guter Grund, ihm seine Auszeit zu gönnen. Und ein anderes, nicht zu vernachlässigendes Argument lag in den geheimnisvollen Personalentscheidungen der Polizei, die ihre Führungsebene nicht immer nach Kompetenzkriterien besetzte, sondern offenbar andere Richtschnüre zum Maßstab machte. Beziehungen spielten hier, wie fast überall, die größere Rolle. Jansens Mitgliedschaft in einem Bad Homburger Tennisclub hatte seiner Beförderung mehr gedient als seiner sportlichen Kondition.

Als Vorgesetzter irritierte er das Team zeitweise durch eine Weltfremdheit, die ihresgleichen suchte. Jansen schien die Welt täglich aufs Neue zu entdecken und betrachtete sie manchmal durch seine großen, dunklen Augen mit dem Erstaunen eines Kleinkindes, das herausfindet, dass sein kleiner, bunter Plastiklöffel nicht nur zur Nahrungsaufnahme dient, sondern auch wunderbar in andere Körperöffnungen passt.

Jansen war ein sehr liebenswürdiger und friedfertiger Mann, aber als Führungskraft fehlten ihm wichtige Voraussetzungen. Der Mangel an natürlicher Autorität war eine davon. Dieser Mangel, so mutmaßte nicht nur Berthold, könnte auch ein wichtiger Aspekt bei den ausufernden Eskapaden seiner Söhne sein. Jansens 16- und 17-jährige Söhne hatten das K21 und 22 (Diebstahl und Kfz-Delikte) schon mehrmals beschäftigt.

Wie die Familie Jansen ihren gemeinsamen Urlaub verbrachte, wollte sich Berthold gar nicht vorstellen. Aber im Moment brauchten sie ihren Chef und seine – zugegebenermaßen – zeitweise auch durchaus hilfreichen Beziehungen nicht.

Ihre Dienstbesprechung hatte nicht zuletzt wegen der Abwesenheit Jansens, der durch ständiges Nachhaken und -fragen die Sitzungen meist unnötig in die Länge zog, nicht länger als eine Dreiviertelstunde gedauert.

In ihrer Ermittlungsarbeit würden Klüber und Berthold

vorerst durch insgesamt acht weitere Kollegen unterstützt. Die Urlaubszeit hatte die chronischen Personalengpässe drastisch verstärkt. Mord hatte zwar immer höchste Priorität, aber noch gab es keinerlei Hinweise, die ein Großaufgebot mit einem vielköpfigen Ermittlungsteam oder die Bildung einer Sonderkommission rechtfertigte.

Viele Fakten zu ihrem neuen Fall gab es noch nicht, und Berthold hatte zusammengefasst, was sie bis jetzt erfahren hatten. In einem kurzen Brainstorming hatten sie ihre Gedanken und ersten Eindrücke reflektiert.

Klüber hatte von den für die Ermittlung relevanten Aussagen berichtet, die ihm Karina Bertram anvertraut hatte. Er wollte freilich wegen möglicher Unklarheiten noch einmal nachhaken.

Pfitzner, der Karina am Tatort gesehen hatte, gab für die feixenden Kollegen eine genaue Beschreibung der intensiven Befragungssituation zum Besten, bis Berthold ihn unterbrach und die weitere Vorgehensweise festlegte. Er delegierte die anfallenden Arbeiten.

Ihr wichtigster Auftrag war die Identifikation der Toten und die Auswertung der wenigen Indizien. Die Computerrecherchen wie Vermisstenanzeigen und andere Datenabgleiche übernahmen Vollmer und Ramirez. Drei weitere Leute schickte Berthold nach Bad Salzhausen, damit sie mit einem vorzeigbaren Foto des Opfers bei Anwohnern, Kurgästen und Besuchern nachforschen konnten.

Hiller würde sie in dieser Sache mit einem Kollegen unterstützen. Seine langjährigen Ortskenntnisse konnten sehr hilfreich sein. Er war in der Bevölkerung bekannt und besaß den Eingeborenenbonus, der nicht zu unterschätzen war. Berthold war davon überzeugt, dass das Verschwinden einer jungen Frau auf dem Lande nicht lange unbemerkt bleiben und ein Hinweis auf ihre Personendaten nicht lange auf sich warten lassen konnte.

Entgegen den Darstellungen in beliebten Krimiserien ließen genaue toxikologische Untersuchungsergebnisse bisweilen wochenlang, DNA-Spurenanalysen teilweise bis zu drei Monate auf sich warten, verunreinigte Proben gar noch länger. Aber Herbert Pfitzner von der Spurensicherung spielte mit dem Biologen von der Rechtsmedizin Gießen seit seiner Jugendzeit Handball, und das K10 erhielt manchmal schon am nächsten Tag zumindest die

DNA-Ergebnisse. Die Obduktion wurde wahrscheinlich schon am Nachmittag von Reitzer durchgeführt.

Nun saßen die beiden Ermittler bei einem späten Frühstück in ihrem Büro.

Die Räume der Polizeidirektion Wetterau waren nicht klimatisiert, und bei den herrschenden Temperaturen halfen die Kunststofflamellen vor den Fenstern nicht wirklich gegen die drückende Hitze.

Klüber hatte einen Ventilator von zu Hause mitgebracht, und nun dominierte das leise Rattern der Flügelräder die Geräuschkulisse.

Die Männer hatten dank Tanja, einer jungen Kollegin frisch von der Polizeifachhochschule, einen starken Kaffee in ihren Tassen und lasen ihre Zeitungen.

Berthold hatte die Frankfurter Rundschau vor sich liegen, und Klüber steckte, wie fast jeden Tag, seine Nase in die Bildzeitung. Ihm reichten die plakativen Nachrichten, um seinen Informationsbedarf zum Geschehen in dieser Welt zu decken. Berthold reizte die Intensität, die fast schon an Gier zu grenzen schien, mit der Klüber jede noch so wertlose Information über ebenso hirn- wie bedeutungslose Pseudoprominenzen aufnahm. Der junge Kriminaloberkommissar wusste genau Bescheid, welche aufgehenden Sternchen gerade in welchen Betten aktiv waren, ob sie ihr Leben auf Silikon aufbauten und welche Titel die Bücher und Biografien hatten, die sich Fußballer und andere „Größen" nicht schämten, auf den Markt zu schmeißen.

Berthold fütterte seinen jüngeren Kollegen zum Ausgleich mit – wie er meinte – wirklich Wissenswertem aus aller Welt und trug ihm Auszüge aus interessanten Artikeln vor. Soviel Aufmerksamkeit, wie sie Klüber täglich dem Girl des Tages schenkte oder den Themen Auto, Motor, Sport, hatte er dabei jedoch noch nie erfahren.

Morgen würde ihr neuer Fall in den Medien stehen. Jeweils ein paar Zeilen, die einen sachlich, die anderen im üblichen abgenutzten Jargon verfasst. Mehr würde der jungen Toten erst mal nicht gewidmet werden.

Die örtlichen Medien würden wahrscheinlich mehr bringen, und sicher würde sich auch schon bald der eine oder andere Ortspolitiker lautstark zu Wort melden und nach schneller Aufklärung rufen, um damit seine Sorge um die Sicherheit der Bürger und Bürgerinnen medienwirksam zu präsentieren.

Aber wie viel öffentliche Aufmerksamkeit letztlich einem Opfer zuteil wurde, hing nicht zuletzt davon ab, ob die Person schon zu Lebzeiten interessant und bekannt oder gar vermögend gewesen war. Eine unbekannte Person hingegen wirbelte erst mal nicht allzu viel Staub auf. Für die Medien gab es vorerst keine ausreichenden Voraussetzungen, um aus diesem Schicksal verstärkt Profit ziehen zu können.

Bei einem Kind wäre dies sicherlich etwas anders, aber sie hatten es hier mit einer jungen Frau zu tun, die weder besonders prominent noch vermögend zu sein schien. Sonst hätte sie der Kollege Klüber als Erster erkannt.

Donnerstagmittag

„Im äußersten Westen ist es teilweise wolkig, und besonders in der zweiten Tageshälfte können sich hier einzelne Schauer und Gewitter bilden. In den anderen Gebieten scheint dagegen die Sonne von einem nur leicht bedeckten Himmel, und es wird hochsommerlich warm bis heiß. Die Höchstwerte erreichen im Norden 20 bis 27, im Süden 28 bis 34 Grad. Die weiteren Aussichten: viel Sonne, vereinzelt wolkig, heiß, nachts ..."

„... verzweifelte Gewalttaten", ergänzte Berthold und schaltete das Radio kurzerhand aus. Er ahnte nicht, wie recht er behalten würde.

Als Berthold in seine Brusttasche griff und ein Päckchen Rothändle hervorzog, protestierte Klüber umgehend.

„Ne, Berthold, vergifte dich, aber lass mich aus dem Spiel!"

Berthold schüttelte unwillig den Kopf, steckte die Zigaretten aber wieder ein. Dafür zog er sein vibrierendes Handy aus der Hosentasche und klappte es auf. Genau in diesem Moment begann es zu klingeln.

„Na, wenn das keine Eingebung war."

Berthold hielt sich das Telefon ans Ohr.

„Wenn man einen Vibrationsalarm für einen Geistesblitz hält, leidet man entweder an Selbstüberschätzung oder ist technisch auf tiefstem Evolutionsniveau", bemerkte Klüber trocken, aber Berthold schenkte ihm keine Beachtung.

„Aha, na dann. Wir kommen so bald wie möglich runter", schnarrte er in das Mikrofon und klappte das Handy wieder zu.

„Wir haben die Identität. Hab ich es mir doch gedacht!"

„Geht's irgendwie genauer?"

„Wie viele Leichen haben wir denn so im Moment rumliegen, Dr. Watson?", stichelte Berthold und zog wieder die Packung Rothändle aus dem Hemd.

„Berthold, du ödest mich manchmal sooo an. Geh Gassi und rauch' draußen!"

„Gassi gehen ohne Willy? Nee, da bleib ich lieber bei dir."

Klüber drehte genervt das Radio wieder an. Die Lautstärke erschien Berthold wie ein kleiner Racheakt, aber ungerührt steckte er sich seine Zigarette an und blies den Rauch genussvoll aus. Koslowski konnte warten.

Im Erdgeschoss der Polizeidirektion war die erste Anlaufstation für Bürger, die Kontakt mit der Polizei aufnehmen wollten. Hier wurden Anzeigen und Aussagen entgegengenommen, Auskünfte erteilt, es wurde beruhigt, informiert, und manchmal herrschte in dem kleinen Vorraum der Anmeldung reger Publikumsverkehr.

Auch heute standen schon einige Leute im Flur herum. Die verhaltene Stimmung war vielleicht mit der angespannten Situation in einem Zahnarztwartezimmer vergleichbar. Man benötigte und suchte Hilfe, würde aber am liebsten Reißaus nehmen. Während in einem gut organisierten Wartezimmer zur Zerstreuung irgendwelche Zeitschriften herumlagen oder zumindest bequeme Stühle zur Verfügung standen, bot die Polizeidirektion Friedberg nichts dergleichen. Hier musste man sich anders ablenken. Gegen ihre Langeweile oder ihren Frust studierten die meisten Besucher die Plakate an den Wänden, die hilfreiche Tipps für Sicherheitsmaßnahmen gegen Einbrecher und Ratschläge im Umgang mit versierten Trickbetrügern gaben. Die Fotos der gesuchten Verbrecher wurden offenbar besonders aufmerksam betrachtet. Wenn man die Verschmutzungen auf den entsprechenden Plakaten betrachtete, konnte der Eindruck entstehen, dass der Hinweis auf eine Belohnung die körperliche Beteiligung stark intensivierte und zwangsläufig eine Berührung mit sich zog, denn rund um die steckbrieflich Gesuchten zierten fettige und schmutzige Fingerspuren die Belohnungsangaben.

Ihre Schuhe quietschten laut auf dem strahlend blauen Linoleum, als Berthold und Klüber, ohne den Wartenden einen Blick zu schenken, den langen Flur an der Anmeldung vorbeiliefen. Sie betraten ein kleines Büro, in dem Polizeioberkommissar Koslowski residierte. Koslowski sprang sofort auf, als sie eintraten. Er stieß in seiner übertriebenen Eilfertigkeit mit seinem Stuhl krachend gegen die Wand.

„Stehen Sie bequem!“, bellte Berthold ironisch. Er konnte Koslowski im Besonderen so wenig ausstehen wie Arschkriecherei im Allgemeinen.

„Herr Kriminalhauptkommissar, ich habe hier eine junge Dame, die ihre beste Freundin vermisst. Die Beschreibung passt genau auf die Leiche ..."

Weiter konnte Koslowski nicht ausholen, denn ein Schrei gellte durch das kleine Büro.

„Leiche?!", kreischte die stark übergewichtige Frau, die vor Koslowskis Schreibtisch auf einem Stuhl saß, dessen Armlehnen ihren Körper mühsam gefangen hielten. Für ihren Leibesumfang außerordentlich behände, sprang sie jetzt auf und krallte sich an Bertholds Hemd.

„Leiche?!", wiederholte sie zwar etwas leiser, dafür drängte sie sich dichter an Berthold. Dieses Wort hauchte sie noch einmal. Ihr schlechter Atem schlug Berthold entgegen. Unwillkürlich hielt er die Luft an, denn die verzweifelte Frau hatte erkennbare gesundheitliche Probleme. Entweder schlechte Zähne oder ein Magenproblem verursachten einen solchen Mundgeruch. Er umfasste ihre massigen Schultern mit beiden Händen und drückte sie sanft wieder in die Umklammerung der Armlehnen zurück.

„Erst mal ganz langsam! Noch wissen wir gar nichts. Was Herr Koslowski da gesagt hat, muss überhaupt keine Bedeutung für Sie haben. Ja, es gibt eine weibliche Leiche, aber das muss ja nicht Ihre Freundin sein. Für das Verschwinden Ihrer Freundin kann es auch eine einfache und harmlose Erklärung geben, nicht wahr, Koslowski?" Strafend funkelte er den POK an.

Koslowski bemühte sich, seine Diensteifrigkeit erneut unter Beweis zu stellen, und stammelte: „Ja. Natürlich, Herr Kriminalhauptkommissar Hortmann, aber schauen Sie sich doch mal dieses Foto an. Das ist doch unsere Leiche!"

Berthold machte die taktlose Art des Kollegen noch wütender, er unterdrückte jedoch eine weitere Bemerkung. Im Moment gab es Wichtigeres zu tun, als diesem ungehobelten und unprofessionellen Klotz erzieherische Maßnahmen angedeihen zu lassen.

Er nahm von Koslowski ein Foto entgegen, das die beiden Freundinnen in Schwesterntracht vor einer Klinik zeigte. Die Polaroidaufnahme ließ eigentlich keinen Zweifel zu. Koslowski hatte recht. Das war die Tote aus dem Wald. Eine optische Übereinstimmung von 90 Prozent.

Die restlichen zehn Prozent als Zugeständnis an unkalkulierbare Zufälle.

Aber diese Gewissheit musste Berthold erst mal für sich behalten, denn zum einen konnte erst eine persönliche Identifikation jede Verwechslung und jeden Zweifel ausschließen und zum anderen beabsichtigte Berthold, so viel wie möglich von der Zeugin zu erfahren.

Bei Vernehmungen war Berthold ein Meister seines Fachs und konnte in kurzer Zeit eine vertrauensvolle Atmosphäre schaffen, indem er in jede erdenkliche Rolle schlüpfte, die gerade angesagt war. Während eines Verhörs jedoch wandte er eiskalt und scharf seine Methoden an, um Verdächtige so stark unter Druck zu setzen, dass selbst die vermeintlich harten Brocken irgendwann zusammenbrachen und wieder in die Rolle der kleinen, hilflosen und vernachlässigten Kindern schlüpften, die sie doch mit allen Mitteln abzuschütteln versuchten.

Aber im Moment handelte es sich nicht um ein Verhör, sondern erst einmal um eine Zeugenbefragung, und der Umgang mit Zeugen war ein äußerst sensibles Unterfangen. Es ging darum, objektive und präzise Aussagen zu erhalten. Je öfter ein Mensch von einem Vorgang erzählte, um so höher wurde die Wahrscheinlichkeit, dass er eigene Schlussfolgerungen und Erinnerungen mit dem eigentlichen Geschehen verband und immer unsachlicher und tendenziöser wurde. Seelischer Druck verstärkte dieses Phänomen.

Berthold wollte so schnell wie möglich sachdienliche Informationen erhalten und die Zeugin nicht unnötig in Aufregung versetzen. Abgesehen davon findet man in 90 Prozent der Fälle den Täter im persönlichen Umfeld des Opfers. Um- und Vorsicht sind daher oberstes Gebot.

Die Fantasie der jungen Frau schien mittlerweile in Bezug auf mögliche Schreckensszenarien auf die Spitze getrieben worden zu sein, denn ihr verzweifeltes Weinen, unterbrochen von einem „Oh Gott! Oh Gott!“, wurde immer hysterischer. Berthold setzte sich auf die Kante des Schreibtischs. Einige Blätter fielen dabei vom Tisch. Berthold kickte sie achtlos mit der Schuhspitze zur Seite und hinterließ darauf deutliche Schmutzspuren. Kleine Sünden strafte Berthold sofort, und Koslowskis Blick war entsprechend reumütig.

Berthold räusperte sich, beugte sich zu der Zeugin vor und sah ihr in die Augen. Im Moment konnte der aufgelösten Frau etwas väterliche Zuwendung nicht schaden, auch wenn der Altersunterschied eine solche Rollenverteilung nicht legitimierte.

Berthold passte sich der hektischen Atmung der Zeugin an. Die linke Hand immer noch auf ihrer breiten Schulter, den Blick gesenkt, zählte er für sich mit und bei Fünfzehn schaltete er auf einen niedrigeren Gang.

Solche Praktiken hatte sich Berthold in kriminalpsychologischen Seminaren angeeignet, und ihre Effizienz beeindruckte ihn jedesmal aufs Neue. Auch diesmal funktionierte es.

Frau Petra Schöneck, so viel hatte er mit einem Blick auf die Unterlagen von Koslowski entziffern können, passte sich allmählich dem Rhythmus von Berthold Atmung an und wurde ruhiger.

Berthold schickte Koslowski unter einem fadenscheinigen Vorwand aus dem Zimmer und fragte Frau Schöneck, ob sie etwas trinken wolle. Sie nickte dankbar und bat um eine Cola. Klüber verließ das Zimmer und kehrte mit drei kleinen, eisgekühlten Flaschen des klebrigsüßen Getränks und einem Pappbecher zurück. Klüber lehnte sich hinter Frau Schöneck an die Wand und blieb dort stehen. Er hielt sich während der Vernehmung diskret im Hintergrund und machte nur unauffällig Notizen. Er überließ diesmal seinem Partner die Führung des Gesprächs.

Berthold hasste Cola, aber kleine Gesten zeigten oft große Wirkung. Selbst der gemeinsame Geschmack lässt das Gefühl von Übereinstimmung aufkommen und fördert Vertrauen. Also setzte er die Flasche an und nahm erst mal einen kräftigen Schluck. Frau Schöneck lächelte ihn tapfer mit tränenverschleiertem Blick an und trank ebenfalls direkt aus der Flasche.

Da sie die Freundin und Kollegin von Martina Gerstenberger war, konnte sie viele wertvolle Informationen über „Tina", wie sie die Freundin nannte, geben. Sie war eine wertvolle Zeugin, und Berthold schenkte Frau Schönecks Aussage viel Aufmerksamkeit. Und sie war, das kam leider selten genug vor, bereit und willens, die Polizei bei ihrer Arbeit zu unterstützen. Ungeachtet der Hitze, die in dem kleinen Büro herrschte, und der kleinen Rinnsale, die sich unter ihrem dicken Doppelkinn bildeten und in der Mitte des breiten Ausschnitts vereinigten, um von da aus zwischen ihren Riesenbrüsten zu verschwinden, beantwortete Frau Schöneck geduldig alle Fragen. So brachte Berthold nach und nach folgende Eckdaten in Erfahrung:

Martina Gerstenberger: 34 Jahre alt, geboren in Schotten, wohnhaft in Nidda, Schlossgasse 21a, unverheiratet, keine Kinder, Arbeitsplatz: Privatklinik Dr. Bodo. Frau Schöneck und „Tina" waren als Krankenschwestern in der über die Grenzen der Region hinaus bekannten Klinik in Bad Salzhausen angestellt.

Die beiden hatten sich dort vor zwei Jahren kennengelernt und hatten seitdem auch privat Kontakt. Sie sahen sich täglich oder telefonierten zumindest einmal am Tag miteinander, daher war für Frau Schöneck ziemlich schnell klargeworden, dass etwas nicht in Ordnung sein konnte.

Tina hatte sich gestern Abend nicht mehr bei ihr gemeldet, rief weder an noch reagierte sie auf Nachrichten auf der Mailbox.

Frau Schöneck hatte am heutigen Vormittag bei ihr geklingelt, aber nachdem niemand geöffnet hatte, war sie wieder nach Hause, also nach Michelnau, gefahren. Sie war wohl erst etwas wütend über Tinas Unzuverlässigkeit gewesen, aber im Laufe der Stunden hatte sich dieses Gefühl in Sorge verwandelt. Sie hatte nach ihrem Nachtdienst gestern ihren freien Tag zum Ausschlafen, wollte aber trotzdem Tina abholen und zum Frauenarzt nach Lich fahren. Dort war die Freundin aber auch nicht aufgetaucht, wie man ihr mitgeteilt hatte. Auf Bertholds Frage warum Frau Gerstenberger nicht selbst ihre Arzttermine wahrnahm, seufzte sie.

Sie zierte sich etwas, senkte in konspirativem Ton ihre Stimme und offenbarte, dass Martina kein eigenes Auto besaß, da sie chronisch unter Geldmangel litt, und Tina hasste es doch mit der Bahn zu fahren.

Frau Schöneck war diese Angabe sichtlich unangenehm. Sie wollte ihre Freundin augenscheinlich nicht in ein schlechtes Licht stellen. Sie schien ihrer Freundin aufrichtig und innig verbunden zu sein.

Berthold versicherte ihr, dass alles, was sie zu erzählen hatte, sehr wichtig sei und ein Verschweigen wichtiger Tatsachen in erster Linie ihrer Freundin schaden würde.

Zwar immer noch mit gedämpfter Stimme, aber deutlich bestärkt fuhr Frau Schöneck fort. Sie war es, die immer die Wegstrecken auf sich nahm und zu Tina in die Kernstadt fuhr, um sie zu besuchen, und sie war es auch, die, wann immer es ihr Dienstplan zuließ, Tina abholte, zur Arbeit ins Krankenhaus fuhr und wenn möglich wieder nach Hause brachte. Sie war so viel und oft wie möglich mit Tina zusammen und genoss deren Gesellschaft.

In ihrem Bericht drückte sie deutlich ihre Bewunderung für Tina aus. Deren Selbstbewusstsein und Fähigkeit, Männer zu beeindrucken, sei phänomenal.

Berthold nickte ab und zu verständnisvoll und spiegelte die Gefühle seiner Gesprächspartnerin durch eine Wiederholung ihrer Aussagen.

Jetzt kam die opulente junge Frau immer mehr in Fahrt. Sie, die bei Weitem nicht die Attraktivität einer Martina Gerstenberger besaß, schwärmte bei der Beschreibung ihrer Freundin und sonnte sich förmlich in deren Attributen, als wären es ihre eigenen. Tina war schlank, sah super aus, konnte hinreißend tanzen, lustig und schlagfertig sein und bildete in jeder Runde den Mittelpunkt.

Nur im Beruf gab es nicht immer zufriedene Stimmen. Die Stationsleitung, vorneweg Oberschwester Hilde, hatte immer etwas an Tina auszusetzen, aber auch hier bewies sich Frau Schöneck als gute Seele und half und glich aus, wo sie konnte. Auch wenn es auf Anhieb eine sehr einseitige Beziehung zu sein schien, vermutete Berthold, dass als Gegenleistung etwas Glanz von der ach so Verehrten auf die von der Natur benachteiligte Freundin abfiel. Niemand handelte so vollkommen uneigennützig, und irgendetwas hatte wohl auch Frau Schöneck von ihrer Freundschaft zu Martina Gerstenberger. Frau Schöneck übernahm bereitwillig die Arbeiten, die Tina nicht mochte. Sie wechselte Windeln und wischte Erbrochenes auf, während Tina mit ihrer lebensfrohen Art die Patienten bezauberte. Tina stand sogar die langweilige Schwesternkluft, die sie nie ganz zuknöpfte, sondern mit Reizwäsche aufpeppte, die farbenfroh aus der sterilen Uniform lugte.

„Ein großzügiger Blick in die Tiefen ihres Ausschnitts hat so manchen hoffnungslosen Fall aus tiefster Lethargie gerissen“, gab Frau Schöneck lachend zum Besten. Erschrocken hielt sie inne. Sie hatte sich gehen lassen, vergessen, aus welchem Grund sie sich in diesem Büro befand und mit einem Kriminalhauptkommissar unterhielt. Das Schuldbewusstsein stand ihr ins Gesicht geschrieben. Der Redeschwall war spürbar ins Stocken geraten. Berthold spürte, dass es noch einiges in Erfahrung zu bringen gab, aber das Opfer hatte etwas Gestalt angenommen und die wichtigsten behördlichen Informationen konnten abgerufen werden. Sie konnten loslegen. Endlich! Jetzt musste er bei Frau Schöneck die Karten offen ausspielen. Letzten Endes konnte er sie nicht vor der Wahrheit bewahren. Er nahm noch einmal das Foto von der Zeugin und dem Opfer in die Hand und sah es aufmerksam an.

„Haben Sie eigentlich einen Schlüssel für die Wohnung?"

„Tina wohnt in einem Haus. Und ja, ich habe einen Schlüssel, warum?"

Die Frau griff sich an den Hals und riss die Augen erschrocken auf. Ihre Stimmlage bekam wieder einen hysterischen Unterton.

„Opfer? Sie denken, ich meine, ich denke, aber ich dachte ..., Sie wüssten nicht, ob Tina … tot … ist?"

Ruhig stellte Berthold richtig: „So ist es, das wissen wir nicht hundertprozentig. Aber wir müssen uns vergewissern. Das verstehen Sie doch. Das wollen Sie doch auch. Gewissheit haben, nicht wahr? Geben Sie mir bitte die Schlüssel."

Wortlos nickte Frau Schöneck und beugte sich über ihre überdimensionale Handtasche. Mit zitternden Händen durchwühlte sie die Untiefen des Lederbeutels. Zu Bertholds Erstaunen wurde sie schnell fündig. Der riesige Unterarm kam wieder aus der Versenkung, und triumphierend hielt ihm Frau Schöneck einen Schlüsselbund entgegen, an dem ein glitzerndes Namensschildchen in Form einer Krone Tina als Besitzerin auswies.

„Danke, Frau Schöneck. Wann genau haben Sie Ihre Freundin das letzte Mal lebend gesehen?"

„Lebend?" Die Zeugin stockte und zögerte einen Moment. Berthold sah sie aufmerksam an. Das kurze Zögern konnte er der Tatsache zuschreiben, dass sich Frau Schöneck mit dem Gedanken vertraut machen musste, dass ihre Freundin möglicherweise nicht mehr lebte, oder der Tatsache, dass die Zeugin log.

„Ja, gestern, also gestern Abend in der Klinik."

„Um wie viel Uhr war das genau?"

Klübers Stimme erscholl hinter dem Rücken der Zeugin. Frau Schöneck zuckte zusammen.

„So um zehn oder so."

„Was heißt oder so?", konterte erneut Klüber. „War es jetzt zehn Uhr oder nicht?"

Hilfesuchend sah die Frau, die jetzt aus allen Poren zu schwitzen schien, zu Berthold. Der nickte ihr freundlich auffordernd zu.

„Es war fast zehn. Tina kam wie immer zu spät. Deswegen gab es ja auch wieder Stunk."

Berthold horchte auf. „Was meinen Sie damit, mit wem gab es Stunk?"

„Auf der Arbeit eben. Mit der Oberschwester und so."

Klüber stöhnte und trat näher an die Zeugin heran.

„Und so ... Können Sie das bitte präzisieren?" Seine Stimme wurde schärfer.

Berthold winkte beschwichtigend ab. „Erzählen Sie mal, was da gestern so um zehn in der Klinik ablief."

Kleinlaut stammelnd presste Frau Schöneck die Worte heraus: „Es gab eben den üblichen Knatsch wegen Tinas Zuspätkommen und dann die hundertste Kündigung."

„Ach, davon haben Sie uns noch gar nichts erzählt!"

„Sie haben ja nicht gefragt!"

„Hören Sie mal ..." Weiter kam Klüber nicht. Berthold sah immer noch freundlich drein.

„Frau Schöneck, ich bitte Sie, erzählen Sie mir alles, was gestern so um zehn Uhr vorgefallen ist. Das würde uns sehr weiterhelfen und letztlich Ihnen selbst auch."

„Ja, also ...", die dicke Frau atmete tief ein und fuhr fort: „Der Nachtdienst fängt um neun Uhr an, und Tina kam wie immer zu spät zum Dienst. Sie hatte ein Gespräch mit Oberschwester Hilde im Personalraum, und danach ist sie einfach gegangen. Ohne mir was zu sagen. Hat nicht mal ihre Blumen von Herrn Tietze mitgenommen, und dabei sahen die so schön aus."

Bevor Frau Schöneck näher auf die Schönheit der Blumen eingehen konnte, unterbrach Berthold schnell.

„Wer ist Herr Tietze?"

„Ein Patient, der ist entlassen worden und hat einen Riieeesenstrauß für Tina dagelassen und anstatt sich ..."

Berthold hob fragend die Augenbrauen.

„Frau Schöneck, Sie sagten, Frau Gerstenberger wurde schon mehrmals wegen Unzuverlässigkeit gekündigt, aber wieso arbeitete sie immer noch in der Klinik?"

„Ja, wenn es nach Oberschwester Hilde gegangen wäre, hätte Tina schon längst gehen können, aber Doktor Schweikert hatte da immer seine Hand drauf."

Wie das näher aussah, das Hand-drauf-Halten, konnte sich Klüber offenbar sofort vorstellen, denn er grinste maliziös. Berthold räusperte sich laut und warf dem Kollegen einen kurzen Blick zu, den dieser richtig deutete . Dann wurde er wieder ernst.

„Andere Gründe als Unzuverlässigkeit gab es nicht?"

„Nnein."

Das erneute Zögern nahm Berthold wahr, ging aber nicht darauf ein, sondern fragte weiter: „Und warum haben Sie Ihre Freundin als vermisst gemeldet, nachdem Sie gerade mal einen Vormittag lang keinen Kontakt zu Ihnen aufgenommen hat?"

„Was wollen Sie eigentlich von mir?" Die Stimme von Frau Schöneck nahm an Lautstärke und Höhenlage zu. „Ich habe mir halt Sorgen gemacht. War das vielleicht falsch? Immerhin ist Tina jetzt tot, oder?"

Jetzt strömten die Tränen wieder in Sturzbächen aus den verquollenen Augenlidern.

„Das wissen wir doch noch gar nicht, oder wissen Sie da mehr als wir?"

Zornig trumpfte Klüber auf. Diesmal schwächte Berthold nichts ab, sondern sah Frau Schöneck unbewegt an.

„Na ja", gab Frau Schöneck nach einem kurzen Moment klein bei, „ich habe mir schon diesmal etwas mehr Sorgen gemacht, weil die Hoffmann, also ich meine die Oberschwester, die konnte man ja bis in den Flur hören und diesmal klang alles eben doch ziemlich ernst. Aber als Tina mich in der Nacht nicht angerufen hat und auch nicht ans Telefon gegangen ist, da hab ich eben gedacht, vielleicht hat sie ja was Dummes gemacht und ..."

Bei diesem Gedanken begann sie wieder zu schluchzen.

„War sie denn der Typ, der dazu neigt, Dummheiten zu machen?"

Trotzig schob die Zeugin die Unterlippe vor. „Nein, eigentlich nicht, ich meine, halt nicht so was!"

Berthold sah, dass Klüber nun wirklich wütend zu werden schien. „So was, und so, so halt ... Sie sind doch Krankenschwester, oder? Kann man sich in diesem Beruf erlauben, so vage zu sein wie Sie?"

Die Tränen wichen der Wut, die sich nun in Frau Schöneck breitzumachen schien. „Ich meine *Nein*, Tina war kein suizidgefährdetes Wesen, und *Ja*, sie hat manchmal Dummheiten gemacht, hat die Dinge eben leichter genommen als unsereiner."

Frau Schöneck schleuderte die Worte in Bertholds Richtung. Sie war wohl enttäuscht, dass aus dieser Ecke keine Rückendeckung kam. Sie hatten vorerst genug erfahren, aber er brauchte ihre Kooperationsbereitschaft weiterhin. Er tat ihr also den Gefallen und lenkte freundlich ein.

„Wann waren Sie das letzte Mal in Martinas Wohnung?"

„Am Montagabend, da habe ich sie nach Hause gefahren und habe ihr einen Kasten Wasser reingetragen. Ich dachte, wir essen noch zusammen eine Pizza, aber Tina meinte, sie hätte keine Lust."

Ein schnaubender Ton entfuhr Frau Schöneck und Berthold spürte ihre Empörung und nutzte dieses Gefühl.

„Würden Sie sich unsere Leiche ansehen, damit wir endgültig ausschließen können, dass es sich um Martina handelt?"

Überrumpelt stimmte Frau Schöneck zu.

„Okay, dann wird Sie eine Polizistin am besten gleich in die Rechtsmedizin begleiten, dann haben wir es hinter uns."

„Ach, und Sie fahren nicht mit?" Die Tränendrüse von Frau Schöneck produzierte wieder auf Hochtouren.

„Nein! Ich muss mich um die Aufklärung in einem Mordfall kümmern. Ich weiß, Sie werden das verstehen, und ich darf mich bei Ihnen ganz herzlich bedanken. Ihre Aussage war überaus hilfreich."

Berthold nahm Frau Schönecks Hand und schüttelte sie fest.

Mit dem Hinweis „Ich werde Sie sicherlich noch einmal aufsuchen" gab er ihr seine Visitenkarte und bat sie, ihn anzurufen, falls ihr noch etwas Wichtiges einfallen würde.

„Ach, Frau Schöneck, eine Frage noch. Warum sind Sie eigentlich zu uns gekommen und nicht in Nidda zur Polizeistation gefahren? Das liegt doch erheblich näher."

„Ich habe heute in der Bäckerei gehört, dass man eine Tote in Bad Salzhausen gefunden hat, und da bin ich gleich zur Polizeistation Nidda gefahren, aber die haben mich dann zu Ihnen geschickt."

Berthold zog die Augenbrauen hoch. Die Nachrichten breiteten sich in einer Kleinstadt aus wie ein Buschfeuer, das war ihm klar, aber so schnell hätte er noch keine Reaktionen erwartet.

„Aha. Sie haben also gleich einen Zusammenhang zwischen dem Auffinden einer Toten und dem Verschwinden Ihrer Freundin gesehen?"

Die Zeugin wich seinem Blick aus und schnaufte kurzatmig. „Manchmal hat man ja so Ahnungen, oder?"

„Tatsächlich? Na dann, Frau Schöneck."

Er vergewisserte sich, dass Koslowski die Personalien in die Datei aufgenommen hatte, und verabschiedete sich noch einmal. Berthold drehte sich zu Klüber um.

„Mein Kollege hier kümmert sich um alles Weitere."

Klüber streckte ihm hinter dem Rücken der Zeugin seinen Mittelfinger in eindeutiger Gestik in die Höhe, stieß sich von der Wand ab und führte Frau Schöneck beim Ellbogen zur Tür. Sie drehte sich im Türrahmen, den sie mit ihrem Körper fast ausfüllte, noch einmal um und winkte Berthold zaghaft lächelnd zu, bevor sie den Raum verließ. Berthold nickte kurz zurück und riss das Fenster weit auf.

„Scheißsommer!", fluchte er.

Berthold saß an seinem Schreibtisch und dachte nach. Die Füße auf dem Tisch, die Arme hinter seinem Nacken verschränkt, wippte er langsam hin und her. Die üblichen Schritte waren eingeleitet. Eine Identifizierung hatte zwar noch nicht stattgefunden, aber anhand des Fotos, das Frau Schöneck vorgelegt hatte, war für Berthold und Klüber klar, dass es sich um die Tote aus Bad Salzhausen handeln musste.

Klüber hatte er beauftragt, die Angehörigen ausfindig zu machen. Die Zeugin hatte Klüber noch von einer Kusine und einer betagten Großtante berichtet, die ihres Wissens die einzigen noch lebenden Verwandten des Opfers waren. Er tippte nun emsig auf seiner Tastatur herum. Berthold lauschte dem rasanten Tempo des Klicke-di-Klicke-di-Klick und ging im Kopf alle erledigten und noch auszuführenden Aufgaben durch. Er hatte Tanja beauftragt, die üblichen Recherchen aufzunehmen, die Kontobewegungen des Opfers zu prüfen, von der entsprechenden Telefongesellschaft an- und abgehende Telefonate auflisten zu lassen und sonstige Datenabgleiche vorzunehmen.

Die Wohnung der Krankenschwester war bereits gesichert. Die Dienststelle in Nidda war mit der Auflage informiert worden, dass niemand außer ihm und der Spurensicherung die Wohnung betreten durfte. Berthold musste nun in der Rechtsmedizin anrufen und nachfragen, ob Frau Schöneck zweifelsfrei ihre Freundin identifiziert hatte.

Er hätte die Zeugin zu Reitzer begleiten können, aber die beauftragte Polizistin war entsprechend psychologisch geschult, und schließlich konnte und wollte er nicht alles selbst machen. Er war ehrlich und fügte seinen Gedanken noch ein „auch nicht alles ertragen" hinzu. Ihm war klar, dass die Reaktion von Frau Schöneck beim Anblick der Leiche heftig ausfallen würde, und er wollte einfach nicht dabei sein.

Sein Magen knurrte vernehmlich, und ein Blick auf die Uhr verriet ihm, dass es nach Mittag war. Vielleicht konnten sie unterwegs nach Nidda irgendwo eine Kleinigkeit essen. Berthold suchte nach seinen Zigaretten. Vergeblich tastete er seine Hemdtasche ab und wühlte die Papiere auf seinem Tisch durch. Mist, wahrscheinlich hatte er das Päckchen in Koslowskis Büro liegen lassen.

Er musste erst bei Reitzer anrufen und anschließend die Spurensicherung losschicken. Telefonieren, ohne zu rauchen? Für einen obsessiven Raucher wie Berthold kaum denkbar. Unwillig fegte er die oberste Akte auf dem Stapel vor ihm zur Seite. Langsam rutschte sie dem Tischrand immer näher.

„Scheiße!"

Berthold fluchte, machte aber keinerlei Anstalten, das Voraussehbare aufzuhalten. Als die Akte auf den Boden fiel, sah Klüber kurz von seinem Monitor auf, zog ein Päckchen Rothändle aus seiner Schreibtischschublade, warf es kommentarlos zu Berthold und griff anschließend zum Telefon. Genauso schnell wie zuvor auf der Computertastatur tippte er nun rasant eine Telefonnummer ein, die er aus seinem Notizbuch ablas. Kurz darauf flötete er ein erfreutes „Hallöchen!" in die Hörermuschel.

Offenbar reichte diese selten dämliche Begrüßung nicht aus, um sich ausreichend zu erkennen zu geben, denn Klüber führte weiter aus:

„Ich bin es."

Auch diese weitere Erklärung schien für den Teilnehmer am anderen Ende nicht erhellend genug zu sein, denn Klüber flötete:

„Kriminaloberkommissar Klüber."

Berthold war schlagartig klar, mit wem sein Untergebener telefonierte. Er griff sich an die Stirn und schüttelte den Kopf. Er konnte sich nicht erinnern, dass er sich jemals so hormongesteuert verhalten hätte. Job war Job und Privates musste privat bleiben. Eine Verquickung war für Berthold undenkbar. Er verdrückte sich nach seinem Dienst am liebsten in den Keller, entspannte bei seiner Musik oder legte sich mit Murr auf die Couch und las nächtelang. Die gelegentlichen Treffen der Kollegen zu einem Bier nach Feierabend nahm Berthold selten wahr, hatte auch Klüber noch nie zu sich eingeladen, obwohl er den Kollegen sehr mochte.

Dieses Gespräch lief eindeutig auf ein abendliches Date hinaus und nicht auf eine polizeiliche Befragung.

Sich ausgerechnet mit einer Zeugin zu verabreden, auf so eine Idee wäre Berthold nie gekommen.

Dies machte er seinem Kollegen durch ein heftiges Tippen mit dem Zeigefinger gegen die Stirn deutlich.

Klüber drehte sich kurzerhand auf seinem Stuhl um und säuselte nun die Wand an. Berthold steckte sich eine Zigarette an und hustete übertrieben laut. Dabei verschluckte er sich und musste nun tatsächlich gegen den krampfartigen Reiz seiner Bronchien ankämpfen.

Klüber säuselte unbeeindruckt weiter. Satzfragmente wie: „Ja, bin noch im Büro ... wichtige Fortschritte gemacht ... abends Zeit" drangen zu Berthold vor.

Einem fremden Telefonat zu lauschen, war eindeutig nicht seine Art. Auch Klübers Balzverhalten interessierte ihn generell nicht, aber es ging ihn etwas an, wenn Klüber gegen Vorschriften verstieß. Ein privates Treffen musste nicht zwangsläufig dienstwidrig sein, aber während einer laufenden Ermittlung hatte ein guter Polizist jegliche Handlungen, die einer schnellen und umfangreichen Ermittlung entgegenlaufen könnten, zu unterlassen. Punkt.

Der Husten schüttelte ihn erneut und schien sich zu einem Brechreiz hochzuarbeiten. Berthold stand auf und schnappte sich die Flasche Wasser von Klübers Schreibtisch, setzte die Flasche an den Mund und trank.

Er hörte Klüber sagen: „Ja, genau der."

Pause.

„Ja, raucht wie ein Schlot, aber sonst ist er ganz okay. Also dann bis acht!"

Klüber legte auf und sah zu Berthold hoch.

„Oh, Mann, ist die süß."

„Lass mich raten: Das Frauchen von Willy hat dir ins Ohr gepiepst, dass sie außer Willy noch einen starken und kräftigen Partner braucht, der sie des Nachts durch die Wälder und Flure der Wetterau begleitet und beschützt."

Ins Schwarze getroffen. Klüber lächelte gezwungen:

„Na und? Nur weil du zu alt bist, muss ich ja nicht leben wie ein Mönch, oder?"

Das war allerdings auch nicht weit weg von der Hundert auf der Schießscheibe, die direkt in der Mitte von Bertholds Selbstbewusstsein saß. Berthold schluckte zwar schwer ob dieser Anzüglichkeit, aber brachte trotzdem ein Grinsen zustande.

„Hinterlasst nicht so viel Müll im Wald, wenn du ihr bei einem Spaziergang durch die laue Sommernacht noch die Sterne vom Himmel holst."

„Für wen oder was hältst du mich eigentlich?"

„Mach, was du für richtig hältst. So jung und blöd, um gegen die Vorschriften zu verstoßen, bist du ja auch nicht mehr, und bei der Gelegenheit kannst du die Abdrücke von Willies Pfoten nehmen, damit wir sie mit den Spuren auf dem Gesicht der Leiche vergleichen können."

Da er Klüber kein Lächeln entlocken konnte, ließ er auch wieder die Mundwinkel hängen.

„Krieg dich wieder ein, Mann! Hast du die Adressen von den Angehörigen?"

Klüber hielt ihm einen Ausdruck mit Namen und Adressen der beiden einzigen Verwandten hin. Berthold nahm den Zettel entgegen, warf einen kurzen Blick darauf und steckte ihn in seine Brusttasche, zog dabei das Polaroid von Frau Schöneck heraus, das sie Arm in Arm mit ihrer Freundin Martina vor dem Eingang der Klinik in Bad Salzhausen zeigte. Er sah sich das Foto noch mal an.

Es dokumentierte zwei schon rein äußerlich vollkommen unterschiedliche junge Frauen, die ihm aber beide offen und erwartungsvoll entgegenblickten. Zwei Frauen, die sich sicher waren, dass ihnen die Zukunft noch einiges zu bieten hatte, und sich von ihr einige Chancen erhofften. Nun war die mit den vermeintlich größten Erfolgsaussichten tot. Ermordet. Ihres Lebens und ihrer Hoffnungen beraubt. Weggeworfen wie eine lästige Idee. Ob der Fund- und Tatort kein Zufall war, sondern Ausdruck von Hass, Strafe oder Rache? Achtlos behandelt wie, ja, was behandelte man achtlos? Nur Müll, Unrat!

Keine Metaphorik traf das traurige und sicherlich unverdiente Ende dieser jungen und einstmals schönen Frau. Niemand und keine Schuld dieser Erde rechtfertigte so eine Behandlung. Was hatte zu dieser Eskalation geführt? Welche kranke Seele steckte hinter dieser Gräueltat? Wer lebte da draußen mit einem Mord auf dem Gewissen , und wo und wie konnte er diese Person ausfindig machen? Fragen über Fragen, die sich Berthold bei jedem Fall stellte und auf die er Antworten finden musste.

„Irgendetwas fällt mir bei dem Foto auf, ich kann dir aber nicht sagen, was es ist."

Damit gab er Klüber das Bild. Der sah sich die Aufnahme an, verzog nachdenklich das Gesicht, schüttelte schließlich den Kopf.

„Was meinst du? Bei mir tut sich nix. Die eine sieht klasse aus, die andere ist ganz und gar nicht mein Fall, was sonst?"

Berthold stöhnte unwillig. Da war etwas, eine winzige Information, eine Nachricht, die er nicht ausmachen konnte. „Mehr fällt dir nicht auf?"

Klüber besah sich erneut die Aufnahme.

„Ich sehe eine Frau mit der Figur einer Domina, die aber die andere Rolle vorzieht und lieber fragt: ‚Darf ich deine Stiefel lecken, Herrin?' Die andere sieht aus wie ein Püppchen, geht aber angeblich mit ihrer Freundin um wie ..." Er suchte nach einem passenden Vergleich, der ihm auch gleich einfiel. „... so wie du mit mir, Bertie."

Er lachte lauthals über seinen eigenen Witz und fuhr glucksend fort:

„Mehr sehe ich nicht, mal abgesehen von der Hintergrundkulisse, Krankenhaus, Blümelein, trallala et cetera."

Berthold schlug sich die Hand auf die Stirn.

„Ich Idiot! Na klar. Guck dir die Mädels doch an. Also, wenn mich eine Frau so angucken würde, wüsste ich, die will was von mir. Die himmeln beide jemanden an, Mann!"

„Du würdest es doch nicht mal kapieren, wenn dir eine am Bein hängen und um Liebe betteln würde, so blind bist du in Sachen Frauen."

Berthold ließ sich auch diesmal nicht von Klübers Sticheleien ärgern, aber seine Schmerzgrenze war fast erreicht.

„Wer hat diese Aufnahme gemacht? Wen sehen die beiden so schmachtend an?"

„Die Schöneck hat nichts von einem Lover erzählt."

„Die hat eine ganze Menge Einzelheiten weggelassen. Die haben beide denselben Blick aufgelegt. Die sind beide in denselben Typen verknallt. Das könnte ich schwören", entgegnete Berthold.

„Fragt sich nur, wie alt die Fotografie ist", konterte Klüber.

„Sie ist laut Frau Schöneck von diesem Jahr, und wenn ich mir den Kirschbaum ansehe, kann es noch nicht lange her sein", kombinierte Berthold scharfsinnig.

„Wie sieht man denn einem Kirschbaum an, welche Jahreszeit gerade ist?"

Klüber, der Vertreter der jungen, technikgeilen Generation, stand eindeutig auf dem Schlauch.

„Ach, Klüber, es fragt sich doch echt, wer hier eigentlich der Bub vom Land ist. Wann hast du das letzte Mal Kirschen gegessen?"

„Mann, Berthold, mach es nicht so spannend! Wenn ich Fragen beantworten will, gehe ich zu Pilawa. Da gibt es wenigstens Kohle dafür."

„Pilawa? Ist das eine neue Reissorte oder eine von deinen debilen Sternchen am Medienhimmel? Egal, vergiss es. Ich sage dir, die Aufnahme ist keine vier Wochen alt. Die Blätter sind dunkelgrün, Blüten gibt es nicht, Früchte auch nicht, und abgesehen davon blühen hier noch die entsprechenden Blumen der Saison", resümierte Kriminalhauptkommissar Hortmann.

„Wow. Ich bin beeindruckt, Berthold!"

Klüber pfiff angesichts eines solchen botanischen Wissensstands anerkennend durch die Zähne.

„Du meinst mit anderen Worten, es gibt ein Motiv: Eifersucht. Die Schöneck und Tina waren in denselben Macker verknallt. Tina hat eindeutig die besseren Karten, und die Schöneck erschlägt ihre allerliebste Freundin."

„Kräftig genug wäre sie ja schon. Aber wäre sie dann freiwillig zur Aussage gekommen?", fragte Berthold mehr sich selbst als seinen Kollegen.

„Wenn ja, dann wäre es ein äußerst cleverer Schachzug. Sie musste wissen, dass Tina irgendwann gefunden und identifiziert wird, und jeder, der Tina kennt, weiß, dass sie mit der Schöneck befreundet ist. Wir wären auf jeden Fall auf sie zugekommen, und Angriff ist nun mal eine gute Verteidigungsstrategie. Aber ..." Berthold kratzte sich am Kopf. „Aber sollte ich mich so täuschen lassen von der Frau? Ihre Sorge wirkte echt."

„Nicht nur Gott allein ist unfehlbar, oh nein, auch Kriminalhauptkommissar Hortmann weiß und sieht alles im rechten Lichte!", spöttelte Klüber theatralisch. „Nur die Frauen kennst du nicht, mein Held! Nimm einen Fotoapparat in die Hand und ich sage dir, die meisten Frauen setzen einen lasziven Blick auf und blicken schmachtend in die Kamera. Das heißt nicht, dass der Fotograf damit gemeint ist. Das hast du nur immer missverstanden."

Unbeirrt fuhr Berthold fort:

„Was ich mich frage, ist: Warum ist sie eigentlich nicht in die Wohnung von Martina Gerstenberger gegangen, als diese nicht aufgemacht hat? Also wenn ich befürchte, dass jemandem was passiert ist, und ich habe einen Wohnungsschlüssel, dann sehe ich doch erstmal dort nach, ob die Person vielleicht verletzt und hilflos ist und Hilfe braucht. Es sei denn ..."

„Es sei denn, sie wusste genau, dass Tina nicht zu Hause sein konnte, weil sie sie in ihrer Eifersucht oder im Streit um deinen ominösen Lover am Friedhof getötet hat. Vielleicht hatte sie aber auch ihren Part der demütigen Sklavin satt, und ihr sind die Sicherungen durchgebrannt."

„Möglich ist viel. Wir dürfen nichts außer Acht lassen. Warum ist sie nicht erstmal in die Wohnung, geht dafür aber gleich zur Polizei? Das allein ist doch schon ungewöhnlich", sinnierte Berthold weiter.

„Sie ist einfach nicht in die Wohnung spaziert, weil sie dachte, ihre Freundin vergnügt sich gerade mit dem

Traum ihrer schlaflosen Nächte, und da wollte sie eben nicht stören, feinfühlig, wie sie ist“, legte Klüber sarkastisch nach.

„Mann, Klüber, du hast echt eine Wahnsinnsspürnase, und das gepaart mit einer immensen Feinfühligkeit! Ich sollte dich Rex nennen, das würde auch irgendwie besser passen, jetzt wo du und Willy sich ein Frauchen teilen.“

Berthold wartete einen Moment, aber Klüber zuckte nicht einmal mit der Wimper.

„Wir müssen sie auf jeden Fall noch näher unter die Lupe nehmen. Reitzer wird uns anhand der Wucht, mit der der Schlag ausgeführt wurde, sagen können, ob eine Frau infrage kommt. Vielleicht hat es uns der Mörder oder die Mörderin ja leicht gemacht und Spuren auf dem Stein hinterlassen. Warten wir es ab.“

„Erst Nidda, dann die Angehörigen, dann die Schöneck und dann die Klinik – oder wahas?“, äffte Klüber Frau Schöneck nach.

Bertold atmete tief ein, steckte das Foto wieder ein und antwortete: „Warte, bis ich Reitzer erreicht habe, dann rufst du die Kollegen in Bad Salzhausen an und informierst alle über die Identität. Vollmer und Ramirez kannst du auch Bescheid sagen, die sollen in die Klinik fahren und sich in der Station umhören und was sonst so infrage kommt. Ganz wichtig: die Kantine, da brodelt immer die Gerüchteküche. Hiller und seine Leute sollen helfen, wenn sie können. Wir gehen zur Wohnung des Opfers. Vielleicht gibt es dort Hinweise auf Kontakte, Liebhaber oder sonst was. Ich habe schon wieder Hunger.“

„Nicht nur du. Wir können uns ja auf dem Weg was suchen.“

Reitzer teilte Berthold am Telefon mit, dass Frau Schöneck die Tote einwandfrei als Martina Gerstenberger identifiziert hatte. Er gab ihm auch einen kurzen Zwischenbericht mit den ersten Ergebnissen von der Obduktion der Leiche.

Den Todeszeitpunkt gab er mit circa halb elf bis elf Uhr in der Nacht von Mittwoch auf Donnerstag an.

Unvermittelt brüllte er in die Leitung: „Da schreibt der Idiot Herzinfarkt, dabei war es eine 1A-Vergiftung, wie aus dem Bilderbuch! Sagen Sie dem Mann, er soll sich seine Kreislaufversagen und Herzstillstände sonst wohin schreiben. Das sind keine Todesursachen. Wenn ich ihn das nächste Mal nach einer solchen Verlegenheitsdiagnose erschieße, will er in seinem Totenschein auch nicht stehen haben, dass sein Herz einfach stehen geblieben ist, oder?“

Berthold war im ersten Moment irritiert. Sprach der Mann mit ihm oder hatte er jemanden in seine unterirdische Werkstatt gezerrt, dem er jetzt Nachhilfe in Sachen Leichenschau gab? Wahrscheinlicher erschien es Berthold, dass der Rechtsmediziner gerade einen Totenschein in den Händen hielt, der ihn so erboste. Er wartete einen Moment und zuckte zusammen, als Reitzer in unverminderter Lautstärke äußerte, dass er jetzt keine Zeit mehr habe, und mit der Bemerkung „Für alles Weitere kommst du eben hier vorbei“ einfach auflegte.

Sie mussten wohl selbst nach Gießen fahren und persönlich bei Reitzer reinschauen. Er hatte Berthold keine Chance gegeben, eine Frage zu stellen. Das Adjektiv „schrullig“ wurde für Reitzer persönlich neu definiert. Verglichen mit ihm war Berthold geradezu eine Kommunikationsbombe, aber in seinem Fach wurde der erfahrene Rechtsmediziner weit über die Grenzen Gießens hinaus geschätzt.

Er kämpfte für eine bessere Ausbildung der Leichenbeschauer, für mehr Geld in Aus- und Weiterbildungen und für mehr Personal. Er nahm kein Blatt vor den Mund und machte in der Öffentlichkeit keinen Hehl aus seiner Einschätzung, dass in Deutschland sehr viele Tötungsdelikte nicht geahndet wurden, weil zu wenig Obduktionen durchgeführt und zu wenig Ermittlungsverfahren eingeleitet wurden.

Er machte sich damit nicht immer und überall beliebt, aber Berthold bewunderte und respektierte diesen Mann nicht zuletzt wegen seines Mutes, seiner Kompetenz und seines Einsatzes für die Toten.

Also war als Erstes die Wohnung von Martina in Nidda dran, dann die Verwandtschaft und wenn dann noch genug Zeit blieb, dann auch noch Reitzer. Dabei war es jetzt schon nach halb eins.

Dem Jungen ist aufgefallen, dass das Ungeheuer immer dann auftaucht, wenn sie Nachmittagsfreizeit haben. Dienstags fährt seine Zimmergruppe mit dem Bus ins örtliche Schwimmbad, um an einem Schwimmkurs teilzunehmen, den ein Bademeister namens Krauskopf leitet. Er holt die Kinder ab und begleitet sie anschließend wieder ins Heim zurück. Meistens bleibt er auch noch zum Abendbrot, um es sich anschließend mit den Erziehern bei einem Glas Wein oder Bier gemütlich zu machen. Er kommt auch oft am Donnerstagabend vorbei. Dann ist nämlich Wochenplanbesprechung. Das heißt, alle sitzen zusammen im Büro von Heimleiter Darius, die Erzieher und Erzieherinnen, der Herr Pfarrer und eben auch Herr Krauskopf, und reden. Alle Jungs mögen den lustigen, immer gut gelaunten Mann und seine Späße. Er macht immer Witze, er lacht mit ihnen, macht ihnen Mut und lobt sie für jeden noch so kleinen Erfolg. Herr Krauskopf schafft es, dass sie Stunden voller Fröhlichkeit erleben können und unter den Kindern so etwas wie Gemeinschaft entsteht. Dieses Gefühl gibt es nur selten und wenn, nur innerhalb kleiner Gruppen. Rangordnungen regeln das Miteinander. Bekomme ich eine Ohrfeige, dann bekommt der nächste von mir eine geknallt und der muss sich eben auch einen Schwächeren suchen, den er treten kann. Das Leben im Heim ist geprägt von strengen Regeln und Gesetzen, an die muss man sich halten oder muss lernen einzustecken. So ist das eben.

Aber die Schwimmstunden mit Herrn Krauskopf kann man genießen, solange sie eben dauern.

Donnerstagnachmittag kommt der Pfarrer ins Heim und gibt Kommunionsunterricht und hält seine Chorstunde. Für die meisten anderen Jungs ist diese Zeit ein Gräuel, aber für den kleinen Jungen ist Musik und Gesang etwas Wunderschönes und Tröstliches. Seine Mutter kann auch herrlich singen und tut dies oft für ihn. Ihre Stimme dringt leise und zart bis in jeden Winkel seiner Seele. So ist er bei jeder Gesangsstunde mit ganzem Herzen dabei, lernt Texte auswendig und erntet vom Herrn Pfarrer so manchen freundlichen Blick.

Wenn der Diener Gottes Kopfnüsse und Ohrfeigen austeilt, betont er immer wieder, dass es seine heilige Pflicht ist, den entwurzelten Kindern eine gottesfürchtige Haltung anzuerziehen, um sie vor dem Abgrund der Sünden zu bewahren, die ihre Eltern begangen haben. Diese Aufgabe muss er mit aller Strenge wahrnehmen, um sie nicht zum Abschaum der Gesellschaft verkommen zu lassen. Da der Herr Pfarrer immer mit Lob, aber nie mit Kritik spart, ist seine Anerkennung eine echte Auszeichnung. Das macht den Jungen stolz.

Will der Junge die Unterschiedlichkeit der beiden Männer beschreiben, fällt ihm Wirsing und Schokoladenpudding ein. Herr Krauskopf ist nicht mit Wirsing zu vergleichen und Schokopudding ist Hochgenuss.

Nachtisch gibt es nur einmal in der Woche. Entweder Milchreis, Kompott, Grießbrei oder Schokoladen- und Vanillepudding machen den Sonntag zum Sonntag. Aber nur die bekommen ihn, die sich innerhalb der Woche nichts zu Schulden haben kommen lassen. Gemüse kommt dagegen fast täglich auf den Tisch, weil es hilft, groß und stark zu werden, denn alles, was nicht schmeckt, ist gesund. Ekliger Wirsing ist dafür ein Beweis. Aufessen müssen sie aber alles, egal ob es schmeckt oder nicht. Wer seinen Teller nicht leer isst, bleibt so lange sitzen, bis die Pflicht erledigt ist. Es kommt immer wieder vor, dass sich einer von ihnen erbricht. Allerdings ist das auch kein Ausweg, denn dann wird man gezwungen, das Erbrochene zu essen. Wenn nötig mehrmals.

So eine Mahlzeit kann sich über Stunden hinziehen und ist eine schreckliche Qual. Sie macht klein, so erbärmlich klein. Sie verwandelt selbst den Stärksten unter ihnen in einen Wurm, der jeder Schuhsohle hilflos ausgeliefert ist. Die Scham brennt so bitter und ätzend wie die Magensäure, die sich durch die Speiseröhre beißend nach oben drängt und anschließend wieder scharf hinunter fließt.

Der Junge isst immer, was ihm auf den Teller gelegt wird, und er kommt mit beiden Männern aus. Bis ihm plötzlich der Zusammenhang mit dem Erscheinen des Monsters klar wird, hat er sich auf jeden der beiden Termine gefreut.

Die Nächte verdunkeln sein Leben zunehmend, und womöglich könnte er sich in dieser Düsternis unrettbar verfangen, als ein Ereignis dem Jungen ganz unerwartet eine Zeit der Entscheidung und der großen Veränderungen bringt.

Das ist der Zeitpunkt, als der kleine Peter ankommt.

Stunden später wachte sie auf. In einem diffusen Zustand zwischen Wachen und Träumen hielt Anniken die Augen immer noch geschlossen. Um sich endgültig in die reale Welt zu versetzen, konzentrierte sie sich auf die Geräusche um sie herum. Durch das gekippte Fenster drangen typische Sommerklänge. Aus der Ferne ertönte heiteres Kinderlachen, vermischt mit dem Motorenlärm eines Rasenmähers und fröhlichem Vogelgezwitscher. Die Erinnerung an die Ereignisse der letzten Nacht drang in ihr Bewusstsein und ließ Anniken schlagartig hellwach werden. Sie schlug die Augen auf.

In ihrem Kopf hämmerte ein Presslufthammer und arbeitete sich vom Hinterkopf aus immer weiter vor.

Der Lichteinfall in ihrem Schlafzimmer verriet ihr, dass es schon mindestens Mittag oder früher Nachmittag sein musste. Sie versuchte, irgendein Geräusch aus der Wohnung auszumachen, das auf die Anwesenheit von Frank schließen ließ. Aber nichts war zu hören.

Jetzt übte ihre volle Blase einen zwingenden Druck aus. Ob sie wollte oder nicht, sie musste aufstehen.

Anniken richtete sich stöhnend auf und hielt sich benommen die Stirn. In dieser Position verharrte sie einen Moment. Der Presslufthammer zog sich langsam wieder in den hinteren Teil ihres Kopfes zurück. „Kein Wunder", dachte Anniken, „warum muss ich mich auch so zudröhnen?" Die Sucht rechtfertigte schnell ihr Verhalten: „Wenn man mit einem Joint erfolgreich Krisenintervention betreiben kann, ist nichts dagegen einzuwenden."

Anniken wusste, dass sie sich selbst belog, denn schließlich rauchte sie nicht erst, seit sie in ihrer Wohnung einen Einbrecher beherbergte. Aber warum sollte sie sich um ihre Drogenabhängigkeit denn jetzt noch großartig Gedanken machen? Ihre Gesundheit stellte kein schlagkräftiges Argument mehr dar, ihre Stunden waren schließlich gezählt. Ihr Einbrecher verursachte nur einen kurzen Aufschub, nur eine Stundung ihres Vorhabens.

Und die kleinen Pillen hatten im Hinblick auf ihr Verfallsdatum unbedingt getestet werden müssen. Diese Sorge hatte sich als unbegründet und die Wirkung als unerwartet angenehm und aufregend erwiesen.

Ächzend hievte sie sich in ihren Rollstuhl. Bevor sie das Bad aufsuchte, holte sie sich frische Kleidung aus dem Wandschrank. Anniken griff nach einem leichten und luftigen Sommerkleid. Der grüne Stoff war mit seinen dunkelroten und rosa Blütenranken romantisch zart und stand Anniken ausnehmend gut. Sie legte das Kleid auf ihre Beine und öffnete die Tür. Sie blickte kurz nach links und sah Frank mit dem Rücken zu ihr am Fenster stehen. Er spähte durch die Lamellen der Jalousie hinaus.

Sie sprach ihn nicht an, sondern überquerte den Flur und fuhr ins Bad. Sie würde jetzt nicht duschen. Für den Aufwand, sich allein in der Dusche umzusetzen und all die Dinge zu tun, die zu einer gründlichen Pflege notwendig waren, fühlte sie sich nach dieser Nacht viel zu müde.

Frau Jäger konnte ihr später helfen. Frau Jäger war für Anniken Haushaltshilfe und Pflegekraft in einem. Sie kam fast täglich. Es war üblich, dass Anniken sie nach dem Aufstehen anrief, um eine Uhrzeit zu vereinbaren, zu der Frau Jäger kommen sollte.

Annikens größter Trumpf waren ihre ausreichenden finanziellen Mittel, die ihr gestatteten, ihre Pflege menschenwürdig und ihren Bedürfnissen entsprechend zu gestalten. Sie bezahlte gut und konnte damit Ansprüche stellen. Frau Jäger tat alles, um Anniken zufriedenzustellen. Und sie tat dies darüber hinaus mit einer Fürsorge, die darauf schließen ließ, dass sie ihre Arbeit gerne machte und ihrer verschlossenen, aber pekuniär großzügigen Arbeitgeberin sehr zugetan war. Anniken war sich ihrer privilegierten Situation sehr wohl bewusst. Selbstbestimmung und ein würdevoller menschlicher Umgang sind teuer und nicht für jeden Behinderten bezahlbar. Sie wollte und musste niemandem dankbar für eine Handreichung sein. Sie bezahlte und verlangte dafür Leistung. Sie gestaltete die wenigen Beziehungen, die sie hatte, klar und eindeutig, und vor allem beschränkte sie sie auf eine distanzierte und professionelle Ebene. Seitdem sie aus Hamburg weggezogen war, grenzte sich Anniken scharf ab und ging jeder Gelegenheit, menschlich enttäuscht zu werden, erfolgreich aus dem Weg.

Die Zeit vor Nidda hatte sie weitestgehend aus ihrem Bewusstsein verbannt, dennoch bestimmte die Vergangenheit ihr Denken und Handeln.

Sie wusch sich ausgiebig mit eiskaltem Wasser und putzte sich die Zähne. Nachdem sie sich angekleidet hatte, gönnte sie ihrem kupferroten Haar ein paar Bürstenstriche, bis es glatt und glänzend über die Schultern fiel.

Sie gehörte zu dem verschwindend kleinen Prozentsatz der Menschen mit echtem rotem Haar. Wie die meisten Rothaarigen hatte sie eine blasse Haut und zahllose kleine Sommersprossen, die ihr Gesicht und ihren ganzen Körper bedeckten. Sommersprossen, das klang nett, aber Anniken hatte sich und die vielen kleinen Tupfen, die selbst ihre Ohrläppchen nicht verschonten, jahrelang als ausgesprochen hässlich empfunden. Als Teenager hatte sie irgendwo einmal den medizinischen Begriff für Sommersprossen gelesen: Epheliden. Das Wort allein hörte sich für sie schon nach Krankheit an. Obwohl sie damals jung, intelligent, gesund und schön gewesen war, hatte es ihr an Selbstwertgefühl gemangelt. Aber nun, da ihre Gesundheit ruiniert und sie mit zweiunddreißig ihre Jugendjahre hinter sich gelassen hatte, war es ihr schon seit Langem schlichtweg egal, wie sie auf andere Menschen wirkte. Ihren Glauben an Freundschaft und Liebe hatte sie verloren, es machte keinen Sinn zu gefallen. Sie machte sich nichts mehr aus ihrem Aussehen und war von ihrer Wirkung auf andere nicht mehr abhängig. Darum betrachtete sie sich auch jetzt nicht lange im Spiegel und unternahm keine weiteren Verschönerungsmaßnahmen, sondern warf ihr Handtuch und die abgelegte Wäsche in den Wäschekorb und begab sich, gespannt, was dieser Tag noch bringen würde, zu Frank.

Anniken hatte das alte Fachwerkhaus vor sechs Jahren gekauft und vor ihrem Einzug aufwendig renovieren und auf ihre Bedürfnisse abgestimmt modernisieren lassen.

Sie hatte die Wände der ursprünglich winzigen Zimmerchen einreißen lassen, und so war der großzügige Raum entstanden, der sich nun vor ihr erstreckte. Er war circa 40 Quadratmeter groß und diente als offene Küche mit Wohn- und Arbeitsbereich. Nur die alten, dunklen Holzbalken stützten die Decke und teilten den Raum in verschiedene Bereiche.

Der große Zeichentisch und die vollgestopfte Arbeitsplatte auf der linken Seite machten den Arbeitsplatz kenntlich. Auf der angrenzenden Längsseite und der gegenüberliegenden Seite mit dem Hauseingang befanden sich hohe, schmale Sprossenfenster, die einen schönen Ausblick auf die Schlossgasse und ihre anheimelnden Fachwerkhäuser boten, und man sah in den wundervoll angelegten Vorgarten. Die Fenster reichten von der Decke bis auf Kniehöhe und ließen viel Licht in das Zimmer. Jetzt schützten weiße Metalljalousien vor der Sonne und hielten das Zimmer trotz der hohen Außentemperaturen erträglich kühl. Die Lamellen waren so gedreht, dass man durchaus hinaussehen konnte, aber vor den Blicken der Passanten abgeschirmt war. Im Moment warfen ihre Schatten schmale grafische Muster auf den dunklen Holzboden.

Direkt auf der rechten Seite befand sich eine Küchenzeile, vor der parallel ein wertvoller alter und großer Tisch stand, auf dessen Längsseite ein rotes Samtkanapee als Sitzgelegenheit für Gäste diente, die niemals eingeladen wurden. Zwischen den Fenstern füllten Regale die Wände, die mit Büchern und CDs bestückt waren. Die restlichen freien Flächen hatte Anniken mit vielen ihrer eigenen Zeichnungen dekoriert.

Annikens sicheres Stilgefühl für Formen, Farben und Ästhetik spiegelte sich nicht nur in ihrer Arbeit als Illustratorin wider, sondern hinterließ auch Spuren in der Gestaltung ihrer Umgebung.

Allerdings galt Annikens ganzer Stolz ihrem kleinen Vorgarten. Liebevoll mit vielen Kübeln und Blumenkästen angelegt, wurde er von ihr gehegt und gepflegt, soweit es ihre Kräfte zuließen. Den Rest erledigte ein Gärtner.

Obwohl Anniken ihr schönes Heim manchmal als goldenen Käfig empfand, liebte sie es und schätzte es als sicheren Hort, den sie nur äußerst selten verließ. In ihren eigenen vier Wänden kam sie allein zurecht und war weitestgehend nicht auf fremde Hilfe angewiesen. Hier musste sie sich nicht heben und tragen lassen und begegnete keinem milden und wohltätigen Lächeln, dem sie in der Welt der Fußgänger immer wieder ausgesetzt war und das sie so hasste.

Die Schlossstraße war ein Teil der kleinen historischen Altstadt Niddas und wurde oft von Besuchern frequentiert, die vorwiegend im Sommer zu Fuß oder mit dem Rad durch die Wetterau und den Vogelsberg tourten. Der Ausbau des Vulkanradweges hatte die Zahl der Besucher in der Region sprunghaft ansteigen lassen. Immer mehr Gewerbetreibende stellten ihre Angebote auf die neue Freizeitgestaltung um, und es entstanden jährlich neue Gaststätten, kleine Pensionen und Hotels, die mit speziellen Rad- und Wanderangeboten neue Gäste anlockten. An ihrem Gartenzaun blieben oft Touristen stehen und schenkten Annikens Haus anerkennende Blicke und Bemerkungen.

Als Frank sich nun vom Fenster abwandte und zu ihr umdrehte, sagte auch er: „Du hast es sehr schön hier, wohnst du schon lange hier?"

Anniken überging seine Frage und rollte zum Küchentisch.

„Kaffee oder Tee?" Mit der Kaffeekanne in der Hand sah sie ihn fragend an.

„Egal, ich trinke, was du trinkst. Mach dir keine Umstände."

„Erstaunlich! Gestern wolltest du mich beklauen oder ausrauben und heute sagt dir dein Taktgefühl, dass Kaffee- oder Teekochen eine Unzumutbarkeit für mich ist."

„Kaffee, bitte."

Anniken murmelte: „Na also."

Frank hatte seine Hände tief in die Hosentaschen vergraben und schlenderte zum Tisch. Er setzte sich rittlings auf einen Stuhl und steckte sich eine Zigarette an. Während Anniken den Kaffee zubereitete, saß er stumm da und beobachtete sie mit verschränkten Armen bei ihrer Arbeit.

Schließlich war alles fertig. Sie setzte ihm einen Pott Kaffee vor und stellte noch eine Zuckerschale und ein Kännchen Sahne bereit. Sie nahm sich auch einen Kaffee und schaufelte vier Löffel Zucker hinein. Gedankenverloren rührte sie in dem schwarzen Gebräu herum. Sie brauchte morgens immer eine gewisse Zeit, um zu sich zu kommen. Frank schien auch noch müde zu sein, denn auch er unternahm keinen Versuch, Konversation zu betreiben.

Die Stille hatte nichts Angespanntes, sondern war ein schweigendes Einvernehmen. So empfand es zumindest Anniken, aber sie war auch noch zu erschöpft, um sich weitgreifende Gedanken über ihren Besucher zu machen.

Als ihr Verstand langsam zu sich kam und zu analysieren begann, rollte sie zum Fensterbrett und holte die Rauchutensilien. Sie wollte lieber erst etwas rauchen. Vielleicht konnte sie dann etwas essen und später nachdenken.

Ohne die appetitanregende Wirkung der Joints hätte sie wahrscheinlich ein paar Kilo weniger und wäre damit eindeutig zu dünn.

Zum Glück brauchte sie sich um ihren Cannabisvorrat keine Sorgen zu machen, der war dank Jens-Uwe immens. Ihren Bedarf an Gras deckte der alte Studienfreund ab, der zweimal im Jahr geschäftlich von Hamburg nach Frankfurt kam und ihr dann jedesmal eine üppige Ration in guter Qualität zu einem fairen Preis vorbeibrachte. Jens-Uwe war der einzige Mann aus ihrer Vergangenheit, zu dem sie – wenn auch nur maximal zweimal im Jahr – noch Kontakt hatte. Er stellte ihr nie Fragen, ersparte es ihr, Neuigkeiten aus Hamburg mitzuteilen, und verschwand auch meist schon nach kurzer Zeit wieder.

Sie musste unbedingt Frau Jäger anrufen und ihr die Einkaufsliste durchgeben, außerdem sehnte sie sich jetzt schon nach einer Dusche. Nach so vielen Tagen der brütenden Hitze kletterten auch in ihrem gut isolierten Haus die Temperaturen langsam höher. Ihr Kleid begann jetzt schon unangenehm an ihrem Rücken zu kleben.

Anniken hielt Frank den Joint hin. Anerkennend zog er die Augenbrauen hoch und lächelte sie an. „Gelernt ist gelernt, wie?"

Als Antwort warf sie ihm das Feuerzeug zu. Geschickt fing Frank es auf und zündete den Joint an. Bewundernd besah er sich den schweren, goldenen und mit schwarzem Chinalack verzierten Anzünder. Als er die Initialen entdeckte, fragte er: „Wer ist das, A. v. K.?

Anniken konterte mit einer Gegenfrage:

„Kannst du mir mal das Telefon rüberreichen?"

„Warum, wen willst du denn anrufen?"

Frank klang beunruhigt.

„Keine Angst, ich rufe nicht die Polizei an, sondern Frau Jäger."

„Wer ist Frau Jäger?"

Anniken räumte sinnloserweise einen Stapel alter Zeitungen von einer Tischseite zur anderen. Für ihren Geschmack wurde sie mit zu vielen Fragen bombardiert.

„Wer ist Frau Jäger?“

Frank ließ nicht locker.

Anniken sah Frank mit einem Blick an, der sein Ziel zwar ins Visier genommen, aber noch nicht ganz erfasst hat.

„Hm?“

„Ich habe gefragt, wer Frau Jäger ist!“

Franks nachdrücklicher Ton gefiel Anniken nicht.

„Was zum Teufel bildest du dir eigentlich ein? Stell mir hier keine Fragen und schon gar nicht in dieser Art und Weise, okay? Frau Jäger ist meine Haushaltshilfe, und ich brauche sie heute. Kann ich nun das Telefon haben?“

„Entschuldige, du hast recht. Keine Ahnung, ich bin … ach, scheiße, ich bin nur nervös, hat nichts mit dir zu tun. Glaubst du, es ist sinnvoll, dass mich jemand bei dir sieht? Ich meine …“

Anniken unterbrach ihn.

„Du meinst, ein Krüppel wie ich bekommt sonst keinen Besuch, und wenn doch, dann muss es erst groß erklärt werden?“

Frank fuhr sich mit beiden Händen durch sein Haar, blies die Backen auf und ließ die Luft hörbar entweichen. Er stand auf und hockte sich direkt vor Anniken. Als seine Augen auf ihrer Höhe waren, sah er sie durchdringend an.

„Ich sehe hier keinen Krüppel sitzen. Wenn du dich so siehst, ist das dein Problem, nicht meins.“

Anniken hielt den Blick aus. Trotzdem rauschte es in ihren Ohren wie eine stürmische Meeresbrandung, und ihr Herz klopfte heftig. Sie rollte ein Stück zurück, um Abstand zu gewinnen. Frank war ihr zu nahe gekommen.

„Wirst du gesucht?“

„Wollten wir uns nicht Zeit für die spannenden Geschichten aus der Kriminellenszene nehmen?“, konterte Frank geschickt.

Anniken stieß sich ab und rollte noch ein Stückchen rückwärts. Frank griff zum Telefonhörer und warf einen Blick darauf.

„Akku leer! Wo steht denn die Ladestation?“

Anniken wies mit dem Kopf zum Zeichentisch. Frank steckte das Telefon auf das Gerät und breitete seine Hände fragend aus.

„Für was brauchst du denn Hilfe? Ich bin doch da. Sag

mir, was du willst, und ich mache es. Ich wäre froh, wenn ich mich irgendwie nützlich machen könnte, schließlich stehe ich in deiner Schuld."

„Ist schon okay, aber ich habe so gut wie gar nichts im Kühlschrank und hier könnte auch mal wieder aufgeräumt werden."

Von ihrem Bedürfnis zu duschen wollte Anniken nichts erzählen. Das war entschieden zu intim. An Frau Jäger hatte sie sich gewöhnt, und ärztliche oder physiotherapeutische Behandlungen nahm sie hin, aber Berührungen von Unbekannten verursachten ihr großes körperliches Unbehagen.

Frank kam auf Anniken zu.

„Hey, hier ist es doch gemütlich, so wie es ist. Komm, lass uns einen Gammeltag einlegen." Franks Augen leuchteten ganz begeistert auf von seiner Idee. Er setzte sich neben Anniken auf den Boden und sah sie von unten bittend an. „Wir bestellen uns Pizza, oder ich gehe einkaufen, und wir reden und spielen was oder hören Musik."

Er rutschte freudig hin und her und ließ sie dabei nicht aus den Augen.

„Hey, gib deinem Herz einen Stoß! Komm, wir lassen uns was einfallen, was sagst du dazu?"

Anniken musste lachen. Dieser Mann kam ihr wie ein kleiner Junge vor, der bettelnd darum bat, noch etwas länger aufbleiben zu dürfen.

„Ach was soll's", dachte sie, „ich kann mich auch mal wieder selber aufraffen und alleine duschen. Außerdem, wie oft hatte ich in den letzten Jahren Besuch, ich kann ja auch mal loslassen und einfach nur genießen."

Gestern Nacht hatte sie die Dinge auch einfach laufen lassen und sich plötzlich auf einer Mir-geht-es-gut-Skala von eins bis zehn auf der fünf in Richtung sechs bewegt. Nicht die Höchstmarke, aber gemessen an ihrer Stimmungslage der letzten Jahre eine Steigerung, die sich mit der eindrucksvollen Neigung der Eiger-Nordwand vergleichen ließ.

Dass Frank mit Selbstverständlichkeit sein Bleiben voraussetzte und sie ihn mittlerweile als Besuch betitelte, wurde ihr in diesem Moment nicht bewusst.

Ihr Lachen hatte Frank offenbar als Zustimmung aufgefasst; er strahlte Anniken an.

„Ich habe gesehen, dass du eine Menge CDs hast. Leg doch mal was auf!"

Er sprang voller Eifer auf. „Oder soll ich?"

Ohne eine Antwort abzuwarten, ging er zur Anlage und strich mit dem Zeigefinger über die CD-Cover. Die Titel schienen ihm nichts zu sagen. Unschlüssig stand er eine Weile vor dem Regal und zog dann eine CD heraus. Er legte sie ins Fach und nach ein paar Klängen ertönte Sades warme und weiche Stimme. Anniken biss die Zähne zusammen. Ausgerechnet Sade. Die sanfte Stimme der Sängerin schmeichelte sich in die Erinnerungen, die mit dieser Musik verbunden waren, und kroch immer eindringlicher in Anniken hoch.

Abrupt brach die Musik ab, und Frank öffnete die Lade, um die CD wieder zu entnehmen.

„Oh Gott, was ein Schmus. Hast du nichts anderes, ich meine irgendwas Rockiges, was ein bisschen mehr abgeht?"

„Nur das, was da steht." Entschuldigend hob Anniken ihre Hände. Sie war froh, dass er die Musik unterbrochen hatte.

„Mach das Radio an, wenn du willst, vielleicht ist da mehr für dich dabei."

Frank schaltete die Anlage auf den Tuner um. Eine Kakofonie erklang durch das schnelle Hin- und Herschalten zwischen den verschiedenen Sendern bis ein alter Hit der Siebziger erklang. Frank drehte lauter.

„Das war noch Musik, oder?"

„Mh." Unzufrieden knurrte Anniken.

Für ihren Geschmack war die Musik zu lebendig und für ihre Katerstimmung zu laut. Sie rollte in Richtung Bad und rief laut, um die Musik zu übertönen:

„Ich geh mal ins Bad, dauert eine Weile!"

Sie musste sich der Situation erst mal wieder entziehen. Als sie minutenlang im Waschbecken unter dem kalten Wasserstrahl ihre Handgelenke abkühlte, betrachtete sie sich im Badezimmerspiegel, und leise keimten in ihr Zweifel an seinem und ihrem eigenen Verhalten auf. Wie kleine, unangenehme, nagende Stiche bohrten sich Fragen in ihr Bewusstsein, die sie sich nicht stellen, geschweige denn beantworten wollte. Sie war viel zu stoned und müde dazu, und nein! Sie würde sich ihre Restlebenszeit nicht mit kleinlichen Konventionen und Misstrauen verderben.

Nachdem sie wieder ins Wohnzimmer zurückgekehrt war, stellte sie das Radio kurzerhand ab und fragte Frank, der auf der Couch lümmelte:

„Sag mal, kannst du auf den Marktplatz gehen und uns Brot oder Brötchen kaufen?"

„Ja, okay. Wenn du mir Geld gibst."

Frank streckte ihr lachend seine leeren Hände entgegen. Anniken sah, dass sie schön und gepflegt waren. Keine Hände, die für den Lebensunterhalt schwere körperliche Arbeit leisteten.

Jetzt fiel ihr auch auf, dass „ihr" hilfsbedürftiger Einbrecher für einen Notleidenden sehr gut angezogen war. Wie das kleine Etikett an seinem schwarzen T-Shirt verriet, war es teure Markenware, ebenso wie die Jeans und der Gürtel. Anniken kannte die Modefirmen ebenso wie die Preise, die sie verlangten. Ihre Mutter hatte sie schließlich von klein auf durch die teuersten Boutiquen Hamburgs gezerrt und sie stets standesgemäß wie ein Modepüppchen ausstaffiert. Anniken runzelte die Stirn. Für wie blöd ließ sie sich denn hier verkaufen, fragte sie sich auf einmal ziemlich übellaunig. Sie sah sich nach ihrem Portemonnaie um. Sie hatte es in den Obstkorb gelegt, so wie immer. In dem kleinen Ledermäppchen lag außer ihrer Kreditkarte immer ein größerer Betrag bereit, für Einkäufe und um Frau Jäger zu bezahlen. Sie hob und drehte Gegenstände, doch die Börse blieb verschwunden.

„Verdammt!"

Die Zornesröte stieg ihr ins Gesicht.

„Sag mal, was soll das?"

Sie sah Frank vorwurfsvoll an. Der zog erstaunt die Augenbrauen hoch und richtete sich auf.

„Was ist denn, suchst du was?"

Anniken brauste auf.

„Du weißt genau, was ich suche."

„Lass mich raten. Geld?"

Er deutete auf die Fensterbank.

„Ist da welches drin?"

Anniken drehte sich in die angezeigte Richtung. Nach der ersten Zornesröte war es jetzt die Scham, die ihre Wangen wieder rot werden ließ. Sie spürte die Hitze bis in die

Ohren hinein. Sie rollte zum Fenster, nahm die rote Lederbörse und warf sie Frank zu. Geschickt fing er sie auf, warf sie aber umgehend zurück und sah Anniken unverwandt an.

„Dein Vertrauen hat mir gutgetan, und die Zeit hier bei dir war auch etwas sehr Besonderes für mich. Ich danke dir dafür. Ich verstehe, dass du an mir zweifelst. Ehrlich, ich weiß das alles sehr zu schätzen und will dir keine weiteren Unannehmlichkeiten bereiten, darum gehe ich lieber."

Entgegen seiner Ankündigung blieb er aber stehen.

Anniken schluckte. Scheiße! Wie konnte sie nur so unsensibel und voller Vorurteile sein. Erst ließ sie einen wildfremden Mann bei sich übernachten, der kurz zuvor bei ihr eingebrochen war, bot ihm ihre Gastfreundschaft und ein offenes Ohr an, um ihn dann bei der ersten Gelegenheit vor den Kopf zu stoßen. Sie entlarvte ihren Großmut als kleinkarierte Selbstgerechtigkeit.

„Es tut mir leid! Aber das Geld liegt immer am selben Platz und ..."

Ohne den Inhalt zu kontrollieren, warf sie ihm die Börse wieder zu.

Frank fing sie auf. „Schon okay! Ich gehe einkaufen. Was soll ich mitbringen?"

„Keine Ahnung, Zigaretten, Marmelade, Wurst vielleicht und Kuchen, was du magst, mir ist das ziemlich egal."

Sie sah in den Kühlschrank.

„Ja, Milch fehlt auch noch!"

Die Situation hatte sich unerwartet schnell gedreht, und statt misstrauisch zu werden, war Anniken froh, dass Frank so leicht über ihre Unterstellung hinweggegangen war. Sie fühlte sich schuldig und verärgert zugleich. War es denn so weit hergeholt, einem Einbrecher einen Diebstahl zuzutrauen? Musste sie sich schuldig fühlen und rechtfertigen?

Frank verließ leicht und beschwingt die Wohnung und rief noch ein fröhliches „Bis gleich", bevor die Haustür ins Schloss fiel.

Anniken fing an, ein Frühstück für zwei zuzubereiten. Sie begriff nicht, was sie immer wieder provozierte und die Stimmung verdarb.

Die ganze Sache könnte doch riskanter sein, als sie sich eingestehen wollte. War sie denn noch ganz bei Trost, einem Einbrecher Unterschlupf zu gewähren, ihm ihr Geld und ihre Kreditkarte anzuvertrauen und möglicherweise ihr Leben? Mist, die Karte hätte sie wenigstens an sich nehmen können.

Nein, beruhigte sie sich, dieser Mann würde ihr nichts tun. Jemand, der selbst so verletzlich wirkte, konnte nicht gefährlich sein. Sie hatte doch auch nichts zu verlieren außer diesem bedeutungslosen, einsamen, leeren Dasein, das sie führte. Irgendetwas an diesem Mann rührte sie an und vermittelte ihr damit ein Gefühl von eigener Stärke. Entschlossen straffte sie ihren Rücken. Sie würde diesem gut aussehenden Mann helfen, irgendwie, und wenn es nur ein aufmerksames Zuhören war. Und sollte er nicht zurückkommen, konnte sie ihre Karte sperren lassen und das Bargeld abschreiben. Es würde sie nicht ruinieren.

Sie räusperte sich, und in dem harten und anklagenden Tonfall, in dem ihre Mutter sie stets zu tadeln pflegte, verspottete sie sich selbst: „Anniken, Anniken, Anniken!"

Ihre Laune besserte sich wieder. Sie fing an zu pfeifen, während sie sich an die Arbeit machte.

Nach einer Weile drehte sie sich um die eigene Achse und sah sich um. Alles war vorbereitet. Der Kaffee fertig, der Tisch gedeckt, sogar ein paar Eier hatte Anniken im Schrank entdeckt und gekocht. Noch waren sie heiß und weich. Anniken wickelte sie vorsichtshalber in ein Geschirrhandtuch. Die Zeit verstrich, und nach weiteren Blicken auf die Uhr fragte sich Anniken, nun wieder beunruhigt, wo Frank blieb. Wie lange brauchte der Mann für die paar Meter zum Marktplatz, um die wenigen Artikel einzukaufen? Und wenn er nun doch nicht wiederkam? Eigentlich war diese Möglichkeit wahrscheinlicher, als dass er sich dem Risiko aussetzte und wieder zu ihr zurückkehrte, schließlich hätte sie zwischenzeitlich ihre Meinung ändern und die Polizei rufen können. Geld hatte er ja nun. Warum fühlte sie bei diesem Gedanken Enttäuschung in sich aufsteigen? Was hatte sich denn für sie durch diesen seltsamen Besuch geändert? Nichts. Sie war allein, so wie vorher auch. Anniken sah aus dem Fenster und betrachtete die Lobelien. Die letzten, die sie gepflanzt hatte. Das war Fakt. Und kein Frank und kein gemeinsames Frühstück oder irgendwelche blöden Eier, die nun langsam kalt und hart wurden, änderten etwas an dieser Realität.

Sie wurde wütend. Wütend auf den großen Unbekannten und vor allem wütend auf sich selbst. Sie hatte ihre Lektion wohl doch noch nicht gelernt. Was sollte eigentlich noch passieren, damit sie einsah, dass sie von Männern nichts verstand? Der größte Beweis ihrer Unfähigkeit in Sachen Liebe war Felix, ihr vielversprechender Ex-Verlobter. Die Erinnerung an ihn und an das, was passiert war, ließ Anniken plötzlich in ihrem Rollstuhl kraftlos zusammensacken.

Eines Morgens wird ihrer Zimmergruppe ein Neuer vorgestellt. Der kleine, schmächtige Peter steht neben dem Heimleiter in der Tür, einen kleinen Koffer in der einen und eine Mütze in der anderen Hand, und blickt aus großen, braunen Augen erwartungsvoll in die Runde. Blonde Locken umrahmen das weiche, runde Gesichtchen. Ein trauriges und verängstigtes Geschöpf, das jedes der Kinder forschend in ihren Gesichtern ansieht und begierig etwas zu suchen scheint.

Als der Junge den kleinen Peter betrachtet, brennt ein heftiges Feuer in seiner Brust. Schmerzhaft macht ihm das Gefühl klar, dass sich Peter so etwas wie ein „Willkommen in dieser Welt" wünscht. Aber die Kinder um ihn herum haben auf Anhieb ein Urteil gefällt. Sie sehen einen Versager, ein neues Opfer. Die Rolle des Ankömmlings ist festgelegt. Dieses unglückliche Kind vor ihm wird hier keine Herzlichkeit und kein Verständnis finden. Er senkt schnell seinen Blick, damit der Neue nicht in seine Augen schauen kann.

Den Platz, an dem der kleine Peter von nun an schlafen soll, legt der Heimleiter fest. Es wird ein zusätzliches Bett ans Ende der linken Reihe gestellt, direkt zwischen die weißgetünchte Wand und das Bett des Jungen. Ihre Betten stehen nur wenige Handbreit voneinander entfernt.

Wie es ihm der Heimleiter aufträgt, zeigt der Junge dem kleinen Peter alles, was nötig ist, um sich im Heim zurechtzufinden. Er zeigt ihm die verschiedenen Räume, deutet auf die Schwarzen Bretter mit den Regeln, wie man sich hier zu verhalten hat.

„Beim Essen darf nicht gesprochen werden", lautet zum Beispiel eine Regel im Speisesaal. „Das Herunterrutschen am Handlauf ist verboten", steht im Flur neben dem breiten Treppenaufgang. Der Junge zählt diese und einige andere Verbote auf und erklärt schließlich den zeitlichen Ablauf des Heimalltags.

Unmöglich, dass sich der kleine Peter alles, was er sieht und hört, behalten wird, und lesen kann er schließlich auch noch nicht. Aber die Strafen für seine Fehler werden so hart und unnachgiebig ausfallen, dass Peter die Regeln sehr bald kennen und nie mehr in seinem Leben vergessen wird. Jeder Erzieher und jede Erzieherin hat eine eigene Methode, wie er oder sie das Gedächtnis der Kinder schult. An den Ohren ziehen und in der Ecke stehen gehören noch zu den erträglichen Strafen. Schläge mit dem Stock, stundenlanges Einsperren in einem dunklen Raum oder den Boden des Speisesaals mit der Zahnbürste auf Knien reinigen zählen zu den schmerzhafteren Bußen.

Während der Junge den kleinen Peter herumführt und ihm die Räume zeigt, gehen ihm verschiedene Gedanken durch den Kopf. Ausgerechnet er, der Feigling, der für sich selbst nicht mehr tut, als sich wegzuträumen, soll den Neuling einführen und ihm alles Wissenswerte weitergeben.

Aber wie soll er ihn auf die wichtigste Aufgabe vorbereiten: Wie verhält man sich am geschicktesten, um in einem Raubtierkäfig zu überleben, ohne selbst zum Tier zu werden? Er selbst hat gelernt, Zeichen zu lesen, hat einen scharfen Blick dafür, wann er sich klein und unsichtbar machen muss und ab wann er sich wieder hervortrauen darf. In Erdkunde haben sie einiges über Erdbeben gelernt. Daher weiß er, was ein Epizentrum ist, was eine Richter-Skala, und er weiß, dass ein Seismograf Spannungen aufzeigt, bevor das Grollen im Untergrund laut wird.

So funktioniert er, wie so ein Ding, so ein Seismograf. Sein Alarmsystem warnt ihn schrill und zuverlässig. Es veranlasst ihn, sich rechtzeitig in Sicherheit zu bringen. Trotzdem kann er sich nicht immer vom Epizentrum fernhalten. Dann heißt es einstecken und aushalten.

Wie soll er das alles dem kleinen Peter beibringen, der ihm auf Schritt und Tritt folgt und ihn mit seiner feuchten, kleinen Hand und dem Blick seiner großen Augen festhält, aus denen immer wieder große Tränen kullern?

Der Junge führt ihn in die Umkleideräume neben den Duschen. Dort reihen sich große Schränke aneinander, deren Türen Namensschilder tragen. Der Junge zeigt Peter die Tür, die für ihn bestimmt ist und an der bereits ein neuer Name steht: „Peter Dengler“. So heißt er, der kleine Neue.

Er zeigt ihm auch ein Regal, wo er von nun an seine Schuhe abstellen muss. „Samstagvormittag Schuhe putzen“, eine weitere Regel, deren Einhaltung vor dem Mittagessen überprüft wird und die für viele zur Schokoladenpuddingfalle wird. Wird nicht genügend poliert oder hat man an der Sohle etwas Schmutz übersehen, kann das bedeuten, dass der sonntägliche Nachtisch auch nach einer Woche ohne Fehltritte ins Wasser fällt.

Selbst für das Zusammenlegen der Kleider gibt es

Vorschriften und darüber, wie es im Schrank aussehen muss, auch. Peter verstaut seine wenigen Habseligkeiten, die er aus einem kleinen, braunen Lederkoffer zieht. Der Junge hilft ihm dabei, damit nicht die erste Schrankkontrolle schiefgeht.

Am Boden des Koffers sieht er ein gerahmtes Foto und einen braunen Stoffhasen liegen. Der Hase, sicher mal aus kuschelig weichem Fell, ist bis auf seine Stoffhülle regelrecht abgeliebt. An manchen Stellen schimmert Stroh oder Heu oder etwas Ähnliches heraus. Der Junge weiß sofort, dass dies die Schätze seines neuen Bettnachbarn sein müssen. Als er Stimmen und Schritte vernimmt, klappt er den Kofferdeckel mit einem Schlag zu und flüstert Peter zu: „Zeig das niemandem!“

Peter, der bei der hastigen Aktion erschrocken zusammengezuckt ist, fragt ängstlich: „Aber warum denn, das ist doch mein ...“

„Was ist was?“ In säuselndem Tonfall ertönt die Stimme von Harald. Der dicke, schwabbelige Harald lehnt im Türrahmen, die Arme in seine Hüften gestützt, die er immer mit langen und weiten Hemden zu verstecken versucht.

Der Moment der ersten Lektion für Peter ist gekommen.

Anniken und Felix, das Traumpaar der Hamburger High Society: beide jung, schön, reich und mit einer glänzenden Zukunft vor sich. Annikens Mutter war von Felix ganz hingerissen. Sie war überglücklich, dass ihre Tochter ihren künftigen Ehemann in den Kreisen, die einer van Kampen angemessen waren, gefunden hatte. Dass diese Verbindung ihrer Tochter zudem noch einen Adelstitel einbringen würde, war die Erfüllung ihrer eigenen Träume und Sehnsüchte. In ihrem ausgeprägten Standesdünkel übersah sie geflissentlich, dass sie selbst nur durch Heirat von der Sekretärin zur vermögenden Firmenchefin aufgestiegen war.

Annikens Gefühle für Felix hatten nichts mit dem Kalkül ihrer Mutter zu tun. Sie kannten sich seit ihrer Kindheit, hatten sich aber während ihrer Schulzeit selten gesehen, da sie unterschiedliche Schulen besuchten. Anniken machte ihr Abitur auf einer privaten Mädchenschule, und Felix ging auf ein Internat in der Schweiz. Sie trafen sich nach langer Zeit zum ersten Mal auf einer Willkommensparty wieder, die die von Grevenbroichs aus Anlass der Rückkehr ihres Sohnes aus den USA veranstalteten. Sie hatte sich spontan in den gut aussehenden, jungen Anwalt verliebt, und nichts konnte sie glücklicher machen als die umschmeichelnden Aufmerksamkeiten, die ihr Felix schenkte. Er gab ihr von Anfang an das Gefühl, die schönste und begehrenswerteste Frau der Welt zu sein, und sie war von seiner selbstbewussten Persönlichkeit beeindruckt. Bei ihm fühlte sie sich sicher und geborgen. Dieser Mann wusste, was er wollte, und war sich seiner Sache immer sicher. Er verfolgte seine Ziele ehrgeizig und unnachgiebig und setzte sich durch.

Anniken wurde von dieser Lebenskraft mitgerissen und -getragen. Sie studierte Kunst. Er hatte sein Jurastudium an einer der teuersten privaten Universitäten Amerikas gerade erfolgreich abgeschlossen und war in eine alteingesessene, renommierte Anwaltskanzlei Hamburgs aufgenommen worden, deren drei Inhaber langjährige Freunde seines Vaters waren. Hier sollte Felix den nötigen letzten Schliff erhalten und sich auf seine zukünftigen Aufgaben vorbereiten, damit von Grevenbroich seinem einzigen Sohn eines Tages den Platz einräumen konnte, der ihm als Alleinerbe zustand.

Hagen von Grevenbroich war der Patriarch einer alten und bekannten Kaufmannsfamilie und hatte seinen Platz in der ehrwürdigen Ahnengalerie sein Leben lang gewissenhaft ausgefüllt. Von den Verpflichtungen, die ein angesehener Familienname und Reichtum mit sich brachten, hatte er konservative und traditionsbewusste Vorstellungen. Mit harter und strenger Hand regierte er sein Unternehmen und seine Familie. Felix hatte gelernt, den Anforderungen seines Vaters, wenn auch nur scheinbar, gerecht zu werden. Er hing viel zu sehr an den Annehmlichkeiten, die ihm zur Verfügung standen, um offen Widerstand zu leisten. Nach außen kam er den Erwartungen seiner Familie und Umgebung stets nach und war gewandt und charmant und der ganze Stolz seiner Eltern. Aber in Wirklichkeit machte er, was er wollte.

Anniken hatte ihren Vater früh verloren, und die wenigen Erinnerungen an ihn waren möglicherweise auch nur Erinnerungen an Geschichten über ihn, denn als er starb, war sie nicht einmal vier Jahre alt gewesen. Daan van Kampen war Holländer, er hatte in Rotterdam die kleine Schiffswerft seines Großvaters übernommen und diese mit untrüglichem Unternehmergeist zu einem aufstrebenden Unternehmen gemacht. Er expandierte, und irgendwann verlegte er den Hauptsitz der Firma nach Hamburg, wo er Annikens Mutter kennenlernte, die als Sekretärin in seinem Unternehmen anfing.

Der Betrieb wurde nach dem Tod Daan van Kampens erfolgreich von Annikens Mutter weitergeführt, die neben ihrer Ausbildung als Sekretärin auch eine kaufmännische Lehre und vor allem Geschäftssinn und den nötigen Ehrgeiz mitbrachte.

Waren die van Kampens sehr vermögend, so standen die von Grevenbroichs auf der Liste der reichsten Hamburger Familien ganz oben. Die Familienvorstände waren außer sich vor Freude, dass die beiden Königskinder einander gefunden hatten, und drängten zur baldigen Heirat.

Eine passende repräsentable Immobilie hatte Felix' Mutter schon gewählt, die man dem jungen Paar zur Vermählung schenken würde. Sie und Annikens Mutter brannten darauf, mit dem angesagtesten Innenarchitekten Deutschlands das Domizil zu einem Highlight der entsprechenden Hochglanzillustrierten zu machen.

Wenn Anniken manchmal gegen die totale Verplanung ihres Lebens aufbegehren wollte, lachte Felix nur und machte sich über sie lustig. Er verstand nicht, warum sie bei jeder Gelegenheit gegen ihre Mutter wetterte und warum sie ständig versuchte, sich deren Vorstellungen aufs heftigste zu widersetzen. Er hatte andere Ansichten und nutzte andere Strategien, um seinen Willen durchzusetzen. Sollten die Alten doch glauben, die Fäden in der Hand zu haben. Sie bezahlten doch auch gut dafür.

Anniken war zu geblendet von der selbstsicheren Art und der unerschöpflichen Tatkraft dieses Mannes, um über seine unverkennbar verlogene Haltung nachzudenken.

Sie feierten, tanzten und genossen die Nächte. Während Anniken ausschlief und ihr Studium vernachlässigte, ging Felix täglich seiner Arbeit als Anwalt nach. Sie dachte nicht darüber nach, wie er das überhaupt schaffte. All die vielen schlaflosen Nächte, die langen Arbeitstage und trotzdem sprühte Felix stets vor Dynamik und Schaffenskraft.

Doch nach Monaten des seligen, verliebten Schwebens stieß Anniken immer öfter auf den harten Boden der Realität, und die ersten Risse in der Ikone Felix machten sich bemerkbar. In ihrem Zusammensein kam schleichend, doch unaufhaltsam eine Wende.

Felix konnte auf einmal wegen Kleinigkeiten sehr ungehalten werden und reagierte aufbrausend. Zwar entschuldigte er sich anschließend stets wortreich und überhäufte sie mit Blumen und wertvollen Geschenken, aber Anniken konnte sich irgendwann nicht mehr darüber freuen. Die wertvollen Armbänder, Halsketten und Ohrringe empfand sie immer mehr als einen finanziellen Ausgleich für die zunehmenden Unfreundlichkeiten. Zumal Felix an diese Geschenke auch immer den Anspruch knüpfte, das leidige Missverständnis umgehend zu vergessen und ihm zu vergeben. Statt als echte Herzensgaben empfand sie die Präsente als Bezahlung. Felix konnte einerseits zauberhaft sein und besonders bei Frauen einen einnehmenden Eindruck hinterlassen; hatte er es hingegen mit Personal zu tun, konnte er sich plötzlich auf unglaublich hochmütige Weise verwandeln. Die Nachlässigkeit eines Angestellten konnte ihn aufbrausen und absolut unangemessen reagieren lassen. Anniken waren diese Auftritte zutiefst peinlich, sie äußerte sich aber nicht dazu, da sie spürte, dass ein Einwand ihrerseits die Lage nur noch verschärfen würde. Als beispielsweise ein Hausangestellter der Grevenbroichs beim Servieren Felix' Jackett versehentlich mit etwas Kaffee beschmutzte, machte er einen fiesen Aufstand. Er nahm die Entschuldigung des Mannes nicht an, auch die Versicherung, dass seine Kleidung umgehend gereinigt werden würde und kein bleibender Schaden zu befürchten sei, konnte seine unbeherrschte Aggressivität nicht dämpfen. Felix stieg die Zornesröte ins Gesicht, die Adern in seinen Schläfen schwollen an, ebenso seine Lautstärke. Er stampfte den völlig konsternierten Mann mit unflätigen Ausdrücken in den Boden.

Erst das Eintreffen von Frau von Grevenbroich ließ Felix langsam wieder herunterkommen.

Anniken konnte sich seine zunehmenden Erregungszustände nicht erklären, sie machten ihr aber Angst.

Sie suchte nach Erklärungen für sein Verhalten und fand die Rechtfertigung durch beruflichen Stress und Überarbeitung nur unzulänglich. Sie suchte intensiver bei sich nach Fehlern und wurde immer unsicherer und schweigsamer. Begehrte sie anfangs noch auf, nahm sie die Auseinandersetzung bald immer seltener auf sich. Sie fühlte sich diesen Kämpfen nicht mehr gewachsen, und die Mittel, die Felix einsetzte, waren alles andere als fair.

Aber egal wie zurückhaltend sie sich verhielt, die Streitereien häuften sich und spitzten sich immer weiter zu.

Annikens Versuche, ein klärendes Gespräch mit Felix zu führen, versandeten erfolglos. Als Folge nahm sie sich immer mehr zurück, konnte aber Felix nicht ausweichen. Er ließ nicht zu, dass sie sich auch nur ein Stück weit von ihm entfernte. Er äußerte seine Wünsche; machte sie Einwände, ordnete er immer noch höflich, aber nachdrücklich an. Kam sie diesen Aufforderungen nicht nach, folgten die Szenen, die Anniken so hasste und fürchtete. Ihre Angst vor ihm wurde größer, und ihr Protest nahm ab. Irgendwann wehrte sie sich nicht mehr, sondern ging den Weg des geringsten Widerstandes. Die Zeit festigte die Muster, wie ein Weg, den man oft geht, festgetreten wird.

Die Freundschaften und Bekanntschaften, die sie damals hatte, waren nicht derart, dass man sich gegenseitig persönliche Probleme eingestand, und Annikens Scham hielt sie davorzurück, jemandem ihre Partnerschaftsprobleme anzuvertrauen.

Während Felix zu Beginn ihrer Beziehung ein aufmerksamer Liebhaber gewesen war, gab es nun kaum noch Zärtlichkeit, sondern bloß sein Anrecht auf Befriedigung. Felix reagierte auf Annikens abnehmende sexuelle Lust unwillig und klagte seine Bedürfnisse nach körperlicher Nähe ein. Kam Anniken seinen Forderungen nicht freiwillig nach, nahm er sich unnachgiebig mit Gewalt, was er brauchte.

Sie richtete sich verstört in ihrem Schneckenhaus ein und hoffte auf eine Lösung ihrer Probleme von außen. Ein Urlaub würde vielleicht für Entspannung sorgen oder eine Party könnte Felix aufmuntern, denn wenn er im Mittelpunkt stand, lief er auf Hochtouren, dann war er in seinem Element. Keiner konnte so strahlen wie Felix, niemand verwandelte das Eintreten in einen Raum so gekonnt in einen Auftritt mit Hollywoodcharakter wie Felix von Grevenbroich. Alle hofierten und umschmeichelten den gut aussehenden und vielversprechenden jungen Mann. Die Frauen schenkten Felix stets ein Lächeln und warfen Anniken neidische Blicke zu.

Niemand kannte Felix so, wie sie ihn mittlerweile kannte. Zumindest glaubte sie das. Dass es noch andere gab, die ihn sogar besser kannten, erfuhr sie eines Abends, als sie in einem Restaurant die Toilette aufsuchen wollte und sich in der Tür irrte.

Anniken öffnete die Tür zu einem Abstellraum. Anstelle von Waschtisch und Toilettenkabine sah sie zwischen den Regalen mit Handtüchern und Putzmitteln Felix, der mit geschlossenen Augen, aber offener Hose gegen eine Arbeitsplatte lehnte, neben ihm ein kleiner Spiegel mit weißem Pulver und einem zusammengerollten Geldschein. Unter seiner Nase hingen Spuren der Substanz. Vor ihm kniete eine Frau, die sein erigiertes Glied lustvoll mit dem Mund bearbeitete und mit einer Hand seine Hoden knetete. Anniken starrte wie gebannt auf diese Szenerie.

Dieser Moment, der nicht länger als ein oder maximal zwei Minuten gedauert haben mochte, brachte sie schlagartig zu der Erkenntnis, zu der sie all die Monate nicht fähig gewesen war. Erst das Bild ihres Verlobten in einer Abstellkammer konnte ihr vor Augen führen, wie einfältig sie gewesen war und wie sehr sie alle eindeutigen

Anzeichen ignoriert hatte. Der Anblick, der sich ihr bot, schärfte ihr Bewusstsein und ließ sie erkennen, wie hilflos und ergeben sie sich einem Mann hingegeben hatte, der nichts, aber auch gar nichts mehr mit dem Mann gemein hatte, in den sie sich einmal verliebt hatte. Ihr entfuhr ein hoher Ton der Enttäuschung, den Felix offenbar aus seiner Erregung riss. Sein überraschter Blick und sein offener Mund verliehen ihm einen lächerlich dümmlichen und gleichzeitig erbärmlichen Gesichtsausdruck.

Entweder hatte die Frau vor Felix' Gemächt Annikens Anwesenheit nicht bemerkt oder sie gehörte zu der Sorte Mensch, die ihre Arbeit erst einmal beendete, bevor sie sich neuen Anforderungen hingab. Auf jeden Fall bearbeitete sie weiterhin Felix' erigierten Penis mit unverminderter Gründlichkeit.

Als Felix die erste Überraschung überwunden hatte, herrschte er die Frau an: „Hör auf, du blöde Kuh!"

Obwohl diese barsche Beleidigung nicht an sie adressiert war, löste sich Annikens Erstarrung. So schnell sie auf ihren hochhackigen Pumps konnte, rannte sie wie von Sinnen aus der Tür und durchquerte gehetzt die edel eingerichteten Räumlichkeiten. Am Ausgang stieß sie mit einer Freundin ihrer Mutter zusammen. Erfreut rief Gerlinde von Schönberg „Elfchen!", um ihr dann, irritiert ob ihrer Eile, ratlos nachzuschauen. Das zweite, fragende „Elfchen?", ein Kosename aus ihrer Kindheit, hörte Anniken nicht mehr. Sie lief zu Felix' Porsche und suchte in ihrer schmalen Lacktasche vergeblich nach dem Autoschlüssel. Sie besaß zwar einen Schlüssel, hatte ihn aber natürlich nicht dabei, denn selten überließ Felix ihr die Führung seines Lieblingsspielzeugs.

Sie sah sich hastig auf dem Parkplatz um und versuchte, ihre Gedanken darauf zu konzentrieren, wie sie nach Hause kommen konnte, ohne noch einmal das Restaurant betreten zu müssen. Mit einem Blick über die geparkten Fahrzeuge versuchte sie herauszufinden, welche Besitzer sie kannte und wen sie ansprechen könnte. Frau von Schönbergs Limousine erkannte sie, aber der Chauffeur saß nicht am Steuer. Sie müsste in das Restaurant zurück und Gerlinde fragen. Ein Taxi, wo musste sie sich hinstellen, um ein Taxi zu erwischen? Die Tränen schossen ihr in die Augen und sie ramg mühsam um Fassung.

Ein Kuss auf ihren Hals ließ sie zusammenzucken. Felix. Er hatte seine sichere Haltung zurückgewonnen, seine Kleidung saß wieder modisch korrekt. Lachend packte er sie bei den Schultern und drängte sie hart gegen das Auto.

„Du machst mir hier keine Szene!", zischte er ihr ins Ohr und erstickte ihre Gegenwehr kurzerhand, indem er mit der einen Hand das Auto aufschloss und sie mit der anderen unsanft hineinstieß.

Er nahm auf der Fahrerseite Platz. Erst jetzt versuchte Anniken auszusteigen, aber Felix ließ ihr keine Chance mehr, indem er die Zentralverriegelung einschnappen ließ. Er startete ungerührt das Fahrzeug, und als sie begann, ihn zu beschimpfen und mit Vorwürfen über seinen Drogenkonsum und seine Unaufrichtigkeit zu überschütten, ließ Felix den Motor seines Porsche laut aufheulen. Ihre sich hysterisch überschlagende Stimme wurde von dem kraftvollen Motorengeräusch chancenlos übertönt.

Als sie den Parkplatz hinter sich ließen, verpasste Felix Anniken mit der Rückhand seiner Rechten einen harten Schlag ins Gesicht und beendete damit den hilflosen Versuch einer Schimpftirade.

„So was machst du nie mehr, Anniken van Kampen!", drohte er und stieß die Gänge ruckartig in ihre Position, als müsste er nicht nur seine Verlobte, sondern auch das Getriebe zur Räson bringen. Die gehorsame und zuverlässige Reaktion des Autos schien ihn zu beruhigen. Er redete nun betont beschwichtigend auf Anniken ein und hörte sich ihre tränenreichen Anschuldigungen eine Zeitlang an. Aber nichts von dem, was sie sagte, schien ihn zu berühren. Im Gegenteil, er zeigte sich vollkommen uneinsichtig und äußerte ablehnend sein Unverständnis.

„Was regst du dich eigentlich hier so künstlich auf? Du kiffst doch selber, also was soll das Theater, wenn ich mir mal die Nase pudere?"

Er änderte seine Taktik und fuhr mit der rechten Hand ihren Oberschenkel hoch. Als Anniken sie wegstieß, schlug er ihr erneut ins Gesicht und drängte dann seine Hand zwischen ihre Beine.

„He, versuch dich locker zu machen, Baby?"

Anniken weinte fassungslos ob seiner Ignoranz. Wie betäubt ließ sie zu, dass seine Hand in ihren Slip glitt, presste aber ihre Oberschenkel so fest sie konnte zusammen.

Felix beschimpfte sie als frigide blöde Kuh, während er das Gaspedal mit schäumender Wut durchtrat. Wie in einem Tunnel raste der Porsche durch die Dunkelheit.

Anniken sah im Lichtkegel, wie die weißen, geteilten Mittellinien in hoher Geschwindigkeit immer schneller auf sie zu kamen und irgendwann zu einem einzigen Strich verschmolzen.

Von dem, was dann folgte, hatte sie keine Erinnerung mehr. Das riesige schwarze Loch, das den Unfall aus ihrem Bewusstsein verbannte, hatte sich bis heute nicht aufgelöst.

In der Zeitung wurde damals berichtet, dass das junge Traumpaar Hamburgs einen tragischen Autounfall erlitten hatte. In einem Artikel wurde darüber informiert, dass der Sportwagen aus ungeklärten Gründen mit hoher Geschwindigkeit von der Straße abgekommen und gegen einen Baum gerast war. Während der Fahrer des Porsche, Sohn des bekannten Kaufmanns von Grevenbroich, mit einigen wenigen Blessuren davongekommen sei, sei Anniken van Kampen schwer verletzt aus dem Fahrzeug geborgen worden. Die junge Frau schwebe seither in Lebensgefahr.

„Aus ungeklärten Gründen", lachte Anniken bitter, während ihre Gedanken wieder zu der Zeit nach dem Unfall wanderten. Die hässlichen Narben ihrer körperlichen Verletzungen schmerzten sie und brannten wie frisch zugefügt. Unbewusst rieb sie sich ständig über ihre Oberschenkel, als sie an die weiteren Ereignisse dachte. Sie stiegen so bitter in ihr auf wie die Magensäure, die in ihrem Mund einen metallischen Geschmack verbreitete. Sie schluckte schwer.

Natürlich verlief eine Untersuchung des Unfalls im Sand. Eine Schuld des Fahrers wurde nicht festgestellt. Es gab eine kurze Anhörung, nicht mal ein richtiges Verfahren. Vater von Grevenbroich hatte seine Netzwerke aktiviert und seine Finger überall im Spiel. Unterstützt wurde er zu Annikens Entsetzen von ihrer eigenen Mutter, die den Schilderungen ihrer Tochter keinen Glauben schenken wollte oder konnte.

Anniken wehrte sich verzweifelt gegen die Erinnerungen, aber der Film ließ sich nicht anhalten. Bilder von den verschiedenen Krankenhäusern, von Ärzten und Professoren, von Schwestern und Pflegern. Menschen, die sie anfassten, drehten und in intimsten Bereichen berührten. Fremde Hände, die die Herrschaft über ihren Körper übernommen hatten.

Die lange verdrängten Szenen zeigten Krankenhauszimmer und -flure. Ließen die Konturen der Räume scharf werden wie die Fugen, die die weißen Kacheln voneinander trennten. Das waren die Operationssäle, in die sie immer wieder geschoben wurde und in denen die Operationen stattfanden, die ihr als so vielversprechend verkauft wurden, die aber die Tatsache, dass sie irreparable gesundheitliche Schäden davongetragen hatte, nicht ändern konnte. Monate der Qual, die sie dumpf und wie eine Marionette erduldete.

Irgendwann musste sie sich mit der Wahrheit auseinandersetzen. Sie würde nie mehr laufen können, geschweige denn die Nächte durchtanzen.

Als Professor Strecker ihr damals die endgültige Diagnose mitteilte, tat sich für Anniken ein bodenloser Abgrund auf.

Die erlittene Rückenmarksverletzung zwischen dem zehnten und elften thorakalen Wirbel hatte zu einer inkompletten Paraparese geführt, die verschiedene Beeinträchtigungen der motorischen und sensiblen Funktionen bewirkte. Die inkomplette Lähmung hätte durchaus mit der vorhandenen Muskulatur kompensiert werden und Anniken wieder laufen lernen können, doch die komplizierten Brüche und Verletzungen der Beine hatten auch diese Hoffnung zunichtegemacht.

Wie durch ein tosendes Meeresrauschen hörte Anniken dem Arzt zu, der sich krampfhaft bemühte, ihr die Realität möglichst schonend beizubringen. Anniken tat er fast leid, wie er sich eine verständnisvolle, väterliche Haltung abrang.

Erst als er ihr nahebrachte, dass sie schließlich großes Glück gehabt hätte, da sie keine Paraplegie, also keine komplette Lähmung der Beine erlitten hatte und auch die Blasen- und Darmfunktion voll erhalten war, rastete Anniken aus. Sie schrie den Arzt an und beschimpfte ihn als komplett durchgeknallten Ignoranten, der sich auf das Ausstellen seiner überzogenen Honorare kümmern und sie in Zukunft in ihrem Glück alleine lassen sollte.

Glück! Dieser Mann spazierte auf seinen zwei gesunden Beinen an ihr Krankenbett, verkündete eine Diagnose, die für Anniken einem Todesurteil gleichkam, und sprach in diesem Zusammenhang von Glück.

Ja, was für eine Freude! Diese Beine waren nicht mehr zu gebrauchen, sie würden ihr keinen Dienst mehr erweisen, aber die Schmerzen in ihnen würden sie immer daran erinnern, welches Füllhorn der Beglückung das Schicksal über ihr ausgeschüttet hatte.

Sie griff zu dem nächstbesten Gegenstand in ihrer Nähe und schleuderte ihn an den Kopf des Verkünders ihres großen Glücks. Treffer! Die silberne Vase hinterließ eine Platzwunde, die nach dem ersten Schreck stark zu bluten anfing. Professor Strecker wurde leichenblass, griff sich sichtlich fassungslos an die Stirn und trat eilig den Rückzug an.

Höhnisch brüllte ihm Anniken hinterher, dass er sich glücklich schätzen konnte, dass er seine Stirn endlich mal wieder zu spüren bekommen hätte, hinter der sich so wenig Verstand und Gefühl befand.

Für Anniken war von einem Tag auf den anderen auf grausamste Weise alles zusammengebrochen, was sie immer als Selbstverständlichkeit hingenommen und nicht einmal zu schätzen gewusst hatte.

Sie sah sich jetzt, wie sie damals, roh verletzt und in tiefer Depression versunken, mit dem Wissen klarzukommen versuchte, dass ihr bisheriges Leben zerstört war und unwiederbringlich der Vergangenheit angehörte.

Damals nahm ihr Verstand, wie in Watte gepackt und durch einen Schleier gefiltert, ihre Umwelt nur dumpf zur Kenntnis. Anniken sah Felix, wie er bei seinen Besuchen den Schein zu wahren suchte und den fürsorglichen und verständnisvollen Verlobten spielte. Sie aber hatte keinen Willen zu spielen, sie rang um die nötige Kraft, um weiterzuleben. Anniken beschuldigte ihn, ihr Leben zerstört zu haben. Was sie früher nicht gewagt hätte, tat sie nun, ohne zu zaudern: Sie wiederholte diese Anklage vor jedem der Besucher, die in dieser Zeit an ihrem Krankenbett auftauchten.

Sie löste damit sichtbar Unbehagen aus. Niemand wollte sich zu ihren Vorwürfen äußern und Stellung beziehen. Ihre gestylten Freundinnen saßen bei ihren Besuchen mit ihren mageren, in Fitnessstudios durchtrainierten Hintern an der äußersten Kante der Besucherstühle, immer auf dem Sprung, um der unangenehmen Situation möglichst schnell zu entgehen. Ihrem Bestreben, durch üppige Blumenarrangements und Berichte über ihre vielfältigen Freizeitaktivitäten Anniken wieder in eine angenehme Gesprächspartnerin zu verwandeln, konnte diese nicht nachkommen.

Anniken war ihnen fremd und unheimlich geworden, lebte nicht mehr in ihrer Welt, und sie spürte die Angst, die sie verbreitete. Man hatte Furcht vor Annikens Verhalten, Furcht vor dem Unglück und der eigenen Verletzlichkeit, von der man sich auf unterschiedlichste Weise abzulenken suchte.

In der Gesellschaft, in der Anniken damals lebte, gab es eine Maxime: unter allen Umständen den Schein wahren! Felix stritt natürlich jegliche Schuld ab, und selbst ihre Mutter äußerte niemals Zweifel an Felix' Version der Geschichte.

Sie missbilligte Annikens Verhalten zutiefst und verstand ihre Tochter nicht. Es hatte sich ein Unfall ereignet, wie er täglich vorkam und wie er auch einem routinierten Fahrer wie Felix passieren konnte. Frau van Kampen begriff nicht, wie ihre Tochter so undankbar sein und den armen Felix zurückweisen konnte, der in dieser auch für ihn schwierigen Situation so bemüht und willens war, zu seiner Verlobten zu stehen.

Frau van Kampen versuchte alles, um Anniken zur Vernunft zu bringen, aber als diese die Verlobung für gelöst erklärte, konnte sie kein Verständnis mehr für ihre halsstarrige Tochter aufbringen. Ihre Enttäuschung über die geplatzte Verbindung war größer als die Betroffenheit über Annikens gesundheitlichen Zustand.

Das Unvermögen, das nicht nur ihre Mutter offenbarte, verletzte die junge Frau zusätzlich. Die Menschen um sie herum wussten nicht, wie sie mit der Tatsache umgehen sollten, dass sie nun behindert war. Hatten sie früher nur bewundernde Blicke für sie gehabt, glotzten sie sie nun unverschämt an und versuchten nur unzureichend, ihre Neugier und Sensationslust zu verbergen.

Anniken wischte sich die Tränen aus dem Gesicht. Sie hatte gar nicht gemerkt, dass sie weinte. Warum waren ihre

Erinnerungen auf einmal wieder so lebendig wie lange nicht mehr?

Während ihres Aufenthalts in einer Rehaklinik in der Schweiz hatte sie ihre Entscheidung gefällt und die entsprechenden Vorbereitungen getroffen.

Ohne noch einmal nach Hause zurückzukehren, hatte sie sich wütend gegen alle Einwände und Zweifel gewehrt und das für sie einzig Richtige getan. Sie hatte mit der Vergangenheit gebrochen und war ohne ein Wort der Versöhnung oder des Abschieds gegangen. Sie hatte sich damals von ihrem alten Leben losgesagt, hatte sich weit weg von Hamburg ganz allein neu eingerichtet.

Finanziell unabhängig durch ein eigenes kleines Vermögen, das sie von ihrer verstorbenen Großmutter geerbt hatte, hatte sie neuen Boden unter den Füßen gewonnen und ihre Mutter seit damals nicht mehr gesehen oder gesprochen.

Auch Felix, der seine Erleichterung über die beendete Beziehung kaum verbergen konnte, hatte sie nie wieder gesehen.

Aber sie hatte nie den Triumpf ausgekostet, den man empfinden sollte, wenn man sich freigestrampelt hat.

Und sie hatte nie die ersehnte Freiheit gefunden, sondern saß nun seit Jahren in diesem Haus, einsam und isoliert, geschützt und sicher, aber immer noch voller Angst vor dem Leben und den Menschen.

Warum ließ sie sich weiterhin von ihrer Angst leiten? Felix war Felix, und dieser seltsame Einbrecher namens Frank hatte nichts mit ihrem Exverlobten zu tun. Außer dem gemeinsamen Anfangsbuchstaben verband die beiden aber auch gar nichts. Sie durfte hier nichts durcheinanderbringen. Gut, sie hatte sich vielleicht, möglicherweise, in diesem Fremden getäuscht, mochte sein, aber es war ja auch nichts passiert, und ihr konnte es egal sein, ob er wiederkam oder nicht. Aber warum litt sie nun unter den alten Wunden, als wären nicht Jahre, sondern nur Tage seit dieser Zeit vergangen?

Sie fuhr zur Haustür und rollte in ihren Garten. Die Blumen brauchten Wasser. Anniken durchschaute sich und wusste, dass sie nach Frank Ausschau halten wollte. So fing sie gegen jede Vernunft und Gewohnheit an, in der großen Hitze ihre Blumenkästen zu bewässern.

Sie bemerkte zwei Autos, die in der schmalen Gasse parkten. Erst als sie einen Mann sah, der mit einer Tasche in der Hand vor dem Haus ihrer Nachbarin herumlief und dann darin verschwand, stutzte sie. Irgendetwas ging da drüben vor, das sie nicht einzuordnen wusste.

Ihr fiel die Nachbarin ein, die sie gestern nicht mehr gesehen hatte, und auch die kräftige junge Frau, die sie oft besuchte oder abholte, war nicht aufgetaucht.

Was ging hier vor?

Ein uniformierter Polizist trat aus dem Haus und lief nach rechts in Richtung Kirche. Polizei. Bei ihrer Nachbarin. Und bei ihr war ein wildfremder Mann eingebrochen. Ein Riesenzufall? Plötzlich war ihr trotz der immensen Hitze eiskalt.

Sie sah nicht mehr zu dem Haus hinüber, sondern konzentrierte sich auf ihre Blumen. Die konnten sie aber jetzt auch nicht mehr ablenken.

Kein Wunder, dass Frank nicht mehr zurückgekommen war. Solche Zufälle gab es nicht! Die Sonnenstrahlen brannten glühend auf ihren Kopf, und Anniken wurde schwindelig.

Irgendetwas musste er damit zu tun haben, egal, was geschehen war. Sie hatte sich überrumpeln lassen und nach so langer Zeit ein zartes Zugeständnis gemacht. Ihr Magen zog sich zusammen, und Anniken fühlte einen Schmerz wie nach einem Fausthieb in die Magengrube. Wie erzdumm sie doch war! Wie blöde sie schon immer gewesen und nach all ihren bösen Erfahrungen immer noch war.

In diesem Moment kam Frank aus der anderen Richtung, bepackt mit mehreren Plastiktüten, an ihrem Zaun vorbei und hob fröhlich seine Beute hoch.

Sie blinzelte Tränen der Erleichterung weg. Dann lächelte sie strahlend und sagte: „Der Kaffee ist fertig."

Als sie das Polizeigebäude verließen, schlug ihnen große Hitze entgegen. Ihre Büroräume waren zwar nicht klimatisiert, aber die Rollos boten offensichtlich doch etwas Schutz. So heiß wie hier auf dem Parkplatz war es gottlob im Gebäude nicht. Die Sonne brannte unerbittlich. Das Dienstfahrzeug glühte, und als Berthold die Tür öffnen wollte, verbrannte er sich am heißen Blech der Karosserie. Sie ließen die Türen eine Weile offen stehen, um die schlimmste Stauhitze entweichen zu lassen, und nahmen dann in dem Brutkasten Platz. Sie fuhren nach Nidda. Berthold fühlte sich in seinem verschwitzten T-Shirt mehr als unwohl und sehnte sich nach einer Dusche und einem gut gekühlten Äppler im ebenso temperierten Keller.

Klüber drehte die Klimaanlage auf Gefrierschrankgrade. Er hatte nicht einmal das Radio eingeschaltet und machte auch keine Bemerkung, als Berthold sich im Wagen eine Zigarette anzündete. Berthold nahm es freudig zur Kenntnis und vermutete Klübers schlechtes Gewissen dahinter. Seine Bemerkungen über Bertholds mangelnde Frauenkenntnisse und der Hinweis auf sein Alter hatten Berthold geschmerzt. Er war nicht so schnell zu beleidigen, aber ein kleiner Stachel saß trotzdem, und sein Kollege kannte ihn gut genug, um das zu spüren.

Berthold schob die Erinnerung an das Gespräch weg. Er öffnete das Fenster und warf die Zigarette halb geraucht hinaus. Diese Geste war ein kleines Zugeständnis an Klüber. Immerhin war er selber auch oftmals ruppig und machte unbedachte Äußerungen, die ihm später leid taten.

Er sah im Augenwinkel, wie Klüber sich zu ihm drehte, und wandte ihm auch den Kopf zu:

„Wir wollten doch was essen!“

Klüber lächelte und fragte: „Wer ist dran?“

Bertholds Antwort kam sofort und bestimmt: „Du natürlich!“.

Als sie in Nidda auf der Hauptstraße Richtung Innenstadt fuhren, sah Berthold auf der rechten Seite einen Dönerladen. „Halt!! Nahrung!! Rechts!!“

Klüber bremste scharf.

Sie konnten direkt auf einem Seitenstreifen vor der Gaststätte halten und betraten das Geschäft. Links ging es offenbar in einen Gastraum, aus dem Musik hallte, und rechts zu einem Imbissladen. Über einem Kühltisch hingen bunte Fotos, die das Angebot an Speisen zeigten. Hinter dem Glas einer langen Verkaufstheke lagen Salate aus, die trotz der brütenden Temperaturen frisch und knackig aussahen.

Nach dem Studium der Speisekarte einigten sie sich auf zwei Döner und zwei Wasser. Der Wirt brachte ihnen nach kurzer Zeit das Bestellte zu ihrem Stehtisch und wünschte „Guten Appetit!“.

Während sie aßen, betrachtete sich Klüber immer wieder in der mit Spiegeln verkleideten Wand. Er rückte sein Hemd zurecht, überprüfte den Sitz seiner blonden, exakt geschnittenen Haare und lächelte schließlich seinem Spiegelbild wohlwollend zu. Seine blauen Augen blitzten im Sonnenlicht hell auf.

Berthold sah, dass dem Wirt die narzisstischen Tendenzen seines Kollegen auch aufgefallen waren und zwinkerte ihm verschwörerisch zu. Der glatzköpfige Mann lachte laut auf und begann spontan und fröhlich, ein türkisches Lied zu singen. Dabei hob er die Arme und schnippte mit den Fingern. Mit den Hüften machte er andeutungsweise Bauchtanzbewegungen. Klüber blickte verunsichert von einem zum anderen: „Hab ich was verpasst?“

„Ja, da, schöne Frau.“ Der Wirt zeigte auf die andere Straßenseite.

Klüber reckte den Hals, trat einen Schritt an die Auslage und reckte vergeblich seinen Hals.

„Ich sehe nichts!“

Der Kollege stand voll auf dem Schlauch. Der Wirt hatte Humor, und seine freundliche und lebenslustige Art gefiel Berthold.

Er deutete erstaunt auf die Speisekarte über der Theke.

„Sie verkaufen Schweinefleisch?“

„Ich habe keine Problem mit Schwein. Schwein, Rind, Lamm, egal. Aber Qualität muss sein gut. Ich verkaufe nur gute Ware.“

Berthold nickte. Das Essen schmeckte ihm hervorragend. Er bestätigte dem Wirt: „Das kann man so stehen lassen.“

„Nix stehen lassen! Alles aufessen!“

Bevor Berthold das sprachliche Missverständnis aufklären konnte, trat Klüber an die Theke und hob seine Geldbörse hoch.

„Zahlen, bitte!“

Er legte den geforderten Betrag plus mageres Trinkgeld auf die Theke, während der Radiosprecher in einer dramatischen Stimmlage, die sich auch für eine Meldung über den Abschuss einer Atombombe auf Europa geeignet hätte, verkündete: „Es ist 13 Uhr dreißig!“

Auf seinem Weg zur Toilette ging Berthold durch einen langen, schmalen Flur. Linker Hand führte eine Tür in den Schankraum der Gaststätte, die sie am Eingang schon bemerkt hatten. Berthold sah nur kurz in den Raum und entdeckte einen Dartautomaten.

„Da könnten Richie und ich mal spielen gehen“, dachte er, aber als dann die Musik sehr laut einsetzte und ihn ein deutscher Schlager mit seinem dümmlichen Text bis zu den Pissoirs verfolgte, nahm er innerlich wieder von der Idee Abstand.

In den Imbiss zurückgekehrt, verabschiedete er sich noch mal von dem freundlichen Wirt und rief Klüber zu, der bereits am Auto wartete: „Ich komme lieber zu Fuß. Das muss doch grad hier um die Ecke sein.“

Dann trottete er einfach los und lief bis zum Marktplatz, den kleine, renovierte Fachwerkhäuser säumten. Cafés und andere Gaststätten hatten Tische und Stühle aufgestellt, die alle gut besetzt waren. Die Frage, ob hier niemand arbeiten musste, schoss Berthold durch den Kopf. Eine kleine Horde Kinder sauste auf Fahrrädern knapp an ihm vorbei.

Rechter Hand, neben einem Bäckerladen, entdeckte er das Straßenschild „Schlossgasse“. Er folgte dem Hinweis und wusste sofort, wo sein Ziel sein musste. Von Weitem sah er ein Einsatzfahrzeug und einen Zivilwagen, die die schmale Gasse blockierten.

Er lief an kleinen, urigen Fachwerkhäusern vorbei, direkt auf ein Haus zu, das sich links und rechts eng an seine Nachbarn schmiegte. Nur zu dem rechten Gebäude war ein wenig Platz für einen schmalen Durchgang, der romantisch von einem mit Rosen eingewachsenen Torbogen überbrückt wurde. Ein reizendes Häuschen, auch wenn schon der rissige Lack von dem Gebälk abblätterte. Die Altersspuren unterstrichen den maroden Charme des Häuschens und gaben ihm etwas Authentisches.

Wie ein gelbes Absperrband verriet, war dies die Adresse

von Martina Gerstenberger. Das kleine, schmiedeeiserne Türchen zum Durchgang stand offen, und Berthold betrat das Grundstück. Der enge Weg führte um das Haus herum und direkt auf vier Steinstufen zu. Auf den Stufen stand ein Kollege, dessen Name Berthold partout nicht einfallen wollte.

„Servus!“

„Mahlzeit“, grüßte der Mitarbeiter von der Spurensicherung. Er wedelte wild mit einem überdimensionalen Pinsel auf dem Hausschild herum.

Berthold wies auf die verrosteten Zahlen unter der Hauslampe.

„21? Sind wir hier auch richtig? Ich denke, die Adresse ist 21a?“ Berthold erinnerte sich deutlich an Frau Schönecks Angabe.

Der Kollege wies auf eine Schmutzspur an der dunklen Lehmwand, die dem Kriminaloberkommissar aus seinem Blickwinkel nicht aufgefallen war.

„Hier hing einmal das A, Kollege. Du bist schon genau richtig.“

„Danke!“

Als er in das Haus trat, fiel Berthold auf, wie klein, eng und düster hier alles war. Unwillkürlich zog er den Kopf ein. Die niedrige Stehhöhe und die mit dunklen Plastikplatten verkleidete Decke mussten jeden Besucher fürchten lassen, im nächsten Moment von der Decke erschlagen zu werden.

„Gerhard!“ Berthold sprach den Namen laut aus, seine Gedächtnisblockade war wieder aufgehoben.

Der Rundgang durch das ganze Haus bescherte ihm einen Ausflug in die größten Bausünden und Stilbrüche der letzten Jahrzehnte.

Er betrat nach dem kurzen Flur die Küche, die, abgewertet durch einige auf Eichenholz furnierte Schränkchen, einen wenig benutzten Eindruck machte. Hier stand nicht viel herum, nur wenige typische Hilfsmittel waren zu sehen. Auch in den Schubladen war alles sehr übersichtlich. In einer Ecke stand auf einem Regal ein kleiner Fernsehapparat. Die Küche schien Wohn-, Esszimmer und Küche in einem zu sein. Martina war eine alleinstehende Junggesellin gewesen, die offenbar nicht viel Sinn für die Kochkunst gehabt hatte. Es gab keine Utensilien, die ein aufwendiges

Kochen ermöglicht hätten. Wofür auch? Berthold dachte an seine Küche und hatte in diesem Punkt für die Einstellung der jungen Frau vollstes Verständnis. Im Kühlschrank lagen einige abgepackte Lebensmittel, hauptsächlich von einer Firma, die in der Werbung versprach, dass jeder so bleiben dürfe, wie er wolle, wenn er denn nur die entsprechenden Produkte konsumierte.

Neben Küche, Flur und Bad gab es im unteren Stockwerk noch einen Raum, der mehr oder weniger nach einer Rumpelkammer aussah. Hier stand ein Bügelbrett, eine Menge Wäsche in einem Wäschekorb und an der Wand reihten sich zwei Kellerregale, voll mit Putzutensilien und Umzugskisten, die offenbar Flohmarktartikel enthielten, wie Berthold beim Durchsehen feststellte.

Als er in dem winzigen Bad vor einer Sammlung Diddelfiguren stand, die zwischen neonfarbenen Plastikmuscheln aufgestellt waren, kam Klüber herein.

Zu zweit war das Bad eindeutig überfüllt. Klüber war noch größer als Berthold und hatte den Kopf in einer unbequemen Haltung.

„Komm mal mit nach oben, da ist das Schlafzimmer."

„Wohin sonst solltest du mich auch locken wollen", frotzelte Berthold.

Klüber ging voraus, stieg vorsichtig die enge, ausgetretene Holztreppe hinauf. Vor dem letzten Absatz mussten beide in die Knie gehen, um sich nicht eine Kopfverletzung zuzuziehen.

„Hier könnte ich nicht leben", bemerkte Klüber, „da kriegt man ja Klaustrophobie."

„Was erzählst du da von mir?", fragte ein in einen weißen Overall gehüllter Spusi-Mitarbeiter namens Klaus. Er untersuchte gerade dunkle Flecken auf dem ausgetretenen Teppichboden im oberen Flur.

Die beiden Männer lachten sich an.

Berthold wusste, dass sich die beiden gut kannten und ihre Leidenschaft für Technik sie miteinander verband. Er begrüßte ebenfalls den sympathischen Mann und lief hinter Klüber in das Schlafzimmer. Ein viel zu wuchtiges Bett dominierte den Raum und schien ihm den Atem zu rauben. Kunstleder im Leopardenlook rahmte eine verspiegelte Rückwand, in der ein eingebautes Radio den Ausbund an Geschmacklosigkeit krönte. Auf einer braunen Tagesdecke, in deren Mitte ein eingewebter Tiger zum Sprung ansetzte, saßen Kuscheltiere in allen Größen und Farben. Dieser Geschmack, Wohnaccessoires betreffend, war für Berthold nicht nachvollziehbar. Je mehr er sah, umso bestürzter war er. Von außen sah das Haus eindeutig besser aus als das, was seine Bewohnerin innen daraus gemacht hatte.

„Alles aufgeräumt. Sieht nicht aus, als ob Martina Besuch gehabt hätte, oder hast du was entdeckt?", fragte Klüber.

„Du hast recht. Nach Tatort wirkt es meiner Ansicht nach jedenfalls nicht. Sieht alles sehr ordentlich aus."

„Die Frau auch!"

Klüber deutete auf die gerahmten Fotos an den Wänden. Überall hingen Fotos von Martina. Sitzend, stehend, mal nackt, mal eingehüllt in Dessous, mal mit geöffneten feuchten Lippen schmachtend in die Kamera blickend. Ringsum dokumentierte Martina Gerstenberger ihre Eigenliebe und stellte ihren Sexappeal mehr oder weniger professionell zur Schau.

Berthold antwortete nicht. Die Pietät dem Opfer gegenüber verbot ihm eine ehrliche Entgegnung. Stattdessen fragte er: „Was wolltest du mir denn zeigen?"

„Hier, das Hirn eines jeden modernen Haushalts."

Klüber nahm auf einem breiten Bürostuhl Platz.

Nur durch einen schmalen Streifen vom Bett getrennt drängte sich ein winziger Computertisch an die Wand.

Zwischen Bürostuhl und Matratze hatte keine Hand mehr Platz. Klüber hatte irgendwie seine Beine unter die Tischplatte gezwängt und den schwarzen Laptop aufgeklappt. Berthold setzte sich neben ihn auf das Bett und sah dem Kollegen bei seinen flinken Handgriffen zu. Auf dem Desktop prangte, nicht ganz unerwartet, ein nacktes Konterfei von Martina.

„Wie, du bist schon drin?"

Klüber wies auf einen lilafarbenen Ordner, auf dessen Rücken ein Aufkleber in ordentlicher, kindlicher Schrift verriet: Computer.

„Warum soll uns die Dummheit der Menschheit nicht auch mal was nutzen? Da steht alles drin. Alle Passwörter für den Computer, für die Bank, für diverse Versandhäuser und für ein paar Chatrooms sind sauber aufgelistet.

Die Frau tut alles das, wovor man überall gewarnt wird und was man als User nicht tun sollte. Sie tarnt sich nicht und nennt sich überall „Tina". Total beknackt. Also wenn die einer finden wollte, kein Problem. Guck mal, was für Mails die verschickt."

Auf dem Bildschirm erschien das entsprechende Programm.

„Die Frau hat sich immer wieder mal verabredet. Die Leute hat sie in Flirtrooms kennengelernt und ihnen ihr Foto geschickt. Mann oh Mann, wie blöd kann man denn eigentlich nur sein?"

Auf diese Frage hatte Berthold keine Antwort. Er bewegte sich auf dem virtuellen Parkett auch nicht sehr sicher, dafür hatte er schließlich Klüber, aber für so viel Unvorsichtigkeit brachte auch er kein Verständnis mehr auf. Auf der einen Seite war es definitiv eine riesige Arbeitserleichterung für das Ermittlungsteam, auf der anderen Seite vergrößerte es den Bereich der möglichen Verdächtigen erheblich.

„Wem hat sie denn in den letzten Tagen was geschickt?"

Klüber las laut vor: „Am Dienstagabend hat sie drei Mails geschrieben, eine an Frau Schöneck: ‚Danke für deinen Einsatz heute Mittag. Die Gestapo-Hilde geht mir tierisch auf die Nerven. Lass mir aber von der Alten nicht die Laune verderben: Hab da was Süßes laufen. Großes Geheimnis. HiHiHi

Bis morgen früh, träume süß!!!!!!!!

Tschüssili Tina.'

Na, wenn das kein Hinweis ist! Die hatte was laufen, und die Schöneck wusste vielleicht schon davon. Die haben sich doch am Mittwochabend noch gesehen. Ich sage dir, die müssen wir noch mal ausquetschen. Die Schöneck ist mir nicht geheuer."

„Die weiß möglicherweise mehr, als sie uns verraten hat, aber die war so überzeugend betroffen. Trotzdem, du hast recht, Fragen habe ich auch an die Dame. Und an wen sind die anderen Mitteilungen rausgegangen?", fragte Berthold.

„Kann ich auf Anhieb nicht sagen. Die Adressen sind verschlüsselt."

Beide sahen sich die Postein- und -ausgänge der letzten Tage im Leben der Martina Gerstenberger an. Alles, was sie lasen, war Anmache und zweideutiges Geplänkel. Neben Frau Schöneck trat wiederholt immer wieder eine Adresse auf.

„Brunftgeschwätz auf niedrigstem Niveau“, kommentierte Klüber. So hart hätte es sein Chef nicht ausgedrückt, immerhin befanden sie sich in der Wohnung eines Mordopfers. Und dieses Opfer hatte ihren Respekt verdient und ihre Achtung. Aber in den Sinn gekommen war Berthold etwas ganz Ähnliches.

„Martina hatte wohl auch eine blühende Fantasie. Die tut, als hätte sie Geld. ‚Bin finanziell mehr als abgesichert!‘ Guck mal, da erzählt sie ihrem Verehrer, sie sei Ärztin.“ Klüber schüttelte ironisch lachend den Kopf.

„Mann, oh Mann!“ Klüber erhob sich vorsichtig, um nicht mit dem Kopf an die Decke zu stoßen. „Wir müssen das Ding mitnehmen und alle Daten sichern. Dann kommen wir vielleicht auch an die Adressaten heran.“

„Vielleicht?“

„Kommt drauf an wie lange die verschiedenen Chatrooms Daten speichern, aber die Mails müssten auf jeden Fall drin sein.“

Berthold stand auch auf.

„Dann wird hier alles eingepackt. Schriftliches hat sie ja nicht viel. Keine Bücher, keine anderen Ordner. Es sei denn, jemand war vor uns hier. Aber es sieht nicht so aus.“

„Nee, hier war nichts im Gange. Im ganzen Haus keine Kampfspuren, nichts durchwühlt, aber auch nichts übertrieben gereinigt. Hier wollte niemand was verwischen. Meint jedenfalls Klaus. Er untersucht die Flecken auf dem Teppich im Flur, es ist Blut, aber schon älter.“

„Klaus?“

„Jaaha!“, tönte es vom unteren Stockwerk. Klüber ging ganz tief in die Knie und stieg die Treppe runter.

Berthold ging noch mal zurück und ließ seinen Blick über alle Gegenstände schweifen.

Kuscheltiere und Aktfotos, ein Computer und ein Riesenbett. Auf den beiden Fensterbrettern vor den kleinen Sprossenfenstern war jede Menge Nippes aufgereiht. Zwischen ein paar kläglichen Plastikblumen standen Döschen, Steinchen und Figürchen. Berthold trat an das Fenster heran und öffnete die Behältnisse. In einem lag Schmuck, in einem anderen befanden sich Kondome in allen Farben und Geschmacksrichtungen. In einer anderen Dose waren Dartpfeile. So wenig, wie die Gegenstände in Machart und Stil zusammenpassten und ganz und gar nicht in diese alten Räume, so sehr komplettierte alles irgendwie Bertholds Bild von Martina Gerstenberger. Eine junge, lebenshungrige Frau, die entweder einen Partner oder intensiv Kontakte zu fremden Männern suchte und dabei nicht besonders vorsichtig vorging. Ihr Berufsleben fand im Krankenhaus als Schwester statt, und in ihrer Freizeit bewegte sie sich im weltweiten Netz als Sexbombe. Und Frau Schöneck nicht zu vergessen, die besuchte sie angeblich öfter. „Wir müssen mit ihr sprechen und ihr noch mal auf den Zahn fühlen", dachte Berthold. „Sie weiß bestimmt mehr."

Vor dem Fenster konnte er eine Bewegung ausmachen. Er sah auf die Schlossgasse hinunter, die er vom Marktplatz entlanggelaufen war und die auf Marina Gerstenbergers Haus zulief, um dann links vorbei in Richtung Rathaus und evangelische Kirche zu führen. Berthold hatte von hier oben einen guten Einblick in einen kleinen, mit Blumen geschmückten Vorgarten, der zum gegenüberliegenden Eckhaus gehörte. Das weiße, zweistöckige Gebäude, verziert mit grauen Holzbalken und -verkleidungen, lehnte sich rechts und links an die Nachbarhäuser an, lag aber etwas zurückgesetzt und ließ so Platz für einen kleinen Garten. Dieser war von beiden Seiten mit einem weißen Holzzaun eingezäunt, an dem mehrere Blumenkästen hingen. Alle Kästen waren mit blauen und weißen Blumen bepflanzt, die üppig wuchernd herabhingen.

In diesem Garten saß eine Frau vor einem der Kästen und goss die Blumenpracht. Berthold starrte fasziniert hinunter. Diese Frau sah wunderschön aus. Sie hatte herrlich rotes, langes Haar und bildete, eingerahmt von den Blumen, ein verträumtes und romantisches Bild, wie geschaffen, um gemalt oder zumindest fotografiert zu werden. Als sich die Frau auf einmal in Bewegung setzte, bemerkte er, dass sie im Rollstuhl saß. Im nächsten Moment trat in diese, für Berthold verklärte Situation ein Mann, der durch das Gartentürchen kam. Berthold konnte ihn nur von der Seite sehen. Er trug langes, braunes Haar, das er zu einem Pferdeschwanz gebunden hatte. Da er Einkaufstüten trug, vermutete Berthold, dass er vom Marktplatz kam. Der hochgewachsene Mann streckte der fremden Schönheit die Einkäufe entgegen. Sie lächelte und sah sehr glücklich aus. Entrückt sah Berthold die Frau an. Er spürte, dass er rot wurde. Er kam sich plötzlich wie ein Voyeur vor. Abrupt drehte er sich um und ging in das letzte Zimmer. Auch hier war ein Mann von der Spurensicherung zugange. Der Raum wurde als begehbarer Kleiderschrank und als Schminkplatz genutzt. Auf beiden Seiten hingen Holzstangen, die mit Seilen an der Decke befestigt waren und an denen Martinas Kleider aufgereiht hingen. Berthold fiel auf, wie farbenfroh die Garderobe von Frau Gerstenberger war. An der Stirnseite vor den kleinen Fenstern stand ein Schminktisch, dessen Sortiment eine kleine Drogerie vor Neid hätte erblassen lassen. Unzählige kleine Tiegelchen mit goldenen Deckeln und Etiketten von namhaften Kosmetikfirmen, Lippenstifte und Parfümflakons, denen man ansah, dass sie eine Stange Geld gekostet hatten.

Berthold sah sich alles an, drehte hier und da etwas um, zog Schubladen auf und unterdrückte dabei das Bedürfnis, aus dem Fenster zu schauen. Irgendwann gab er nach und sah, dass der Vorgarten leer war. Die beiden waren ins Haus gegangen. „Bei dem schönen Wetter hätte ich mich rausgesetzt. So ein schönes Gärtchen. Berthold, du alter Lügner", schimpfte er sich selbst. „Du findest die Frau schön und nicht den Vorgarten."

Färbte Klübers testosterongesteuertes Verhalten langsam auch auf ihn ab? Wo war der Kerl eigentlich? Berthold war hier oben fertig. Auf der Etage befand sich sonst nur noch eine Gästetoilette. Im Flur gab es eine fünfstufige Holztreppe, die zum Dachboden führte. Aber die dichten Spinnweben auf der alten Tür verrieten, dass diese schon lange nicht mehr geöffnet worden war. Die Kollegen würden trotzdem den Dachboden untersuchen, da sie ihren Job immer akribisch und professionell durchführten und einfach nichts außer Acht lassen durften. Berthold versprach sich allerdings nichts mehr von einer weiteren eigenen Suche.

Wo war Klüber? Er hörte den Kollegen unten lachen. Berthold stieg vorsichtig hinunter, und da stand Klüber in der Küche, in ein Gespräch mit Klaus vertieft. Es waren insgesamt nur drei Mitarbeiter gekommen, und das war für die kleinen Räumlichkeiten durchaus ausreichend.

Klaus und Klüber fachsimpelten in irgendwelchen geheimnisvollen Computersphären, die Berthold das Gefühl gaben, nicht von dieser Welt zu sein, sondern ein Relikt aus vergangenen Zeiten.

„Lass uns gehen, Klüber, wir müssen noch zu den Angehörigen", unterbrach Berthold die Kollegen.

Klüber und er verabschiedeten sich und verließen das Häuschen. Berthold sah im Vorbeigehen noch mal zum Eckhaus, konnte aber nichts sehen. Von diesem Haus aus hatte man einen guten Blick auf das Haus des Opfers. Berthold widerstand einem inneren Impuls und machte keinen Abstecher, um die Bewohner zu fragen, ob ihnen irgendjemand oder irgendetwas aufgefallen wäre. Dafür hatte er die Kollegen eingeteilt.

Aber ein späterer Besuch war damit schließlich nicht ausgeschlossen.

Hinter Haralds massiger Gestalt tauchen die Köpfe seiner Kumpel auf. Zuerst platzieren sich Rolf und Hans-Dieter hinter ihrem Rädelsführer. Dann kommt der große, hagere Fred Neumann, der mit seinen aschblonden Haaren und seiner blassen Haut irgendwie farblos, fast schon unsichtbar erscheint. Er drängt sich nie in den Vordergrund, beginnt nie von sich aus Streit, bildet aber Haralds stummen und verlässlichen Rückhalt. Er ist irgendwie nur Kulisse, im Gegensatz zu Hans-Dieter und Rolf. Die sind die Treiber und Hetzer der fünfköpfigen Meute.

Sie grinsen jetzt breit und lecken sich schon die Lippen beim Anblick des frischen Opfers. Ein lautes, grunzendes Rotzgeräusch kündigt das Erscheinen Ringos an. Mit Ringo, dem fiesen und hinterhältigen Peiniger, ist Haralds Gesindel komplett. Ringo ist zwar der Älteste unter ihnen, aber noch nicht zum Anführer aufgestiegen. Entscheidend sind dabei seine mangelnden intellektuellen Fähigkeiten. Ringo kann zwar gut und schnell zuschlagen, aber im Kopf fehlt es ihm erheblich an Geschwindigkeit.

Rhetorisch hat er nicht viel zu bieten, seine Worte und der Klang seiner Stimme unterscheiden sich kaum von dem grunzenden Rotzgeräusch, das er ständig beim Nasehochziehen verursacht. Er hat eine chronische Nasenverstopfung, und der Schlabber tropft ununterbrochen aus seinem wulstigen Riechkolben. Zu wenige Verknüpfungen in den Nervenbahnen seines Gehirns stehen zu vielen Fehlschaltungen gegenüber, um komplexe Zusammenhänge zu erfassen und verstehen zu können. Er ist zwar erst fünfzehn, und sein Alter sollte noch ein paar sympathische Züge und ein wenig Hoffnung in seinem Gesicht parat halten, aber sieht man Ringo an, bleibt nur die Aussicht einer vorprogrammierten Karriere als Krimineller. Er respektiert und bewundert Harald. Der weiß, wie man die Herde führt, und hat Plan in Sachen Machtausübung und Manipulation. Ringo weiß klare Ansagen zu schätzen und tut dann das, was Herrchen Harald von ihm erwartet.

Die Spitznamen zum Beispiel, die vergibt Harald und entscheidet damit über Ansehen und Ruf unter den Kindern.

Der Junge erinnert sich an die Zeit, als Ringo seinen Namen erhalten hat. Mit „Ringo" hat Harald Rigobert Dahlem nach einem Ringkampf mit ihrem Sportlehrer ausgezeichnet und aufgewertet. Rigobert hat sich eines Tages tapfer gegen den Erwachsenen geschlagen. Obwohl er verloren hat, lobt ihn der

Trainer und meint, Rigobert sei ein herausragendes Talent. Dann verspricht er ihm ein paar Übungsstunden, nur mit ihm allein. Die anderen Jungs sind schwer beeindruckt, der neue Ringo ist geboren, und der Lehrer bald aus der Schule verschwunden. Die angekündigten Unterrichtsstunden fallen ersatzlos aus, und Ringo legt sich einen eigenen unnachahmlichen Kampfstil zu, nach seinen eigenen Regeln.

Wie tief ihn der plötzliche Abschied vom Trainer getroffen hat, zeigt er natürlich niemandem, aber nach der Abreise des Sportlehrers hat er die kurze Einweisung in sportlich faire Kampfhaltung schnell vergessen.

Keiner weiß, wohin es den beliebten Lehrer verschlagen hat. Er ist nur noch eine von vielen Enttäuschungen. Die Heimkinder sind es gewohnt, dass sie immer wieder verlassen werden. Kaum gewöhnen sie sich an jemanden, beginnen vielleicht zu vertrauen oder gar Zuneigung zu entwickeln, verschwindet diese Person von der Bildfläche. Niemand bringt ihnen treue und verlässliche Liebe entgegen.

Durch Tod oder durch andere Umstände von Eltern und Familie getrennt, sind sie bereits Verlassene, und so sicher wie eine schöne, bunte Seifenblase irgendwann zum Opfer der Oberflächenspannung wird, so sicher platzen immer wieder neue Beziehungen und hoffnungsträchtige Freundschaften. Das kennen sie alle. Manche Seifenblasen können zu einer erstaunlichen Größe heranschwellen, aber es gibt immer den Moment, in dem von einem farbenfrohen, zarten Gebilde nichts als ein paar Tropfen Spülmittel übrig bleiben. Steht man zu nah an diesem hübschen Etwas, wenn es platzt, spritzt die Lauge ins Auge, es brennt und verursacht Tränen.

So ergeht es ihnen immer wieder, und so wird es immer sein. Diese Lektion haben sie früh gelernt und dass es besser ist, sich fest zu verschließen, dann kann man Verletzungen vermeiden.

Nun stehen sie hier, die Schlafsaalherrscher, und lassen es sich nicht nehmen, dem Neuen zu zeigen, wer hier das Sagen hat und wo es langgeht. Sie kommen unverzüglich ihrer Aufgabe nach. Harald beginnt.

„Also, was ist, du Zwerg?"

Der kleine Peter und der Junge schweigen.

Ringo hat noch nicht recht begriffen und schaut zu Harald auf.

„Was ist denn los? Was ist, Harry? Irgendwas im Busch?"

„Tja, das würde ich auch gerne wissen, aber der Pisser und sein kleiner Freund kriegen den Mund nicht auf. Ich glaube aber, die Antwort liegt in diesem Koffer hier.“

Harald deutet auf Peters Gepäckstück.

„Ts, ts, ts.“ Kopfschüttelnd geht Ringo auf das Objekt zu. Der Junge weiß genau, was nun kommen wird, und schluckt schwer. Der kleine Peter betrachtet die Jungs mit seinen großen Augen und ruft eifrig: „Da ist nur Mümmel und das Bild von meiner Mama drin!“

Völlig nichtsahnend öffnet er den Deckel des Koffers und deutet auf den Inhalt.

„Da!“

Freudig nimmt er die gerahmte Fotografie einer Frau heraus, die, mit einem geblümten Sommerkleid bekleidet, die Situation genauso ahnungslos einschätzt wie ihr naiver Sohn, denn sie lächelt jeden sorglos an, der sie betrachtet.

„Die Mama.“ Quietschend imitiert Harald die Stimme von Peter und erntet sofort den lachenden Beifall seiner Vasallen.

„Mama, Mamilein, Mutti, meine Mama, eidideidi“, rufen sie von allen Seiten. Der Chorgesang wird lauter, und die Augen von Peter füllen sich mit Tränen. Das Foto wandert von Hand zu Hand und wird mit hämischen Bemerkungen quittiert.

„Wo ist denn die Mami? Warum hat sie denn ihr Bübchen abgegeben? Ist sie tot? Buhhh, die Mami ist tot!“

Harald wischt sich übertrieben die Augen und hält das Bild triumphierend hoch.

„Meine Mama ist nicht tot! Die kommt wieder und holt mich, du du …“

Peter fehlen die bösen Schimpfworte, die den anderen mühelos über die Lippen kommen.

„Was hat denn unser Kleiner angestellt, warst du nicht lieb zu der kleinen Mami? Guck mal, du hättest sie einfach mal küssen sollen.“ Schmatzend presst er seine Lippen auf die Glasscheibe, und natürlich braust der Beifall wieder auf. Die Jungs haben ihren Spaß, und als Peter ihnen den Gefallen tut und in Panik gerät, wollen sie ihm die ganze Palette ihrer Gemeinheiten präsentieren.

„Gib mir meine Mama wieder“, bettelt Peter schluchzend.

Aber die Jungs küssen einer nach dem anderen das Foto, lecken über die Scheibe. Rolf hält das Bild vor seinen Hosenlatz und macht ein paar eindeutige Handzeichen.

„Guckt mal, die Schlampe bläst mir einen!"

Harald reißt ihm vor Begeisterung erneut das Foto aus der Hand und dreht Peter seinen gewaltigen Hintern entgegen. Er lässt seine Hose herunter und entblößt zwei picklige Schwarten, die durch eine haarige Ritze getrennt sind. Er reibt mit dem Foto über die üppigen Flächen.

„Hier Mami, das kann mich dein Milchbubi mal!"

Peter sieht mit hilflosem Blick zu dem Jungen, der mit hängenden Schultern und gesenktem Blick dasteht und sich nicht rührt. Anscheinend ist das Thema Mama mittlerweile langweilig, denn Harald lässt das Bild fallen, packt seine Fleischberge wieder ein, greift in den Koffer und bringt nun Mümmel ins Spiel.

„Ja, guckt doch mal! Wieee süüüüüüß!"

Harald schreit schrill und schlenkert den Hasen wild hin und her.

„Nein! Tu ihm nicht weh!" Ein Aufschrei kommt aus Peters Kehle, und wild stürmt er auf den dicken Harald. Der fährt nur seine Pranke aus, stoppt Peter und hält ihn mit ausgestrecktem Arm am Kopf fest. Der hoffnungslos unterlegene Peter boxt wild und verzweifelt in die Luft.

„Gib mir sofort meinen Mümmel zurück. Du darfst ihm nicht wehtun!"

Übertrieben mimt Harald Erstaunen und fragt in die Runde: „Wer sagt hier wem, was ich machen darf und was nicht?"

Die anderen Jungs sind sich sicher, die Antwort zu kennen. Niemand hat bisher Haralds Vorherrschaft in Zweifel gezogen, und der Neue wird auch noch lernen, die bestehenden Hierarchien einzuhalten. Doch plötzlich ertönt die Stimme des Jungen klar und fest:

„Bis jetzt bist du es, aber einer, der so einen kleinen Kerl wie den hier fertigmachen muss, um sich stark zu fühlen, hat es wohl nicht länger verdient, dass er das Sagen hat. Oder was meint ihr, Jungs?"

Fragend und mit festem Blick fixiert der Junge einen nach dem anderen.

Mit offenem Mund starren ihn die anderen an. Das ist neu! Das hat es noch nie gegeben. Auch Harald reagiert nicht. Der Augenblick des Schweigens dauert einen Moment zu lange. Diese endlosen Sekunden entscheiden über Stärke und Schwäche, über Auf- und Abstieg.

Als in Harald das Leben zurückkehrt, schnappt er nach Luft und fängt hysterisch an zu lachen.

„He! Unser Bettpisser muckt auf. Ein Pisser hält zum anderen, oder wie?"

Die anderen murmeln und lachen verhalten.

„Hier, du kleine Heulboje. Er wirft dem kleinen Peter seinen Hasen zu. „Verpiss dich!"

Sein üblicherweise reichhaltiger Vorrat an Schimpfworten ist auffallend erschöpft. Drohend zeigt er dafür auf Peters Beschützer. „Und du auch!"

Er dreht sich lässig um und fordert mit einem Wink sein Gefolge auf, den Ort zu verlassen. Er ist schlau genug, um zu wissen, dass dies eine glatte Niederlage gewesen ist. Aber es besteht immer noch die Chance, dass nur er und der Junge die Situation richtig einschätzen. Niemand wagt, seinen Befehl zu missachten, dazu sind sie schon zu lange gehorsam. Aber ein aufmerksamer Beobachter könnte ein kleines Zögern in ihren Bewegungen bemerken. Sie folgen ihm und lassen erstaunlicherweise Peter und den Jungen unversehrt zurück.

Ruhig hebt der Junge das Bild von Peters Mutter vom Boden auf und wischt mit dem Ärmel seines Pullovers die Glasplatte sauber. Gott sei Dank ist sie nicht zersprungen, nur der einfache, weiße Holzrahmen ist an der unteren Ecke leicht lädiert. Peter nimmt dankbar das Bild entgegen. Er untersucht seinen geliebten Hasen gründlich auf mögliche Verletzungen und streichelt und küsst ihn schließlich innig. Strahlend und voller Bewunderung schaut er dann zu seinem neuen Freund und Helden auf.

Als der Junge an diesem Abend in seinem Bett liegt, beschäftigt er sich zum ersten Mal nicht mit seiner Mutter und ihrer gemeinsamen imaginären Zukunft, sondern denkt darüber nach, was passiert ist.

Er kann es kaum begreifen. Was er nie für möglich gehalten hat, es ist geschehen. Ohne zu überzulegen und die Folgen zu überdenken, hat er einfach gehandelt. Er hat dem großen, fetten Harald Paroli geboten. Mit Worten hat er eine Stärke bewiesen, von der er bisher noch nichts wusste. Er hat fest und voller Überzeugung gesprochen und sich für den hilflosen Knirps eingesetzt, dessen Namen er lustigerweise beim Abendbrot verwechselt und ihn Oliver genannt hat.

Ob Oliver oder Peter, der Kleine kriecht gerade unter seine Bettdecke und kuschelt sich dicht an ihn. Der Junge atmet tief ein und hebt seinen Arm, damit für alle drei genug Platz bleibt: Peter, er und natürlich Mümmel.

Gemeinsam gingen sie ins Haus und setzten sich an den gedeckten Tisch. Frank hatte Brötchen und auch andere Lebensmittel mitgebracht: Wurst, Käse, Milch und eine Tafel Schokolade. Die Zigaretten hatte er nicht vergessen, und zwei Flaschen Cola stellte er in den Kühlschrank.

Er schaltete das Radio an und stellte den Sender auf ein Regionalprogramm. Beschwingte Klänge durchdrangen den Raum. Frank gab keine Erklärung darüber ab, warum er für seine Erledigungen so lange gebraucht hatte. Er erschien Anniken sehr aufgekratzt und fröhlich. Vielleicht genoss er das gemeinsame Frühstück ebenso wie sie. Anniken empfand diese Vermutung wie ein großes und unerwartetes Geschenk. Sie fühlte sich frei und unbeschwert.

Frank stellte ihr weder über ihr Leben noch über ihre Erkrankung Fragen. Nach den ersten Versuchen hatte er gemerkt, dass sie keine oder höchstens sehr vage Antworten gab, und hatte nicht weiter nachgeforscht. Sie deutete seine Zurückhaltung als Feinfühligkeit und drängte ihn wiederum auch nicht, nähere Auskünfte über seine Motive zu geben und darüber, welche Probleme ihn dazu gebracht hatten, in ihr Haus einzudringen.

Jedes Lachen, zu dem Frank sie brachte, stärkte ihr Vertrauen in ihn und machte sie unbefangener. Nach so langer Zeit spürte sie wieder, was es heißen könnte, glücklich zu sein. Sie plauderten, aßen und scherzten, und als eine grauhaarige Frau um die sechzig in kurzen Wanderhosen und Ökosandalen mit einem großen Rucksack bepackt an ihrem Wohnzimmerfenster vorbeilief, sagte Frank:

„Oh, mein Gott, sieh dir Erika an. Macht einen auf ökologisch und verantwortungsbewusst, läuft getarnt als harmlose, kulturell interessierte Touristin durch die Gegend, und in Wirklichkeit sucht sie nur eins: einen guten Platz, um ihren Alten unauffällig zu entsorgen."

Als Frank Annikens erstaunt aufgerissene Augen sah, fügte er erklärend hinzu:

„Den hat sie nämlich in Einzelteilen und in Plastikbeutel verpackt eingefroren. Auf ihren Wandertouren durch oberhessische Kleinstädte verteilt sie ihn so nach und nach unauffällig. Guck nur, die sieht in jeden Winkel, ob da ein Stück von Erwin reinpasst."

Jetzt erst verstand Anniken das Spiel und machte freudig mit, denn tatsächlich lugte die Frau nun neugierig über einen Lattenzaun, der den schmalen Zwischenraum zwischen zwei buckligen und windschiefen Häuschen abtrennte.

Sie lachten Tränen.

„Warum hat sie ihn denn umgebracht, ihren Erwin?“

„Na, weil er Lehrer war“, teilte Frank in einem so selbstverständlichen Tonfall mit, als ob dieser Hinweis als schlüssige Erklärung ausreichte.

„Ach, und du meinst, diese Tatsache genügt als Motiv, einen Ehemann zu töten?“

Erstaunt über Annikens augenfällige Unkenntnis, wozu Lehrer ihre alternden Ehefrauen treiben können, erwiderte Frank mit einer Gegenfrage: „Warst du schon mal mit einem Lehrer verheiratet?“

Anniken antwortete mit hochgezogenen Augenbrauen: „Nein?“ und war gespannt, welche Schlussfolgerung ihre Antwort nach sich ziehen würde.

„Dann wirst du diese Frau nie verstehen können.“

„Dann erkläre du es mir doch, bitte.“

„Na gut. Also, dreißig Jahre lang hat Erwin alles besser gewusst, hat ihr und allen anderen jeden Tag die Welt erklärt, hat sich nie für eine andere Meinung als die eigene interessiert und die meisten Menschen damit für immer vertrieben.

Die Handwerker der ganzen Stadt haben sich geweigert, für ihn zu arbeiten, weil sie es dem alten Pedanten nie recht machen konnten. Außerdem hat er seine Rechnungen nie ohne Rechtsstreitigkeiten bezahlt und ihnen damit das Handwerkerleben unnötig erschwert.

Das ökologisch vertretbare Haus ist mittlerweile heruntergekommen, und die wenigen Gäste, die es noch aufsuchen, sind selber Lehrer.

Das heißt, Erika hat nun dreißig Jahre lang geschwiegen, hat sogar manche Ohrfeige eingesteckt, hat brav gekocht und gewaschen und fleißig gestöhnt, wenn Erwins lauwarmes Sperma jeden ersten Mittwoch im Monat nach seinem Stammtischabend in sie hineingetröpfelt ist. Neulich hat sie nach der Lektüre eines Buchs mit dem Namen „Spiritueller Lebensratgeber für Sinnsuchende“ festgestellt, dass sie mehr als die Hälfte ihres Lebens stumpfsinnig und ergeben mit Erwin verbraten hat und ihre restliche Zeit umso intensiver nutzen muss.

Sie hat ihre einzige Chance ergriffen und genutzt. Erwin musste sterben. Jetzt streicht sie die Witwenpension für ihren Lebensabend ein und hat die Lebensversicherung in eine gründliche Instandsetzung des Häuschens investiert."

Frank schloss seine kurze Zusammenfassung und sah Anniken Zustimmung heischend an.

Sie fragte: „Aber wie ist Erwin denn wirklich und wie offiziell gestorben und wo liegt seine Leiche?"

„So genau weiß ich das auch nicht. Die Polizei hat es nie herausgefunden. Offiziell ist er beim Klettern in den Bergen verschollen, aber in Wirklichkeit hat sie ihn wahrscheinlich vergiftet und dann mit dem elektrischen Bratenmesser in kleine Portionen zerteilt und eingefroren, so machen das die meisten mordenden Frauen."

„Das Ende deiner Geschichte entbehrt jeglicher juristischer Grundlage. Jemand, der verschollen ist, wird erst nach Jahren für tot erklärt. Ich glaube, bis dahin kriegt sie weder eine Pension noch die Lebensversicherung ausbezahlt."

„Du bist ja so kleinlich wie Erwin. Pass bloß auf, dass du mit deiner Besserwisserei niemandem auf den Keks gehst", zog Frank Anniken auf.

„Deine Meinung von Lehrern und Frauen ist ja ziemlich erschreckend, ich glaube, wir müssen uns sehr in Acht nehmen vor dir."

„Da sieht man wieder mal, dass ihr Frauen kein psychologisches Gespür habt. Ihr und die Lehrer nicht. Sonst wüsstest du, dass ich ein herzensguter Mensch bin, der nichts, aber auch gar nichts Böses denken, geschweige denn tun kann."

Anniken wollte ihn auf die Mordlüsternheit seiner blühenden Fantasie hinweisen, gab sich aber lieber geschlagen und sagte: „Na, dann hoffen wir mal, dass sie alles sorgfältig geplant hat und nicht erwischt wird. Hoffentlich erfüllen sich ihre Hoffnungen im Hinblick auf ihr neues Leben. Ich wünsche es ihr."

Die vermeintliche Erika war schon längst ihrem Blickfeld entschwunden, was Frank nicht daran hinderte, zum Fenster zu rennen und ihr ein donnerndes „Viel Glück, Erika!" hinterherzuschicken.

Anniken saß noch eine Zeitlang schweigend am Tisch.

Frank ging ins Bad und blieb dort eine Weile. Als er wieder zurückkam, stellte er sich an das Fenster gleich neben der Haustür und sah hinaus. Jeder war in seine eigene Gedankenwelt versunken.

Anniken dachte an ihr Leben und verglich es mit dem von Erika. Ein Erwin konnte nicht mit einem Felix gleichgestellt werden, sicher nicht, aber die Männer hatten eines gemeinsam: Sie brachten es jeder auf seine Weise fertig, den Menschen, der sie liebte, ins Unglück zu stürzen. Erika hatte in Franks kurzer Geschichte einen Langmut aufgebracht, den Anniken bei Weitem nicht besaß, dafür war aber auch für Anniken Mord nie eine Option für Problemlösungen gewesen. Ist Selbstmord kein Mord? Diese Frage schlich sich ungefragt in Annikens Bewusstsein und sorgte für Unbehagen.

„Was ist da drüben los? Zieht da jemand ein oder aus?"

„Keine Ahnung! Nach einem Umzug sieht mir das nicht aus. Ich glaube eher, dass das die Polizei ist."

Anniken äußerte nichts von der Vermutung, die sich ihr hinsichtlich des uniformierten Mannes und Franks Anwesenheit noch vor kurzer Zeit aufgedrängt hatte.

„Wie kommst du denn darauf?"

„Weil die so aussehen, als wären sie von der Polizei."

„Woher willst du das wissen?", kam die Gegenfrage. Frank schniefte und rieb sich die Nase.

„Intuition!", war Annikens lapidare Antwort. Den uniformierten Polizisten erwähnte sie nicht.

Frank trat ein paar Schritte vom Fenster zurück, beobachtete aber weiter die andere Straßenseite.

„Seit wann sind die Autos da? Vorhin stand da noch niemand, oder?"

„Keine Ahnung, ich beobachte meine Nachbarn nicht." Dehnend betonte sie das „ich", und Frank drehte sich zu ihr um.

Er hatte die Kiefernmuskeln angespannt und sah durch sie hindurch. Langsam kam er zum Tisch zurück und setzte sich. Die Stimmung passte auf einmal nicht mehr zu der leichten, unbeschwerten Dudelei aus dem Radio. Frank stand wieder auf und schaltete das Gerät kurzerhand ab.

Dann schob er seinen Teller zur Seite. Seine Hände zitterten leicht, und er wirkte am ganzen Körper angespannt.

„Ist was?"

Er schenkte sich Kaffee nach, ohne ihr auch welchen anzubieten. Erst danach schaute er sie fragend an. Sie schüttelte verneinend den Kopf.

„Warum beobachtest du mich?“

„Ich sehe dich an, ist ja sonst niemand hier.“

„Sind die Bilder an der Wand von dir?“ Frank deutete auf die Blätter mit Illustrationen über ihrem Arbeitstisch. Anniken ärgerte sich zwar über sein Verhalten, aber sie ging auf seinen Versuch, das Thema zu wechseln, ein. Sie wollte sich mit diesem Mann unterhalten. Sie war weiterhin bereit, ihm zuzuhören und den Besuch zu genießen, der sich so unverhofft ergeben hatte. Aber wie blauäugig war sie denn, sie hatte ja keinen Besucher vor sich, sondern einen Einbrecher. Anniken war erschöpft, und die Schmerzen in den alten Wunden am Rücken und in den Beinen stellten sich wieder ein.

„Ja, das ist mein neuestes Projekt, eine Buchillustration. Alte Geschichte, neue Auflage, neue Bilder.“

Frank kaute nervös auf seiner Unterlippe herum und urteilte kurz: „Cooles Zeug.“

„Danke für das ungemein blumige Kompliment.“

„Sorry, ich kenne mich mit so was nicht aus. Ich sage immer nur, was ich denke.“

„Daran ist nichts auszusetzen. Wird aber wenig praktiziert. Würde sich die Menschheit darauf beschränken, gäbe es nicht so viel Lug und Trug auf der Welt.“

Ihre zweideutige Bemerkung wurde nur mit einem „Mh“ quittiert. Frank bestrich ein neues Brötchen mit Butter und legte es dann beiseite. Er steckte sich eine Zigarette an. Anniken hatte für ihre Verhältnisse mehr als genug gegessen und faltete ihre benutzte Serviette sorgfältig zusammen, um sie dann achtlos zusammenzuknüllen und auf ihren Teller zu werfen.

„Ich bin Illustratorin.“

„Aha, und wie wird man so was?“

„Da gibt es verschiedene Möglichkeiten, ich zum Beispiel habe Kunst …“

„Ich meinte, warum wird man so was!“, unterbrach Frank sie ungeduldig.

Anniken hasste solche Unhöflichkeiten und schluckte.

„Weil man Spaß am Malen, an Geschichten und inneren Bildern hat?“

„Innere Bilder, so so. Talent hast du, das sehe ich."

„Danke. Was tust *du* so, außer ...?"

„Außer einzubrechen, meinst du?" Frank kaute ununterbrochen an seiner Lippe herum. Seine Kiefernmuskeln waren auf einmal ständig in Bewegung.

„Ich hatte einen gut bezahlten Job in einer Import-Export-Firma. Bis die Firma vor Kurzem Pleite gegangen ist."

„Welche Firma war das denn?", hakte Anniken interessiert nach. Der gut bezahlte Job würde zumindest die teuren Klamotten ihres Gegenübers erklären.

„Kennst du bestimmt nicht. Sitz der Firma ist Hamburg."

„Oh, Hamburg. Was für ein Zufall. Da komme ich ursprünglich her."

„Irgendwie kommt mir die Geschichte bekannt vor, die du da gemalt hast."

Irritiert von dem Themensprung, erklärte Anniken: „Das ist eine Bilderserie für ein altes Kinderbuch. Oliver Twist, hast du vielleicht auch als Kind gelesen."

Die Kiefernmuskeln von Frank spannten sich wieder an. Er stand abrupt auf und lief, die Hände in die Hosentaschen vergraben, im Zimmer hin und her. Frank schien immer unruhiger zu werden.

Überraschend kam plötzlich wieder eine Frage: „Und wie kommt man von Hamburg nach Nidda?"

„Sag mal, das müsstest du doch nachvollziehen können, ich meine, du bist schließlich auch hier, oder?" Anniken war nicht gewillt, über ihre Beweggründe zu sprechen.

Frank zog ein Handy aus seiner Hose und warf einen Blick auf das Display.

„Tut mir leid, ich muss mal telefonieren."

Sprach es und wandte sich von Anniken ab, um sein Mobiltelefon ungeduldig zu traktieren. Er ging zu einem der hinteren Seitenfenster.

Der Unmut in ihr wuchs. Diese Art von Konversation schätzte sie nicht. Sie hatte das Gefühl, dass er mit seinen Gedanken ganz woanders war.

Genervt bellte er in das Mikrofon: „Melde dich, Alter!", drückte eine Taste und steckte das kleine Gerät wieder ein. Dann ging er zu den Frontfenstern zurück, stellte sich wieder in einem kleinen Abstand auf und sah hinaus.

Anniken traute sich nicht, eine Frage zu stellen. Sollte er doch reden – oder gehen, aufdrängen würde sie sich nicht.

Schweigend starrte ihr Gast aus dem Fenster. Sie konnte warten, sie hatte Geduld.

Lange Zeit geschah nichts.

Die Glocken der nahe gelegenen evangelischen Kirche verkündeten durch ihr lautes Geläut die Uhrzeit. Es war fünf Uhr nachmittags, und Anniken hatte Frau Jäger noch immer nicht angerufen. Das sollte sie tun und nicht ihre Zeit mit fremden, unfreundlichen Menschen verschwenden.

Anniken starrte auf die Tischplatte und sammelte mit einem Messer die Krumen zu einem Haufen zusammen. Den kleinen Berg schob sie versonnen hin und her, ordnete ihn zu einem Streifen an und schaufelte wieder ein Häufchen an. Sie fragte sich, ob und wie sie diesen Besuch beenden könnte. Ihre gute Laune war längst verflogen.

Die Zeit verstrich.

Was ihr am meisten missfiel, war die Tatsache, dass sie keinerlei Initiative ergriff, um der grotesken Situation ein Ende zu bereiten. Es gab verschiedene Möglichkeiten, aber sie wurde nicht aktiv. Sie wusste plötzlich, warum. Sie hatte Angst davor, wie Frank reagieren würde, wenn sie ihn vor die Tür setzte.

Die Zeit zog sich unangenehm zäh dahin.

Reglos verharrte Anniken in ihrer Position und sah Frank zu, wie er immer wieder unruhig hin- und herlief und versuchte, zu irgendjemandem Kontakt aufzunehmen. Im Haus war es mittlerweile schwül. Draußen brannte die Sonne immer noch grell und glühend. Obwohl sie die Jalousien und Fenster geschlossen hatten, drangen die Sonnenstrahlen durch alle Ritzen und beleuchteten winzige Staubkörnchen, die in der Luft tanzten.

Normalerweise konnte man es in diesem alten Haus im Sommer gut aushalten, aber die hohen Temperaturen waren für Deutschland mehr als ungewöhnlich.

Anniken verspürte den Wunsch, sich endlich zu duschen. Ihr fiel wieder Frau Jäger ein, die wahrscheinlich auf ihren Anruf wartete. Doch sie unternahm nichts. Merkwürdig, dass Frau Jäger noch nicht selbst probiert hatte anzurufen.

Frank zeigte ihr nur sein Profil. Er hatte etwas Aggressives, Verkrampftes an sich und nicht mehr diese weiche Verletzlichkeit, die sie am Anfang gesehen hatte und die sie letztendlich für ihn eingenommen hatte.

Sie versuchte, wieder etwas von ihrer Gelassenheit zurückzugewinnen. Sie war nur vorbelastet und übertrug eine Erfahrung auf eine gänzlich neue Situation. Das war falsch.

Sie rollte zu einem Seitenfenster und holte ihre Rauchutensilien. Vielleicht entschärfte ein Joint die Lage und lenkte sie ab. Wenn nicht, musste sie sich etwas ausdenken, wie sie den Gastaufenthalt von Frank irgendwie gütlich beenden könnte.

Während sie die richtige Mischung aus Gras und Tabak herstellte und die Zigarettenplättchen zusammenklebte, fragte sie sich: „Warum soll ich mir eigentlich was ausdenken? Muss ich mich vor dem fremden Mann rechtfertigen? Aha, gestern war er ein Einbrecher, aber du hast ihn hier schlafen lassen. Heute Morgen war er ein Besuch, und jetzt ist er plötzlich ein fremder Mann, nur weil ihn heute etwas quält, und schon bis du beleidigt."

Anniken führte ihren inneren Dialog fort: „Was hast du erwartet? Soll er dich unterhalten und umgarnen? Der Mann hat ganz einfach Probleme, von denen du – Gott sei Dank – keine Ahnung hast. In der Situation, kein Geld und kein Dach über dem Kopf zu haben, hast du schließlich noch nie gesteckt. Lass ihm Zeit, der kriegt sich wieder ein, und dann sehen wir weiter."

Der Joint war fertig. Im Drehen war sie eine Meisterin. Jede Zigarette war kerzengerade und perfekt gerollt, wie maschinell hergestellt.

„Jahrelange Übung", dachte sie zufrieden lächelnd.

Sie sah auf und rollte zu Frank. Die Autos vorm Haus der Nachbarin waren verschwunden.

„Es sind ja wieder alle weg."

Sie hatte den Abzug der Autos gar nicht bemerkt.

„Ich denke, du interessierst dich nicht für deine Nachbarn."

„Wenn du mir zugehört hättest, wüsstest du, dass ich gesagt habe, ich beobachte meine Nachbarn nicht. Das ist ein großer und entscheidender Unterschied. Denn interessieren tue ich mich schon für Mitmenschen, vor allem, wenn sie in Not sind. Und die Frau gegenüber könnte in Not sein, zumindest macht es den Eindruck."

„Eine Frau in Not? Aha. Da drüben wohnt also eine Frau. Weißt du auch, wie sie heißt?"

„Wieso fragst du?" Anniken konnte ihren Unmut immer weniger zügeln. Was sollte das?

„Hast du etwas mit ihr zu tun?" Diese Frage lag ihr auf der Zunge, aber sie sprach sie nicht aus.

Nach einem Blick auf sein Mobiltelefon fragte Frank: „Du weißt also nicht mal, wie deine Nachbarin heißt, machst hier aber einen auf Mutter Teresa." Bitter lachte er auf.

Anniken wurde wütend. „Stopp! Ich mag deinen Ton nicht. Es gefällt mir nicht, wie du mit mir sprichst. So läuft das bei mir nicht! Mutter Teresa bin ich nicht. Hatte auch nie die Ambition, aber meine Hilfsbereitschaft war dir doch bis jetzt auch nicht gerade unangenehm, oder?"

Scheiße, das war daneben. Warum reagierte sie eigentlich so unüberlegt emotional und ließ sich die Spannung dieses Mannes überstülpen.

„Oh, das war ja klar! Das musste ja kommen. Na klar, ich bin dankbar. Sehr dankbar!"

Wieder ein Blick auf das Handy. „Scheiße verdammt! Du hast doch keine Ahnung! Gib mir deine Kontonummer, und ich überweise dir das Geld für Übernachtung und Frühstück, sobald ich wieder einen Job habe", brüllte er sie an.

Anniken hob die Hände und winkte ab: „Beruhige dich. Hey, Frank!"

Sie hielt ihm den Joint hin und versuchte ihm in die Augen zu sehen. Als er ihren Blick erwiderte, wirkte es auf sie elektrisierend.

„Ich glaube, wir rauchen erst mal etwas, und dann fangen wir noch mal von vorne an, okay?"

Schnaubend zündete Frank den konisch geformten Stängel an und inhalierte tief. Er presste die Lippen zusammen und unterdrückte einen Hustenreiz. Er zog mehrmals hintereinander und lief wieder auf und ab.

Anniken war entsetzt und sauer. Sie fuhr mit ihrem Rollstuhl an das Fenster und sah hinaus. Sie war selbst schuld. Sie hatte sich in diese Scheiße selbst hineingeritten. Dieser Mann nahm noch ganz andere Drogen als nur ihr

Gras. Seine riesig erweiterten Pupillen hatten ihn verraten und sein verkrampftes, angespanntes Verhalten hätte sie schon früher warnen müssen. Das kannte sie doch bestens. Das war ihr doch noch mehr als vertraut!

Wieder einmal drängte sich ihr ein Name auf, den sie nicht hören und über den sie nicht nachdenken wollte.

Gut, sie war gewarnt. Frank wusste nicht, was sie wusste, und sie konnte jetzt nur versuchen, ihn mit Samthandschuhen vorsichtig zu lenken.

Die Luft schien immer dicker zu werden. Anniken hatte das Gefühl, nicht genug Sauerstoff zu bekommen. Sie rollte zur Haustür und öffnete sie weit, um frische Luft hereinzulassen.

Franks Geschichte war ihr mit einemmal völlig egal geworden. Menschen in seinem Zustand hatten eine lebhafte Fantasie und konnten die tollsten Geschichten erzählen, wenn sie wollten. Sie waren aber auch unberechenbar. Sie musste sich zusammenreißen und nachdenken, wie sie hier heil rauskam. Verwundert nahm sie zur Kenntnis, wie viel ihr auf einmal an ihrem Leben zu liegen schien. Sie wollte ... ja, was genau wollte sie denn?

Die Tatsache, dass sie keinen Alkoholgeruch an ihm bemerkt hatte, beruhigte sie etwas, denn das würde die Lage nur noch verschärfen. Als sie daran dachte, einfach aus der Haustür zu fahren und um Hilfe zu rufen, fragte sie sich, wie Frank auf einen solchen Schritt reagieren würde. Wie sollte sie einen Hilferuf den Nachbarn gegenüber begründen? Dass Frank ein Einbrecher war, konnte sie durch nichts beweisen, und ihre plötzlichen Befürchtungen waren ebenso wenig durch irgendetwas Handfestes belegt. Dass Frank kokste oder ein anderes Aufputschmittel zu sich genommen hatte, war ihr nun klar, aber er hatte ihr noch nichts getan, im Gegenteil, sie hatte ihm selbst die Erlaubnis gegeben, sich in ihrem Haus aufzuhalten, und Drogen hatte sie selbst zur Genüge herumliegen. Ihre Grübeleien wurden von Franks Frage unterbrochen:

„Hast du etwas Richtiges zu trinken im Haus?"

„Du hast doch gesehen, was da ist, was anderes habe ich nicht."

„Kannst du mir was leihen? Ich geh uns mal ein Fläschchen Schampus kaufen, was hältst du davon?"

Schmeichelnd sah Frank Anniken an und hielt ihr den

Joint hin. Sie griff danach und zog daran. Schnell überlegte sie, es musste noch Geld in der Börse sein.

„Ich habe nicht genug Geld da, ich muss heute noch Frau Jäger für den letzten Monat bezahlen, die muss ich noch anrufen.“ Sie lächelte ihn gewinnend an. „Hier, rauche doch. Davon habe ich genug.“

„Frau Jäger, für was brauchen wir zwei eine Frau Jäger?“

Frank kniete sich vor sie hin und hielt sein Gesicht dicht vor ihres. Sie hielt an sich und wich nicht zurück. Seine Pupillen füllten schon fast die gesamte Iris aus. Seine Augen hatten nichts Warmes mehr. Der Glanz darin funkelte zornig. Sein Lächeln wirkte verzerrt und gar nicht überzeugend.

„Frau Jäger hilft mir bei Verrichtungen, die man nicht von Menschen annimmt, die man nicht kennt.“

Als Frank verächtlich schnaubte, versicherte sie wenig überzeugend: „Das, äh, das hat nichts mit dir zu tun!“

„Aha, mit wem denn? Bei welchen Verrichtungen hilft dir denn Frau Jäger, Anniken?“

Das Wort Verrichtungen spuckte er verächtlich aus.

Die düstere Situation verstärkte sich durch die immer schneller einkehrende Dunkelheit.

„Ich glaube, da ist ein Gewitter im Anmarsch. Es wird ja auf einmal stockdunkel. Guck mal!“ Sie sah aus dem Fenster.

„Und ich glaube, das Gewitter hier drin ist schon voll im Gange. Anniken, Schatz! Lass uns ein bisschen Party machen. Magst du keinen Schampus? Okay, ich kaufe etwas anderes. Stehst du eher auf harte Sachen?“

Er lachte anzüglich auf und legte ihr seine Hand auf den Oberschenkel. Angewidert fuhr Anniken zurück:

„Weißt du, was ich will? Ich möchte jetzt ganz einfach alleine sein. Party ist nicht mein Ding. Duschen möchte ich, und darum rufe ich jetzt Frau Jäger an!“

Frank packte sekundenschnell zu, umfasste die Armlehnen ihres Rollstuhls und zog ihn dicht an sich heran. Das Grollen eines herannahenden Gewitters unterstrich die bedrohliche Bewegung. Es war nun dunkel im Zimmer.

Franks Gesicht dicht vor ihrem, konnte sie seinen Atem riechen. Ungeputzte Zähne und Nikotin vermischten sich zu einem unangenehmen Geruch. Angewidert dachte Anniken: „Jetzt keine Schwäche zulassen und keine Angst zeigen."

Sie fragte: „Was meinst du? Wieso sollte ich deine Erlaubnis brauchen, um zu telefonieren, Frank?"

„Lass es einfach. Ich will hier niemanden haben, okay?" Er gab ihrem Rollstuhl einen Stoß und stand auf. Annikens Rollstuhl knallte gegen die Couch. Mit einer schwungvollen Bewegung warf Frank die Haustür ins Schloss. Anniken war jetzt ganz sicher, dass es keine Aussicht auf einen freundlichen Abschied gab. Sie war gefangen.

Ein paar Tage vergehen und nichts, wovor der Junge sich entsetzlich fürchtet, geschieht. Weder verbreitet das Ungeheuer in der Nacht Angst und Schrecken, noch kommt es am Tage zu Gegenmaßnahmen durch die großen Jungs.

Dem Jungen kommt es so vor, als ob ihn die anderen mit einem anderen Blick ansehen. Ab und zu nickt Fred Neumann ihm sogar zu, zwar teilnahmslos, aber er nickt – immerhin. Das beweist dem Jungen immer wieder, dass er diesen Erfolg tatsächlich errungen hat, dass es kein Tagtraum ist.

Abgesehen von den vorsichtigen Annäherungen der Großen lässt ihn sein kleiner Freund nichts vergessen. Ständig begleitet er ihn. Mit der einen Hand hält Peter seinen Mümmel fest im Griff, die andere Hand schiebt er vertrauensvoll in die des Jungen. Der lässt ihn gewähren, gibt es ihm doch selber Mut und Kraft. Der feste Glaube und das Zutrauen, das ihm aus den Augen Peters entgegenblickt, dringt wie ein winziges Samenkorn in ihn ein und beginnt zu keimen und zu wachsen.

Harald verlegt sich plötzlich auf neue und ungewohnte Töne. Ihm bleibt nicht verborgen, dass die anderen darauf nicht so recht anspringen wollen, weder auf seine Witze noch seine Schmeicheleien. Er lobt und verteilt großzügig neue Spitznamen und geklaute Süßigkeiten. Das ist ein großer Fehler. Zu spät erkennt er, dass ihm dies erst als Zeichen seiner Schwäche ausgelegt wird. Einer nach dem anderen muckt auf. Ständig gibt es Querelen und Reibereien unter den Großen. Vielleicht ist es Zeit für einen neuen Anführer. Vielleicht müssen die Karten neu gemischt werden. Wer weiß? Der Junge und Peter haben jedenfalls vorerst Ruhe.

Die Kinder haben seit ein paar Tagen Osterferien, und alle sonstigen festen Termine fallen für drei Wochen aus. Sobald sie ihre üblichen Pflichten erfüllt haben, dürfen sie die Nachmittage weitestgehend selbst gestalten.

Viel Zeit ohne Druck und Repressalien, in der der Junge seine üblichen Wunschfantasien immer weiter vernachlässigt. Er verkriecht sich auch nicht mehr ständig mit einem Buch. Dafür hat er jetzt einen kleinen Freund, der ihn braucht.

Nachdem das Licht im Saal gelöscht wird, erzählt er dem kleinen Peter wie immer eine Gute-Nacht-Geschichte. Er flüstert und raunt die Worte in Peters Ohr, um keinen Anlass für Ärger oder dumme Sticheleien zu bieten, aber als er sich vergisst und lauter als beabsichtigt spricht, meldet sich plötzlich kleinlaut eine Stimme aus der Dunkelheit und bittet darum, doch etwas lauter zu sprechen. Vorsichtig beginnt er. Niemand befiehlt ihm aufzuhören. Da fühlt er sich sicher und teilt seine Geschichte mit allen im Saal.

Im Schutz dieser Nacht entsteht ein neuer Brauch, und sobald am Abend das Licht gelöscht wird, herrscht erwartungsvolle Stille, und er beginnt zu erzählen.

Der Junge kennt die Träume, die Heimkinder miteinander verbinden, weiß um ihre Sehnsüchte, ihre Ängste und Hoffnungen und kann aus einem schier grenzenlosen Fundus seiner Fantasie schöpfen. Er führt seine Zuhörer in eine Abenteuerwelt, die von den Heldentaten tapferer Kinder erzählt, die Schwierigkeiten und unlösbar scheinende Probleme kühn und mutig lösen. Manchmal erfindet er Personen und Orte, und manchmal beschreibt er Menschen aus ihrem direkten Umfeld, dann gibt es unter den Zuhörern Gekicher, wenn sie erkennen, um wen es sich handelt.

Er erzählt und erzählt und hört immer erst dann auf, wenn Peters regelmäßige Atemzüge verraten, dass er bald einschläft. Dann erst kommt er zum Schluss, der natürlich immer ein glückliches Ende haben muss. Er streicht seinem Schützling liebevoll übers Haar, prüft, ob der Kleine gut zugedeckt ist, und gleitet dann selbst zufrieden in den Schlaf.

Der Junge kann sich nicht erinnern, jemals so viel unbeschwerte Freude erlebt zu haben.

Dann sind die Ferien zu Ende, und der Alltag kehrt zurück.

Auch der kleine Peter geht zum ersten Mal in die Schule. Dort ist er auf sich allein gestellt. Er macht die ersten Bekanntschaften mit seinen neuen Klassenkameraden und Lehrern und ihren derben Unterrichtsmethoden. An manchen Tagen kehrt er weinend und mit blauen Flecken ins Heim zurück. Der Junge tröstet ihn, so gut er kann. Er hilft ihm bei den Hausaufgaben, unterstützt ihn bei seinen Pflichten im Heim. Er gibt ihm Tipps im Umgang mit den Lehrern und Erziehern und erzählt ihm, wie er sich bei seinen Klassenkameraden beliebt machen kann. Er schafft es glücklicherweise immer wieder, ihn mit kleinen Geschichten und Witzen zum Lachen zu bringen.

In dem Jungen keimt Hoffnung und Vertrauen in die Zukunft auf. Er will seinen kleinen Freund begleiten und mit ganzer Kraft beschützen.

Bis eines Tages das Ungeheuer zurückkehrt und ihm auf grausame Weise klarmacht, dass es eine Macht gibt, vor der er seinen kleinen Peter und sich selbst nicht bewahren kann. Eine Macht, die sich von seinem neu gefassten Mut nicht beeindrucken lässt, sondern brutal zugreift und sich rücksichtslos nimmt, was sie will.

Donnerstagnachmittag

Auf ihrem Weg nach Kölzenhain im Vogelsberg kamen sie durch viele kleine Dörfer. Eingebettet in saftige Wiesen, Wälder und abgemähte Stoppelfelder lagen idyllische und liebevoll gestaltete Ortschaften. Berthold fielen einige Häuser auf, an deren Fassaden oder Fenstern „Zu verkaufen"-Schilder hingen. Er hatte in der Zeitung über die sogenannte Landflucht gelesen, die in vielen Gegenden, nicht nur in Hessen, eingesetzt hatte. Öffentliche Verkehrsmittel gab es so weit außerhalb nicht immer und wenn, wurden sie oft genug nur unflexibel eingesetzt. Lange Anfahrtswege zur Arbeit nahmen viel Zeit in Anspruch, waren anstrengend und wurden bei den Benzinpreisen immer kostspieliger. Aber der Arbeitsmarkt verlangte Flexibilität, die Menschen mussten sich den Erfordernissen anpassen. Tagsüber belebten daher meist nur die Alten die Gemeinden, und wenn noch jüngere Bewohner zu den Einwohnern zählten, dann kehrten sie erst spät am Abend heim. Die Immobilienpreise hatten sich der Situation bereits angepasst und sanken zunehmend.

„Immer mehr Menschen zieht es vom Land weg und in die großen Ballungszentren. Gab es alles schon mal in ganz großem Stil. Abertausende Menschen haben Deutschland verlassen. Wusstest du, dass es hier in der Wetterau und im Vogelsberg früher Dörfer gab, wo die komplette Einwohnerschaft gemeinsam nach Amerika auswanderte, weil sie die Not und der Hunger aus der Heimat vertrieben?", fragte Berthold seinen Kollegen, erhielt aber nur ein Nicken zur Antwort. Er erinnerte sich an das Buch über die große Auswanderungswelle, die so um 1840 bis 1890 stattgefunden haben musste. Genau wusste er es nicht mehr. Berthold hing seinen Gedanken nach, und Klüber lenkte stumm das Fahrzeug auf der Landesstraße Richtung Rudingshain.

Die Landschaft wurde noch weitläufiger. Sie fuhren auf einer von Bäumen gesäumten Straße, die immer kurviger wurde. Schließlich wand sie sich in Serpentinen durch die Gegend. Klüber schaltete begeistert in einen höheren Gang und gab Gas. Voller Enthusiasmus legte er den Wagen rasant in eine Haarnadelkurve. Berthold atmete ganz bewusst tief und gleichmäßig ein und aus. Er wusste, dass

Klüber sich auf der Strecke bestens auskannte. Klüber hatte mit seinem Bruder schon mehrmals an dem jährlichen Classic Grand Prix von Schotten teilgenommen. Gemeinsam hatten die Brüder einen alten Morgan plus 4 wieder auf Hochglanz gebracht. Sie investierten viel Zeit in das Original aus dem Jahr 1972 und schraubten bei jeder Gelegenheit daran rum.

Klüber war ein sicherer und guter Fahrer, aber Berthold fragte sich, ob er die Leistungsmöglichkeiten des Dienstfahrzeugs nicht doch überschätzte. Die Sonne knallte von der Seite in den Mondeo, und Berthold sank für kurze Zeit in einen leichten Schlaf. Er erwachte nur ab und zu, wenn er an das Seitenfenster flog, weil Klüber die Kurven zu sportlich nahm, vermied es aber, die Augen zu öffnen. Warum sollte er sich unnötig aufregen?

Der Besuch in Kölzenhain bei den vertrockneten Schnepfen, wie Klüber sie im Nachhinein betitelte, war überraschend schnell erledigt. Die Adresse „Am Trieb" hatte Klüber natürlich eine Bemerkung entlockt, die aber weder humorvoll noch fantasievoll zu nennen war. Darum ging Berthold auch nicht weiter darauf ein. Der Umstand, dass beide Damen unter einem Dach lebten, vereinfachte die Angelegenheit ungemein, ebenso die Tatsache, dass beide Verwandte seit Langem gar nichts mehr mit ihrer Familienangehörigen zu tun gehabt hatten und ergo wenig Erhellendes zu den aktuellen Lebensumständen des Opfers beitragen konnten. Ihre Erschütterung über den Tod ihrer Angehörigen hielt sich deutlich in Grenzen. Sie trugen die Nachricht beide sehr gefasst und machten keinen Hehl aus ihrer ablehnenden Haltung gegenüber der jungen Frau. Obwohl Großtante Emilie Zahn vierzig Jahre älter als ihre Großnichte Caroline Betz war, zeigten beide eine auffallende familiäre Übereinstimmung in Aussehen und Verhalten. Sie hatten den gleichen verbissenen Zug um den Mund, sahen verhärmt und irgendwie elend aus. Dem Kriminalhauptkommissar fiel nun Klübers Bemerkung über die Adresse ein, und er hätte nun beinahe doch laut gelacht. Beide, die spindeldürre Tante und ihre abgehärmte Großnichte, lebten zusammen auf einem kleinen Gehöft, das auch in früheren Jahren wahrscheinlich nie mehr als einen ärmlichen Eindruck erweckt hatte.

Berthold dachte unwillkürlich wieder an die Auswanderungswelle. Wie mussten die Leute damals gehungert und gelitten haben, um freiwillig solche Risiken und Strapazen einzugehen und in ferne, unbekannte Länder zu ziehen.

„Gottlos war sie halt, das Martina."

Um ihre Feststellung zu unterstreichen, knallte Emilie Zahn ihre Kaffeetasse auf den abgenutzten Holztisch.

Die Bemerkung der alten Großtante passte zwar gut in die Zeit, in der sich Berthold gerade in Gedanken befand, holte ihn aber wieder in das 21. Jahrhundert zurück, in dem so eine Bemerkung eher antiquiert schien.

Beide Frauen waren sich in ihrer Meinung über ihre verstorbene Verwandte einig, und als die weiteren Äußerungen immer bissiger wurden, tauschten Klüber und Berthold einen einvernehmlichen Blick aus. Sie hatten genug erfahren und verabschiedeten sich.

Erleichtert, die freudlose Stimmung hinter sich lassen zu dürfen, brausten sie in Richtung Nidda davon.

Klüber blies die Wangen auf und blies stotternd die Luft aus.

„Kein Wunder, dass Tina Gerstenberger viel aufzuholen hatte. Das hält ja niemand auf Dauer aus! Stell dir vor, du hättest deine Kindheit in so einer Atmosphäre verbringen müssen", meinte Klüber und sah ihn Antwort heischend an.

„Bieg da vorne ab!" Berthold deutete auf das Schild „Feldkrücken".

„Ich weiß schon, wo es langgeht. Mach dir da mal keine Sorgen!"

Sie fuhren diesmal auf der Strecke zurück, die an der Quelle der Nidda vorbeiführte. Nachdem sie am Hoherodskopf vorbeigefahren waren, bat Berthold um eine Zigarettenpause. Er wollte aber vor allem halten, um in Ruhe den herrlichen Ausblick zu genießen. Klüber bog in einen kleinen Feldweg ein und hielt an.

Sie setzten sich nebeneinander auf eine Wiese und gönnten ihren Augen den seltenen Genuss, den Blick schier unendlich weit schweifen zu lassen. Kilometerweit konnten sie über die Hügel und Täler sehen. Auf der Horizontlinie ragten, wie kleine Stifte aufgereiht, die Hochhäuser von Frankfurts Skyline empor. Über der Großstadt zogen Wolken auf und kündeten möglicherweise von einer Abkühlung. Die Schwalben am Himmel flogen tief und bestätigten Bertholds Vermutung, dass es endlich bald mal regnen würde. Die Hitze währte nun schon ungewöhnlich lange. Im Westen stand die orangefarbene Sonne schon ziemlich tief, strahlte aber mit unvermindert intensiver Kraft.

„Wahnsinn", entfuhr es Berthold, „wie schön es hier ist."

„Ja, hier sind wir als Jugendliche immer hergefahren. Ein Kasten Bier, ein Kofferradio, ein paar Mädels aus dem Nachbardorf und dann ging es ab", plauderte Klüber aus dem Nähkästchen. „Und am Wochenende haben wir am Stausee gecampt. Das machen wir ab und zu immer noch. Wo hast du denn als Kind so rumgehangen, Berthold?"

Einsilbig gab ihm sein Chef Auskunft: „Ach, wir hatten auch so unsere Plätze." Schmunzelnd fügte er hinzu: „Kann mich nicht mehr so genau erinnern. Bei mir ist das ja schon sooo lange her. Ich werde dieses Jahr schließlich vierundvierzig."

„Mann, Bertie, nimm mir das nicht übel, das von heute Morgen, okay? War nicht so gemeint. Du bist ein cooler Typ, auch wenn du schon über vierzig bist, echt, Mann! Du siehst gut aus, und wenn du die Damenwelt mehr beachten würdest, wäre dir aufgefallen, dass du gut bei ihnen ankommst und echte Chancen hättest."

Völlig verblüfft drehte sich Berthold seinem Kollegen zu und sah ihn mit seinen großen, dunklen Augen an.

„Wenn du sie nicht mit deiner Art immer wieder verscheuchen würdest", milderte der sein Kompliment wieder etwas ab.

Berthold war trotzdem beeindruckt. Klüber konnte sich wie ein echter Chauvi aufführen, und dann wiederum zeigte er unerwartet Eigenschaften, die Berthold imponierten.

Unvermittelt schlug sich Berthold auf die Schenkel: „Wir fahren noch mal zu dem Wirt in Nidda!"

„Was ist denn jetzt los?" Klüber sah seinen Chef an.

„Die Dartpfeile. Hast du die Dartpfeile in Martinas Haus gesehen? Warum in die Ferne schweifen, wenn das Gute liegt so nah!"

„Ja, und wenn morgens die Mädchen krähen, muss man den Hähnen die Hälse umdrehen, oder so ähnlich", konterte Klüber mit einem eigenen verqueren Sinnspruch.

„In dem Dönerladen habe ich heute gesehen, dass da eine Kneipe dazugehört, die wiederum haben einen Dartautomaten, uhund ...“ – übertrieben langsam führte Berthold seinen Gedankengang weiter – „... unsere Tote spielte wahrscheinlich auch Darts, zumindest hatte sie Pfeile im Haus, hatte aber kein Auto! Und wo geht man dann hin? In eine Kneipe am Ort! Der Wirt kann uns vielleicht sagen, ob Martina Gast bei ihm war, und Kommissar Zufall wird uns so weit in die Hände spielen, dass auch noch ihr Freund in der Kneipe verkehrt, und nennt uns seinen Namen und seine Adresse. Das wäre es doch, oder?“

Klüber nickte anerkennend. „Das ist eine gute Idee, wenn nicht diese Kneipe, dann vielleicht irgendeine andere in der Nähe. Wir müssen morgen die Kneipen mit einem Foto abklappern lassen.“

„Lassen? Morgen?“ Berthold war schon klar, dass Klüber die Zeit unterm Hintern brannte. Es war schon fast 18 Uhr und um acht hatte er seine Verabredung mit der Sportmaus.

Berthold verzog seinen Mundwinkel gefährlich tief nach unten, änderte dann aber seine Meinung und entspannte sich. Sollte Klüber doch seinen Abend genießen. Er steckte sich eine neue Zigarette am glimmenden Stummel der letzten an, blies den Rauch aus und überlegte. Für einen Besuch bei der Rechtsmedizin in Gießen war es eh zu spät. Er konnte Feierabend machen und auch alleine in der Kneipe einen Äppler trinken. Der Bereitschaftsdienst konnte ihn jederzeit erreichen, und die vorläufigen Ergebnisse der Befragungen von Nachbarn und Kollegen von Martina konnte er von der Kneipe aus abrufen.

Seine Gedanken schweiften zu der schönen Frau im Vorgarten, die er aus der Wohnung Martina Gerstenbergers entdeckt hatte. So schönes rotes Haar hatte er noch nie zuvor gesehen. Wie ein heller Schein hatte die kupferfarbene Pracht ihr Gesicht umrahmt. Ein kurzer, gedanklicher Abstecher zu der männlichen Gestalt in ihrem Garten bereitete ihm Unbehagen. Was dachte er sich denn, dass so eine Frau alleine wohnte und nicht längst vergeben war wie alle schönen Frauen?

Was ging es ihn an? Nichts. Er hatte einen Mörder zu finden und musste einen klaren Kopf bewahren. Und doch berührte ihn das Bild von der geheimnisvollen Schönen in einer emotionalen Tiefe, in die er sich sonst nie gestattete herabzusteigen. Denn in diesen Untiefen lag auch, erfolgreich verdrängt, die schmerzvolle Hölle, die zu bodenlos und bedrohlich war, um auch nur ansatzweise das Risiko einzugehen und den Deckel zu heben.

Die Männer saßen noch eine Weile schweigend nebeneinander und genossen den Ausblick auf die Landschaft. Ein Schmetterling setzte sich auf Klübers Hand.

„Ein Pfauenauge." Vorsichtig blies er auf die Flügel. Der Falter erhob sich und flog flatternd davon.

Berthold steckte die Kippenstummel in seinen Taschenaschenbecher und erhob sich mit den Worten: „Komm, wir fahren lieber, bevor ich hier nicht mehr weg will."

Klüber steuerte den Ford Mondeo nach Nidda und setzte Berthold vor der Gaststätte auf der Hauptstraße ab.

„Wie kommst du nach Hause?", fragte er Berthold.

„Es gibt öffentliche Verkehrsmittel, du weißt schon, Busse und Bahnen und so. Viel Spaß, Klüber, und schönen Feierabend!" Berthold schlug seinem jüngeren Kollegen freundschaftlich auf die Schulter.

„Was? Ja klar, mach's gut, Chef!"

Klüber sah in den Rückspiegel und fuhr sich durch das blonde Haar. Er schien zufrieden. Die Resonanzen seiner zahlreichen Eroberungen gaben ihm schließlich auch recht. An seinem Blick konnte Berthold erkennen, dass der verkappte Casanova in Gedanken schon bei Willy und seinem Frauchen weilte.

Die quietschenden Reifen, mit denen Klüber davonbrauste, verrieten, dass der Beamte nach Feierabend zu einem Verkehrsrowdy mutierte, wie er ihn in seiner Dienstzeit auch gerne mal anhielt, obwohl er kein Verkehrspolizist war.

Das Schicksal gab nicht viele fassbare Fingerzeige. Hier ein bisschen innere Stimme, da ein bisschen Erfahrung oder ein gut gemeinter Ratschlag von selbst erklärten Lebenserfahrenen, aber reelle, klare Auskünfte wurden niemandem erteilt. Niemand konnte klar und deutlich aufzeigen: wenn du jetzt das tust, wird jenes passieren.

Hätte Berthold das Schicksal in diesem Moment einen Wink gegeben auf das, was ihn noch erwarten sollte, wäre er dann umgehend nach Hause gefahren und hätte endlich seinen Antrag auf ein Sabbatjahr eingereicht? Oder hätte er sich für den hohen Preis entschieden, den er noch bezahlen sollte?

Donnerstagabend

Berthold betrat den Imbiss. Niemand stand hinter der Verkaufstheke. Der Fleischspieß drehte sich langsam und regelmäßig und in der Fritteuse brutzelte es. Dampfschwaden stiegen empor und heizten den Raum auf tropische Temperaturen. Stimmengewirr und Musik drangen aus dem angrenzenden, düster beleuchteten Flur.

Er stellte sich an den Stehtisch und blätterte in einer regionalen Tageszeitung, die er ausgebreitet vorgefunden hatte. Jemand hatte sich an dem Kreuzworträtsel versucht, war aber nicht weit gekommen. Wilde Kritzeleien, offenbar von Kinderhand gezeichnet, füllten die kleinen Quadrate aus. Berthold ließ seinen Blick über die Titel gleiten. Kaninchenzüchterfest in Ober-Lais, Schützenfest in Borsdorf und die erfolgreich abgeschlossene Renovierung des Vereinshauses in Unter-Schmitten waren die Hauptthemen. Ein großes Foto vom letzten Backhausfest der Landfrauen zierte die Hälfte der Seite. Wo diese Veranstaltung stattgefunden hatte, erfuhr Berthold nicht mehr, denn der Wirt betrat jetzt, von lautem Scheppern begleitet, den Raum. In jeder Hand schleppte er zwei Kisten mit verschiedenen Limonadengetränken. Krachend landeten die Getränkekisten auf dem gefliesten Boden. Als der Mann Berthold entdeckte, lächelte er und grüßte ihn freundlich.

„Na, hat so gut geschmeckt, mein Döner? Und stolz fügte er hinzu: „Ist der beste in Nidda!"

„Ja", bestätigte Berthold. „Ich komme aber auch aus einem anderen Grund. Haben Sie einen Moment Zeit für mich?"

Der Mann runzelte die Stirn und sortierte die Getränke in einen hohen Kühlschrank ein. Mit einem misstrauischen Ton in der Stimme fragte er: „Was gibt's?"

Der Kriminaloberkommissar zog seinen Dienstausweis hervor und hielt ihn dem Wirt entgegen. Der wischte sich die Hände an seiner knöchellangen roten Schürze ab und nahm den Ausweis an sich. Er sah sich das Dokument kurz an und gab es Berthold zurück. In einer Mischung aus Besorgnis und Zurückhaltung schaute der Mann den Kriminalhauptkommissar an. „Polizei?"

„Haben Sie von dem Mord an einer jungen Frau gehört?"

„Jaaa." Zögerlich gedehnt kam die Antwort. „Nidda ist ein Dorf. Hier gibt es kein Geheimnis für lange!"

„Ich ermittle in diesem Fall." Berthold zog das Foto von Martina Gerstenberger und Frau Schöneck hervor und reichte es an den Wirt weiter. „Kennen Sie diese Frauen?"

„Ja, sicher. Die trinkt immer nur Pils. Und die isst immer Currywurst und Pommes und trinkt Cola." Beim Pils deutete der Zeigefinger auf Martina Gerstenberger, und bei der Currywurst musste der Polizist nicht mehr hinsehen.

Bertholds Herz schlug schneller. Seine Intuition sagte ihm, dass er noch mehr erfahren würde, das ihn auf die Spur des Mörders oder der Mörderin führen könnte.

In seinem gebrochenen Deutsch erzählte ihm der Mann, dass Martina seit einiger Zeit jeden Mittwoch zu ihren kleinen Darts-Turnieren kam. Auch ohne eine herausragende Spielerin zu sein, war sie bei den männlichen Gästen sehr beliebt. Immer lustig, immer gut drauf.

„Warten Sie! Ich holen die Bedienung, okay?"

Wenig später kamen Bedienung und Wirt aus dem Schankraum zurück. Die kleine, stämmige Frau trug die gleiche rote Schürze wie ihr Chef, in der die obligatorische Ausstattung einer Servicekraft wie Block und Kuli steckte. Die große Wechselgeldtasche hing an einer Metallkette tief an der Hüfte, so griffbereit wie ein Pistolenhalfter bei einem Revolverhelden.

Die Frau war ungefähr Ende zwanzig und hatte ihre kurzen Haare in kleinen Büscheln zu Stacheln gestylt. Ihr Haargel stellte seine Haftkraft tapfer unter Beweis. Keine Bewegung der Blondine brachte die exzentrische Frisur ins Wanken.

„Sie sind von der Polizei?"

„Ja, Kriminalhauptkommissar Hortmann", stellte sich Berthold der Bedienung vor. „Vielleicht können Sie mir weiterhelfen. Sehen Sie sich bitte dieses Foto an. Kennen Sie diese Frauen?"

Nach einem kurzen Blick kam die Gegenfrage: „Sind die beide tot?"

„Nein, nur die eine. Was ist, kennen Sie eine von beiden?"

„Welche von beiden ist denn tot?"

Berthold wurde leicht ungeduldig. „Können Sie mir

bitte einfach meine Fragen beantworten? Morgen steht alles in der Zeitung. Und vielleicht auch, dass wertvolle Hinweise aus der Bevölkerung geholfen haben, eine heiße Spur aufzunehmen."

„Gibt es eine Belohnung?", schöpfte die Igelfrisur Hoffnung, die Berthold sofort unwillig zunichtemachte.

„Nee, aber Sie können mir jetzt alles erzählen, was Sie wissen, oder Sie packen Ihren Kram ein und wir fahren in mein Büro, und dann werden Sie Ihrer Bürgerpflicht Genüge leisten." Scharf fuhr Berthold die Frau an. Diese Frau war ihm so sympathisch wie ein Grippevirus.

„Ist ja gut, ist ja gut. Ja, das ist das Martina, die spielt hier manchmal Darts, und das ist ...", kurzes Zögern, „... keine Ahnung, wie die Dicke heißt."

„War Martina Gerstenberger auch gestern hier?"

„Ja, das weiß ich genau, die habe ich noch für die neue Fotowand fotografiert", und zu dem Wirt gewandt: „Cem, wo sind die Bilder?"

Stolz verkündete ihr Chef, dass diese seit heute Nachmittag die Wand zierten.

Freudig erregt rief Berthold: „Zeigen Sie mir das mal!"

Sie gingen alle drei in den Schankraum gleich nebenan. Im Lokal herrschten angenehmere Temperaturen. Ein Flügelventilator verteilte die Luft.

Vier Männer, jeder für sich, saßen einsam an der Theke und starrten in ihre Gläser. Als sie bemerkten, dass ein neuer und fremder Gast ihr Terrain betreten hatte, sahen sie kurz auf. Cem führte Berthold zu einer Pinwand neben dem Fenster. Tatsächlich, da war sie: Martina Gerstenberger, eingerahmt von einem Passepartout aus blauer Pappe, hielt triumphierend ein Bündel Dartpfeile in die Höhe.

„War Martina alleine hier, und wann hat sie das Lokal verlassen?" Bei dieser Frage gingen die Köpfe der Gäste synchron in die Richtung des Polizisten. Man hatte verstanden, dass hier etwas Ungewöhnliches vorging.

Die Bedienung nahm eine gewichtige Haltung ein und reckte das Kinn ein bisschen höher. Ihre Mundwinkel verzogen sich, und ein hochmütiger Ausdruck entstand.

„Die kam allein, aber ein bisschen später kamen zwei Männer, die noch nie hier waren. Gegangen sind die alle drei zusammen, so um halb zehn vielleicht, genau weiß ich es nicht."

„Hatten Sie den Eindruck, dass Frau Gerstenberger die Männer kannte, oder hat sie sie vielleicht erst hier kennengelernt?"

„Die kannte die zwei, die waren wohl verabredet. Mit dem einen hat sie ständig rumgeknutscht. Der andere hat die meiste Zeit dort gesessen, dabei sah der echt viel besser aus." Mit dem Finger deutete der Igel auf einen Tisch. „Der andere hatte eine echt üble Visage und war auch viel zu alt."

„Wie alt schätzen Sie ihn?", fragte Berthold.

Sie sah ihn an: „Na, so wie Sie vielleicht."

Nach einem Blick auf seine Miene milderte sie ihr Urteil über Bertholds Alter ab und fügte hinzu: „Na ja, vielleicht ein paar Jahre älter."

„Wie sahen die Männer aus? Können Sie eine Beschreibung geben?"

„Die Martina wollte, dass ich sie mit dem alten Kerl fotografiere, aber der wollte nicht. Ist richtig sauer geworden, der alte Stinkstiefel."

„Aha, interessant."

Bertholds Herz schlug immer schneller. Das musste alles noch nichts heißen, aber immerhin eine Spur!

Cem hatte am Tresen zwei Bier gezapft und eins davon vor einen der Männer gestellt. Nachdem er schwungvoll auf dem Bierdeckel einen weiteren Strich notiert hatte, kam er zu Berthold und überreichte ihm das andere Glas.

„Kleines Pils?"

„Oh, gerne", bedankte sich Berthold.

Statt sich seinem frisch gezapften Bier zu widmen, erhob sich der Mann von der langgezogenen, L-förmigen Theke und zog sich umständlich die zerknitterte Cordhose zurecht. Eine Chance, sie in Taillenhöhe zu rücken, gab es nicht. Ein riesiger, aufgeblähter Bauch versperrte dem Hosenbund den Weg. Über der immensen Wölbung spannten sich gefährlich die Knopflöcher seines fleckigen Hemdes. Der Mann sah zu Berthold auf und nickte ihm auffordernd zu in der Manier eines Generals, der sich seinem Untergebenen zuwendet:

„Polizei, oder?" Barsch ertönte die raue Stimme, die von jahrelangem Zigarettenkonsum eingefärbt war.

Der Wirt intervenierte und hielt seinen Gast an der Schulter zurück.

„Helmut, setzt du dich. Trinkst du dein Bier und bist ruhig, okay? Der Mann macht sein Arbeit, okay?"

„Lassen Sie den Mann ruhig sagen, was er auf dem Herzen hat." Berthold sah dem Mann auffordernd in sein hochrotes Gesicht und vermutete, dass er unter Bluthochdruck litt. Er sah aber auch die feinen Linien und Falten um Augen und Mund, die ihm verrieten, dass er es mit einem freundlichen Menschen zu tun hatte, der gerne lachte.

„Der Mord am Friedhof, soll das etwa die Martina sein?"

Eine Bierfahne wehte Berthold entgegen, der Mann schwankte gefährlich.

„Ja, die Tote ist Martina Gerstenberger. Kennen Sie die?"

Betroffen hielt der Befragte sich jetzt mit beiden Händen den Kopf und schüttelte ihn. Ob das ein Zeichen für die Überforderung eines vom Alkohol geschwängerten Gehirns darstellte oder Ausdruck des Entsetzens war, konnte Berthold nicht klar einordnen.

„Das darf ja net wahr sein. So ein hübsches Ding. Ei, natürlich kennen wir die, oder Männer?", grölte er jetzt in die Kneipe. Dem Kommando folgten alle Angesprochenen, und die drei Männer bewegten sich behäbig und wichtigtuerisch auf die kleine Gruppe zu.

Allgemeines Fragen und Raunen hob an. Helmut informierte rasch über die Sachlage, und für einen Moment trat erschütterte Stille ein.

Berthold wies auf einen Tisch und fragte: „Eine Runde?"

Erfreut nahmen alle Platz, auch die Bedienung. Ganz selbstverständlich überließ sie dem Wirt die Aufgabe, die Runde einzuschenken.

Berthold zeigte auf allgemeinen Wunsch seinen Dienstausweis. Nachdem dieser vom einen zum anderen durchgereicht und die Richtigkeit der Angaben mit einem Kopfnicken abgesegnet war, bekam Berthold die Marke zurück.

Alle gaben an, Martina von ihren Besuchen in der Kneipe zu kennen, und erzählten wild drauflos.

Das Gespräch wurde unterbrochen, als der Wirt die Schnäpse servierte. Nach einem lauten „Auf die Tina!" leerten alle ihr Glas auf ex.

Berthold packten sofort Zweifel, ob seine Vorgehensweise nicht nur unangemessen, sondern geradezu falsch war, als das Thema von seinen Tischgenossen auf die beiden Begleiter Martinas gelenkt wurde.

„Und die Dreckskerle haben das Mädchen ermordet?"

„Nein, um Gottes Willen! Das hat niemand gesagt! Wir gehen nur jeder Spur nach. Martina war an ihrem letzten Abend mit diesen zwei Männern hier. Mehr wissen wir nicht. Aber es ist wichtig, dass wir die Männer finden und sie fragen können, wie Martina ihren weiteren Abend verbracht hat und mit wem!"

Er sah in die Runde und versuchte herauszufinden, ob seine Ansage verstanden wurde. Herrgott, die Gerüchteküche wollte er, weiß Gott, nicht anheizen. Er wusste, wohin so was führen konnte. Vor allem bei der vorherrschenden Temperatur.

In diesem Moment vernahm er ein fernes Grummeln und Grollen. Helmut faltete die schwieligen Hände unter seiner Riesenwampe, spannte die Schultern und meinte dann in einer Stimmlage, die von einer weitreichenden Erkenntnis kündete: „Das gibt ein Gewitter."

Allgemeines Abnicken.

„Haben Sie die Männer hier schon mal gesehen, kennt die jemand?", fragte Berthold die Thekenmannschaft. Allgemeines Kopfschütteln.

„Wer kann mir die Männer beschreiben, wie sahen die aus, was hatten die an?"

„Öhhh, so ganz normal halt."

„Der eine war jünger und der andere älter."

„Genau, jünger und älter."

„Der eine war ein Ass im Darts."

„Das stimmt! Das muss man ihm lassen."

„Ja, genau, Darts konnte der wie ein ..." Ein Vergleich fiel dem Redner offenbar nicht ein, auch ein kräftiger Schluck aus dem Bierglas half bei der Wortfindung nicht weiter. Stattdessen rülpste er laut und vernehmlich.

Der Igel herrschte ihn barsch an: „Schwein!"

Berthold wandte sich direkt an einen der Männer: „Wie sah der Mann aus, der mit Tina rumgeknutscht hat?"

„Tja, der, der hatte ganz kurz geschorene Haare, war überall tätowiert. Bis zum Hals rauf! Das muss man sich ja mal vorstellen. Asoziales Pack!"

„Und ne Lederhose, hatte der an, so eine schwarze Motorradhose."

„Ja, die war cool", sinnierte die Bedienung und geriet bei der Erinnerung ins Schwärmen. „Die Figur war klasse, der hatte richtig Muskeln. Aber der Rest ... zu alt für mich."

Berthold versuchte, mit weiteren Fragen die Erinnerung der Männer und der Kellnerin anzuregen. „Geht es noch genauer? Haarfarbe, Bart ja, nein, Augenfarbe, Ohren abstehend ... Narben ...?"

Wieder folgten spontane Einwürfe, die aber nicht geeignet waren, ein genaues Bild zu zeichnen. Berthold dachte an Frau Wegener, die Phantombildzeichnerin. „Die werde ich einsetzen müssen. Wird aber kein leichter Job werden", dachte er.

„Ei, ich hab doch en Foto, da können Sie ihn doch selber sehen."

„Wie, Sie haben ein Foto?" Fassungslos sah Berthold Helmut an.

Der pure Schalk stand Helmut ins Gesicht geschrieben. „Ach der, der hat doch so dumm rumgemacht, als die Petra ...", er wies mit dem Kopf auf die Bedienung, „fotografiert hat. Dabei will die doch nur alles so schön machen und Bilder von uns aufhängen. Da hab ich ihn eben heimlich aufgenommen. Spinnt der da so rum. Wo simmer denn hier?" Mit steifem Zeigefinger deutete Helmut auf seine Brust. „So was lass ich mir nicht gefallen!"

Er schüttelte mit heruntergezogenen Mundwinkeln den Kopf. Daraufhin griff er zu seiner Gesäßtasche und zog ein Smartphone hervor. Räuspernd verschaffte er sich die nötige Ehrfurcht und präsentierte Berthold sein modernes Equipment. „Hat mir mein Sohn geschenkt, der schafft bei der Telekom."

Berthold erfüllte die unausgesprochene Erwartung und pfiff anerkennend. Er sah zu, wie Helmut mit seinen groben Fingern bemerkenswert schnell und geschickt auf dem Apparat herumtippte. Er rief eine Seite auf und legte dann das große DisplayHeimwehDruck vor den Polizisten. Berthold war außer sich vor Freude und schlug ihm anerkennend auf den Oberarm. Er hätte den Mann am liebsten umarmt. Sein Riecher hatte ihm den Weg gewiesen, und dieser Mann hatte noch eins oben drauf gesetzt.

Berthold blickte Helmut dankbar an: „Mann, Sie sind ja einsame Spitze!"

Der verzog selbstgefällig, aber sichtbar stolz das Gesicht, hob die Augenbrauen und sah Beifall heischend seine Kumpels an. Er erhielt prompt die gewünschte Reaktion. Zustimmendes Gemurmel mündete in die Feststellung, dass eine weitere Runde fällig sei. Klar, dass Helmuts gute Stimmung seine Großzügigkeit förderte.

Während Cem nachschenkte, beugte sich Berthold aufmerksam über die Fotografie. Ringsum wurde es zunehmend dunkel, und als ein tiefes Donnergrollen ertönte, strahlte das Display in Bertholds Hand umso intensiver. Sehr deutlich und hell leuchtete ihm das Abbild eines Mannes entgegen.

Helmut hatte einen kräftigen und muskulösen Mann fotografiert, der, bekleidet mit einem weißen Muskelshirt und einer engen schwarzen Lederhose, an der Wand neben dem Fenster lehnte, ein Bündel Pfeile in der Hand, den Kopf etwas seitlich in Richtung Dartsautomat gedreht. Mit einem großen, rasierten Schädel, aufgeschraubt auf einen Hals, der einem Silbernacken alle Ehre gemacht hätte, ausgestattet mit einem auch eher für Affen typischen Riechkolben.

Unvermittelt tat es einen Schlag, wie bei einer Bombenexplosion. Erschrocken fuhren alle herum. Bertholds Magen reagierte mit Abwehr. Heiß stieg in ihm die Magensäure auf. Nein, das durfte nicht wahr sein! Nein, das konnte nicht wahr sein. Mit zitternder Hand hielt er das Smartphone dichter vor sein Gesicht.

Dieses Gesicht hatte sich nicht großartig verändert, es war älter geworden, aber es war in seiner Hässlichkeit nicht zu verkennen!

Das Donnergrollen kam Berthold wie ein Gruß aus der Hölle vor. Nie mehr hatte er dieses Bild wieder sehen wollen. Wie viel Mühe hatte es ihn gekostet, alle belastenden Erinnerungen zu löschen. Aber hier war er und drängte sich ihm auf: Ringo! Der miese Helfershelfer von Harald, dem Schlafsaaltyrannen. Und Ringos Konterfei ließ das verblasste Elend wieder deutlich und real vor Bertholds innerem Auge erscheinen, als würde ein Film auf Großleinwand vor ihm ablaufen.

Nachdem die Männer auf den großzügigen Spender angestoßen hatten, standen sie auf und traten an die Fenster, um das zu erwartende Naturschauspiel zu betrachten.

Berthold stützte sich mit der Hand am Tisch ab und erhob sich schwerfällig. Seine Knie waren weich und versagten ihm beinahe den Dienst. Er riss sich zusammen und ging zu Helmut.

„Hat der so durch die Nase gesprochen, so, als ob er Schnupfen hat?", krächzte seine Stimme heiser. Er wollte es genau wissen, obwohl ihm klar war, dass er keine Bestätigung mehr brauchte.

„Wie er gesprochen hat, weiß ich nicht, aber Sie haben recht, der hat ständig die Nase hochgezogen und mit der Hand drübergewischt."

„Das ist ein Kokser, gell Herr Kommissar, das machen die Kokser", ertönte eine Stimme aus dem nun dunklen Schankraum.

„Woher willst du denn wissen, was ein Kokser macht?"

Die weitere Unterhaltung rauschte an Berthold vorbei. Mühsam rang er um Fassung.

Was war das für ein Scheißfall? Er war im falschen Film. Ratternd ging er ein Horrorszenario durch.

„Ringo steckt da mit drin. Er wird mich erkennen, genau so, wie ich ihn erkannt habe. Vielleicht auch nicht. Immerhin habe ich jetzt einen anderen Nachnamen. Aber kann ich dieses Risiko eingehen? Wenn er mich erkennt, egal was er getan hat, wird er alles auf den Tisch bringen. Diesen Spaß wird sich Ringo nicht durch die Lappen gehen lassen. Das darf einfach nicht passieren! Das muss ich verhindern. Ich will nichts mehr von all dem hören. Ich muss den Fall sofort abgeben. Aber mit welcher Begründung?"

Rattatatatt. In Bertholds Gehirn übernahm ein Notprogramm lebenswichtige Schlüsselfunktionen. „Ich nehme mein Sabbatjahr, ich sage, ich habe Krebs, Lungenkrebs. Das glaubt mir jeder. Nein, ich ... Scheiße ... ich muss mir was einfallen lassen. Ich fahre jetzt nach Hause und denke ganz in Ruhe nach. Berthold!", rief er sich zur Ruhe, „Berthold, du kommst da raus! Nur Ruhe, du musst nur einen kühlen Kopf bewahren!"

„Herr Kommissar, das ist der andere." Helmut hatte eine Funktionstaste mit Pfeil nach rechts gedrückt, und vor Berthold erschien ein neues Foto.

Diesmal zeigte es einen Mann mit braunen, gelockten Haaren, gebunden zu einem Pferdeschwanz. Der sah deutlich jünger aus als Ringo und war, wie schon die Bedienung festgestellt hatte, sicher als gut aussehend zu bezeichnen.

Hätte Berthold nicht eben erst dem Teufel Ringo in die Augen gesehen, er hätte ihn vielleicht nicht erkannt, aber das Tor zur Hölle war geöffnet, und die Verbindungen existierten genau so lebendig wie vor mehr als 30 Jahren. Peter. Der kleine, liebe Peter. Er war lebendig. Er war hier. Hier in Nidda. In seiner Nähe. Nach so vielen Jahren.

Ein zärtliches Gefühl kroch in Berthold hoch und trieb ihm die Tränen in die Augen. Sein kleiner Freund Oliver Twist.

Doch schnell machte sich wieder Ernüchterung in ihm breit. Was dachte er sich da eigentlich? Sein kleiner Peter zog mit Ringo um die Ecken. Es gab keinen kleinen Peter mehr, den es zu beschützen galt. Das hier war ein erwachsener Mann, der sich in denkbar schlechtester Gesellschaft aufhielt. Denn dass Ringo eine erfolgreiche Sozialisierung erfahren hatte und das Leben eines anständigen, braven Bürgers führte, solche Illusionen konnte sich Berthold nicht machen. So viel war ihm klar. Ebenso klar kam ihm plötzlich das Bild vom heutigen Nachmittag in den Sinn. Der Mann, der Pferdeschwanz, der idyllische Garten und die wunderschöne Rothaarige. Das war Peter gewesen! Lebte Peter bei dieser Frau?

Berthold wandte sich zu Helmut. Dieser Mann war für jede Überraschung gut. „Kennen Sie zufällig eine Frau im Rollstuhl, die in der Schlossgasse wohnt?"

„Nee, tut mir leid. Ich kenne keine Frau im Rollstuhl. Warum?"

„Ich habe diesen Mann hier heute im Garten einer rothaarigen Frau gesehen und frage mich, ob der da wohnt."

„Keine Ahnung!"

Der Igelkopf trat an Berthold heran und besah sich das Foto von Peter. „Der war auch heute Nachmittag hier gewesen."

Berthold fuhr herum: „Und das sagen Sie erst jetzt."

„Hat mich ja keiner gefragt." Achselzuckend wies sie den Polizisten beleidigt zurecht.

„Dann erzählen Sie doch bitte jetzt einfach mal alles, was Sie wissen, verdammt!" Berthold konnte seine Gefühle nur ungenügend zügeln.

„Der war so um die Mittagszeit hier, keine Ahnung, wann das genau war. Aber er hat gefragt, ob sein Kumpel vielleicht hier war. Ich habe ihm gesagt, dass ich seinen Freund seit gestern nicht mehr gesehen habe, da ist er wieder abgedampft. Ach ja, der hat noch einen doppelten Wodka auf die Schnelle abgekippt. Mehr weiß ich auch nicht. Aber ich finde, eine Belohnung haben wir uns hier ja alle irgendwie verdient. Denken Sie daran, Herr ..."

Der Gedanke an eine finanzielle Entlohnung und deren schnelle Umsetzung in Konsumgüter blockierte offenbar ihr Gehirn, und ihr fiel Bertholds Name und Dienstgrad nicht mehr ein.

Helmut reichte währenddessen das Abbild des kleinen Peter bei seinen Kumpels herum. Gespenstisch leuchtete das Display im Dunkeln, während draußen die Welt unterzugehen schien. Dunkle Schatten beugten sich über das Konterfei Peters und schüttelten die Köpfe. Gemurmelte Anmerkungen summten wie ein Hornissenschwarm durch den rauchgeschwängerten Raum.

Seltsamerweise hoffte Berthold, dass diese Frau im Garten nichts mit den erdenklich zweifelhaften Machenschaften seiner ehemaligen Heimmitbewohner zu schaffen hatte. Was aber suchte Peter bei der Nachbarin des Opfers? Er war einer der letzten Begleiter Martina Gerstenbergers gewesen, und Martina war jetzt tot. Ermordet.

Berthold zog sein Handy aus der Hosentasche und drückte mit zittrigen Fingern Klübers Nummer in die Tastatur. Für das Zittern seiner Hände erntete er von Helmut einen verständnisvollen Blick. Die Mailbox sprang an. „Scheiße!", dachte Berthold und legte auf. Der Kriminalhauptkommissar ging zur Herrentoilette und schloss sich ein. Er lehnte sich an die kalten Fliesen und versuchte, tief durchzuatmen. Aber es gelang ihm nicht, ruhiger zu werden. Sein Herzschlag klopfte direkt unter dem Hals und drückte ihm die Luft ab.

Was trieben Ringo und Peter in dieser Gegend? Er musste handeln, möglicherweise war diese Frau in Gefahr. So viele Zufälle gab es nicht. Alles passte zu genau zusammen. Berthold konnte nicht mehr vernünftig agieren, nur noch reagieren, und verließ eilig die Toilette, warf dem Wirt einen Geldschein hin und stürmte schon in den strömenden Regen hinaus.

„Halt! Das ist viel. Viel zu viel!" Der Kneipeninhaber rief ihm laut hinterher, aber Berthold rannte, von Panik getrieben, zum Marktplatz und bog in die Schlossgasse ab. Entgegen jeder professionellen Vorgehensweise hatte er nur noch eines im Sinn.

Die Frau, mit der sich Peter und Ringo zuletzt getroffen hatte, war brutal ermordet worden! Er wollte und musste herausfinden, was sie mit diesem Verbrechen zu schaffen hatten und was sie von der rothaarigen Nachbarin Martina Gerstenbergers wollten! Sie war unter Umständen in allerhöchster Gefahr. Ringo und Peter allein mit diesem zarten Wesen.

„Verstärkung anfordern! Nichts allein unternehmen!"

Alte, verinnerlichte Regeln wurden in seinem Gehirn abgespult – und ignoriert.

Er bewegte sich wie in einem Tunnel. Die Welt rechts und links von seinem Ziel existierte nicht mehr. Es gab nur noch einen Richtungspunkt für ihn. Er durfte nicht zu spät kommen!

Er rannte wie um sein Leben und stieß gegen einen Absperrpfosten, den er im strömenden Regen übersehen hatte. Fast wäre er gestürzt, fing sich aber und ignorierte den Schmerz an seiner Hüfte. Berthold war wie von Sinnen. Er war nicht mehr der disziplinierte, kühle Kriminalhauptkommissar, der mit klarem Kopf seine Entscheidungen traf, sondern er fühlte sich so schwach und hilflos wie damals als kleiner Junge.

Mit aller Macht zog es ihn zu dem Haus in der Schlossstraße, in dem sich möglicherweise zwei Schlüsselfiguren aus seinem früheren Leben befanden, die er nicht mehr einzuschätzen wusste. Wie viele Jahre waren vergangen, was hatten sie aus den beiden gemacht? Wie sollte er sich gegebenenfalls zur Wehr setzen?

„Waffe! Du hast keine Waffe! Verdammt!" Er hatte nicht mal seine Dienstpistole dabei.

Die Gänsehaut, die Berthold am ganzen Körper überzog, kam nicht nur vom alles durchdringenden Regen.

In weniger als vier Minuten rannte er in den Vorgarten und klingelte stürmisch.

Frank schaute wieder auf sein Handy. Seine Kiefermuskeln waren hervorgetreten und mahlten unablässig hin und her. Offensichtlich wartete er vergeblich auf eine Nachricht. Er stellte erneut eine Verbindung her und wiederholte seine Mitteilung zum x-ten Mal.

Ein Blitz erhellte ganz plötzlich den Raum, und Franks blasses Gesicht leuchtete wie eine Maske kurz und gespenstisch auf. Der Eindringling fluchte. Er holte mit dem Fuß aus und trat wütend gegen das Tischbein. Ein explosionsartiger Knall ließ Anniken zusammenfahren. Das Gewitter ging los.

Dem dröhnenden Donner folgte ein dumpfes Grollen. Anniken sah auf die Straße. Ein kräftiger Wind wirbelte Staub und Schmutz auf. Ein Papier wurde hochgehoben und stieg immer höher, um irgendwann aus ihrem Blickfeld zu verschwinden. Vereinzelte Tropfen klatschten auf die Straße. Leises Rauschen setzte ein, und auf dem grauen, staubigen Teer erschienen kleine, schwarze Flecken. Dann setzte der Regen mit ganzer Kraft ein. Er erzeugte ein Geräusch, als ob Metallketten auf den Straßenbelag rasselten. Es dauerte nicht lange, und das Wasser eroberte die Schlossgasse. Eine heftige Windböe nach der anderen fegte über Annikens Garten und drückte ihre Pflanzen in Wellen hin und her. Der Wind wirbelte heulend um die Ecken und verfing sich immer wieder in den Büschen und Bäumchen, die in den Kübeln kämpften, bis sie sich vor der Gewalt tief beugten, um sich im nächsten Moment wieder aufzurichten. Anniken sah ihnen in ihrer Gegenwehr zu und litt selbst Höllenqualen. Der Regen klatschte und prasselte unaufhörlich gegen die Fenster und rann die Scheiben herab.

Anniken weinte lautlos. Ein dicker Kloß saß in ihrem Hals. Das Schlucken tat weh. Was konnte sie tun, um dieses Ungeheuer in ihrem Haus loszuwerden?

Im nächsten Moment rannte jemand an den Fenstern vorbei und bog unerwartet in ihren Garten ein.

„Wer ist das denn?“, fragte Frank fauchend.

Ein Mann rannte zu ihrer Haustür, und die Klingel schrillte laut und fordernd.

Anniken wischte sich die Tränen aus dem Gesicht und sah sich zu Frank um. In der Dämmerung konnte sie nur seine Umrisse erkennen.

„Wir sind nicht zu Hause, verstanden?", verkündete er flüsternd. Anniken nickte stumm. Ihr schwirrten die Gedanken wild im Kopf herum.

Die Klingel schrillte hektisch und drängend weiter mit kurzen Unterbrechungen.

Frank wühlte hinter ihrem Rücken in seinem Rucksack herum. Sie hörte, wie er den Reißverschluss auf- und wieder zumachte. Dann stellte er sich hinter Anniken und zog sie in ihrem Rollstuhl in die Mitte des Raumes zurück. Plötzlich fühlte sie etwas Hartes und Kaltes an ihrer Schläfe. Ihr Körper wurde vor Bestürzung steif.

Wer klingelte da so stürmisch? Frau Jäger war es nicht, die hätte sie an ihrer Statur erkannt. Herr Jäger war bisher noch nie hier gewesen.

Das Klingeln hörte au. Etwas verursachte ein kurzes, schabendes Geräusch, und das laute Rauschen des Regens verriet, dass die Haustür geöffnet wurde. Das ging schneller als gestern bei Frank. Innerhalb von zwei Tagen brach man nun zum zweiten Mal in ihr Haus ein. Ihr sicherer Hort war endgültig entweiht.

Das Licht ging an. Dieser Einbrecher hatte den Lichtschalter überraschenderweise gefunden, obwohl er ungewöhnlich tief angebracht war.

Anniken spürte die Waffe an ihrem Hinterkopf und fühlte die linke Hand von Frank auf ihrer Schulter. Sie betrachtete mit großen Augen den großen, dunkelhaarigen Mann, der sich so schnell Zutritt zu ihrem Haus verschafft hatte. Er war triefend nass. Sein Haar klebte strähnig am Kopf, die Kleidung war klatschnass und tropfte auf den Boden. Im Licht spiegelte sich die Oberfläche eines kleinen Sees, der sich um die Schuhe des Mannes bildete. Er schüttelte das Wasser aus seinen Haaren und kam drei Schritte näher.

„Geht es Ihnen gut?" Keuchend stellte ihr der neue Einbrecher seine Frage in einer tiefen Tonlage. Der fürsorgliche Klang seiner Stimme und sein eindringlicher, forschender Blick ließ in Anniken die Hoffnung keimen, dass sie es nicht mit einem Komplizen von Frank zu tun hatte.

Völlig verdattert suchte sie nach der richtigen Antwort. Es drängte sie dazu, ehrlich zu sein und um Hilfe zu bitten, zu sagen: „Es geht mir ganz und gar nicht gut. Ich habe einen Fremden im Haus, der mich mit einer Pistole bedroht."

Aber sie durfte keinen Fehler machen und nichts Falsches sagen oder tun, wollte sie nicht ihr Leben riskieren.

Sie öffnete nur den Mund und nickte gleichzeitig. Der Druck an ihrem Hinterkopf wurde fester und verursachte ihr Kopfschmerzen. Falls der neue Endringling die Waffe bemerkt haben sollte, ließ er sich nichts anmerken. Als wäre sein Eindringen völlig normal und selbstverständlich, drehte er sich um und schloss die Haustür.

„Tut mir leid, dass ich einfach so hereinplatze und dabei alles unter Wasser setze. Haben Sie einen Lappen für mich?"

„Können Sie mir sagen, was das soll? Wer sind Sie überhaupt?" Frank schnauzte den Fremden mit einer Empörung an, als wäre er der Hausherr, der Haus und Hof vor Eindringlingen zu verteidigen hatte.

„Was ich hier will? Ich wollte dich besuchen, nachdem ich gehört habe, wo du zu finden bist."

„Hä?" Frank schien nicht zu verstehen, was der Mann sagte. Anniken verstand genauso wenig.

„Ich bin es, Peter. Erkennst du mich denn nicht?" Der Fremde lächelte freundlich.

Die Frage stieß Anniken noch tiefer in ihre Verwirrung.

Frank hieß also nicht Frank, sondern Peter.

Und Peter alias Frank brüllte: „Stehen bleiben, oder ich knalle erst die Frau ab und dann Sie!"

Franks Stimme ließ keinen Zweifel an seiner Entschlusskraft. Er zielte nun mit der Waffe auf den großen Unbekannten.

„Was ist los? Warum regst du dich so auf? Ich bin es doch ... Berthold!"

Offenbar völlig perplex, dass er nicht gleich erkannt wurde, lachte der Mann auf. Frank ließ vor Verblüffung ein wenig die Waffe sinken und lockerte seinen Griff auf Annikens Schulter.

Anniken sah ihre Chance und rollte sich vorsichtig zur Seite und aus der Schusslinie. Jetzt konnte sie beiden Männern ins Gesicht sehen. Der eine war zwar völlig durchnässt und gab ein erbarmungswürdiges Bild ab, wirkte jedoch ruhig und gefasst. Frank, nein Peter, war dagegen ein einziges Fragezeichen. Zwei Blitze hintereinander erhellten den Raum. Kurze Zeit später machte ein krampfhaftes Zucken in Peters Gesicht eine Veränderung deutlich. Aus dem Fragezeichen wurden drei Ausrufezeichen. Peter bellte in plötzlicher Erkenntnis heiser:

„Berthold!!!"

„Ja, sag ich doch!"

Hocherfreut streckte dieser Berthold Peter oder Frank beide Arme entgegen, als erwarte er von seinem alten Freund einen herzlichen Willkommensgruß. Doch der kratzte sich mit der linken Hand heftig seine Kopfhaut, während die andere weiter mit der Waffe auf Berthold zielte.

„Ich konnte es erst auch nicht glauben, dass ich dich gefunden habe."

„Du hast mich gefunden? Du hast ... *mich* ... gefunden?" Ungläubigkeit setzte die Stimme in eine hohe Tonlage.

„Ja, dich! Ein Riesenzufall. Darf ich jetzt endlich reinkommen?" Überflüssigerweise fügte er hinzu: „Ich bin klatschnass."

Ohne eine Antwort abzuwarten, trat er wieder einen Schritt näher und ging auf Peter zu.

„Bleib stehen und rühr dich nicht!", bellte dieser und unterstrich mit einer Bewegung der Waffe seine ablehnende Haltung.

Der Mann mit dem altmodischen Namen blieb stehen und hob die Hände in Brusthöhe. „Ich habe all die Jahre an dich gedacht, Oliver."

Doch dieser Name kam nicht gut an. „Als ob du jemals an mich gedacht hättest, du linkes Arschloch!"

Peter trat zurück. Heiseres Keuchen entfuhr ihm, das einem Lachen zwar ähnlich klang, aber so gar nichts Heiteres an sich hatte. „Du hast immer nur an *dich* gedacht, das meinst du wohl! Der großartige Berthold! Du hast uns doch alle so richtig reingelegt!"

Er wischte sich mit der freien Hand über die Augen, als traute er dem nicht, was sie ihm auf die Festplatte sendeten.

Anniken erkannte, dass es nicht ihr Feuerzeug war, mit dem er auf Berthold zielte.

Peter stand mit hängenden Schultern da und verwandelte sich zusehends in ein verlorenes Bündel Mensch, das mühsam um Fassung rang. Tränen standen in seinen Augen.

Berthold sagte sanft: „Ich habe niemanden reingelegt,

Peter. Nie! Was uns angetan wurde, das haben die Erwachsenen getan, wir waren nur Kinder!"

„Halt's Maul! Glaubst du, ich bin noch der kleine, dumme Peter, der an den Lippen seines einzigen Freundes hängt und ihm jeden Schwachsinn abnimmt, den er ihm auftischt? Nein!" Er brüllte wie ein verwundetes Tier. „Was willst du Arschloch? Was suchst du hier?"

Aufgebracht und schäumend vor Wut schickte er seinen Fragen eine Drohung hinterher: „Versuch nicht, mich zu verarschen!" Dabei fuchtelte er wild mit der Waffe zwischen Anniken und Berthold hin und her.

„Ich bin hier, weil ich erfahren habe, dass du hier bist und ..."

„Und da wolltest du mich mal besuchen und von guten alten Zeiten quatschen oder wie?"

Anniken verstand gar nichts mehr. Dass die zwei sich kannten, hatte sie nun auch kapiert, aber es passte für sie trotzdem nicht zusammen. Oliver, Frank, Peter, Berthold, wer war hier wer?

„Bist du allein oder ist Ringo auch hier?"

Berthold bemerkte, wie Peters linkes Auge zuckte.

Ein kurzes Flackern der Lampe, dann ging das Licht aus. Stromausfall. Anniken brauchte eine Weile, um sich an die Lichtverhältnisse zu gewöhnen.

„Machst du hier einen auf Bulle oder was?" Als er die Frage ausgespuckt hatte, ging zumindest ihm zusehends ein Licht auf. Er brüllte hämisch auf. „Na klar! Das passt doch wie die Faust aufs Auge! Der große und anständige Berthold hat sich seinerzeit verpisst und ist zum Bullen mutiert, na logo! Euch rieche ich doch auf hundert Meter. Und du, du verbreitest einen Gestank wie zehn Bullen auf einmal."

Das wäre nun geklärt, dachte Anniken etwas erleichtert. Dieser Mann gehörte nicht zu irgendeiner Gangsterbande von Peter und Ringo, Oliver oder Frank. Er hieß Berthold und war Polizist. Annikens Sympathien strömten dem Unbekannten hoffnungsvoll entgegen. Mittlerweile war es wieder etwas heller im Zimmer, und sie konnte den neuen Besucher deutlich sehen. Seine Augen waren dunkel und blickten hellwach umher. Die hohe Stirn verstärkte den Eindruck, dass man es mit einem intelligenten Menschen zu tun hatte. Er hatte eine große, gerade Nase, volle Lippen und ein markantes Kinn. Sein Deutsch war akzentfrei, aber Anniken schätzte ihn als südländischen Typ ein.

„Du hast schon immer auf der anderen Seite gestanden, Bertielein!", warf Peter dem Mann höhnisch vor.

„Ich habe immer auf deiner Seite gestanden, Peter. Weißt du das nicht mehr?"

Fast flehend versuchte Berthold, Peters Hass auf die Spur zu kommen. Er stand mit erhobenen Händen da. Die Handflächen zeigten auf Peter und signalisierten seine ehrlichen Absichten. Allerdings war Peter nicht mehr in der Lage oder willens, Signale realistisch einzuschätzen. Eine heftige Aggression hatte ihn ergriffen und entstellte seine Gesichtszüge auf hässliche Weise.

„Halt dein blödes Maul, habe ich gesagt! Du hast hier nur etwas zu sagen, wenn du gefragt wirst! Deine kleinen Geschichten sind nicht mehr gefragt, bei Oliver und bei Peter nicht!"

„Darf ich mich mal abtrocknen, Peter? Ich friere ganz erbärmlich", fragte Berthold unbeirrt freundlich weiter.

„Du darfst dich jetzt erst mal ausziehen und mir den Inhalt deiner Taschen zeigen. Und nimm die Hände hoch, Bulle!"

Berthold hob die Hände über den Kopf. „Ich habe keine Waffe dabei, Peter. Außer meiner Brieftasche habe ich so gut wie gar nichts dabei."

„Okay, zieh dich aus, Bertielein, und wirf die Klamotten rüber!" Peter bereitete es sichtlich Vergnügen, seinen ehemaligen Bekannten zu demütigen. Er lachte laut, als Berthold langsam und zögernd sein T-Shirt über den Kopf zog. Er stand mit nacktem Oberkörper da und warf Peter sein klatschnasses Shirt entgegen. Der johlte amüsiert, ging zu Anniken und wrang es über ihrem Kopf aus. Sie rührte sich nicht, es war ja nur Regenwasser, aber sie sollte auch beschmutzt werden, das hatte sie verstanden. Sie zeigte sich so unbeeindruckt wie möglich, aber es kostete sehr viel Kraft. Sie sah daher nur den Polizisten an, der mit nacktem Oberkörper vor ihr stand. Die breite, muskulöse Figur deutete darauf hin, dass der Mann regelmäßig Sport trieb. Entgegen den aktuellen männlichen Schönheitsidealen war dieser Körper nicht glatt rasiert, sondern dicht und dunkel behaart. Anniken tat es leid, dass Berthold gedemütigt wurde, aber trotzdem gefiel ihr, was sie sah, und sie empfand trotz der prekären Lage, in der sie sich befand, ein lange vergessenes Prickeln auf ihrer Haut.

„Weiter, Bertie, weiter, was ist los? Du schämst dich doch nicht etwa?“, forderte Peter.

Berthold knöpfte langsam die Hose auf. Er wusste, dass sein Gegenüber ihn entwürdigen wollte, und er nahm sich zusammen. Das Handy. Er musste verhindern, dass Peter ihm die Möglichkeit, Hilfe zu rufen, raubte.

Es steckte in der kleinen Beintasche seiner Hose. Würde er Peter die Hose zuwerfen, fiele es heraus.

Er sah nur Peter an und versuchte den Gedanken an die Frau zu verdrängen, vor der er gerade fast nackt stand. Er stieg aus der Hose, hielt sie an der kleinen Seitentasche fest und konnte nun die Hose zum Beweis schütteln, ohne das Handy zu verlieren.

„Ich habe keine Waffe, Peter, ich wusste nicht, dass ich bei dir eine brauchen könnte.“

„Fehler, Bertie, du machst ja Fehler!“ Lachend schnippte er mit den Fingern.

„Schick ist dein Höschen, ganz in schwarz. Bertie, komm, zieh es aus! Zeig uns, was du so zu bieten hast!“

„Ach, stehst du auf Männer, Oliver, äh, Peter?“, rief Berthold höhnisch aus, rührte sich aber nicht.

Diese Namensverwechslung oder die Angst, als schwul zu gelten, tat ihre Wirkung. Peter bestand plötzlich nicht mehr auf seiner Forderung, sondern befahl jetzt: „Schmeiß die Hose her!“

Berthold warf sie ihm zu. Peter fühlte den Stoff ab und fand eine durchweichte Schachtel Rothändle und natürlich das Handy. Klatschend warf er Berthold die Hose an die nackte Brust.

„Setz dich neben die Schlampe, und dann wirst du mir ein paar Fragen beantworten.“

Er zielte weiterhin abwechselnd auf die beiden. Berthold zog sich die nasse Hose wieder an, ergriff einen Stuhl, den er neben Anniken zog, und setzte sich. Er legte eine Hand auf die Lehne ihres Rollstuhls und sagte: „Keine Angst, wir klären das hier. Ist alles nur ein Missverständnis. Peter ist ein alter Freund.“

„Ein Freund!“ Der vermeintliche alte Freund Peter kotzte das Worte förmlich heraus, fummelte zitternd an Bertholds Mobiltelefon herum und entnahm ihm die Chipkarte. Er steckte sie ein, nahm ein Geschirrhandtuch von der Küchenarbeitsplatte und schleuderte das rotweißkarierte Stück Stoff in Bertholds Richtung.

„Hier, so bin ich zu dir. Das ist wahre Freundschaft. Ein Freund, ein guter Freund, das ist das schönste, was es gibt auf der Welt! Ein Freund …", grölte Peter mehr, als er sang.

Unvermittelt fuhr er an Anniken gewandt mit Bitterkeit fort: „Wenn du einen Freund wie Berthold hast, brauchst du für die Feinde nicht zu sorgen. Berthold macht sich immer dann aus dem Staub, wenn man ihn am Nötigsten braucht. Also mach dir nicht allzu viele Hoffnungen. Von einem wie Berthold wirst du nur enttäuscht."

Peter setzte sich den beiden gegenüber auf die Samtliege. So hatte er sie beide bequem und mit einem Abstand von zwei bis drei Metern sicher im Visier.

Berthold konnte jetzt die Pistole besser erkennen, mit der Peter ständig bedrohlich herumfuchtelte. Am verchromtem Lauf und den schwarzen Griffschalen identifizierte er eine halbautomatische Selbstladepistole des italienischen Waffenherstellers Beretta vom Kaliber 9x19 Millimeter. Die 92 S-1, 9mm, wurde 1980 bei der amerikanischen Luftwaffe unter dem Namen M9 eingeführt, musste aber wegen technischer Probleme mehrmals modifiziert werden. Peter hatte die modernere Variante, die 92 FS, in der Hand. 15 Schuss, 15 Möglichkeiten zu töten.

„Also los, wie kommst du auf mich. Was geht hier vor?"

„Ganz einfach." Berthold strich sich mit beiden Händen sein dunkles Haar aus der Stirn. Von der Nässe wellte es sich. „Ihr werdet gesucht, du und Ringo. Die Polizei ist euch auf den Fersen. Wann die Kollegen hier auftauchen, ist nur eine Frage der Zeit", bluffte Berthold.

Als Junge hatte er den Starken nur gespielt und sich dabei so hilflos gefühlt. Im Moment glich er dem kleinen Jungen von damals. Er hatte jetzt auch Angst, wusste aber, dass jedes Anzeichen von Schwäche sein Todesurteil und das der Frau neben ihm bedeuten konnte.

Peter und Berthold. Er war von ihnen beiden immer der Ältere gewesen, der, der vorgab, Bescheid zu wissen. Er musste diese Rolle wieder einnehmen und seinen Einfluss auf Peter geltend machen. Etwas von der früheren Stärke kehrte in Berthold zurück.

Die Nachricht, von der Polizei gesucht zu werden, erstaunte Peter nicht. Bertholds anfängliche, zugegebenermaßen unsinnige Hoffnung, den kleinen Peter unschuldig an Ringos Seite zu finden, schwand wie Eis in der Sonne.

„Zwei kleine Halunken rufen den Superbullen Berthold auf den Plan. Weit hast du es ja nicht gebracht, wenn du dich mit Heiratsschwindelei und so einem Scheiß abgeben musst! Was bist du denn, Wachtmeister oder so was?"

„Mit Heiratsschwindlern habe ich nichts zu tun, Peter. Hier geht es um was anderes, das weißt du ganz genau."

Peter schien tatsächlich zu stutzen. „Um was geht es hier denn deiner Ansicht nach, Arschloch?"

„Es geht um Mord, Peter. Um einen brutalen, gemeinen Mord an einer jungen Frau! Deswegen bin ich hier. Ich bin bei der Mordkommission."

Als er Peters ungläubigen Ausdruck sah, fügte er hinzu: „Soll ich dir meine Marke zeigen?"

„Erzähl keinen Scheiß! Mord. Wer soll denn ermordet worden sein?" In Peters Stimme schwang Verunsicherung.

„Du weißt, wen ich meine, oder?"

Peter sprang auf. „Verdammt, ich habe gesagt, *du* antwortest auf *meine* Fragen!", donnerte er und unterstrich seine Forderung, indem er zu Anniken rannte, brutal ihr Haar packte und ihren Kopf nach hinten riss. Ihr Hals war weit durchgebogen, Berthold sah, wie sie vergeblich versuchte zu schlucken.

Berthold hob wieder beide Hände. „Schon okay, Peter, sie hat mit uns nichts zu tun, lass sie in Ruhe!"

„Falsch, Berthold." Peter ließ Anniken los, verpasste ihrem Kopf aber noch einen Schlag mit der bloßen Hand. „Die verdammten Weiber sind immer an allem schuld."

Anniken schloss die Augen und versuchte tapfer, nichts von ihrem Schmerz zu zeigen, aber Berthold sah ihr an, dass es sie immense Kraft kostete, ihre Gefühle nicht preiszugeben.

„Was hat diese Frau mit dir zu tun, Peter?"

„Peter, Peter!", äffte Peter Berthold nach. „Wenn du das sagst, klingt es wie früher. Ich bin erwachsen, Mann. Ich bin vierzig. Deinen kleinen Peter gibt es nicht mehr." Peter nahm wieder auf seiner Ausgangsposition Platz.

„Diese Frau kann dir doch nichts anhaben, lass sie gehen, und wir klären das hier unter uns."

„Die geht nirgendwo hin. Die rollt nicht mal irgendwohin." Er lachte über seinen vermeintlichen Witz. „Alles können sie einem anhaben. Können dich klein kriegen, ausnehmen, aussaugen und dann wie ein Stück Dreck ausspucken, das können sie, Bertie! Denk doch mal an deine Alte! Was hat sie dir denn alles angetan?"

„Was meinst du denn damit, was soll sie mir denn angetan haben? Sie ist gestorben, als ich noch keine zwei Jahre alt war. Leiblicher Vater unbekannt."

„Ach, ja, deswegen bist du in Maibuchen gelandet. Klar, du hast gut reden, deine Alte ist ja verreckt, Meine hatte genug von mir, als ich sechs war, Bertie. Darum bin ich zu euch gekommen, erinnerst du dich?"

„Ich erinnere mich an alles, Peter, so als wäre es gestern passiert." Leise kam Bertholds Antwort.

„Ich auch, Bertie. Gelogen hat sie, die dumme Sau! Hat gesagt, sie holt mich bald wieder da raus. Gewartet habe ich jeden Tag auf sie. Jeden beschissenen, langen Tag, Bertie. Aber sie kam nicht. Sie hat mir nicht einmal geschrieben. Nicht eine einzige verfickte Zeile. Erst als sie mich gebraucht hat, dann kam sie angeschissen, die versoffene Schlampe." Peter schaltete auf eine kindliche Stimmlage. „Aber ja, mir ging es doch auch gut. Es gab an dem Ort der Verdammnis ja einen Lichtblick! Ein Held, ein leuchtender Stern: mein Berthold, der mir auch etwas versprochen hat, so wie meine Mutter, diese Schlampe."

Peter spuckte die Worte ins Zimmer, ein weißer Speichelfaden klebte zwischen seinen Lippen. Er wurde immer lauter und schriller. „Ich lasse dich nicht allein, Peter. Ich bleibe bei dir, Peter!"

Der Waffenlauf zielte genau auf Bertholds Kopf.

„Du! Du hast mich auch verlassen. Von heute auf morgen bist du verschwunden, und ich war allein. In dieser Hölle. Allein ..."

Peters Stimme brach sich bei seinem Gebrüll, und er musste sich räuspern, redete aber in unverminderter Rage weiter. „Aber als ich sechzehn war, da ist ihr dann eingefallen, dass es mich gibt. Super, was? Ich durfte zu der Alten ziehen und sollte für sie sorgen. Hab ich dann ja auch gemacht. Ich habe ihr die falschen Typen vom Hals gehalten und ihr die richtigen besorgt. Hab ihr gekauft, was sie wollte, und hab aufgepasst, dass ihr nix passiert. Hast du schon mal für eine alte, versoffene, abgetakelte Nutte gesorgt, Bertielein?"

„Nein, das habe ich nicht. Kann ich mal eine Zigarette haben?"

Peter warf Berthold die Rothändle und ein Feuerzeug zu.

„Tja, da hat mir der liebe Ringo geholfen. Das ist wenigstens ein Freund, auf den man sich verlassen kann. War gar nicht so einfach, die alte Fotze auf dem Kiez unterzubringen und zu halten. In ihrem Alter ist das nicht so leicht gewesen, verstehst du? Es gibt so viel Konkurrenz. Die ganzen Ostfotzen machen die Preise kaputt. Die machen alles, sogar ohne Gummi! Das musst du dir mal vorstellen! Das mussten wir der Alten erst mal klarmachen!"

Vergeblich versuchte Berthold, sich eine Zigarette anzuzünden. Die Zigaretten waren nass, und das Feuerzeug funktionierte wohl aus demselben Grund nicht mehr. „Kann ich eine von deinen haben?"

Peter warf ihm nach einigem Zögern die nötigen Raucherutensilien zu. „Ja, aber es geht nicht immer alles so im Leben, wie man sich das so wünscht."

Ein Aschenbecher folgte. Der Wurf war wohl bewusst härter ausgeführt worden als nötig, aber Berthold fing das Teil geschickt auf. „Ja, das weiß ich genau so gut wie du, Peter." Er nickte zustimmend.

Mit einem harten Ruck zog Peter den Tisch näher an die Couch und warf ein kleines Päckchen darauf.

Anniken fragte sich, woher er auf einmal den Stoff und vor allem die Waffe hatte. Nach einigem Überlegen kam sie zu dem Schluss, dass er sich während seines Einkaufs versorgt haben musste. Aber woher wusste denn ein Fremder, wo und wie er sich in Nidda Waffen und Drogen beschaffen konnte?

Sie wohnte nun schon seit einigen Jahren in dieser Stadt, hätte aber nicht gewusst, an wen sie sich hätte wenden können. Der Polizist hatte irgendwas von einem anderen Mann namens Ringo erwähnt. Wahrscheinlich stand Frank, nein, Peter, in Verbindung mit ihm. War es Ringo, den er andauernd versucht hatte, telefonisch zu erreichen?

Fragen, deren Antworten dieser Berthold vielleicht aus Peter herauslocken würde. Er war Polizist. Eine ungeheuer tröstliche Gewissheit für Anniken. Sie sah Berthold an und lächelte wohl ziemlich verunglückt, denn Berthold schloss die Augen und nickte ihr ermutigend zu.

Peter kicherte blöde und legte die Pistole auf den Tisch, den Lauf auf Anniken und Berthold gerichtet.

„Keine falsche Bewegung, sonst pustet Onkel Peter einem von euch das Licht aus!" Er gab sich ganz cool, aber Anniken bemerkte das Zittern seiner Hände, als er sich auf ihrem Tisch eine Line legte.

„Woher hast du auf einmal das Zeug, Frank? Oder soll ich dich auch Peter nennen?"

„Das geht dich nichts an, Anniken. Aber denkst du, in deinem kleinen Nidda wäre die Welt noch in Ordnung?" Er lachte hämisch.

„Zwei Tage in diesem kleinen Nest, und meine Nase sagt mir, wo ich hinzugehen habe! Es gibt Kneipen, die leben nicht von der Pizza allein, Prinzessin."

Anniken schnalzte mit den Lippe.

„Super, Peter. Du hast es echt drauf. Als du heute einkaufen warst, hast du mein Geld also gut angelegt."

„Genau, du kleine Intelligenzbestie. Du hast eine Menge Bargeld in deinem Geldbeutel. Eine goldene Kreditkarte hast du auch. Was glaubst du, wie lange ich noch gebraucht hätte, um auf meine gewohnt charmante Weise die Pin aus dir herauszulocken? Hä?", hakte er nach, als Anniken ihm eine Antwort schuldig blieb.

Er zog einen Geldschein aus seiner Hose und rollte ihn zusammen, ohne sie aus den Augen zu lassen. Dann beugte er sich über zwei Linien aus weißem Puder, das er vorher mit der goldenen Kreditkarte sorgfältig gehackt und dann in Form gezogen hatte. Er zog sich mit einem Atemzug die eine und mit dem nächsten die andere Spur in die Nasenlöcher.

Anniken spürte, dass sich der Polizist neben ihr anspannte. Sicher überlegte er, ob er sich auf Peter stürzen sollte, um ihm die Waffe zu entreißen.

Offenbar teilte er ihre Einschätzung, dass der Versuch zu riskant war, denn er rührte sich nicht.

„Wie ich sehe, hast du dir meine Karte ja schon angeeignet. Was hast du dir denn noch alles unter den Nagel gerissen? Frank-Peter?" In Anniken stieg eine unbändige Wut auf. Mit Berthold an ihrer Seite fühlte sie sich wieder stärker als noch vor einer halben Stunde.

Peter wischte mit dem Zeigefinger über den Tisch und rieb sich die Schneidezähne ein. Er zog rotzend seine Nase hoch und schluckte befriedigt. Nickend griff er wieder zur Waffe. „Was hast du denn noch groß zu bieten außer deiner Kreditkarte?“

„Meine Gastfreundschaft und mein Vertrauen hast du ja schon genossen und, wie ich sehe, missbraucht. Mehr habe ich nicht, da gebe ich dir recht.“

Peters Gesichtsmuskeln spannten sich in kurzen Intervallen hart an. Er sah auf einmal viel älter aus, aber die Wandlung in seinem Benehmen und seiner Ausdrucksweise erschien Anniken viel bemerkenswerter. Wie konnte sich jemand so verändern? Und wer war denn nun der echte Frank? Dieses kranke Arschloch vor ihr oder der charmante Besucher der letzten Nacht?

„Ja, deine Gastfreundschaft, Anniken, die war beeindruckend. *Du* warst beeindruckend! Lässt einen Einbrecher bei dir übernachten, und jetzt bist du enttäuscht, weil der Einbrecher klaut. Auf welchem Planeten lebst du eigentlich?“ Peter tippte sich mit dem Zeigefinger an die Stirn.

Anniken sah zu Berthold und forschte in seinem Gesicht nach einer Reaktion. Was dachte dieser Mann von ihr? Sie konnte nichts von seinem Gesicht ablesen, unbewegt starrte er auf seine Schuhspitzen. Trotzdem war es gut, dass er nun Klarheit haben musste, dass Peter und sie keine alten Bekannten und auch nicht in dubiosen Geschäften miteinander verstrickt waren. Zumindest hoffte sie, dass Berthold zu dieser Erkenntnis gekommen war.

Ein Blitz erhellte sekundenlang den Raum. Die Deckenbeleuchtung flackerte kurz und erlosch wieder. Mit einem harten Knall brach erneut der Donner los. Das Gewitter war wieder direkt über ihnen und verstärkte in Anniken das Gefühl, dass sie sich hier in diesem Zimmer in einem eigenen Mikrokosmos befanden.

Wie durch ein Teleskop fokussiert nahmen Annikens Sinne konzentriert wahr, was in diesem Zimmer geschah. Trotz der schlechten Lichtverhältnisse erfassten ihre Augen ungewöhnlich scharf die Szenerie, während sie keinen Blick dafür hatte, wie draußen die Naturgewalten den Rest der Welt dem Untergang zu weihen schien. Eingesperrt in einer drückenden und schwülwarmen Atmosphäre, steuerten sie hier auf ihr eigenes Inferno zu.

Annikens Augen ließen nicht von Peter ab und registrierten jede seiner Bewegungen. Das Ticken der Uhr kratzte in scharfem Rhythmus an ihrem Trommelfell, obwohl die Geräuschkulisse des Unwetters alle anderen Laute hätte besiegen müssen.

Ihre Nase nahm intensiv Bertholds Geruch war. Seine nassen Hosen verbreiteten einen warmen, etwas modrigen Geruch, vermischt mit dem holzigen Aroma eines Rasierwassers, mit Zigarettenrauch und Schweiß. Ihr gefiel dieser Geruch. Er war männlich und warm und kam ihr vertraut vor. Sie sah Berthold nicht an, aber ihre Haut atmete seine Nähe mit jeder Pore ein, und sie sehnte sich danach, näher an ihn heranzurücken.

„Was ich dir schon immer sagen wollte, Bertie", unterbrach Peter ihre Gedanken, „danke, danke, danke! Danke für alles, was du für mich getan hast. Du hast mir so unendlich viel beigebracht, Berthold! Durch dich habe ich das Wichtigste gelernt. Die Lektion meines Lebens: Vertraue niemandem! Vor allem nicht deinen Freunden!"

Er wischte Bertholds Versuch, etwas zu sagen, mit einer wilden Bewegung zur Seite und fuhr fort: „Du hast mit mir im Bett gelegen und hast mich zugesülzt. Du hast mich Peterle und Oliver genannt und mir das Blaue vom Himmel versprochen. *Und* du hast mich belogen und hast mich in der Hölle sitzen lassen. Die anderen haben mich zwar geschlagen, windelweich geprügelt, als mein großer Beschützer sich verpisst hatte, aber sie waren ehrlich!"

Peters Stimme klang kehlig. Er schluckte schwer.

„Sogar Kraushaar war ehrlich, wenn ich ihm den Schwanz gelutscht habe, Bertie! Das Stöhnen war ehrlich und echt!"

„Kraushaar?" Berthold flüsterte heiser. „Du meinst, Kraushaar hat, ... ich meine ... er war ..., er war das Ungeheuer?"

Peter lachte dreckig. „Ja, der gute und nette Kraushaar! Die elende, geile Sau. Tu doch bloß nicht so, als wüsstest du nicht, wer uns nachts so lieb gehabt hat?"

Erneut erhellte ein Blitz das Zimmer, und Peters bleiches Gesicht leuchtete wie eine Maske auf.

Anniken war schockiert. Über was für eine Welt sprachen die zwei? Trotz der harten Worte und der derben Sprache konnte sie eine unendliche Seelennot aus Peter heraushören, die in ihr ebenfalls Trauer auslöste. Ihre Wut auf ihn mischte sich mit einem tiefen Mitgefühl. Sie sah zu Berthold und wartete. Dieser Mann musste doch irgendetwas Entscheidendes tun oder sagen können, schließlich war er Polizist.

Je tiefer Peters eigentliche Botschaft in Berthold einsickerte, desto stärker brannten seine Augen, und ein schmerzvoller Druck schnürte ihm den Hals zu. Wie ein Gift breiteten sich die Worte in ihm aus und entfalteten nach und nach ihre zersetzende Wirkung. Er schämte sich so sehr, dass ihm schlecht wurde. Seine elende Vergangenheit, die niemand in seiner Umgebung kannte, wurde hier vor dieser fremden Frau ausgebreitet. Seine jämmerliche Vergangenheit stand plötzlich vor seinem inneren Auge, und nichts von dem, was er da sah, ließ sich mehr zurückdrängen. Eine Flutwelle des Schmerzes schwappte über Berthold und drohte ihn mit sich zu reißen, bis irgendetwas in ihm nachgab und er den Tränenstrom nicht mehr unterdrücken konnte.

Peter schien jetzt erst richtig auf seine Kosten zu kommen. Schläge, Misshandlungen und Vergewaltigungen. Alles breitete er unbarmherzig und regelrecht genüsslich vor Berthold aus. Mit gieriger Genugtuung knüpfte er Ereignis um Ereignis aneinander und webte dabei einen Teppich voller Leid und Armseligkeit. Bertholds Schamgefühl stieg heiß in ihm auf und ließ ihn bis unter die Haarwurzeln erröten. Peters Redefluss führte eine Lawine Dreck mit sich, die den schweren Deckel des Vergessens sprengt, den Berthold über seine Vergangenheit gezogen hatte. Das große, schwarze Loch war offen, und die Bilder krochen wie gefräßige, schwarze Insekten heraus. Berthold wurde überschwemmt von einem Chaos von Gefühlen und Erinnerungen, die Ekel und Übelkeit in ihm auslösten. Er wehrte sich gegen den Sog seiner inneren Bilder, die ihn mit sich in den Abgrund reißen würden, und konnte der lockenden Versuchung, nachzugeben und sich einfach mitreißen zu lassen, kaum widerstehen, als es endlich aus ihm herausbrach: „Still, Still! Sei doch endlich still!"

Sein Schrei gellte voller Schmerz durch den Raum und endete in einem Schluchzen. Er weinte wie ein hilfloses kleines Kind.

Eine warme, zarte Hand griff nach seinem Arm. Er aber riss die Arme hoch, stützte die Ellenbogen auf seine Knie und vergrub sein Gesicht.

Peter triumphierte laut lachend. Er schlug sich auf die Schenkel und brüllte vor Lachen.

„Bertie heult. Freust du dich denn gar nicht über die Geschichten aus den guten, alten Zeiten? Krausköpfchens dickes Schwänzchen und dein kleines Ärschchen haben doch so viel Zeit miteinander verbracht! Lass uns doch in den schönen Erinnerungen unserer Kindheit schwelgen!"

Kraushaar! Das war also der Name ihres Peinigers, den er manchmal für ein Phantom gehalten hatte, der ihm wie ein Produkt seiner eigenen kranken Fantasie erschienen war und ihn an seinem eigenen Verstand hatte zweifeln lassen. Hatte er wirklich nicht gewusst, wer hinter den Übergriffen stand, oder hatte er es tatsächlich vergessen?

„Die letzte Waffe des Sadisten ist es, andere mitleiden zu lassen!" Annikens Stimme drang zu Berthold. Sie konnte ihn natürlich nicht von dem glühenden Schmerz befreien, der seine Bilder begleitete, aber die kühle und sachliche Ebene des Zitats hallte in ihm nach und half ihm, einen neuen, wenn auch noch instabilen Halt zu finden. Er musste wieder zu sich zurückzufinden. Er war erwachsen und musste sein Gegenüber wieder richtig einordnen. Er musste das Bild des kleinen Peter und seines Freunds Berthold vergessen. Er musste sich auf das konzentrieren, was heute war.

Peter wollte ihn fertig machen, sich rächen für die angebliche Schuld. Er durfte sich von ihm nicht klein kriegen lassen. Er hatte sich doch noch nie klein kriegen lassen. Er hatte manchmal am Boden gelegen, aber etwas hatte ihn immer wieder aufgerichtet. So etwas wie eine innere Kraft, eine innere Stimme, die ihn aufrüttelte und bestärkte. So wie Anniken eben, die Nietzsche zitiert und ihm damit geholfen hatte, seine Verwirrung zu klären. Sie hatte recht. Der kleine Peter war nicht mehr der kleine, zarte Junge, den er manchmal auch Oliver genannt und dem er endlose Geschichten erzählt hatte, in denen sie vor der Wirklichkeit entfliehen und endlich einmal Helden sein konnten. Diesen Peter hatte er damals zurücklassen müssen. Er hatte ihn verlassen. Ja, aus dessen Sicht war es so. Berthold hatte Peter im Stich gelassen, und nun saß er einem Mann gegenüber, der aus seinen Erfahrungen nur gewaltsame und hasserfüllte Konsequenzen zog.

Er wischte sich mit den Handflächen die Tränen aus dem Gesicht und sah Peter voller Sehnsucht an. Er verspürte einen unbändigen Drang, ihn in den Arm zu nehmen, um seine Schuld zu tilgen. Er wollte ihm erzählen, warum er damals ohne Abschied gegangen war. Ja, er hatte ihn verlassen, aber ohne sein Zutun. Er war auch nur ein Kind gewesen, das keinerlei Macht über sein Schicksal gehabt hatte. So wie alle anderen im Heim war auch er hilflos allen Entscheidungen der Leitung ausgeliefert gewesen.

Was und wer damals hinter der Entscheidung stand, ihn zu verlegen, hatte er nie erfahren. Diese Frage zu stellen, hatte er sich damals auch gar nicht getraut, als er in das Büro des Heimleiters gerufen und ihm mitgeteilt wurde, dass er in Kürze den Weg in ein neues Heim antreten würde. Aufschlüsse gab es nie, nur Direktiven, die niemand zu hinterfragen wagte. Da bildete auch eine so weitreichende Anordnung keine Ausnahme. Außer ein paar salbungsvollen Worten, mit denen der Zögling ermahnt wurde, Maibuchen keine Schande zu machen, sondern sich stets der guten Erziehung zu erinnern, die ihm in dieser segensvollen Umgebung zuteil geworden war, bekam er einen Koffer mit auf den Weg, in dem sich seine wenigen Habseligkeiten befanden. Er wurde umgehend in einen Zug gesetzt und in Begleitung eines Erziehers nach Heimstetten gebracht.

Zutiefst verschreckt und gleichzeitig unsäglich erleichtert hatte er sich in die neue Umgebung eingefunden. Es war ihm nicht leicht gefallen, Peter zu verlieren, und er sehnte sich nach ihm. Trotzdem entwickelte er nach einiger Zeit das Gefühl, Glück gehabt zu haben. Da war plötzlich Erleichterung statt Sorge zu spüren. Zu Beginn schämte er sich für seine Wahl und überließ es seinem schlechten Gewissen, jegliche Ahnung von Freude sogleich im bitteren Bad der Schuld zu ertränken. Er bereute sein Verhalten, als stünde es ihm nicht zu, Leichtigkeit zu empfinden. Aber die neue Umgebung und die unerwarteten Chancen, die sich ihm auf einmal boten, waren bestechend. Immer öfter konnte er das Gefühl unterdrücken, dass er sich unberechtigt an etwas bereicherte, das nicht für ihn bestimmt war.

Nicht zuletzt war es die Zeit, die sich wie ein Dämmstoff in den Raum der Monate drängte, immer mehr aufplusterte und die Leere immer mehr ausfüllte, die sich nach dem Abschied von Peter in ihm aufgetan hatte. Die Zeit war es, die sich wärmend und schützend vor die alten Erinnerungen stellte und Platz für neue einräumte. Berthold schickte Peter Briefe, obwohl er nie eine Antwort erhielt. Und irgendwann stellte er das Schreiben ein. Er stellte fest, wie wohl es tat, die Verbindung zu Maibuchen zu kappen, die durch seine Briefe und Gedanken an Peter immer wieder aufrechterhalten wurde. Diese Nabelschnur hatte er eigenhändig durchtrennt und sich selbst still und besonnen ins Leben entlassen. Voller Neugier hatte er auf die Zukunft gesetzt und die Vergangenheit entthront.

Georg Hortmann, der Heimleiter von Heimstetten, hatte ihm nach seiner Frühpensionierung durch Adoption einen neuen Namen, eine neue Identität und eine Zukunft gegeben. Und Berthold hatte die Chance ergriffen und gelernt zu vergessen.

Der kleine Peter hingegen hatte gelernt, dass in jedem, den er liebte, etwas Verletzendes verborgen war. Und auch der große Peter suchte in jedem Menschen genau nach diesem Punkt. Wenn er ihn nicht fand, reagierte er voller Misstrauen auf die einzig ihm mögliche Art: Er pflanzte das Verletzende selbst ein und forderte es heraus.

Welche Worte könnten Peter davon überzeugen, dass er kein Feind war? Welche Buchstaben und Silben musste er so zusammenfügen, dass sie die Macht und Stärke besäßen, jahrelange Pein und Missachtung zu lindern und diese Seele auszusöhnen?

Berthold Hortmann war, seit er das Heim verlassen hatte, in dem er die ersten zwölf Jahre seines Lebens verbracht hatte, nie ein Mensch vieler Worte gewesen. Er hatte damals, als sich die Tür von Maibuchen das letzte Mal hinter ihm schloss, seine Geschichten, Fantasien und Märchen zurückgelassen und sich einen neuen Schutzmantel umgelegt, der wie ein Kettenhemd für Sicherheit sorgte.

Aus Pragmatismus, Ernst und Sachlichkeit bestanden die vielen kleinen Ösen, die diesen Panzer bildeten. Zwar lastete sein Gewicht oft schwer auf Berthold, aber er war fest und sicher gewebt. Dieses Rüstzeug half ihm auch jetzt, seine Gedanken wieder zu ordnen.

Berthold wusste, dass er Peters Sehnsucht nachträglich nie würde erfüllen können. Nein, er konnte Peter nicht mit Worten helfen, aber er konnte als Polizist etwas für ihn tun. Sollte er unschuldig am Tod von Martina Gerstenberger sein, was Berthold mit jeder Faser seines Herzens wünschte, dann konnte er ihm helfen.

Als Erstes musste er ihn möglichst objektiv einschätzen, um klare Entscheidungen zu treffen, damit diese Situation gewaltlos gelöst werden konnte. Er hatte schon genug Fehler gemacht. Jensen würde die Hände über dem Kopf zusammenschlagen, wenn er erfuhr, dass er allein und unbewaffnet dieses Haus aufgesucht hatte, in dem er zwei Verdächtige vermutete. Berthold musste ihm innerlich zustimmen. Fehler, die ihm nie unterlaufen wären, wäre er nicht so befangen an die Sache herangegangen.

Befangenheit war ein unbestreitbarer Grund, warum Jensen ihn von dem Fall abziehen würde, wenn ihm die Einzelheiten bekannt wurden – vorausgesetzt, Berthold kam unbeschadet aus dieser Situation heraus.

Peter hatte ein paar Kerzen angezündet und saß in ihrem warmen Schein. Berthold sah ihm zu, wie er sich auf dem Frühstückstisch eine weitere weiße Linie zog. Wahrscheinlich Koks oder Speed. Er hatte schon viele Männer wegen der unterschiedlichsten Delikte verhaftet, die eine Gemeinsamkeit aufwiesen. Es waren Menschen, die nie jemanden gehabt hatten, der ihnen eine konstante erwachsene Sicherheit geschenkt hatte, damit sie selbst eines Tages erwachsen werden konnten. Als Lebensstrategie spielten sie die Rolle „Erwachsensein“ so, wie sie eben „Erwachsensein“ definierten. Sie lernten, zu lügen, zu manipulieren, Vorteile für sich zu nutzen, um möglichst schnell ans Ziel zu kommen. Maximale Gewinne einfahren bei minimalem Einsatz. Und immer die Erkenntnis im Vordergrund, dass nur materielle Werte fühlbar und real waren. Alle Sehnsüchte und Mängel konnte man am schnellsten und einfachsten durch Drogen befriedigen. Für jedes seelische Bedürfnis gab es die passende Droge.

Peters Defizite waren deutlich erkennbar sein fehlendes Selbstwertgefühl und seine Verletzlichkeit. Koks oder Speed waren in dieser Hinsicht die richtigen Mittel für ihn. Sie gaben ihm das, was ihm bisher niemand vermittelt hatte. Diese Drogen raubten dem Benutzer jegliches Mitgefühl für andere und betäubten wirkungsvoll den eigenen Schmerz.

Peter zog sich das weiße Pulver mit einem kurzen Ruck in die Nase. Erst das eine und dann das andere Nasenloch wurden mit Rauschgift versorgt. Peter war ganz mit seinem Ritual beschäftigt, das er routiniert ausführte. Die Pistole lag griffbereit neben ihm auf der Samtliege. Aber ein Sprung und …

Annikens Hand legte sich vorsichtig auf Bertholds Hand. Sie sah ihn von der Seite an. Als Berthold sich nicht ihrer Nähe entzog, drückte sie sanft seine Hand, und er verstand ihre Warnung vor unüberlegten Handlungen. Sie zitterten beide bei ihrer ersten Berührung.

Donnerstagnacht

Die ungeheure psychische Belastung, die sie gemeinsam durchstehen mussten, verband sie bereits. Obwohl sie beide eiskalte Hände hatten, lag so viel Wärme in ihrer Berührung. Anniken merkte, dass Berthold wieder ruhig atmete, und passte sich seinem Rhythmus an.

In diesen letzten Stunden hatte sie wirklich Schreckliches gehört. Hier saßen zwei Männer, die gemeinsam ein Kindheitstrauma erlebt hatten, das sie tief erschütterte. Was hatten sie als Kinder erduldet und erlitten, wie unterschiedlich waren sie mit dieser Vergangenheit umgegangen. Peter hatte voller Bitterkeit von den Gute-Nacht-Geschichten erzählt, die ihm Berthold vorgelesen hatte. Mit hasserfüllten Worten beschrieb er, wie Berthold sich heldenhaft für ihn eingesetzt und ihn umsorgt hatte, um ihn dann einfach seinem Schicksal zu überlassen.

Anniken dachte an ihre eigene Vergangenheit, an ihren eigenen Schmerz und welche Lehren sie daraus für ihr Leben gezogen hatte.

Sie hatte auch gekämpft, hatte sich dann aber zurückgezogen, in der Distanz Linderung gesucht und war – zweifelsfrei gescheitert. Jemand, der sich so ein großes Medikamentenlager wie sie anlegte, der musste ein Verlierer sein. Sie hatte die Hoffnung auch verloren, genau wie dieser Kokser da drüben. Er peinigte andere, während sie sich selbst quälte und sich dabei auch noch erhaben fühlte.

„Ich habe mich nur selbst belogen und betrogen. Das selbstbestimmte Sterben habe ich als Begründung gebraucht, nur weil ich zu feige zum Weiterleben bin. Selbstbestimmung gibt es nicht nur im Tod, sie muss vor allem eine Lebensgrundlage sein! Jetzt weiß ich es, jetzt, wo vielleicht alles zu spät ist."

„Ich will leben!", schrie in ihr die jähe Erkenntnis. Ein verzweifelter Schluchzer entrang sich ihr plötzlich. In ihrem Kopf flirrte und schwirrte es und riss sie in einem Strudel mit.

Berthold drehte sich zu ihr um und hielt sie an ihren Schultern fest. Sein Gesicht war ganz dicht vor ihren Augen, als er sagte: „Wir stehen das alle gemeinsam durch. Keine Sorge!"

Anniken sah Berthold an. Er war ein Mann mittleren

Alters, und da sein Haar jetzt trocken war, sah sie die ersten grauen Strähnen.

Seine warmen, braunen Augen glitten über ihr Gesicht und tasteten es forschend ab, als wollte er jede Stelle kennenlernen. So hatte sie noch niemand angesehen. Dieser Blick nahm nicht nur ihr Äußeres wahr, Berthold schien auch in ihr Innerstes zu blicken. Und alles, was er entdeckte, spiegelte er voller Bewunderung zurück. Anniken hatte zum ersten Mal das Gefühl, gesehen und gleichzeitig angenommen zu werden.

Sie hatte die Berührung eines Fremden ohne Zögern zugelassen und war glücklich, seinen Blick so nah auf sich zu spüren. Am liebsten hätte sie ihrem Wunsch nachgegeben und sich an diesen nackten, muskulösen Oberkörper gelehnt.

Peters Stimme riss beide aus ihrem Sekunden dauernden Glück. Der Moment, ihr Moment, war vorbei.

„Was geht denn hier ab? Berthold und Anniken! Was sage ich dir, Bertie, alles Schlampen!“ Er stand wie unter Strom.

„Die kannst du ficken, Alter. Anniken sagt bestimmt nicht nein. Dafür kriegt sie ihre kaputten Beinchen bestimmt noch auseinander!“ Peter lachte mit wutverzerrtem Gesicht. Er wirkte im Kerzenlicht wie eine groteske Maske aus einem Schweizer Fastnachtsumzug.

„Der elende Krüppel hat mich gestern genauso angeblinzelt. Mach dir nichts draus. So sind sie eben, *alles Schlampen!*“, brüllte er.

Anniken drehte sich von Berthold weg und senkte beschämt den Kopf. Die Haare fielen ihr wie ein roter Vorhang ins Gesicht und boten Schutz vor Bertholds Blicken. Was musste er von ihr denken? Frank, nein, Peter hatte sie zweifellos richtig eingeschätzt. Ja, auf die Art, die er ihr gestern noch vorgespielt hatte, war sie gerne reingefallen. Sein verletzliches Gesicht, die Tränen, seine hilflosen, kindlichen Gesten und die bittenden Worte hatten ein williges Herz getroffen. Anniken schämte sich, weil sie nach einem Strohhalm gegriffen hatte.

Sie schüttelte ihr Haar und schob mit gespieltem Selbstbewusstsein das Kinn energisch hoch. Sie hatte sich arglistig täuschen lassen und als einsamer Mensch Freude über Gesellschaft empfunden. Dafür brauchte sich niemand zu schämen. Wenn sie sich schon nicht selbst überzeugen konnte, musste sie wenigstens so tun als ob. Berthold legte seine Hand auf ihren Arm und drückte ihn leicht.

Die Zeit verrann, während Anniken und Berthold schweigend nebeneinander saßen und Peter dabei zusahen, wie er, gleich einem gehetzten Tiger im Käfig, auf und ab lief. Er war ununterbrochen in Bewegung, kratzte sich ständig, blickte sich manchmal hastig um, als hätte er einen Verfolger im Nacken sitzen. Anniken gewann immer mehr den Eindruck, dass er langsam den Verstand verlor. Sie sagte schließlich zu ihm:

„Du sitzt ganz schön tief in der Scheiße. Du brauchst Hilfe, Peter. Hör dir doch mal an, was Berthold dazu zu sagen hat. Um was für einen Mord geht es denn hier eigentlich?"

„Hört euch den Krüppel an. Ich brauche Hilfe? Wer hat denn hier eine Frau Jäger, die ihr den Arsch abwischt?"

Er ging drohend auf Anniken zu. Berthold sprang auf, doch Peter reagierte, unterstützt von seinem Rauschgift, blitzschnell und schlug mit seiner Waffe hemmungslos zu. Berthold brach augenblicklich zusammen.

Anniken schrie angstvoll auf und ließ sich, ohne zu zögern, aus ihrem Rollstuhl fallen. Sie beugte sich über Berthold und klopfte ihm verzweifelt auf die Wangen. Peter genoss die Situation hörbar und schüttelte sich hysterisch vor Lachen.

„Schätzchen, küss den Prinz doch einfach wach! Darauf reagiert er. Mit Märchen, da kennt er sich aus. Die hat er mir Abend für Abend ins Ohr geflüstert, und ich habe dran geglaubt!"

Er setzte sich auf eine Fensterbank und hielt wie ein Mensch im Besucherraum der Quarantänestation einer Lepraklinik einen großen Sicherheitsabstand von der gefühlsträchtigen Sachlage ein.

Peters irrsinniges Gelächter holte den Verletzten in die Realität zurück. Als Berthold die Augen wieder aufschlug, konnte er seinen Blick zuerst nicht fokussieren. Immer wieder verschwammen die Konturen, und die Fachwerkbalken über ihm positionierten sich immer wieder neu. Aber dann sortierte sich das Raster, und als das Bild wieder klar wurde, sah er die vor Angst geweiteten Augen von Anniken. „Anniken", jetzt hatte er zu diesem Gesicht einen Namen. Er lächelte und versuchte sich zu bewegen. Ein heftiger, stechender Schmerz bohrte sich durch seine linke Stirnhälfte. Er fühlte, wie ihm etwas über die Schläfe rann, und griff stöhnend an die schmerzende Stelle. Peter hatte ihm eine Platzwunde zugefügt.

Berthold und Anniken sahen sich, der Lage zum Trotz, voller Zuneigung und Freude an. Der Eindruck, den Menschen gefunden zu haben, den man ein Leben lang gesucht hatte, war überwältigend. Beide spürten diese Gewissheit und verstanden die Freude in den Augen des anderen. Sie versuchten gar nicht mehr, ihre Gefühle zu verstecken. Berthold richtete sich trotz der Kopfschmerzen auf und stützte Anniken, die Schwierigkeiten hatte, in dieser Haltung zu sitzen.

„Darf ich dir aufhelfen?", fragte Berthold.

Anniken nickte und legte die Arme um seinen Hals. Berthold umfasste sie und war erstaunt, wie leicht und zart sie sich in seinen Armen anfühlte. Er war sich darüber im Klaren, dass er diesen Augenblick gerne etwas länger rausgezögert hätte, und räusperte sich verlegen.

Er ließ sie vorsichtig auf die Sitzfläche ihres Rollstuhls gleiten und musste sich selbst wieder hinsetzen, da ihn ein Schwindel erfasste und lauter kleine Lichtblitze auf seine Netzhaut projizierte. Nachdem sich Annikens feines Aroma nach Orangen und Vanille seiner Nase entzog, richtete er seine ganze Aufmerksamkeit endlich wieder auf die Realität.

Es war mittlerweile wohl sehr spät, die Straßenlaternen brannten. Sie verteilten ihr einfallendes Licht in Streifen durch die Lamellen und ordneten sich in grafischen Mustern auf den Wänden und auf dem Boden.

Der Wind hatte sich gelegt, es donnerte und blitzte nicht mehr, nur das Rauschen des Regens bildete eine konstante Geräuschkulisse.

Peter warf Berthold sein nasses T-Shirt zu. „Hier, bevor du deiner Freundin den Fussboden versaust!"

Berthold reinigte sich notdürftig von dem Blut, das aus seiner Wunde rann, und drückte den Stoff auf die verletzte Stelle. Er sah auf seine Uhr. Es war kurz vor Mitternacht. Seit Stunden waren sie in Peters Gewalt. Vor morgen früh würde ihn niemand vermissen, und selbst dann konnte niemand ahnen, wo er sich aufhielt. Anniken war sehr blass und sah entsetzlich erschöpft aus. Wie lange würde sie diesen Stress noch durchhalten? Er musste Peter unter allen Umständen zum Aufgeben bewegen.

„Was du hier tust, wird dir eine Menge Ärger einbringen. Du hast eine Frau und einen Polizisten als Geisel genommen, du bedrohst uns mit einer Waffe, und warum? Um deinen Freund Ringo zu schützen, der eine Frau getötet hat, oder warst du der Mörder von Martina Gerstenberger?“

Anniken zuckte erschrocken zusammen. „Die Frau von gegenüber ist tot?“, hauchte sie fassungslos.

Berthold beobachtete nur Peters Reaktion.

Peter verließ die Fensterbank und kam auf die beiden zu. „Wer behauptet, dass Ringo Martina umgebracht hat?“

Von oben sah er auf sie herab. Aber seine Stimme klang neugierig.

„Du kennst Martina also?!“

„Halts Maul!“ Peter nickte Berthold auffordernd zu. „Erzähl, was die Bullen denken, und versuche erst gar nicht, mich zu belügen.“

Sein Revolverlauf zielte auf Bertholds Stirn.

„Mann, leg die Knarre weg. Peter! Noch kommst du da raus, wenn du sie nicht erschlagen hast.“

Statt einer Antwort klingelte Peters Telefon. Hastig sah er auf das Display und hielt sich den Hörer an das Ohr. „Mann, Alter, weißt du …“

Peters Wortschwall wurde offenbar unterbrochen. Mit offenem Mund lauschte er und versuchte, zu Wort zu kommen.

„Aber … Ich kann nicht kommen, ich ... ich hab ein Problem, ich ...“

Weiter kam Peter nicht. Die andere Seite der Leitung hatte wohl kein offenes Ohr für Peters Schwierigkeiten. Die Verbindung war unterbrochen.

„Ringo steckt wahrscheinlich selbst knietief in der Scheiße und denkt nicht daran, sich für Peters Probleme zu interessieren“, dachte Berthold.

Peter ließ sich auf die Liege fallen und betrachtete das Kommunikationsmittel so aufmerksam, als könnte ihm das Gerät Aufschluss über Lösungsmöglichkeiten für seine Probleme geben. Mit einem lauten Krachen flog die technische Errungenschaft des 21. Jahrhunderts gegen die Wand.

Berthold sah seine Chance. „Von dem kannst du nichts mehr erwarten, mach dir keine Illusionen. Komm auf die andere Seite, und du hast eine Chance!"

Peter sah Berthold durchdringend an.

„Was weißt du denn schon! Das ist ja wieder typisch. Na klar, wir sind immer die Lügner und Betrüger. Wir Knackis wissen nicht, was Freundschaft ist, ja? Aber du!"

„Wo ist er denn, dein Ringo, warum hilft er dir nicht, Peter?", provozierte Berthold.

„Du spielst dich hier auf und denkst, du hast den wahren Durchblick. Aber ich sage dir, du weißt nichts. Gar nichts! Das war nicht Ringo, sondern, ... ach, was geht es dich an, du Superbulle. Wer steht denn nun auf deiner Hitliste für Verdächtige? Bin ich der Erste oder Ringo?"

Bevor Berthold antworten konnte, sackte neben ihm Anniken zusammen und fiel zu Boden.

Die gnädige Umarmung der Ohnmacht hielt Anniken nur wenige Minuten von den aufreibenden Ereignissen fern. Als sie ihr Bewusstsein wiedererlangte, spürte sie, dass sie auf der Couch lag. Jemand hatte eine Decke über sie gelegt und ihre Beine hochgelagert.

„Berthold. Er wird die Narben an meinen Beinen gesehen haben." Ihr schossen die Tränen in die Augen, die sie immer noch geschlossen hielt. Sie konnte sie nicht öffnen, selbst wenn sie gewollt hätte. Und sie wollte nicht. Sie wollte nichts mehr sehen und nichts mehr hören. Sie wollte schlafen und irgendwann aus diesem Alptraum erwachen, um festzustellen, dass alles nur eine verspätete Nebenwirkung der Tabletten gewesen war. Hätte sie gestern nur gleich die richtige Dosis genommen, hätte sie sich das hier alles ersparen können.

Ihre Tränen bahnten sich einen Weg aus ihren Augenlidern und rannen über ihre Schläfen. Eine Hand strich ihr mit wohltuender Zärtlichkeit über die Haut. Ihr ganzer Körper war ein einziger Schmerz. Er füllte alle Extremitäten mit dumpfem, pochendem Druck aus, der sie verkrampfte und lähmte. Als sie versuchte, sich etwas bequemer zu lagern, merkte sie, dass sie nicht dazu imstande war. Sie konnte keinen Finger rühren. Alle Gliedmaßen versagten ihren Dienst. Nur die Tränendrüsen wurden nicht in ihrer Produktion gehemmt.

Jetzt stieg Panik in ihr hoch. Die ersten Tage und Wochen nach ihrem Unfall hatte sie mit ähnlichen Symptomen gekämpft. Nur steckten damals Schläuche und Nadeln in ihrem Körper, die ihr das Gefühl gaben, versorgt zu werden. Apparate, die zuverlässig in regelmäßigen Abständen Töne von sich gaben, Kurven aufzeichneten und Messungen kontrollierten und ihre Hoffnung nährten, dass all diese Maßnahmen dazu dienten, ihren Gesundheitszustand wieder zu verbessern.

Jetzt saß Berthold neben ihr, was ungemein tröstlich und schön war, aber konnte er ihr helfen, konnte er sich überhaupt selbst retten?

„Wie geht es dir, Anniken?" Bertholds tiefe Raucherstimme vibrierte direkt neben ihrem Ohr. Sie konnte ihm nicht antworten. Ihre Stimmbänder schlugen nicht an.

Sie spürte, wie das Lid ihres rechten Auges angehoben wurde, und sah Bertholds besorgtes Gesicht direkt über sich.

Er bewegte seine Hand hin und her, und sie folgte seiner Bewegung. Obwohl es dämmrig war und nur das flackernde Kerzenlicht das Zimmer erhellte, tat ihr das Licht weh. Sie war froh, als Berthold das Lid losließ.

Er fühlte ihren Puls und fragte: „Brauchst du etwas? Kann ich etwas für dich tun?"

Unaufhörlich rannen die Tränen in Sturzbächen an ihren Schläfen entlang, während sie weiterhin stumm blieb. Anniken fühlte, dass nicht nur ihr Haar klatschnass war, der ganze Körper war kalt und schweißgebadet.

„Wir müssen Hilfe holen. Peter! Weißt du, welche Krankheit Anniken hat? Braucht sie irgendetwas, Tabletten, Spritzen? Mann, mach den Mund auf!" Eindringlich, aber ruhig, sprach Berthold zu Peter.

Der musste sich in einiger Entfernung aufhalten, denn seine Stimme war sehr leise. „Ich habe keine Ahnung, was die Frau hat. Was geht mich das an?"

Peter klang eingeschüchtert.

„Was dich das angeht, das fragst du noch?" Ungläubig hob Berthold die Stimme.

„Wenn du nichts mit dem Tod von Martina Gerstenberger zu tun hast, dann beweise mir das und lass mich Hilfe für Anniken holen, bevor du dich jetzt an ihr schuldig machst!"

„Die hat nur nichts gegessen, das ist alles, Mann, mach hier nicht so rum", maulte Peter verunsichert. Entweder war er wirklich erschrocken über ihren Gesundheitszustand oder die Wirkung der Droge ließ langsam nach, und er kam wieder von seinem Höhenflug runter.

„Diese Frau ist krank, Peter. Sie sitzt nicht umsonst in einem Rollstuhl. Rufe einen Arzt an, Peter, bitte!"

„Ich lasse mich von dir nicht verarschen. Du willst mich nur hochgehen lassen. Erst kommt der Arzt und dann deine Bullenkollegen, und Peterle sitzt wieder einmal ein. Nee, mein Lieber, nicht mit mir. Mich kriegt keiner mehr in den Bau."

Anniken hörte, wie sich Peters Stimme überschlug.

„Mich nicht!"

Weinerlich und anklagend fuhr er fort: „Ich haue ab. Ich lasse mir von euch nichts anhängen."

„Niemand wird dir irgendwas anhängen. Ich helfe dir. Wenn du unschuldig bist, kann dir keiner was, erst recht nicht, wenn du jetzt ein Herz zeigst!"

„Hör doch auf! Wer glaubt uns denn schon, Berthold. Mach die Augen auf! Wer glaubt einem wie mir und Ringo?"

„Ich glaube dir, Peter, ich bin auch einer von euch, ein Heimzögling, so wie du und Ringo!"

„Mann, Berthold, glaub mir, ich habe niemanden umgebracht. Ich habe mit Ringo im Internet Weiber aufgerissen, das ist alles. Ich habe mich mit ihnen getroffen, und Ringo hat währenddessen ihre Bude ausgeräumt. Sonst nichts."

„Das kannst du mir alles später erzählen. Jetzt müssen wir uns um Anniken kümmern. Hol ein Glas Wasser!"

Peter brachte ihm das Wasser, hielt die Waffe aber immer noch auf Berthold gerichtet. Eifrig schilderte er seine Version des Geschehens, während Berthold vergeblich versuchte, Anniken zum Trinken zu bewegen. Er tauchte kurzerhand sein T-Shirt in das Glas und kühlte Annikens Stirn.

„Diese Gerstenberger hat uns gelinkt, Bertie!"

Unzählige umfangreiche Geschichten hatte Berthold schon von Verbrechern gehört, die einzig dem Beweis dienen sollten, dass er, der Täter, selber eigentlich keine

Schuld hatte, aber alle anderen für alles Geschehene verantwortlich zu machen waren – meist das Opfer selbst.

„Die hat uns ein Foto von diesem Haus hier geschickt und hat uns glauben lassen, es wäre ihres. Ich habe nicht gewusst, dass die Kuh genau gegenüber wohnt, sonst wäre ich doch nicht hier geblieben. Die dumme Nutte. Die stand voll auf Ringo, ich habe keine Ahnung, was die zwei miteinander hatten. Für die haben wir uns auch noch einen Porsche ausgeliehen. Weißt du, was allein das gekostet hat? Meinst du, das hätten wir aus der Schlampe je wieder rausgeholt? Scheiße, elende! Von mir wollte die aber nichts wissen, und da haben wir eben diesmal die Rollen getauscht. Ringo hat Martina zur Arbeit gefahren, und ich bin in der Nacht hierher gelaufen. War ja nicht schwer zu finden in dem Nest. Ich wollte mit dem Schlüssel, den ich aus Martinas Tasche geklaut habe, die Tür aufmachen. Ging natürlich nicht, die wohnt ja da drüben in dem abgewichsten Häuschen, die Lügnerin, die elende! Bis ich das verfickte Schloss aufhatte, Mann oh Mann!"

Peter stand am Fenster. Ein dünner Schweißfilm lag auf seiner Haut. Eine Patina aus geheuchelter Scham über dem mangelnden Gewissen eines notorischen Lügners.

„Und was ist dann? Dann sitzt da diese Anniken mit einer Knarre vor mir. Mann, bin ich erschrocken!"

Jetzt war Peter ein einziges Nervenbündel und jammerte weiter. „Bertie, glaub mir! Ich war so was von baff, als ich Anniken im Haus angetroffen habe. Ich wusste erst nicht, was ich machen sollte, und dann dachte ich mir, egal, die scheint auch Geld zu haben, dann hole ich mir eben hier, was es so gibt. Diese Martina hat mich doch reingelegt, ich konnte nichts dazu, Bertie!"

„Dann verhindere, dass Anniken etwas passiert, ruf an, Peter! Ich glaube dir!"

Anniken lag reglos in ihrem Körper gefangen da und lauschte diesem Dialog. Immerhin wusste sie jetzt, was Peter zu ihr geführt hatte, und empfand Teile seiner Version der Geschichte als glaubhaft.

„Jetzt kann die mir nicht mal mehr die Pin-Nummer sagen! Scheiße! Scheiße! Scheiße! Ich muss verschwinden! Ich hab Bewährung, und ich lasse mich nicht mehr einsperren. Bertie! Ich nicht!"

Anniken hörte, wie Peter durch den Raum eilte. Sie

hörte, wie er Schubladen aufriss, Schranktüren auf- und zuknallte, während Berthold schweigend ihre Hand hielt.

„Ich lasse aber nicht ihr Telefon hier, das musst du verstehen! Ich brauche nur einen Vorsprung, Berthold! Nur um der alten Zeiten willen, ich tue euch doch nichts! Ich würde dir doch nie etwas tun, Mann, Alter, wir sind doch Freunde!"

Nach diesen Worten schlug die Haustür mit einem lauten Knall ins Schloss, und eine wunderbare Stille breitete sich in ihrem Wohnzimmer aus. Nur der Regen rauschte im Hintergrund wie eine Meeresbrandung, schwoll an und ab, und Anniken hätte sich fast der Illusion hingegeben, dass sie in dem Ferienhaus ihrer Eltern auf Madeira lag und unbeschwerte Urlaubstage genoss. Wahrscheinlich waren nur wenige Minuten vergangen, die sie allein waren, aber für Anniken blieb für diesen kurzen Moment der Zweisamkeit die Zeit stehen. Auch Berthold bewegte sich nicht, sondern hielt weiterhin reglos ihre Hand, bis ihn ein Klopfen erschrocken zusammenzucken ließ. Jemand bat laut und vernehmlich um Einlass. Erstaunt fragte sie sich, was diese Menschen auf einmal anzog. Ihr Haus hatte sich in den letzten Jahren nicht gerade als Besuchermagnet entpuppt, nun aber drangen täglich Fremde in ihr Refugium ein.

Augenblicklich nahm sie das laute Ticken ihrer Wanduhr wieder wahr. Es steigerte mit jedem Schlag die Spannung, die sich wieder in ihr ausbreitete. Tick, tick, tick, wie bei einem Countdown ertönte das Ticken immer lauter, und jedes „Tick" berührte sie mit spitzen Fingern. Es kiekste und bohrte sich schmerzhaft in ihre Haut und stachelte ihre Angst an.

Jemand pochte hämmernd an die Fensterscheibe und an die Haustür. Dann schrillte die Klingel los.

„Aufmachen, Kriminalpolizei!"

Berthold flüsterte ihr zu: „Jetzt wird alles wieder gut, Anniken!"

„Öffnen Sie bitte sofort, oder ich breche die Türe auf!"

„Alles okay, Klüber, ich komme!"

Im Zimmer wurde es überraschend hell. Der Stromausfall war wohl behoben. Das Gewitter vorbei. Auch der Regen war nicht mehr zu hören. Aber als er die Tür für Klüber öffnete, spürte Berthold, wie ein frischer Windhauch in das Zimmer strömte und einen Wohlgeruch verbreitete, wie ihn nur ein reinigender Sommerregen mit sich brachte. Es duftete herb nach nasser Erde und würzigen Kräutern, vermischt mit dem lieblichen Aroma von Blumen. Er atmete mit geschlossenen Augen tief ein.

„Du bist verletzt!"

Berthold sah Klüber an, der ihn sichtlich erschüttert am Arm packte. Berthold schüttelte den Kopf.

„Bist du sicher, du bist leichenblass, Berthold?"

Er nickte.

„Ruf den Notarzt an und gib eine Fahndung raus!" Kurz informierte er den Kollegen über die wichtigsten Details. Klüber hielt sein Handy ans Ohr, meldete sich mit seinem Dienstrang und orderte Hilfe.

Berthold überließ ihm dankbar das Kommando und ging zur Couch. Er setzte sich wieder zu Anniken. Sie war erschreckend weiß und sah so zart und zerbrechlich aus, dass sich Bertholds Herz schmerzhaft zusammenzog.

„Gleich kommt Hilfe, Anniken." Er streichelte ihr sanft die Tränen weg. „Es ist vorbei, mach dir keine Sorgen mehr. Es wird alles gut. Du bist in Sicherheit."

Ihre Augenlider flatterten nur, aber Berthold spürte, dass sie ihn verstand.

Klüber stellte keine weiteren Fragen, und dafür war Berthold dankbar. Er wollte nur die Hilfe für Anniken sicherstellen, danach würde er sich wieder allen anderen Pflichten und Aufgaben widmen.

Nach wenigen Minuten trafen nacheinander der Notarzt, ein Krankenwagen und die örtliche Polizei ein. Klüber ließ erst nur die Sanitäter und die Notärztin ins Haus. Berthold gab der Ärztin Auskunft über die Umstände, die zu Annikens gesundheitlichem Zustand geführt haben mochten. Sie hörte ihm zu, nickte nur und untersuchte dabei ruhig und routiniert die Patientin. Zwei Sanitäter brachten eine Transportliege und lagerten Anniken vorsichtig um. Die Ärztin telefonierte und kündigte ihrem Gesprächspartner zwei Patienten an, gab nach einer Situationsbeschreibung einen kurzen Diagnosebericht durch und legte auf.

„Mir geht es gut", protestierte Berthold.

„Seien Sie sich da mal nicht so sicher, Sie sehen nicht gerade danach aus, Herr ..."

„Hortmann, Kriminalhauptkommissar Hortmann. Ich begleite die Patientin ins Krankenhaus."

„Wie auch immer, Herr Hortmann. Muss jeder selber wissen, aber überschätzen Sie sich mal nicht. Die Wunde an ihrem Kopf sollte versorgt werden. Sind Ihnen die persönlichen Daten der Frau bekannt?"

Berthold drehte sich suchend im Zimmer um. „Nein, außer ihrem Vornamen ..."

Er sah Annikens Kreditkarte auf dem Tisch, überflog sie kurz und reichte sie der Ärztin. „Die Patientin heißt Annika van Kampen."

Die Notärztin hob die Augenbrauen kurz an, als sie die weißen Spuren auf dem Tisch und an der Kreditkarte bemerkte. „Hat die Frau irgendwelche Drogen konsumiert?"

Berthold erwiderte nach kurzem Zögern wahrheitsgemäß: „Die letzten Stunden, also solange ich dabei war, nicht."

Sensationsgierige und Schaulustige trifft man immer an, wo Leid und Elend vermutet wird und in angenehmen Dosen visuell konsumiert werden kann. In Fällen hingegen, in denen persönlicher Einsatz, sprich Hilfe, verlangt sein könnte, zieht sich die Mehrheit lieber zurück.

Als Berthold hinter den Sanitätern aus dem Haus trat, bemerkte er die Menschen, die auf der Schlossgasse standen oder aus ihren Fenstern schauten und neugierig die Hälse reckten. Es war zwar mitten in der Nacht, aber die rotierenden Blaulichter hatten wohl die halbe Nachbarschaft geweckt und aus den Betten gelockt.

Die Sanitäter verfrachteten die Liege in ihr Einsatzfahrzeug, und Berthold stieg zu ihnen ein.

Bevor sich die großen Türen schlossen, rief ihm Klüber zu: „Ich komme nach!"

Berthold saß in einem langen, breiten Flur des Uniklinikums Gießen und betrachtete das fleckige Muster des glänzenden Linoleumbodens, das nur ungenügend eine Marmormaserung nachahmte. Er wartete darauf, dass sich die automatische Tür wieder öffnete, hinter der die Sanitäter mit Anniken verschwunden waren, und ihm endlich jemand Auskunft über ihren Zustand geben konnte. Die Notärztin hatte sich achselzuckend von ihm verabschiedet, als er sich weigerte, ebenfalls untersucht zu werden. Die Zeit floss träge dahin. Erstaunlich, wie viel hier mitten in der Nacht los war. Berthold wusste nicht, wie lange er nun schon hier auf seinem Stuhl saß. Er sah nicht auf, wenn sich jemand näherte, sondern betrachtete nur die Schuhe, die an ihm vorbeeilten. Sandalen in allen Variationen, mal mit Socken kombiniert, mal ohne. Braune Lederriemen, feste Klettverschlüsse oder Schnürsenkel hielten das Schuhwerk an den Füßen ihrer Besitzer. Schmale Frauenschuhe mit kleinem Absatz, dann wieder breite Treter mit dicker Sohle kamen mal von rechts, mal von links und liefen an ihm vorbei. Er sah die unterschiedlichsten Modelle, aber nicht die Menschen, die in diesen Schuhen steckten, und daher bemerkte er die neugierigen Blicke nicht, die man dem Mann mit nacktem Oberkörper zuwarf. Es hätte ihn auch nicht interessiert. Er hatte andere Sorgen.

Nur einmal sah er auf, als ein Paar weiße Sandalen direkt vor ihm stehen blieb. Er nahm dankbar ein sauberes weißes T-Shirt und eine Tasse Tee entgegen, die ihm eine mitfühlende Krankenschwester reichte. Das Shirt zog er sich über, denn ihm war kalt, obwohl er sich von Zeit zu Zeit den Schweiß von der Stirn wischen musste. Der Tee stand unberührt neben ihm auf einem weißen Plastikstuhl. Bertholds Nikotinspiegel schrie nach einer Rothändle, aber bevor er nicht wusste, wie es um Anniken stand, würde er seinen Platz nicht verlassen.

Wieder näherten sich Schritte, und jemand in leicht angeschmutzten weißen Turnschuhen blieb neben ihm stehen, nahm den Tee vom Stuhl, stellte ihn auf den Boden und setzte sich. Klüber.

Die Männer wechselten kein Wort. Berthold starrte weiter auf den Boden und hoffte, dass Klüber ihn auch weiterhin in Ruhe lassen würde. Er befürchtete, dass er bei einer körperlichen Berührung die Beherrschung verlieren könnte.

„Fassung! Reiß dich zusammen! Haltung bewahren, Berthold!“ Das waren die Befehle, die sich Berthold innerlich gab.

Endlich! Mit einem lauten „Klack“ setzte sich ein Motor in Gang, und die schweren Glastüren öffneten sich automatisch. Berthold sprang auf. Ein kurzer Schwindel erfasste ihn, als er einer Frau entgegenblickte, die mit einem weißem Kittel und weißer Hose bekleidet auf ihn zu kam. Das musste die behandelnde Ärztin sein.

„Sind Sie Angehörige der Patientin?", fragte sie und sah sich die beiden Männer an. Ihr Blick blieb etwas länger an Berthold hängen.

„Kriminalpolizei. Ich bin Kriminalhauptkommissar Hortmann, und das ist mein Kollege Klüber. Wie geht es Frau van Kampen?"

„Polizei? Sie wollen die Frau doch nicht etwa verhören? Das ist in ihrem Zustand aus ärztlicher Sicht nicht vertretbar!"

„Nein, Frau Doktor ... Als er den Blick auf das Namensschild der Ärztin warf, versuchte er erst gar nicht, den langen, ausländischen Namen auszusprechen, um die Frau nicht vor den Kopf zu stoßen, indem er ihren Namen verunglimpfte.

„Ich weiß, was passiert ist, ich war dabei und möchte nur wissen, ob es ihr gut geht."

Bittend sah Berthold die Ärztin an. Sie war gut zwei Köpfe kleiner als er, hatte dichtes, schwarz gelocktes Haar und große, dunkle Augen. Ihr Körperbau war sehr schlank und zartgliedrig, was sie auf den ersten Blick jünger erscheinen ließ, als sie wahrscheinlich war, denn die vielen kleinen Falten um Augen und Mund standen im Widerspruch zu der mädchenhaften Gestalt. Sie reichte den Polizisten die Hand zum Gruß und stellte sich vor.

„Athanatopoulos. Ich bin hier die Stationsärztin. Es geht der Patientin den Umständen entsprechend. Sie ist noch schwach, aber die Symptome klingen bereits ab. Kennen Sie einen Mann namens Berthold?"

„Das bin ich."

Die Ärztin zog tief die Luft ein und runzelte die Stirn. „Aha!"

Sie zog unter ihrem Arm ein Klemmbrett hervor und studierte die Patientenunterlagen, als ob dort verzeichnet wäre, wie sie Berthold einschätzen sollte. Dann sah sie auf und schenkte Berthold einen offenen Blick.

„Tja, die Patientin will Sie sehen, aber ich weiß nicht, ob ich das gutfinden soll."

„Ich verspreche Ihnen, ich werde nichts tun, was ihr schaden könnte."

„Kommen Sie bitte erst mal mit in mein Büro. Allein!"

Die Ärztin drehte sich um und durcheilte mit energischem Schritt den Flur. Ihre Gummisohlen quietschten in einem schnellen, rhythmischen Tempo auf dem auf Hochglanz polierten Bodenbelag. Berthold folgte ihr, während sich Klüber wieder auf dem Stuhl niederließ.

Die Stationsärztin führte Berthold in einen winzigen Arbeitsraum, der außer einem Tisch, einem Stuhl und einem vollgestopften Regal auch ein schmales Bett beherbergte und damit seiner Raumkapazität mehr als Genüge leistete. Auf einem Regalbrett stand ein großes, gerahmtes Foto, das eine typisch griechische Insellandschaft zeigte. Im Vordergrund der Aufnahme stand die Ärztin in Shorts und Shirt, umrahmt von einer Gruppe lachender Menschen. Sie sah auf dem Bild sehr fröhlich aus, während sie nun eher ein sorgenvolles und übermüdetes Gesicht zeigte. Sie ging zum Fenster, vor dem ein überfüllter Aschenbecher stand, hob ihn hoch und sah fragend zu Berthold. Als der den Kopf verneinend schüttelte, stellte sie den Aschenbecher auf das Fensterbrett hinaus und schloss das Fenster. Sie setzte sich mit einem tiefen Seufzer auf das Bett. Doktor Athanatopoulos deutete auf den Stuhl, und Berthold nahm Platz.

Die Ärztin eröffnete Berthold, dass Anniken ihr untersagt hatte, ihre Angehörigen zu informieren. Einzig Berthold gestattete sie das Besuchsrecht.

„Ich werde mich natürlich an diese Anweisungen halten und niemanden aus der Familie van Kampen kontaktieren. Wie dem auch sei, ich bin in erster Linie für das Wohlergehen der Patientin verantwortlich, bis sich morgen Professor Dr. Bruckner Frau van Kampens annimmt. Daher werden Sie nur in meiner Anwesenheit mit ihr sprechen, und ich bitte Sie, daran zu denken, dass Frau van Kampen einer starken seelischen Erschütterung ausgesetzt war. Ich denke, Sie sollten nichts ansprechen, was die Patientin an das gerade Erlebte erinnert. Ich habe ihr unter anderem ein anxiolytisches Benzodiazepin verabreicht, das die Symptome einer dissoziativen Störung zwar positiv beeinflussen kann, aber ..."

„Was bedeutet das auf Deutsch?"

„Sie werden verstehen, dass ich Ihnen keine genauen Angaben über Patienten machen darf."

Sie zögerte, um dann unwirsch den Kopf zu schütteln. „Aber in Anbetracht der Tatsache, dass Sie die Symptomatik der Patientin erlebt haben, erzähle ich Ihnen ja kein Geheimnis. Die Unfähigkeit, sich zu bewegen, obwohl der Patient nicht bewusstlos ist und Atmung, gezielte Augenbewegungen und der Muskeltonus eindeutig belegen, dass er auch nicht schläft, nennt man Stupor.

Es gibt verschiedene Ursachen, die eine dissoziative Störung auslösen können, als da wären schwere psychische, oder organische Störungen oder auch die Nebenwirkung von Medikamenten wie zum Beispiel Valporinsäure. Frau van Kampen konnte mir aber versichern, dass sie keinerlei Mittel mit antiepileptischer Wirkung eingenommen hat. Da wir ja nun wissen, dass Frau van Kampen eindeutig einer stark belastenden Situation ausgesetzt war, gehe ich davon aus, dass es sich hier um eine Belastungsreaktion handelt. Ich darf trotzdem kein Risiko eingehen und werde weitere Untersuchungen durchführen, um andere Ursachen auszuschließen. Jeder Mensch reagiert eben anders auf Stress, je nach eigenen Resilienzen. Eine Möglichkeit, auf extreme Ereignisse zu reagieren, ist, ‚starr vor Schreck' zu werden, das kennen wir ja auch aus der sprachlichen Verankerung. Das reicht dann von der Apathie bis hin zum Stupor."

Berthold unterbrach wieder die Erklärungen der Ärztin. „Anniken, ich meine Frau van Kampen, konnte auch nicht sprechen, gehört das auch dazu, ich meine, ich hatte Angst, dass sie vielleicht einen Schlaganfall erlitten hat."

„Die Unfähigkeit zu sprechen, also Mutismus, kann alleine als psychische Reaktion auftreten. Wir kennen alle Sätze wie: ‚Mir hat es die Sprache verschlagen' oder ‚mir fehlen die Worte'. Aber während eines Stupors gehört die Unfähigkeit, auf Kommunikationsversuche zu reagieren, dazu."

„Wie lange dauert so ein Zustand an?"

„Das kann ich Ihnen nicht genau beantworten, Herr Hortmann. Ein psychischer Schock kann Minuten bis Stunden andauern. In seltenen Fällen auch Tage. Frau van Kampens Gesundheit ist durch ihre Grunderkrankung belastet, sie hat nicht zum ersten Mal ein schweres physisches und damit auch ein psychisches Trauma erlebt und hat wahrscheinlich deshalb so ausgeprägt reagiert."

Berthold dachte an die langen Narben auf Annikens Beinen. Was hatte diese Frau schon mitmachen müssen?

„Umso wichtiger ist es", fuhr die Ärztin fort, „dass wir die Symptomatik im Griff haben, um sekundäre körperliche Komplikationen zu vermeiden, wie Thrombose, Pneumonie und Dekubitalulzera. Aber wie gesagt, es geht ihr ja auch schon besser. Sie spricht und bewegt sich wieder."

Unvermittelt fügte sie hinzu: „Sie müssen sehr verliebt sein."

Berthold sah die Ärztin erstaunt an. In ihren warmherzigen Augen blitzte der Schalk auf. Sie lächelte ihn an und deutete auf seine Hände. „Wenn man, wie Sie, solche Nikotinfinger hat und trotzdem auf die ersehnte Zigarette verzichtet, um schnell zu einem Menschen zu eilen, dann muss man ganz einfach verliebt sein, Herr Kommissar."

Berthold lächelte gequält.

„Ich glaube, Sie haben recht", dachte er, lobte aber anerkennend ihr kriminalistisches Gespür: „Aufmerksam beobachtet!"

„Okay, dann ist ja alles gesagt." Mit diesen Worten erhob sich Dr. Athanatopoulos.

„Ich bin Ihnen sehr dankbar für die Zeit, die Sie sich für mich genommen haben, Frau Doktor." Berthold stand ebenfalls auf.

„Ich möchte nur, dass Sie verstehen, wie wichtig es ist, dass der Patientin die nötige Ruhe zur Rekonvaleszenz eingeräumt wird. Wir wollen doch, dass sie wieder vollkommen gesund wird."

Die Kompetenz, die die Ärztin vermittelte, beeindruckte Berthold ebenso wie ihre menschliche Art. Sie nahm das Wohlergehen ihrer Patienten und Mitmenschen merklich ernst. Immerhin hatte sie auch ihm ihre sicherlich begrenzte Zeit geschenkt.

„So, und nun setzen Sie sich noch einmal hin, denn jetzt bekommen Sie ein schönes Pflaster von mir."

Als Berthold unwillig abwinkte, schüttelte sie den Kopf. „Denken Sie ruhig ab und zu mal an sich, Herr Kommissar. Auch kleine Wunden können eine verheerende Wirkung haben."

Seufzend gehorchte Berthold und schloss die Augen. Mit geübten Griffen säuberte die Ärztin seine Wunde. Es brannte höllisch, und Berthold zuckte leicht zurück.

„Tut mir leid, aber das muss sein", entschuldigte sich die Frau.

Als sie sprach, verströmte sie einen Hauch von Knoblauch und Pfefferminze. Berthold empfand es als ungeheuer tröstlich, so umsichtig behandelt zu werden. Bei ihren Bewegungen erzeugte ihr gestärkter Kittel leise Geräusche. Am liebsten hätte er seinen Kopf nach vorne gelehnt und sich nur für einen Augenblick an der Brust dieser Frau ausgeruht. Aber nach wenigen Minuten war alles erledigt.

„So, das war es. Ich habe die Wunde mit einem Klammerpflaster versorgt, das gibt wahrscheinlich nicht mal eine Narbe. Haben Sie ausreichenden Impfschutz?"

„Letzten Monat habe ich alles bekommen, was man so braucht."

„Gut, dann kommen Sie jetzt bitte mit."

Berthold bedankte sich noch einmal, doch Dr. Athanatopoulos winkte lächelnd ab. Sie führte ihn in ein Zimmer, das nur gedämpft beleuchtet war und so gar nicht wie die Krankenzimmer aussah, die Berthold von anderen Krankenhausstationen kannte. Er schenkte der Innenausstattung des Zimmers keinen weiteren Blick, sondern hatte nur Augen für Anniken. Er freute sich zu sehen, dass sie die Augen öffnete, als er an ihr Bett trat. Sie hob ein wenig die Hand und lächelte ihn an. Er fühlte, wie seine eigene Stärke zurückkehrte, und sah sie zuversichtlich an.

„He, du siehst ja wieder richtig gut aus." Berthold wollte nach ihrer Hand greifen, unterließ es aber, als er die Kanüle auf dem Handrücken sah, die ein dünner Schlauch mit einer Infusionsflasche verband. Außerdem fühlte er sich hilflos. Die Ärztin in seinem Rücken machte ihn befangen, und er war unsicher, wie er sich am besten verhalten sollte.

Es drängte ihn, sich zu Anniken zu setzen und sie in den Arm zu nehmen, aber er rührte sich nicht.

Sie sah ihn mit ihren großen, blauen Augen forschend an. „Hallo, Berthold", flüsterte sie mit rauer Stimme und zu Frau Dr. Athanatopoulos gewandt: „Lassen Sie uns bitte allein!"

Die Ärztin räusperte sich und wollte offenbar protestieren, hielt sich aber dann doch zurück und verließ den Raum.

Berthold zog sich einen Besucherstuhl ans Bett und setzte sich zu Anniken.

„Anniken van Kampen. Ich weiß jetzt, wie du heißt."

„Berthold. Ich weiß nur, dass du Berthold heißt,"

„Darf ich mich vorstellen: Berthold Hortmann. Kriminalhauptkommissar Berthold Hortmann". Er lächelte und nahm nun doch spontan ihre Hand, um sie galant zu küssen.

„Entschuldige!" Erschrocken über seine unbedachte Reaktion legte Berthold rasch ihre Hand zurück auf die Bettdecke und strich mit den Händen fahrig über seine Oberschenkel.

Anniken fragte leise: „Bist du verheiratet?"

Berthold spürte die Anstrengung in ihrer Stimme.

„Nein." Berthold antwortete knapp und vollendete nur in Gedanken den Satz: „Ich würde nichts lieber tun, als dich zu küssen, aber es wäre nicht richtig, die Situation schamlos auszunutzen."

Sie schloss die Augen, und ihre Mundwinkel zuckten leicht. „Ich verstehe ..."

„Nein, ich glaube nicht, dass du ..., es ist ..." Berthold suchte nach den richtigen Worten. Er durfte dieses zarte Wesen jetzt nicht auch noch unter Druck setzen, indem er seine Gefühle preisgab. Aber er hoffte, dass Anniken intuitiv erfasste, was ihn davon abhielt, seiner Zuneigung Ausdruck zu verleihen.

Seine Augen spiegelten seinen inneren Monolog wider, aber Anniken hielt ihre Augen immer noch geschlossen und konnte die Liebeserklärung in ihnen nicht sehen.

„Es gibt niemandem in meinem Leben, und es gab auch nie jemanden, dem ich solche Gefühle entgegengebracht habe wie dir. Ich habe dich zum ersten Mal gesehen, als ich in Martina Gerstenbergers Haus war. Du hast gerade die Blumen gegossen, und ich habe mich bereits in diesem Moment in dich verliebt. Aber ich darf und will dich in diesem Zustand nicht bedrängen."

Laut äußerte er: „Du hast Schreckliches erlebt und musst gesund werden. Wie soll ich das sagen ..., ich weiß, dass Menschen in einer gemeinsam erlebten Notsituation manchmal Gefühle entwickeln, die sie normalerweise der Person gegenüber nicht aufbrächten, wären sie nicht in Angst und Schrecken versetzt worden. Solche Gefühle sind sowas wie Überlebenstaktik. Aber sie sind nicht von Dauer und ... ich bin ..."

Er kam wieder ins Stottern. „Anniken, was ich sagen will ist, erhole dich, schlaf dich aus, und wenn es dir wieder gut geht, dann ... ruf mich an."

In Gedanken fügte er hinzu: „Wenn du dir sicher bist, dass du *mich* und nicht einen vermeintlichen Retter sehen willst."

Anniken öffnete ihre Augen wieder. Schweigend sahen sie sich prüfend an, um in den Augen des anderen jede noch so versteckte Gefühlsregung zu erkennen. Sie suchten verlangend und ängstlich zugleich nach einem Zeichen, das auf die Erfüllung ihrer Wünsche hoffen ließ oder die niederschmetternde Zerstörung ihrer Hoffnung signalisierte. Rastlos wanderten ihre Pupillen hin und her und suchten Antworten auf unausgesprochene Fragen.

Es klopfte an der Tür und Dr. Athanatopoulos steckte den Kopf herein.

„Bitte, Herr Kommissar, die Patientin muss ruhen."

Berthold stand auf und drückte leicht Annikens Hand.

„Danke! Danke für alles", flüsterte sie kaum hörbar.

Berthold drehte sich noch einmal zu ihr um und fragte: „Wann ist Peter bei dir eingebrochen, um wieviel Uhr war das?"

„Das war in der Nacht von Mittwoch auf Donnerstag, so um vier Uhr morgens, ich weiß nicht mehr so genau, es war noch dunkel. War er es?"

„Ich weiß es nicht, aber ich werde es rausfinden."

Freitagmorgen

Als Berthold durch die Türen der Notaufnahme ins Freie trat, wartete Klüber auf ihn und hielt ihm eine Packung Rothändle entgegen.

„Mann, Klüber, du bist ... ohne Worte. Danke!“

Es war bereits früher Morgen, die ersten Sonnenstrahlen tauchten die Grünanlage vor dem alten Gebäude der Klinik in zarte Farbtöne. In den hohen Bäumen mussten sich Hunderte Vögel zu ihrem Konzert verabredet haben, denn die ganze Atmosphäre war erfüllt von ihrem fröhlichen Gesang. Überall zwitscherte und tirilierte es. Die kleinen Sänger waren zwar nicht zu sehen, aber sie pfiffen, trällerten, rollten die Töne in freudigem Erwachen und begrüßten den neuen Sommertag voller Zuversicht, als hätte es nie ein Gestern gegeben. Die Welt drehte sich weiter, und nichts hielt sie auf, kein Mord und kein Tod. Nicht eine Sekunde ließ sie sich von einem noch so schrecklichen Ereignis beherrschen. Diese Gewissheit gab Berthold ein ermutigendes Gefühl.

Er lauschte den Vögeln und inhalierte den Rauch mit einer Gier wie ein Ertrinkender, der aus den Fluten auftaucht und besessen nach Luft schnappt.

„Und ich meine nicht nur die Kippen.“

Klüber neigte wortlos den Kopf auf die linke Seite und deutete so die Richtung an, in der ihr Dienstfahrzeug stand. Sie fuhren schweigend nach Friedberg. Klüber hielt vor Bertholds Wohnung. Berthold stieg aus, und nach einem kurzen Zögern beugte er sich in das Fahrzeug und fragte: „Kommst du mit hoch? Ich muss mit jemandem sprechen.“

„Ich dachte schon, du fragst nie. Warte, ich suche mir nur einen besseren Parkplatz.“

„Dann kannst du auch gleich Brötchen mitbringen.“

„Und die Rundschau, ich weiß.“

Die beiden Polizisten saßen in Bertholds Küche. Zwischen ihnen lag Murr auf dem Tisch. Inmitten des Stilllebens aus benutzten Kaffeetassen, Tellern und Gläsern saß er mit eingerollten Vorderpfoten und geschlossenen Augen, den Kopf andächtig vor einem Schüsselchen mit Sahneresten gesenkt. Er lauschte augenscheinlich konzentriert dem tiefen Bass seines Mitbewohners und unterstrich dessen Ausführungen ab und an mit einem Schnurren in einer ähnlichen Tonlage.

Berthold berichtete seinem Partner von den Vorkommnissen der letzten Nacht. Von seinen Nachforschungen in der türkischen Gaststätte, von seinem spontanen Entschluss, den Hinweisen nachzugehen, von Anniken und Peter und wie es dazu kam, dass Peter entkommen konnte.

Nach einem heftigen inneren Ringen gab Berthold plötzlich einem Impuls nach und begann über seine Vergangenheit zu sprechen. Am Anfang kamen die Worte nur stockend und langsam über seine Lippen. Er hielt den Blick entweder gesenkt oder die Augen fest geschlossen. Zum einen konnte er sich so besser auf das konzentrieren, was es von dem Leben in Maibuchen zu erzählen gab, zum anderen war er immer noch nicht bereit, sich einer Zeit voll und ganz zu stellen, die er nun als seine Zeit in Reihen schilderte. Weiß gestrichene Metallbetten, die in einem großen, kahlen Saal in Reihen aufgestellt waren, kalte und nackte Duschen, die dicht nebeneinander in Reihen angebracht waren, vor denen die Kindern, ebenfalls in Reihen geordnet, darauf warten mussten, bis sie sich waschen durften. Berthold erzählte, wie sie in Reih und Glied standen und ihre Essensrationen empfingen oder vor ihren Klassenzimmern Aufstellung nahmen, um in den Schulstunden von herrschsüchtigen Lehrern ihren natürlichen kindlichen Wissensdurst ausgetrieben zu bekommen.

Seine Stimme zitterte, als er von den Schlägen und den Misshandlungen sprach, die sie von den Erziehern, aber auch von den anderen Zöglingen einstecken mussten. Wie sie in einem hoffnungslosen, ewig gleichen Ablauf ihre Zeit verbrachten und wie sich die Tage streng reglementiert aneinanderreihten.

Berthold steckte sich eine Zigarette an der anderen an, erzählte und ließ Klüber an vielen Bildern seiner Kindheit teilhaben.

Aber er ließ Kraushaar aus und erwähnte die angst- und qualvollen Nächte nicht, auch nicht das bange Warten auf das unbarmherzige Ungeheuer und die wiederkehrenden schrecklichen Zweifel, ob ihm seine eigene Fantasie den Verstand raubte. Zu diesem Geständnis war Berthold immer noch nicht fähig.

Nach so vielen Jahren zum ersten Mal alle anderen Erlebnisse in Worte zu fassen, kostete bereits viel Kraft. Er sprach auch nur knapp die Geschichten und Fantasien an, die ihm geholfen hatten, die Zeit der Erniedrigungen zu überstehen, bis er von Maibuchen in ein anderes Heim verlegt wurde.

Dort war er Georg Hortmann begegnet, dem Heimleiter von Heimstetten, der unerwartet in sein Leben trat, ihm ebenso unverhofft eine ungewohnt unbeschwerte Gegenwart schenkte und darüber hinaus auch eine Zukunft. Georg Hortmann hatte ihm keine überschwängliche und zärtliche Zuneigung geschenkt, aber Zuverlässigkeit und Halt geboten. Er arbeitete mit dem Jungen von damals die schulischen Defizite auf und befähigte ihn zu einer Ausbildung, die in Maibuchen nie möglich gewesen wäre.

Die meisten Heimkinder hatten damals Sonderschulen besucht, und die wenigsten wurden so weit unterstützt, dass sie einen Volksschulabschluss erreichen konnten. Die beruflichen Aussichten waren dementsprechend schlecht. Umso dankbarer war Berthold damals, dass er endlich in einem Umfeld lebte, das ihm das Lernen überhaupt erst möglich machte. Wie wissbegierig war er gewesen und wie dankbar hatte er alles, was man ihm an geistiger Nahrung anbot, wie ein Schwamm aufgesogen, um neue Fragen zu stellen und unersättlich nach neuen Antworten zu suchen.

Klüber hörte ihm zu, unterbrach ihn nicht, sondern nickte nur von Zeit zu Zeit oder schüttelte betroffen den Kopf.

Wie musste seine Geschichte auf den Kollegen wirken, der, wie Berthold wusste, in einer intakten Großfamilie aufgewachsen war. Behütet von einer Mutter, die ihn vom ersten Tropfen seiner Nahrungsaufnahme an liebevoll begleitete, ihm voller Freude zusah, als er seine ersten Schritte machte, und die sein erstes Wort mit Datum und Uhrzeit in ihr Tagebuch eintrug. Eine Mutter, die den ersten Zahn ihres Kindes aufbewahrte, Nächte an seinem Bett Wache hielt, wenn er krank war, und ihn auf allen wichtigen Wegen in seinem Leben stützend begleitete.

So wie Klüber ihn ansah, spürte Berthold, dass seine Worte den Kollegen bewegten. Aber er spürte auch, dass er selber nicht das fühlte, was er sich insgeheim von seinem Vertrauensbeweis erhofft hatte, nämlich Erleichterung. Wurde einem nicht immer genau das versprochen? „Sprich es aus, und du wirst dich besser fühlen, du wirst froh sein, wenn es heraus ist.“ Mit diesen Worten hatte er schon so manchem Delinquenten ein Geständnis entlockt. Aber von ihm selbst fiel keine Last ab. Ob es daran lag, dass er nicht alles erzählte? Nicht komplett reinen Tisch machte? Ist nicht alles zu sagen schon eine Lüge? Lud er erneut Schuld auf sich?

Schuld! Er trug so schwer an dieser verdammten Schuldfrage! Als Kind hatte er sich schuldig gefühlt, schuldig, weil er beschmutzt wurde, schuldig, weil er Peter zurückgelassen hatte. War er schuldig, weil es ihm besser ergangen war? Trug er damit an Peters Werdegang eine Mitschuld? Seine Ratio gab ihm eine klare Antwort, aber sein Gefühl beharrte auf einer anderen Einschätzung.

Er hatte sich als Kind verantwortlich gezeigt, aber es war nicht genug gewesen, Peter Geschichten zu erzählen und ihn nachts zu trösten, wenn er weinte. Es war nicht genug gewesen, ihm ein paar Briefe nach seinem Umzug zu schreiben. Er hätte Georg Hortmann alles erzählen müssen, was in Maibuchen passierte, und hätte damit vielleicht Peter helfen können. Stattdessen hatte er sich erneut in sein Schicksal gefügt und gut darin eingerichtet. Und er hatte in seinem Glück eine Pflicht erkannt, die er auszufüllen hatte. Seine Verbundenheit mit Georg Hortmann zeigte er durch seine Anstrengungen, überall Bestleistungen zu erzielen. Nicht der eingefleischte Ehrgeiz eines Strebers, sondern die Dankbarkeit eines zutiefst gedemütigten Kindes feuerte ihn an.

Im Grunde tat er bis heute nichts anderes als täglich seine beruflichen und persönlichen Pflichten zu erfüllen. Diese Haltung stand bei Berthold immer im Vordergrund und stellte eine unabdingbare Tugend dar, die er nicht wie einen alten Mantel ablegen konnte. Sie war es, die ihn trieb und aufrecht hielt und gleichzeitig quälte.

„Kannst du verstehen, warum ich entgegen jeder Vernunft sofort zu diesem Haus musste?“

„Berthold, Mann, ich ... mir fehlen die Worte.“ Klüber räusperte sich.

Berthold dachte: „Das habe ich heute schon mal gehört“ und sah Annikens Bild vor sich.

„Es wäre zu viel gesagt, wenn ich behaupten würde, alles zu verstehen. Das ist ... das ist so viel ... das ist so unglaublich viel Schreckliches auf einmal. Ich bewundere dich, Berthold. Wie du damit klargekommen bist, das ist ... ä ..." Wieder blieben ihm die Worte im Halse stecken.

„Ich dachte immer, ich komme damit klar, aber jetzt weiß ich, dass ich da noch nicht ganz durch bin, sonst hätte ich als Polizist überlegter handeln müssen."

„Berthold, wir machen alle Fehler, selbst in Situationen, die nicht so emotional beladen sind. Nur, wie willst du in Zukunft damit umgehen? Wenn Jensen von der Geschichte erfährt, dann zieht er dich von dem Fall garantiert ab. Du bist eindeutig befangen. Ich glaube, es wäre eh besser, wenn du dich erst einmal erholst."

„Klüber, ich kenne Peter und Ringo, okay! Aber ich muss den Fall aufklären. Schon allein, um Peter vor irgendeinem unberechtigten Verdacht zu schützen."

„Da siehst du es doch. Du willst ihn schützen, nachträglich eine vermeintliche Schuld abtragen, die du nicht hast. Genau das macht dich befangen! *Du* willst nicht glauben, dass *dein* Peter Martina Gerstenberger umgebracht hat, aber du kannst dir da nicht sicher sein, oder? Der war zugedröhnt, gewaltbereit und bewaffnet, und die Zeit hatte er auch. Wir wissen nicht einmal, wo er sich zur Tatzeit aufgehalten hat."

Berthold fuhr sich mit der Hand durchs Haar und steckte sich an der Glut der letzten Kippe eine neue an. Der übervolle Aschenbecher zeugte von einem starken Willen, den versäumten Tabakkonsum, koste es, was es wolle, in kürzester Zeit nachzuholen.

„Klüber, du kennst mich. Ich war und bin nicht voreingenommen, auch jetzt nicht. Ich muss diesen Fall lösen, für die Tote, für Peter, für Anniken und für mich selbst. Und falls es Peter war, dann werde ich es herausfinden."

„Da hast du dir ja verdammt viel vorgenommen. Ob du willst oder nicht, der Abend gestern wird untersucht, und du musst aussagen, du und diese van Kampen. Du kannst nicht verhindern, dass Jensen über die Zusammenhänge informiert wird."

„Ja, ich weiß. Spätestens, wenn wir die Jungs haben, packen sie mit Vergnügen meine Vergangenheit aus. Besonders Ringo war schon zu Jugendzeiten ein schwerer

Brocken. Aber solange mich niemand offiziell von dem Fall abzieht, mache ich weiter."

Eindringlich sah Berthold seinen Partner an.

„Ich muss mir einfach sicher sein, dass alles getan wird, um den Fall aufzuklären."

Eingeschnappt entgegnete ihm Klüber:

„Berthold, du bist nicht der einzige, der daran interessiert ist, dass der Fall gelöst wird."

„Tut mir leid, ich weiß, du bist ein guter Mann." Berthold lächelte ihm zu. „Trotz deines zarten Alters kann man sich auf dich verlassen."

„Da muss erst so was passieren, damit dir klar wird, wen du an deiner Seite hast."

Klüber wich einem Brötchen aus, das Berthold nach ihm warf, und fuhr fort:

„Okay, Jensen wird auf jeden Fall über die Ereignisse der letzten Nacht informiert und alle anderen, wie Staatsanwalt und so weiter, auch. Bis jetzt wissen alle nur, dass du eine Zeugenbefragung durchgeführt hast, die ein übles Ausmaß angenommen und leider ihr Ende in einer Flucht von Peter gefunden hat. Okay, du hattest dummerweise keine Waffe dabei, bist entgegen den Regeln im Alleingang zu einer Befragung gegangen, aber dein Instinkt hat dich geleitet und hat dir im Prinzip ja auch recht gegeben. Es war Gefahr im Verzug bla, bla, bla. Dafür wird dir niemand den Kopf abreißen, im Gegenteil, du hast der Frau möglicherweise sogar das Leben gerettet, sie vor einem durchgeknallten Einbrecher geschützt, wenn nicht gar vor einem Mörder. Zumindest hast du sie vor weiterem Schaden bewahrt. Davon abgesehen ist sie nicht vernehmungsfähig, und niemand erfährt erst einmal von deiner Beziehung zu Peter und diesem Ringo. Heute ist Freitag, und Jensen hat noch Urlaub und braucht hundert Pro noch sein Wochenende, um sich von ebendiesem zu erholen. Der mischt sich nicht groß ein, außer er kriegt Druck von oben. Bis Montag haben wir auf alle Fälle Zeit, um uns um Ringo und Peter zu kümmern und ein bisschen mehr über Martinas Kollegen und Freunde rauszufinden."

„Danke, Klüber, das vergesse ich dir nicht. Aber sag mal, wieso bist du da eigentlich aufgetaucht?"

Klüber riss seinen Mund weit auf, gähnte herzhaft und streckte Arme und Beine weit von sich. Murr hob erschreckt seinen Kopf und beklagte die Störung mit einem langgezogenen „Mauuu".

Klüber strich ihm behutsam über den Kopf und verkündete: „Ich war erst mit Willy und Karina im Feld Gassi gehen, und dann sollte ich ihren Wasserhahn reparieren. Da bin ich lieber noch mal in den Dönerladen gegangen. Willyes Frauchen kann außer ununterbrochen zu reden nicht mal kochen, und auf Willyes Fleischragout in Basilikum hatte ich keinen Bock."

Berthold lachte zum ersten Mal wieder.

„Klingt alles nicht nach aussichtsreicher Romanze. Und ich habe schon befürchtet, dass du jetzt immer mit blau lackierten Fingernägeln, garniert mit kleinen Glitzersteinchen, rumläufst."

Sein Kollege überging die Bemerkung lieber unkommentiert. „Der Wirt hat mir erzählt, was du von deinen neuen Kneipenbekanntschaften erfahren hast, da konnte ich mir denken, wo du bist. Dein Telefon war ausgeschaltet, also dachte ich mir, sehe ich mal lieber nach dem Rechten. Kriminalistische Intuition sozusagen."

„Ach, Scheiße, mein Telefon, das liegt noch bei Anniken, und den Chip hat Peter in seiner Hosentasche."

Klüber griff in seine Brusttasche und warf seinem Partner das fragliche Handy zu.

„Ich habe einen Chip von mir eingelegt. Die Pin ist mein Geburtstag. Jetzt wirst du dich in Zukunft daran erinnern, hoffe ich. Weißt du was, Berthold, ich schlafe gleich im Sitzen ein, lass uns das alles später in Angriff nehmen. Ich kann keinen klaren Gedanken mehr fassen."

Nach einem Rundumblick über die verlotterte Küche und das Chaos auf dem Tisch meinte er: „Ich finde, du hast es so gemütlich hier, ich kann mir im Moment nichts Schöneres vorstellen, als diese Nacht hier mit dir zu verbringen. Was hältst du davon?"

„Die Nacht, Klüber? Guck mal zum Fenster raus!"

Die Scheibe hatte sich von einem dunklen Spiegel wieder in ein Fenster verwandelt, das den Ausblick auf einen strahlend blauen Himmel über den Dachspitzen Friedbergs freigab.

„Umso besser, ich hab's nicht gern im Dunkeln, mein Liebster." Und etwas ernster fügte der junge Polizist hinzu: „Lass uns ein paar Stündchen schlafen. Ich rufe nur schnell bei meiner Mutter an, die macht sich bestimmt schon Sorgen."

Berthold umfasste die Schulter seines Partners und drückte ihn bewegt. „Du Glücklicher!"

Freitagnachmittag

Unter dem Dach der Polizeidirektion standen im Besprechungsraum die Fenster weit offen und ließen frische Luft ein. Nach dem Gewitter war es zwar wieder warm und sonnig, aber die Atmosphäre hatte sich gereinigt, und es war nicht mehr so schwül.

Die Stimmungslage der Kollegen war hingegen geladen. Es war kurz vor dem Wochenende, das Wetter ideal und wer nur Bereitschaft hatte oder gar dienstfrei, hatte seine Zeit schon anders verplant. Besonders Vollmer verzog mürrisch sein Gesicht, während Berthold und Klüber abwechselnd in groben Zügen berichteten, was sich am Vorabend und in der Nacht ereignet hatte.

Klüber teilte ihnen mit, was sie in der Datei über Peter Dengler und Rigobert Dahlem in Erfahrung gebracht hatten: „In den Vorstrafenregistern stehen bei beiden unter anderem Konsum illegaler Drogen, Diebstahl, Zuhälterei und räuberische Erpressung. Rigobert bringt noch schwere Körperverletzung und sexuelle Nötigung mit ein. Beide haben ihre ersten Hafterfahrungen in der Jugendstrafvollzugsanstalt Höchst gemacht und dann langjährige Haftstrafen in Preungesheim und Butzbach abgesessen. Rigobert hat noch Auslandserfahrung in Holland gesammelt und in Arnheim wegen Kokainhandel zwei Jahre gesessen."

Das Gemurmel unter den Anwesenden zollte den Lebensläufen der Männer fragwürdige Achtung.

Anschließend erklärte Berthold den Kollegen, was er von ihnen erwartete. „Solange wir noch keine weiteren Verdächtigen haben, müssen wir so viel wie möglich über das Leben des Opfers in Erfahrung bringen und hoffen, dass an irgendeiner Stelle die Alarmsirenen losheulen."

Vollmer unterbrach ihn mit einer Handbewegung und wischte sich missmutig den Schweiß von der Stirn. „Was soll das hier eigentlich? Ich meine, du hast doch diesen Peter Trallala."

Klüber berichtigte: „Peter Dengler."

„Mir egal." Vollmer bearbeitete mit offenem Mund knatschend und schmatzend einen Kaugummi. „Beide Männer wurden zuletzt mit dem Opfer gesehen. Dieser Peter stand unter Drogen, war bewaffnet, bricht in ein

Haus ein und bedroht die Frau und dich, zieht dir eins über die Rübe und so weiter. Was soll das hier eigentlich? Ich meine, was willst du noch? Es ist doch klar, wen wir hier vor uns haben. Das Strafregister der beiden sagt doch alles. Auf welche Alarmsirenen willst du denn noch warten? Wenn es der eine nicht war, dann der andere, beide sind zur Fahndung ausgeschrieben. Da hast du unsere Täter eh über kurz oder lang."

Ein dickes, wulstiges Etwas schob sich zwischen Vollmers Lippen hindurch. Er blies es zu einer grauen Blase auf und ließ sie laut platzen.

Berthold fuhr sich mit der Hand müde über das Gesicht. „Im Moment liegt Rigobert Dahlem in Frankfurt in der Berufsgenossenschaftlichen Unfallklinik und ist laut Stationsarzt wegen schwerer Kopfverletzungen bis auf Weiteres nicht vernehmungsfähig. Nach der Herausgabe unserer Fahndung kam umgehend über POLAS eine Benachrichtigung von der Autobahnpolizei Langenselbold über einen Unfall. Habt ihr wahrscheinlich selber schon gesehen. Die Kollegen haben sich gleich mit uns in Verbindung gesetzt. Besagter Dahlem ist mit seinem gemieteten Porsche eine halbe Stunde nach der wahrscheinlichen Tatzeit in Höhe Altenstadt wegen überhöhter Geschwindigkeit von der Fahrbahn abgekommen, hat sich überschlagen und wurde schwer verletzt per Hubschrauber in die BGU eingeliefert. Klüber hat bei den Kollegen in Frankfurt angerufen, die werden sich von Dahlems Gesundheitszustand ein Bild machen. Sie sollen prüfen, inwieweit Fluchtgefahr vorliegen könnte. Das Fahrzeug ist sichergestellt und wird jetzt vom LKA im Hinblick auf unseren Fall untersucht.

Der Unfall hat sich also auf der A45 auf der Höhe von Altenstadt um kurz nach elf ereignet. Zeitlich gesehen käme Rigobert Dahlem als Täter in Frage, aber nur weil die beiden ein langes Strafregister haben und am fraglichen Abend mit der Frau zusammenwaren, müssen sie nicht zwangsläufig etwas mit dem Tod von Frau Gerstenberger zu tun haben, oder? Mag durchaus sein, wir wissen es aber nicht hundertprozentig. Die Geschichte von Peter Dengler kann genauso gut wahr sein, und die zwei wollten nur Frau Gerstenberger ausnehmen und dann wieder verschwinden. Dass Peter im falschen Haus bei Frau van

Kampen gelandet ist, war purer Zufall, und die drohende Verhaftung hat ihn emotional aus dem Gleichgewicht geworfen. Der war zugesnifft bis zur Halskrause. Aber am Abend zuvor muss er einen guten Eindruck auf Frau van Kampen gemacht haben, das heißt, er war weder nervös noch sonstwie auffällig."

Berthold merkte, wie konstruiert seine Erläuterungen auf die Kollegen wirken mussten. Da er nicht die komplette Wahrheit preisgab, war es um so schwieriger, glaubwürdig zu sein. Spätestens jetzt müsste er seine persönliche Verbindung zu den Tatverdächtigen preisgeben, aber er fuhr weiter fort:

„Ich bin dagegen, dass wir uns nur auf eine Schiene festlegen. Meine Erfahrung sagt mir, dass auf einen Ermittler die bösesten Überraschungen warten, wenn man übereilte Schlüsse zieht. Lasst uns offen sein und gerade jetzt am Anfang alle unsere Chancen nutzten."

Er durfte sich nicht als Oberlehrer aufspielen, aber Vollmers Haltung provozierte ihn. Berthold fragte sich, wie Vollmer ihn in Zukunft einschätzen und behandeln würde, wenn er von seiner Vergangenheit als Heimkind erfuhr. Wenn es nach ihm ginge, würde er mit allen Mitteln verhindern, dass diese Einzelheiten bekannt würden. Aber sein Einfluss darauf war leider begrenzt. Vielleicht war das hier endlich der ausschlaggebende Punkt, um das seit Ewigkeiten geplante Sabbatjahr einzulegen und auf Abstand zu gehen.

Berthold verschob den verlockenden Gedanken an ein Leben, in dem keine Dämonen beschworen und keine Schmerzen betäubt werden mussten.

Bevor jemand weitere Fragen stellen konnte, deutete Berthold auf Tanja:

„Du legst mir die Liste mit den Telefon- und Bankdaten des Mordopfers vor, gibt es da Auffälligkeiten? Eine Lebensversicherung zum Beispiel, von der irgendwer profitiert?"

Tanja hob bedauernd die Schulter.

„Die Frau war chronisch pleite. Geld für eine Lebensversicherung hat die nicht investiert. Der Dispo war immer ausgeschöpft, und wenn mal was übrig blieb, hat sie es nach Büdingen in die Boutique Madeleine getragen. Einen Urlaub in der Dominikanischen Republik von vor zwei

Jahren hatte sie immer noch monatlich abzustottern. Also eine zu erwartende Erbschaft scheint kein Motiv zu sein."

„Was haben die Telefonlisten gebracht, mit wem hat sie telefoniert?"

Tanja räusperte sich, bevor sie antwortete. Sie fühlte sich in der Runde offensichtlich noch nicht sehr sicher, wurde beim Sprechen knallrot.

„Übers Festnetz hat sie nicht viel telefoniert. Sie hat die Zeugin Schöneck fast täglich angerufen oder mal das Krankenhaus, aber sonst war da nichts. Eine Handynummer haben wir ja nicht: Soweit ich weiß, haben wir doch keines sichergestellt, oder?"

„Nein, das haben wir nicht, aber wir haben doch wohl Telefonrechnungen."

„Bei Prepaidnummern bekommst du keine Rechnung, Berthold", erwiderte Tanja zaghaft.

„Aber die Telefonnummer von der Schöneck haben wir. Ruf die an, die wird die Nummer ja wohl haben. Jede junge Frau besitzt heutzutage ein Handy, noch dazu eine so kontaktfreudige wie unser Opfer! Dann veranlasse eine Peilung, vielleicht liegt das Ding noch eingeloggt irgendwo rum, wäre doch eine Chance, oder?"

Bertholds Ton fiel unbeabsichtigt barsch aus, und Tanjas Gesichtsfärbung nahm eine dunklere Nuance an.

Der Finger schwenkte auf Vollmer und Ramirez:

„Was haben die Aussagen der Nachbarn und Kollegen gebracht? Ich meine die, die ihr schon befragt habt."

Nachdem Vollmer nur stöhnte und mit den Augen rollte, sprang Ramirez ein:

„Nichts Neues. In diesem Kaff ist nichts los. Da laufen keine Menschenmassen rum, die uns groß was erzählen können. Der Pförtner hat gesehen, wie das Opfer vor der Einfahrt aus einem schwarzen Porsche gestiegen ist. Das war so kurz vor zehn. Er hat sie gefragt, ob sie sich einen Millionär aufgegabelt hat, woraufhin sie nur gelacht und gemeint hat: Hier werde ich auf jeden Fall nicht alt. Circa eine halbe Stunde später ist sie wieder weggegangen und hat ihm einen schönen Feierabend gewünscht. Er hat sich nichts dabei gedacht, dass sie schon wieder gegangen ist, dachte, sie wollte nur was holen."

„Hatte sie eine Handtasche bei sich, als sie das Krankenhaus betrat oder verließ?"

Als Ramirez hilflos die Hände hob, schüttelte Berthold genervt den Kopf.

„Das müssen wir in Erfahrung bringen. Weiter, Mann."

Berthold wusste, dass auch den anderen Kollegen klar war: Die Chance, einen Mord aufzuklären, war in den ersten Tagen am größten. Deshalb reagierte er ärgerlich auf ihre Nachlässigkeit.

„Im Krankenhaus haben wir die Aussagen von der Zeugin weitestgehend bestätigt bekommen. Martina Gerstenberger war bei Männern sehr beliebt, bei den weiblichen Kolleginnen allerdings weniger. Die hat das alles nicht so ernst genommen, hat lieber Späßchen gemacht und den Dreck anderen überlassen. Aber wie sie damit so lange durchgekommen ist, war nicht aus den Kollegen rauszubekommen. Die haben in der Klinik alle Angst vor der nächsten Rationalisierungswelle und werden einen Teufel tun, zu den wahrscheinlich guten Beziehungen der Gerstenberger öffentlich Stellung zu nehmen."

„Aha, das ist doch mal ein Ansatzpunkt, da kann man doch noch weiter nachhaken", meinte Klüber. „Diese Petra habe ich eh gefressen, die weiß mehr, als sie uns erzählt hat."

„Dann pass mal lieber auf, dass *du* nicht von der gefressen wirst, die hat in ihrem Bauch genug Platz." Vollmer lachte über seinen eigenen Witz. Er kratzte sich dabei unter den Achseln und roch anschließend an seiner Hand. Berthold sah, wie Tanja angewidert den Mund verzog.

Berthold unterbrach das Geplänkel mit strenger Stimme. „Ich muss wissen, welche Hinweise in der Zentrale eingegangen sind."

Ramirez fuhr fort: „Bis jetzt stand jeweils nur ein kleiner Artikel in der Lokalpresse und in der Rundschau, da liegt noch nichts Handfestes vor, außerdem steht auch noch nichts Genaues über die Identität des Opfers drin. Morgen weiß der Leser mehr. Allerdings hat die Hessenschau gestern Abend auch einen kurzen Beitrag gebracht, und siehe da, die hatten ein Foto von Martina Gerstenberger. Also von unserer Pressestelle haben die das nicht. Mal sehen, was das bringt und was da noch reinkommt."

„Aha, wer hat denn da ein Foto spendiert, während wir nur ein billiges Polaroid haben? Egal, das kriege ich raus."

In diesem Moment meinte Berthold bei Vollmer ein

Schlucken wahrzunehmen, ignorierte es aber für diesen Moment.

„Jeder Spinner und jede noch so bescheuerte Aussage landet auf meinem Tisch."

Dem Kriminalhauptkommissar war klar, welche Woge aus Papier seinen Schreibtisch überfluten würde. Nach Medienaufrufen zu sachdienlichen Hinweisen liefen die Telefonleitungen der Zentrale meist heiß und wurden größtenteils von nutzlosen Mitteilungen blockiert. Menschen, die finster aussehende Gestalten in der Nähe des Tatortes beobachtet hatten oder den Täter mit hundertprozentiger Sicherheit kannten. Nachbarn, die andere Nachbarn beschuldigten, weil sie Ausländer und aus diesem Grund schon suspekt genug waren. Da zeigte ein Anwohner den anderen an, weil dieser seinen Wagen zur Tatzeit so geparkt hatte, dass er eine Garagenausfahrt versperrt und sich damit hinlänglich verdächtig gemacht hatte.

In ihrem letzten Mordfall hatte ihnen eine Hellseherin ihre Mithilfe angeboten, die angeblich bereits Wochen vor der Tat Visionen vom Geschehen gehabt hatte und meinte, genügend Anhaltspunkte für eine Phantomzeichnung des Täters geben zu können.

Trotz dieser manchmal schon aktenkundigen Spinner musste man alle Angaben daraufhin überprüfen, ob nicht irgendetwas Brauchbares dabei war und nichts übersehen wurde.

Berthold änderte erneut die Richtung seines Zeigefingers und wandte sich Pfitzner vom Erkennungsdienst zu. „Was ist mit den Spuren vom Tatort?"

„Mach mal langsam, bis auf einen Reifenabdruck ist ja nichts Konkretes dabei, aber wir haben eine Unmenge Material vorliegen. Abgesehen von der Wohnung des Opfers sind wir auch noch im Haus von Anniken van Kampen beschäftigt. Ich werde eine erweiterte Suche nach dem Handy veranlassen, falls bei der Peilung nichts rauskommt. Vielleicht hat der Täter das Ding nach der Tat weggeschmissen."

Vollmer fuhr erneut dazwischen und fragte maulend: „Und warum hat das nicht alles bis Montag Zeit?"

Zustimmung heischend sah er zur versammelten Mannschaft, bearbeitete wieder heftig seinen Kaugummi und meinte: „Also *ich* wollte morgen Abend mit meinen

Kumpels grillen und Bundesliga gucken. Wann haben wir schon mal so ein Wetter?"

Zustimmendes Seufzen und Gemurmel erhob sich. Berthold kochte innerlich vor Wut. Er sah in die Runde und sagte schärfer als beabsichtigt: „Wir erledigen das, was nötig ist. Martina Gerstenberger hatte für das Wochenende wahrscheinlich auch schon etwas Besseres vor. Sie liegt aber jetzt in einem Tiefkühlfach, und das ist *ein* ausreichender Grund, dass wir unseren Hintern in Bewegung setzen."

Vollmer ließ nicht locker. „Was hattest du eigentlich bei dieser van Kampen zu suchen?"

Berthold erklärte ihm, dass er eine reine Routinebefragung in der Nachbarschaft vornehmen wollte, als ihn Peter Dengler überwältigte. Die Lüge kam ihm nicht leicht über die Lippen, schien die Kollegen auch nicht zufriedenzustellen. Angriff war immer noch die beste Verteidigung.

„Wieso war eigentlich von euch noch niemand bei der Frau? Die wohnt direkt gegenüber und wurde gestern anscheinend nicht mal befragt! Verdammte Schlamperei!"

Betroffen senkten Vollmer und Ramirez die Köpfe.

„Und was ich dort in Erfahrung bringen konnte, war, dass Dengler sich nach eigenen Angaben seine Koks-oder-was-auch-immer-Ration in einer Pizzeria in Nidda besorgt hat. Ramirez, du erkundigst dich bei der Drogenfahndung, ob die da an irgendetwas dran sind. Ich denke, dass Peter Dengler tierisch unter Druck steht. Wohin könnte er gehen? Gemeldet sind die zwei in Schwanheim in der Goldsteinsiedlung. Er kann davon ausgehen, dass wir die Wohnung observieren, was wir auch tun. Das hat Klüber bereits veranlasst. Gehen wir mal davon aus, dass er nicht viel Geld hat. Er weiß nicht, wo sein Freund Dahlem ist, hat kein Auto. Wir wissen nicht, an wen er sich wenden kann, ob er überhaupt jemanden hat, auf den er sich verlassen kann. Dass nach ihm gefahndet wird, macht es für ihn gefährlich, sich in der Öffentlichkeit zu bewegen."

Ramirez hob leicht seinen Zeigefinger. „Aber er hat eine Waffe, das eröffnet Möglichkeiten und das macht es wiederum für die Öffentlichkeit gefährlich."

„Ich glaube, der ist noch in der Gegend", meinte Klüber.

„Und wo genau?", lachte Vollmer ironisch.

„Die Idee von der Pizzeria finde ich gar nicht so abwegig.

So viele Pizzerien kann es in Nidda ja nicht geben, dass wir die nicht mal mit der Drogenfahndung kontrollieren könnten."

„Okay, warten wir ab, was uns die Kollegen erzählen, und dann entscheiden wir, wie wir die Observierung organisieren. Ihr seht, es gibt viel Arbeit, und wenn jeder die anstehenden Fragen abgearbeitet hat und ein entsprechender Bericht auf meinem Tisch liegt, erst dann werden wir entscheiden, ob hier jemand Fußball guckt oder nicht!"

Berthold war bereits darauf gefasst, dass seine undiplomatische Ansage auf Widerstand treffen würde, aber die Kollegen erhoben sich ohne weiteren Kommentar und verließen den Raum.

„Du machst es allen so verdammt leicht, dich zu lieben, Berthold", bemerkte Klüber lapidar, stand auf und rückte seinen Stuhl ordentlich an den Tisch.

„Ich weiß gar nicht, was du willst. Schmusekurs können wir wieder fahren, wenn der Täter in Haft ist."

„Oder die Täterin."

„Oder so."

Als sie in ihr Büro zurückgekehrt waren, stellte sich Klüber schräg vor das Fenster, um aus diesem Winkel sein Spiegelbild zu betrachten. Er fuhr sich mit der Zunge über die Lippen, bevor er sprach: „Mal im Ernst, Berthold, mir ist diese Dicke äußerst suspekt."

„Du meinst Petra Schöneck!", verbesserte ihn sein Kollege und zog die Zigarette hinterm Ohr hervor, die zu rauchen ihm die Kollegen im Besprechungszimmer untersagt hatten.

„Sag ich doch. Die hat sich doch schon allein durch die Tatsache verdächtig gemacht, dass sie eine Vermisstenanzeige aufgeben wollte. Dann das ganze hilfsbereite Geschnatter. Das kennt man doch. Es gibt viele Täter, die sich als Zeuge besonders willig hervortun."

„Da hast du recht, es gibt aber auch genug Zeugen, die mit der Polizei reden wollen und nicht mehr aufhören zu quatschen, weil sie mit ihren Sorgen nicht allein bleiben wollen oder mit dem, was geschehen ist."

„Das kann nicht der Grund für ihre Hilfsbereitschaft sein, denn bis dato wusste sie ja angeblich noch nichts über das Schicksal der Busenfreundin."

„Aber welches Motiv hatte sie? Ich meine, so grundlos wird sie ihrer Freundin den Schädel nicht einschlagen. Nur weil die ein paar Kilo weniger wiegt, bringt sie die doch nicht um?"

Klüber lachte auf und zischelte ein „Ts, ts, ts".

„Hast du eine Ahnung von Frauen! Die hat sich doch verarschen lassen, schleppt Martina die Wasserkästen hinterher, fährt sie durch die Gegend, macht die Drecksarbeit im Krankenhaus, und was hat sie dafür geerntet, Dank? Weit gefehlt! So wie Ramirez berichtet hat, war Martina, außer bei den Frauen, der Star unter den Schwestern. Bei *jedermann* beliebt. Betonung liegt auf Mann. Und wie gerne Dicke was vom Kuchen abgeben, kennt man ja. Die sind von Grund auf geizig. Die wollen die Torte ganz alleine auffressen. Von den Männerbekanntschaften ihrer Freundin hat sie mutmaßlich nicht profitiert, und auch sonst hat sie nun schon so lange gegeben und nichts zurückbekommen. Darf ich dich an das Foto erinnern? Du hast doch sogar einen verliebten Blick bei beiden ausgemacht. Das sind doch schon ausreichende Motive: Frust, Neid, Eifersucht!"

Bockig zählte Klüber während seiner Ausführungen an den Fingern seine psychologischen Schlussfolgerungen auf.

Berthold brummte und nickte bestätigend. „Wir werden sie besuchen, auf jeden Fall. Was ist deiner Ansicht nach mit der Verwandtschaft? Diese gottesfürchtigen Weiber hegten für die lebenslustige Martina keine tiefe Liebe. Zu erben gab es ja nichts, außer es gab vielleicht Streitigkeiten um den Hof oder so was in der Art. Du gehörst doch auch zur Landbevölkerung, wegen was schlagt ihr euch denn so die Köpfe ein?"

Klüber grinste spitzbübisch. „Erbangelegenheiten sind auf jeden Fall ein guter Grund. Ich habe meinem Bruder schon vor Jahren gesagt, dass ich Opas alten Hanomag mal erben will. Seitdem ist unser Verhältnis merklich abgekühlt, und ich schlafe immer mit dem Rücken zur Wand."

Tanja betrat mit einer Kanne Kaffee den Raum. Klüber schenkte ihr sein einnehmendstes Lächeln und nahm ihr hilfsbereit den Koffeinnachschub ab.

„Ich bin dabei, die E-Mails vom Opfer auszuwerten. Sie hatte ein paar Kontakte mit Leuten, die sie in Chatrooms kennengelernt hat. Mit der Wahrheit hat sie es nicht so genau genommen, aber das ist ja wahrscheinlich in diesen Foren so üblich. Allerdings war die Verabredung mit Peter Dengler und Rigobert Dahlem offenbar das erste Treffen, das sie im Internet vereinbart hat. Was ich bisher gelesen habe, ist, dass sie Spaß daran hatte, die Typen so richtig scharf zu machen, hat dann aber immer wieder Namen und Identität gewechselt. Mal hat sie sich als Schauspielerin oder Ärztin ausgegeben, mal als reiche Erbin. An Peter Dengler hat sie zum Beispiel ein Foto geschickt, das das Haus ihrer Nachbarin zeigt, und hat es als ihres ausgegeben."

„Ja, ich weiß, das war der Grund, warum Peter, ich meine Dengler, dort war. Er und Ringo dachten, sie hätten einen fetten Braten an Land gezogen, und haben sogar kräftig in einen Mietporsche investiert, nur um Eindruck zu schinden. Es wäre aber natürlich auch möglich, dass sie außerhalb online war und noch andere Männer verärgert hat. Sie hätte zum Beispiel während der Arbeitszeit mal den Computer nutzen können oder in einem Internetcafé."

„Aber warum sollte sie? Sie hatte ja niemandem gegenüber Rechenschaft abzulegen und musste nichts verheimlichen", gab Tanja zu bedenken.

Berthold nahm sich eine Tasse Kaffee. Er sah Tanja freundlich an. „Ich müsste lügen, wenn ich behaupten würde, dass mir dein Kaffee nicht schmeckt, aber das gehört nicht zu deinen Aufgaben, das weißt du!"

Tanjas Hals bekam rote Flecken. Sie zwinkerte nervös mit den Augen und presste die Lippen aufeinander.

„Schon klar, aber es macht mir nichts aus, und bevor jemand Magengeschwüre von dem Automatenzeugs bekommt, mache ich ihn lieber selbst."

„Ich finde das auch sehr lieb von dir, Tanja", säuselte Klüber und schenkte sich eine Tasse ein. „Danke, dass du dich so aufopfernd um uns kümmerst!"

„Reiner Selbsterhaltungstrieb, mein Lieber, immerhin trinke ich selber Kaffee, und Männer mit Magengeschwüren leiden meist auch unter chronisch schlechter Laune, und darauf habe ich einfach keinen Bock, Lothar."

Tanja lachte und tippte Klüber an die Brust.

„Aber weil ich Kaffee koche, enthebt dich das nicht jeglicher Höflichkeit, du könntest mir ruhig auch eine Tasse anbieten."

„Oh, entschuldige bitte!" Klüber holte eine saubere Tasse aus einem Wandregal. „Milch, Zucker?"

„Schwarz, bitte."

„Bitte sehr, Tanja. Übrigens, das wollte ich dir vorhin schon sagen: cooles T-Shirt. Die Farbe steht dir."

Klüber lehnte sich dicht neben Tanja an die Tischkante seines Schreibtischs. Tanjas Ohren leuchteten knallrot.

„Ach, Lothar, genauso wenig, wie ich meinen Kaffee mit Zucker verklebe, genauso wenig mag ich dieses überflüssige Süßholzgeraspel, okay?"

„Okay." Klüber grinste und zeigte, dass er durchaus eine Abfuhr annehmen konnte, ohne beleidigt zu reagieren.

Tanjas Ohren verloren ihre Signalfarbe.

„Was nimmst du mit, wenn du arbeiten gehst?", fragte Berthold die Kollegin. Sofort wandte sie sich zu ihm und lehnte sich gegen seinen Schreibtisch.

„Du meinst, ob ich eine Handtasche habe?"

Als Berthold nickte, antwortete sie: „Ja, habe ich. Die brauche ich, weil da meine Monatskarte drin ist, meine Geldbörse, Handy, Papiere, Ausweis und so weiter."

„Ja, das fällt mir immer wieder auf, dass Frauen entweder so Riesenbeutel mitnehmen müssen, als hätten sie einen längeren Auslandsaufenthalt vor sich, oder aber sie haben ein süßes, kleines Täschchen, wo nur eine Scheckkarte reinpasst und ein niedliches Hündchen darin wohnt. Aber irgendwas habt ihr immer dabei, richtig?", neckte Klüber.

„Richtig, und wenn es eine Dose Pfefferspray ist, damit man sich aufdringliche Typen vom Hals halten kann", konterte Tanja zuckersüß.

„Die Kollegin wird das Team bereichern, die braucht nur etwas Zeit", dachte Berthold belustigt, bemühte sich aber um einen ernsten Ton. „Das Opfer trifft sich mit Dengler und Dahlem in einer Kneipe. Sie hat nur ein Sommerkleid an, zumindest hat sie aber Geld, Zigaretten und bestimmt auch ein Handy dabei. Sie braucht eine Tasche oder einen Beutel oder sonst was in der Art. Im Wald lag nichts Entsprechendes."

„Vielleicht war es Raubmord. Jemand hat sie im Wald getroffen, will ihr die Tasche entreißen, sie wehrt sich, er nimmt einen Stein und zack!" Mit einer entsprechend aggressiven Bewegung illustrierte Tanja ihren Gedankengang.

„Dem widerspricht, dass niemand an einem einsamen, alten Friedhof im Wald auf ein Opfer wartet, um es auszurauben."

„Was hältst du von Zufall? Gelegenheit macht Täter", warf Klüber ein.

Die Kollegin schlürfte nachdenklich ihren Kaffee. „Klar, das stimmt. Aber die Leiche trug Spuren am Handgelenk, und das sieht mir wiederum mehr danach aus, als hätte sie jemand festhalten wollen. Wenn ich jemanden überfalle, dann werfe ich ihn zu Boden und reiße ihm dann die Tasche weg. Oder beides gleichzeitig. Warum sollte ich das Opfer festhalten?"

„Vielleicht hat sie sich ja an ihn gehängt und nicht mehr losgelassen, er musste sich von ihr befreien, hat ihre Hände gepackt und von sich gezerrt", erwog Klüber.

„Der Täter hat sie von hinten erschlagen. Wenn sie sich gewehrt oder sich an ihn geklammert hätte, hätte er dann nicht von vorn zuschlagen müssen? Wäre sie weggelaufen, hätte er nicht mehr zuzuschlagen brauchen", gab Berthold zu bedenken. „Abgesehen davon: Würde er mit so einer Wucht zuschlagen? Das sieht mir mehr nach Hass und Wut aus. So wie eine typische Beziehungstat."

Klüber schnaufte unwillig. „Für Hass und Wut braucht es doch heutzutage keine Beziehung mehr. Ein zu aufdringlicher Blick kann ausreichen, und dein Leben ist keinen Pfifferling mehr wert. Alter, was guckst du?"

Klüber griff sich in eindeutiger Weise an seinen Schritt.

„Ja, klar, hast ja recht, aber läuft diese Klientel durch den Wald, und noch dazu alleine? Ich meine, solche Leute suchen sich auf der Straße geeignete Opfer und hätten ja wohl auch eine Waffe dabei, oder?"

Tanja schrie auf. Sie schüttelte wild den Kopf und verjagte unwillig eine Wespe, die sie hartnäckig umschwirrte.

„Die darfst du nicht verjagen, dann wird sie erst recht wild." Klüber griff nach einer Schreibmappe und dirigierte die Wespe ganz behutsam in Richtung Fenster.

„Lothar, der Wespenflüsterer", wisperte Berthold Tanja verschwörerisch zu.

Die Wespe war durchs Fenster verschwunden.

„Ja, die sind genauso vorhersehbar wie Frauen. Mit denen kann ich auch umgehen" , verkündete Klüber selbstbewusst. Tanja schlug sich in gespielter Verzweiflung gegen die Stirn.

Berthold schüttelte unwillig seinen Kopf und strich sich über die Augen.

„Natürlich gab es eine Handtasche. Peter Dengler hat mir doch gesagt, dass er den Schlüssel aus Martina Gerstenbergers Tasche geklaut hat. Der dann natürlich nicht in die Haustür von Anniken gepasst hat."

Wie konnte er nur so unkonzentriert sein. Tanja und Klüber warfen sich einen kurzen Blick zu, und die Kollegin sagte:

„Vielleicht hat er aber auch die ganze Tasche mitgehen lassen, nachdem er die Frau umgebracht hat. Das wäre eine Erklärung für das Verschwinden."

Doch Berthold fuhr unbeirrt fort:

„Ich frage mich, was wollte die Frau um diese Uhrzeit im Wald?"

„Spazieren gehen, nach Hause laufen?"

Tanja wedelte wieder mit der Hand vorm Gesicht herum. Die Wespe war offenbar zurückgekehrt und brummte nun aggressiv um die Kollegin herum.

„Verdammt! Wenn du so erfolgreich mit Frauen umgehst wie mit den Wespen, na danke!"

Klüber schnappte sich die Zeitung von Bertholds Schreibunterlage und schlug blitzschnell zu. Die Wespe landete benommen auf dem Schreibtisch und taumelte im Kreis herum, bis Klüber wieder zuschlug. Das Tier lag zerquetscht auf der Tischplatte, von der es Klüber nun sorgfältig abkratzte.

„Igitt, Klüber." Angewidert verzog Tanja das Gesicht.

„Eine Chance kriegt jede, eine zweite nicht unbedingt."

Klüber wischte mit einem Papiertaschentuch die Reste des Insekts weg.

„Hängt wohl von ihrer Körbchengröße ab. Mann, Lothar, wenn du nicht dieses Machogehabe draufhättest, wärst du echt erträglich!"

„Wer denkt denn hier an Körbchengrößen? Ich habe von Wespen geredet. Keine Ahnung von diesem sexistischen Gedankengut, das dir andauernd im Kopf rumzuschwirren scheint."

Empört zog Tanja scharf die Luft ein. Bevor die beiden

ihre Plänkelei fortsetzen konnten, stand Berthold auf und hob beschwichtigend die Hände.

„Könnt ihr mal damit aufhören, ich meine, um was geht es hier? Wenn ihr euch näher kennenlernen wollt, sucht euch eine andere Gelegenheit."

„Gute Idee. Was hältst du von heute Abend, Tanja?"

„Klüber, halt die Klappe, bitte."

Berthold steckte sich erneut eine Rothändle an.

„Es muss um diese Uhrzeit bereits dunkel gewesen sein oder zumindest dämmrig. Wir müssen das im Internet recherchieren. Wenn Martina von der Klinik nach Hause laufen wollte, hätte sie den direkten Weg an der Hauptstraße entlang oder den Weg durchs Feld am Park vorbei nehmen können. Zum Friedhof ist es eindeutig ein Umweg. Ich glaube eher, dass sie verabredet war. Hier traf sie jemanden, den sie kannte. Sie kannte ihren Mörder, hatte Vertrauen zu ihm und auch im Dunkeln keine Angst vor ihm. Vielleicht war dieser Platz ja ein heimlicher Treffpunkt. Wer weiß. Ich glaube aber, dass die Tat nicht geplant war, sonst hätten wir es mit einer anderen Waffe zu tun. Aber es steckt viel Wut oder Hass dahinter. Der Fundort unter diesem Abfallschild hat etwas so Verachtendes, das ist nicht zu übersehen. Der Mörder hätte sich auch die Mühe machen können, die Leiche zu verstecken. Entweder tat er es nicht, weil er Angst hatte, es könnte ihn jemand bei seinem Tun überraschen, oder er tat es nicht, weil er bewusst oder unbewusst damit eine Aussage über die Tote treffen wollte."

„Dieser Ringo hatte sie gerade erst zur Nachtschicht gefahren, wie sollte sie da verabredet sein?"

Tanja zupfte sich nachdenklich ein Hautstückchen von der Unterlippe.

„Wir brauchen die Liste ihrer Handyverbindungen und die von der Station, auf der sie arbeitet, sie könnte ja auch von dort aus jemanden benachrichtigt haben."

Tanja stieß sich vom Schreibtisch ab und sagte:

„Ja, Ringo und Peter zum Beispiel."

„Möglich", knurrte Berthold.

Tanja stülpte unwillig die Unterlippe vor.

„Wieso habe ich das Gefühl, dass du die beiden am liebsten da raushalten würdest? Ich meine, dieser Kotzbrocken Vollmer hat doch irgendwie recht. Warum hängen wir uns nicht mit ganzer Kraft an die beiden, das sind doch prädestinierte Täter?"

„Deine Gefühle in allen Ehren, Tanja, aber ich lege mich nur nicht fest. Das ist alles. Wir tun alles, was nötig ist, und zwar nicht eingleisig. Könntest du jetzt einfach nur tun, um was ich dich gebeten habe?" Bertholds Stimme verriet seinen Unmut.

Die Kollegin wurde wieder rot. Sie ging zur Tür und erwiderte kleinlaut: „Ich mache mich gleich dran. Wir haben schon Freitagnachmittag, und ich hoffe, dass ich bei der entsprechenden Telefongesellschaft noch einen Verantwortlichen kriegen werde." Mit diesen Worten verließ Tanja das Zimmer, ohne sich noch einmal umzudrehen.

„Die gefällt mir ja immer besser", raunte Klüber durch die Zähne.

„Das ist kein Geheimnis mehr, Klüber."

Der stapelte pfeifend die Unterlagen auf seinem Schreibtisch ordentlich aufeinander.

„Aber wer hier Chancen bei Fräulein Übereifrig hat, bleibt noch festzustellen."

Als Berthold ihn verständnislos ansah, überging er eine Erklärung und zog seine Bilanz aus der gemeinsamen Beratung: „Wenn ich mir alles durch den Kopf gehen lasse, was du da für Schlussfolgerungen angestellt hast, müssen wir den Fleischberg weiter unter die Lupe nehmen."

„Klüber, du bist und bleibst ein Kotzbrocken. Physiognomie oder Körpermaße geben nachweislich keinen Aufschluss über die Persönlichkeitsstruktur eines Menschen. Also vergiss die diskriminierenden Ergebnisse deiner persönlichen Schönheitsvorstellungen. Sei wachsam, aber lass dich nicht von deinen Vorurteilen gegen Frau Schöneck beherrschen."

„Wenn man so dick ist wie diese Frau, hat man keinen Durchsetzungswillen, keine Disziplin und keinen Antrieb. Das sind doch alles Persönlichkeitsmerkmale, oder?"

„Wenn sie, wie du meinst, kraftlos, faul oder impulslos wäre, wäre sie dann eines Mordes fähig? Und könnte sie in so einem Gemütszustand ihren Job erledigen und auch noch zusätzlich Aufgaben für die Freundin übernehmen? Das passt für mich nicht zusammen, aber möglich ist alles, Klüber. Es ist ja nicht so, dass ich nicht drüber nachdenke. Klar kann bei jedem irgendwann mal die Sicherung durchknallen. Irgendwann ist die Schmerzgrenze auch bei dem friedfertigsten Menschen erreicht, aber als Krankenschwester hat sie genug andere Möglichkeiten, eine verhasste Freundin umzubringen. Sie kommt an Gifte ran, kennt sich aus, was es da so alles gibt, ohne dass jemand Verdacht schöpft. Und warum sollte sie sich mit der Freundin konspirativ im Wald treffen und nicht bei ihr daheim?"

Berthold zog unwillig die Mundwinkel nach unten. „Nein, Klüber, das passt für mich alles nicht zusammen. Widerspricht jeglicher Kriminalstatistik. Frauen morden mit innerlicher und körperlicher Distanz. So rohe Gewalt ist ein männliches Phänomen. Ich gebe dir ja recht, sie wäre kräftig genug, könnte auch einen Grund haben, vielleicht ging es ja um einen Mann, Eifersucht, Neid, Hass, alles starke Gefühle, aber im Wald und auf diese Weise?"

„Tja, dann frage dich, warum du alle Argumente in Richtung Peter oder Ringo abblockst!"

Berthold verschluckte sich und hustete so stark, dass ihm die Tränen in die Augen traten. Klüber hielt ihm grinsend eine Packung Rothändle hin. Als sich der Hustenreiz legte, griff Berthold zu, steckte die Packung in seine Gesäßtasche und fuhr noch etwas heiser fort:

„Hab ich nicht getan, ich will nur nicht eingleisig fahren. Das Grundlegendste ist die Frage des Motivs. Vielleicht gab es noch einen anderen Grund, warum Martina sterben musste. Peter hat für mich bis jetzt noch kein einleuchtendes Motiv. Okay, er ist übel drauf, mit Drogen zugedröhnt, aber bisher war das nicht seine Masche. Peter hat mit Ringo die Frauen ausgenommen, aber sonst nichts. Und woher sollten sie wissen, dass Martina nicht die ganze Nacht arbeitet? Es sei denn, sie hat angerufen. Die Jungs aus der Kneipe haben ausgesagt, dass sie eindeutig Ringo bevorzugte. Sie hätte also eher ihn angerufen und wieder zum Krankenhaus bestellt. Aber hätte sich eine Frau wie sie das Vergnügen entgehen lassen, mit einem Porsche vorm Krankenhausportal abgeholt zu werden, sozusagen als Genugtuung für die Kündigung? Sie hätte den neidischen Weibern doch das Maul gestopft. Warum sollte sie ihn in den Wald bestellen und noch dazu unnötigerweise einen beschwerlichen Weg auf sich nehmen?"

„Ich sehe, du bist gar nicht so unbedarft, was die weibliche Psyche angeht, Berthold Hortmann. Lass uns zu deiner, äh ... korpulenten Zeugin gehen."

Klüber wackelte ungeduldig mit den Beinen und nahm den quengelnden Tonfall eines verwöhnten Kindes an: „Und lass uns vorher was essen, ich hab Hunger!"

„Erst fahren wir zu Reitzer, wenn der noch in der Rechtsmedizin ist. Ruf du mal an, Reitzer mag dich doch. Die Schöneck kriegen wir auch später noch."

„Wenn der mich mag, möchte ich nicht wissen, wie er mich behandeln wird, wenn er mich mal nicht mehr mag."

„Im Grunde ist er nur ein sehr schüchterner Mensch, so wie ich."

„Jo, Berthold, und schüchterne Menschen widersprechen nicht. Darum bezahlst du heute das Essen, das schwöre ich dir."

Durch das geöffnete Fenster drang Straßenlärm herauf. Eine Autohupe ertönte aufdringlich in kurzen Intervallen und zeugte von den schwachen Nerven des Fahrzeugführers. Da draußen schlugen sich die Leute mit so wunderbar nüchternen Problemen herum wie besetzten Parkplätzen, roten Ampeln, deren Grünphase nicht ausreichte, um die Schlange vor der Kreuzung zu verkürzen, oder mit Radfahrern, die meinten, einen ökologischen Rechtsanspruch im Straßenverkehr geltend machen zu dürfen.

Anniken beobachtete die Verkehrslage vor ihrem Krankenhausfenster und sehnte sich nach solchen Sorgen. Aber sie nahm an dieser Normalität nicht teil, gehörte nicht dazu. Das war die Welt der Fußgänger und Gesunden. Sie gehörte nun seit ihrer Einlieferung wieder zu den Patienten. Zu den Erste-Klasse-Patienten. Natürlich! Das war ein Privileg.

Und natürlich war Professor Dr. Bruckner unverzüglich an ihr Bett geeilt, als er ihren Namen bei den Neuzugängen entdeckt hatte. Er kannte die Eheleute van Kampen noch aus seiner Zeit in Hamburg. Bruckner Senior war damals Leiter der Hamburger Poliklinik gewesen, traf Daan van Kampen regelmäßig im Stiftungsrat oder im Club, und man pflegte gesellschaftlichen Kontakt miteinander. Professor Dr. Bruckner kannte Anniken bis dato selbst aber nicht.

Bei ihrem ersten Gespräch am heutigen Morgen hatte

sie ihm unmissverständlich klargemacht, dass ihre Mutter unter keinen Umständen erfahren sollte, wo sie sich zur Zeit aufhielt. Anniken war sich zwar gar nicht sicher, ob es ihre Mutter überhaupt interessieren würde. Dass sie ihr aufgrund plötzlich entdeckter mütterlicher Instinkte einen Besuch abstatten würde, erschien ihr höchst unwahrscheinlich. Aber sollte ihre Mutter durch einen Anruf von Professor Bruckner konventionellen Druck verspüren und vor ihren Bekannten das Gesicht wahren wollen, würde sie ihre Tochter ohne mit der Wimper zu zucken zum Opfer ihrer verlogenen, egoistischen Absichten machen und mit einem bühnenreifen Auftritt die besorgte Mutter geben. Dieses Risiko wollte und konnte Anniken nicht eingehen.

Professor Bruckner wirkte zunächst irritiert über Annikens mangelnden Familiensinn, hielt sich aber zurück und versicherte ihr, dass er nicht gegen ihre Interessen handeln werde. Er legte ihr dafür in aller Dringlichkeit nahe, sich einer psychotherapeutischen Behandlung zu unterziehen. Auch wenn alle organischen Ursachen für ihren Zustand ausgeschlossen werden könnten, hielt es der Arzt für notwendig, das Erlebte mit fachlich qualifiziertem Beistand zu verarbeiten, um möglichen später eintretenden Belastungsstörungen vorzubeugen. Anniken hatte zuerst kategorisch abgelehnt, aber als sie spürte, dass dieser Arzt nicht locker lassen würde, gab sie nach. Je länger sie über ihre Situation nachdachte, um so mehr sah sie selbst die Notwendigkeit einer Therapie ein. Sie hatte schließlich vor Peters Einbruch bereits ihren Selbstmord geplant, und hätte es der Zufall nicht vorgesehen, dass Peter in das falsche Haus einbrach, sie hätte ihr Vorhaben vielleicht schon in die Tat umgesetzt. Und eines war ihr in den letzten Stunden ganz deutlich klargeworden: Sie konnte so, wie sie die letzten Jahre verbracht hatte, nicht weitermachen.

Ein Leben ohne Dramen und Tiefen, aber auch ohne Höhen. Ein Leben in der Warteschleife. Die Zeit war in ihrem Mikrokosmos vergangen, ohne dass etwas passierte, weder Gutes noch Schlechtes. Wie das Erscheinen einer Tageszeitung, die pünktlich im Briefkasten steckte, egal ob man sie las oder ob sie in der Mülltonne landete, so gleichgültig kam jeder ihrer Tage und verschwand auf dem Altpapierhaufen ihres Lebens. Ohne es zu wissen, hatte sie all die Jahre schreckliche Angst gehabt. Ohne es sich einzugestehen, hatte sie ihr Leben so eingerichtet, wie es ihr die Angst vorschrieb: einsam und zurückgezogen. Trotz ihrer Behinderung war sie nicht gänzlich unbeweglich, und doch hatte sie zugelassen, dass sich mit der Zeit eine hölzerne Starre auf ihre Persönlichkeit legen konnte. Sie hatte ihre Flexibilität in jeder Hinsicht abgelegt. Sie hatte nichts anderes mehr als dieses unbewegliche, einsame, in starren Strukturen verlaufende Leben gewagt. Nichts Neues, nichts Unerwartetes, nichts Aufregendes und damit Beängstigendes. Hauptsache, keine Gefahr.

Sicherlich hatte sie damals das Richtige getan, als sie sich von Hamburg freistrampelte, als sie sich wütend gegen alle Einwände und Zweifel gewehrt und mit der Vergangenheit gebrochen hatte. Jedoch war die am teuersten erkaufte Freiheit die, mit der Familie zu brechen. Und Anniken hatte mit ihrer versnobten, neurotisch unterkühlten Mutter gebrochen, mit dem einzigen ihr bekannten Familienmitglied, das ihre gesamte Familie darstellte.

Aber sie hatte nie die ersehnte Freiheit für sich genutzt.

So sollte und konnte es nicht mehr weitergehen.

Wenn ihr jemand Hilfestellung anbot, wie sie ihr Leben in Zukunft gestalten könnte, musste sie lernen sie anzunehmen.

Sie verdankte im Grunde ihr Leben Martina Gerstenbergers Lüge, wie sie mittlerweile wusste. Hätte diese nicht Annikens Haus als ihres ausgegeben, wäre Peter nicht zu ihr ins Haus eingedrungen. Und sie hätte Berthold nicht kennengelernt. Der Gedanke an Berthold ließ die Aufbruchstimmung in ihr schnell wieder herunterfahren. Wie sehr hatte sie sich nach seiner Nähe gesehnt und wie kühl hatte er reagiert. Die ganze Vertrautheit der letzten Stunden war bei seinem Besuch wie weggewischt gewesen. Das ließ Anniken daran zweifeln, ob sie in ihrer Not die Situation richtig interpretiert hatte. Berthold war Kriminalpolizist, er hatte sicherlich gelernt, wie man Deeskalation betrieb, wie man mit Tätern und Opfern umzugehen hatte. Aber dieser Blick voller Zärtlichkeit, diese sanften Berührungen, die wortlose Verständigung, zeugte das nicht alles von etwas Intimerem als einem professionellen Umgang mit Krisensituationen? Er hatte ihr ein Visitenkärtchen auf den Nachttisch gelegt, bevor er ging.

Das machte er wohl bei jedem so, und es konnte nicht als Aufforderung verstanden werden, ihn anzurufen. Zumal er keine private Telefonnummer auf dem kleinen Kärtchen der Polizeidirektion Friedberg vermerkt hatte. Anniken berührte die Karte in ihrer Pyjamajacke von Zeit zu Zeit, strich mit den Fingerkuppen vorsichtig über das Papier, wie ein Blinder über eine Zeile in Brailleschrift streicht und eine Botschaft entziffert, die für einen Sehenden unsichtbar bleibt.

Anniken sah auf dem Gehweg zum Krankenhauseingang eine Schwester aus ihrer Station rauchend auf sich zukommen. Irgendwie musste sie sich etwas zu rauchen besorgen. Nicht nur Zigaretten. Vielleicht konnte sie diese Schwester erweichen; wenn sie selber rauchte, hatte sie sicherlich auch für die Süchte anderer Verständnis.

Dr. Athanatopoulos verbreitete bei jedem Besuch eine Wolke aus Zigarettengeruch und steigerte ihr Verlangen nach einem Joint und nach einer Zigarette. Aber vielleicht sollte sie sich mit Ersterem eine Weile zurückhalten, um mit einem klaren Kopf an die Lösung ihrer Probleme zu gehen. Ihr größtes Problem war im Moment der Gedanke, ob sie in ihr Haus zurückkehren sollte. Ihr kleines Häuschen war ihr ein sicherer Hort gewesen, in dem sie sich eingesponnen hatte wie in einem Kokon. Es hatte sie geschützt, aber auch von der Umwelt abgeschirmt und ihr keinen Bewegungsspielraum gelassen. Der Gedanke an das Erlebte veränderte alles. Wenn sie sich in ihrem Haus nicht sicher fühlte, wäre es möglich, sich eine Alarmanlage einbauen zu lassen und alle sicherheitstechnischen Optionen auszuschöpfen, aber das würde ihre Fesseln nicht lockern, sondern nur verstärken.

Was sie in ihrem Haus erfahren und erlebt hatte, könnte in den Räumen schwer und dunkel hängen bleiben und ihr die Luft zum Atmen rauben. Keine Alarmanlage der Welt, könnte diesen Dunst aus Verzweiflung, Erniedrigung und Tod davon abhalten, in ihrem Haus herumzuwabern. Es sei denn, sie könnte es schaffen, die Geschehnisse in einem anderen Licht zu betrachten. Dieses Licht strahlte bereits einen kleinen Winkel von Annikens Seele aus, und es drängte sie sehnsüchtig an diese Stelle, die Wärme und Ruhe versprach. Ein Hoffnungsschimmer. Ein Hoffnungsschimmer, den sie mit der Person Berthold verband.

Ein zartes Klopfen riss Anniken aus ihren Gedanken, und sie rief „Herein!".

Die Tür öffnete sich, und die junge Schwester, die sie kurz vorher auf dem Weg zur Arbeit gesehen hatte, trat ein. Sie hatte jetzt ihre Schwesterntracht an. Anniken hatte gestern Nacht schon ihren Namen erfahren und begrüßte sie: „Hallo Schwester Nicole, wie geht es Ihnen?"

„Das wäre eigentlich mein Part, Frau van Kampen. Ich bin hier die Schwester", lachte diese, aber ihre Augen erreichte die Fröhlichkeit nicht.

„Ich will sie auch nicht arbeitslos machen, aber sie sehen blass aus, geht es Ihnen nicht gut?"

Die schwarzhaarige Frau nahm mit energischen Handbewegungen Annikens Bettwäsche und machte mit schnellen und geübten Griffen das Bett.

„Schön, dass Sie heute schon wieder auf sind."

„Ja, ich genieße die sitzende Haltung."

Anniken merkte, dass Schwester Nicole nicht über sich sprechen wollte, und respektierte es, sie hakte nicht mehr nach. Stattdessen fragte sie:

„Es gäbe allerdings etwas, das mich noch eine Idee zufriedener machen würde."

„Und das wäre?"

Kleinlaut piepste Anniken mehr, als dass sie sprach: „Haben Sie mal eine Zigarette für mich?"

„Oh!" Die Krankenschwester focht einen kurzen Kampf zwischen Fürsorgepflicht und Verständnis aus. Die Seite der Schulter mit dem Engelchen darauf gewann nicht, und Nicole griff unter ihren Kittel und fischte ein Päckchen Zigaretten heraus.

„Rauchen Sie die aber erst, wenn ich nicht mehr hier bin. Bitte! Ich will keinen Ärger bekommen, weil ich Sie mit Drogen versorge."

„Ach, haben Sie noch mehr zu bieten?", neckte Anniken die Krankenschwester und nahm sich eine Zigarette. Die Frau lachte, und diesmal blitzten ihre Augen auf.

„Da müssen Sie andere ansprechen, ich bin die falsche Adresse. Ich trinke nicht, habe noch nie etwas anderes ausprobiert außer Zigaretten, und die hatte ich mir vor zwei Wochen abgewöhnt."

Während sie sprach, kontrollierte sie die Infusionsbeutel und klemmte Anniken ein Fieberthermometer unter die Zunge. Das Ergebnis wurde nach wenigen Sekunden mit einem Piepsen angekündigt. Zufrieden nickte sie und notierte die Temperatur in einem Formblatt, das sie einer Plastiktasche entnommen hatte, die an Annikens Bettende hing.

„Schade, aber vielleicht schaffen Sie es im nächsten Anlauf. Auf jeden Fall danke! Ich muss nur auf den Balkon raus, und da ist die Stufe zu hoch. Können Sie mir helfen, bitte?"

„Erst verraten Sie mir, ob Sie Stuhlgang hatten und ob Sie etwas gegessen haben?"

„Beides, aber in umgekehrter Reihenfolge!"

Schwester Nicole lachte erneut und schob Anniken auf den Balkon hinaus. Das Gestell mit den Infusionsbeuteln schob sie vorsichtig mit dem Fuß hinterher.

Anniken bedankte sich, erfreut, im warmen Nachmittagslicht sitzen zu können.

„Ach, wissen Sie was, ich lasse Ihnen meine Zigaretten hier und komme so in einer halben Stunde wieder vorbei, schließlich müssen Sie ja auch irgendwie wieder reinkommen."

Die Schwester legte Anniken die Hand auf die Schulter. Diese zuckt zusammen, konnte aber gerade noch den Impuls unterdrücken, die Hand nicht widerwillig abzuschütteln. „Rückfall", dachte Anniken und lächelte die Schwester verkrampft an. Diese zwinkerte ihr freundlich zu und verließ nach ein paar weiteren Notizen das Zimmer.

Anniken steckte sich die Zigarette an. Der erste Zug löste Großalarm in ihrem Kopf aus. Für einen kurzen Moment verdunkelte das Sicherheitssystem die Lage, und Anniken spürte gleichzeitig, wie ihr Magen einen Absturz aus dem zehnten Stock eines Hochhauses in die Tiefgarage nachahmte. Aber ihr Hirn signalisierte glücklicherweise in Sekundenbruchteilen an die Zentralsteuerung, dass ihm die Substanz Nikotin bekannt war und es hocherfreut auf ihre Wirkung wartete. Annikens kurze Benommenheit wich einem tiefen Aufatmen, und der nächste Zug schmeckte wieder.

Der Geruch im Obduktionssaal war eine kalte, süße Mischung aus Verwesung, Tod und Desinfektionsmittel.

Eine Ärztin, deren Namen Berthold genauso wenig kannte wie den des Sektionsassistenten, mit dem sie zusammenstand, lachte laut auf. Die beiden schienen sich prächtig zu unterhalten. Sie grüßten die Polizisten freundlich, aber desinteressiert und setzten ihre lebhafte und offenbar belustigende Unterhaltung fort.

Reitzer stand neben einem Obduktionstisch aus glänzendem Edelstahl und sah einem Medizinstudenten zu, der die Kopfhaut einer männlichen Leiche wieder zusammennähte, als Berthold und Klüber sein unterirdisches Imperium betraten.

Zur Begrüßung knurrte er unwillig: „Du versorgst mich bei diesem Wetter kurz vor dem Wochenende mit einer so schönen Leiche. Ich hoffe, dein Eifer reduziert sich auf ein erträgliches Maß, und da kommt nichts mehr nach. Meine Frau hat morgen Geburtstag, und ich habe noch kein Geschenk."

Mit einem Blick auf seine Armbanduhr unterstrich er seinen Hinweis, ihn nicht länger als nötig von seinen Aufgaben abzuhalten.

Berthold begrüßte den jungen Mann mit asiatischen Zügen, obwohl der sich hochkonzentriert an der Perfektionierung der Naht versuchte und überhaupt nicht auf die beiden Besucher reagierte. Der Polizist sah dem zierlichen Mann zu, wie er mit zarten, kleinen Händen sorgfältig die Stiche ausführte.

Klüber lehnte sich stumm neben der Eingangstür an die gekachelte Wand und fixierte stur die gegenüberliegende Seite, an der Regale hingen und die seltsamsten Gerätschaften aufgestellt waren, deren Zweck er lieber nicht kennen wollte. Er würde versuchen, sich bei dem Gespräch rauszuhalten, hörte aber Reitzer und Berthold aufmerksam zu.

„Hier haben wir einen 47-Jährigen, der zu den ein bis zwei Prozent der Fälle gehört, deren Todesursache bei einer Obduktion ungeklärt bleibt. Bitter für mich. Ist aber so."

„Wie ist das möglich? Ich dachte, wenigstens dir bleibt nichts verborgen, wo du deiner Kundschaft ja wirklich bis tief auf den Grund gehst."

„Tja, es gibt innere Erkrankungen, die wir nicht nachweisen können. Herzrhythmusstörungen zum Beispiel kann man weder mikroskopisch noch mikrobiologisch noch chemisch untersuchen und feststellen. Ich werde der Witwe nur sagen können, dass ihr Mann nicht durch äußere Einflüsse gestorben ist."

Reitzer bobachtete genau, wie der Assistent arbeitete, korrigierte ihn wortlos, indem er mit dem Zeigefinger spitz auf eine Stelle wies, und fuhr fort: „Also Berthold, was willst du wissen?"

„Alles, was du weißt und was mich interessieren könnte, du weißt schon. Spar dir medizinische Feinheiten, die nackten Fakten genügen mir im Moment vollauf, ich muss nicht wissen, wie schwer die Leber von Martina Gerstenberger gewesen ist."

„Wäre sie Alkoholikerin gewesen, allerdings schon?"

Berthold zweifelte mittlerweile daran, dass Reitzer wirklich unter Zeitdruck stand, sonst hätte er sich schon erheblich kürzer gefasst. Vermutlich wusste er noch nicht mal, was er seiner Frau kaufen sollte, und drückte sich nun vor einer erfolglosen Einkaufsodyssee.

„Wo warst du denn gestern Vormittag während der Sektion? Da wurden deine Fragen schon beantwortet. Unsere reizende Staatsanwältin hat dich auch vermisst."

„Dass die Hellmer blutrünstig ist und sich gerne in Frankensteins Labor einnistet, ist mir schon klar", dachte Berthold, äußerte sich aber nicht laut dazu, sondern sagte: „Pfitzner war doch dabei und hat dir bestimmt gesagt, dass wir eine Zeugin zu befragen hatten, die uns über die Identität der Leiche Auskunft geben konnte."

„Oh, Gott, ja! Frau Doktor Winter hatte ihre Freude an der Dicken."

Die Ärztin korrigierte Reitzer, ohne ihr Gesicht von dem Sektionsassistenten abzuwenden. „Winterstein, Kollege! Bender-Winterstein! So viel Zeit muss sein!"

Sie konnte augenscheinlich, wie viele andere Frauen auch, gleichzeitig an mehreren Gesprächen teilnehmen. Der Gescholtene verdrehte unwillig die Augen nach oben und hustete ein leises „Doppelnamenträgerin! Ehem, ehem!" und ein fröhliches „Hab ich gehört".

Berthold zweifelte am Wahrheitsgehalt der Aussage, dazu wäre ein Gehörvermögen im Ultraschallbereich notwendig gewesen, und lenkte Reitzers Aufmerksamkeit wieder auf sich selbst zurück.

„Kauf ihr ein teures Parfum, darauf stehen alle Frauen. Die packen dir das Zeug im Laden sogar noch kunstvoll ein."

Erfreut über den Tipp, merkte Reitzer nicht, dass Berthold ihn durchschaut hatte.

„Echt? Gute Idee. Du weißt so etwas, ich meine, ein eingefleischter Junggeselle wie du?"

„Ja, selbst ich. Seit wie vielen Jahren bist du verheiratet?"

„Keine Ahnung, da müsste ich überlegen."

„Mann, Reitzer, sag, was zu sagen ist, ich habe auch keine Zeit."

Der Rechtsmediziner reichte seinem Helfer eine fast grobe Nadel und wies auf den Y-Schnitt auf dem Torso des Toten. Ein heftiges, kurzes Nicken bestätigte dem Mediziner, dass sein Assistent den Auftrag verstanden hatte.

Reitzer ging in einen benachbarten Raum, in dem sich die Kühlfächer befanden. Berthold folgte ihm, auch Klüber löste sich von seiner Kachelwand und schloss sich an. Reitzer öffnete eine Tür und zog einen Wagen heraus, auf dem, unter einem Laken verborgen, Martina Gerstenberger lag. In dem unbarmherzigen Licht der Neonlampen sah sie toter aus als im Wald. Berthold betrachtete das Gesicht der jungen Frau. Etwas zog sich in ihm zusammen. Seit circa 30 Stunden versuchte er herauszubekommen, mit was und mit wem sie sich beschäftigt hatte, wer sie gewesen war.

Aber eigentlich ging es nie wirklich um das Opfer selbst, sondern alles, was sie über ein Opfer in Erfahrung bringen wollten, war geprägt von der Suche nach dem Täter. Mit wem hatte das Opfer gelebt, wo gearbeitet, mit wem gesprochen und so weiter, aber dabei stand nicht wirklich das Interesse an der Person des Opfers im Vordergrund, sondern immer nur der Täter, und das verursachte Berthold oft genug ein schlechtes Gewissen. Er strich sich seine Haartolle aus der Stirn.

„Deine Leiche ist so gestorben, wie es von Anfang an erkennbar war. Von hinten erschlagen. Der erste Schlag hätte wahrscheinlich schon ausgereicht. Da wurde mit großer Wucht und Wut gehandelt. Drei weitere Male hat der Täter draufgeschlagen. Der Stein war wie vermutet die Tatwaffe. Die Maße und Spuren um die Wunde stimmen überein. Ich habe mir mit Pfitzner den Stein angesehen und ihn zum LKA geschickt, die haben die besseren Möglichkeiten, den Stein zu untersuchen. Auf dem Basalt war zu viel Erdanhaftung, da konnte ich keine Fingerspuren ausmachen, aber es gibt die Chance auf Spuren von einem Hautabrieb. Darüber könnte man eine DNA feststellen." Reitzer wischte sich mit dem Unterarm über die Nase. „Die Frau fiel aufs Gesicht, hier ist die Stelle, und wurde anschließend umgedreht, das haben wir ja aufgrund der Lage der Extremitäten festgestellt. Da hat sich jemand vergewissert, dass sie tot ist."

Klüber fragte: „Könnte auch eine kräftige Frau für die Tat infrage kommen?"

„Gibt es etwas, was Frauen nicht können? Meine Erfahrung sagt, nein! Okay, repräsentativ ist rohe Gewalt nicht für das schwache Geschlecht, aber ich habe schon Pferde kotzen sehen. Statistisch gesehen holen jugendliche weibliche Gewalttäterinnen in der letzten Zeit auf. Aber die typische weibliche Mörderin wählt immer noch subtilere Mittel, um zu töten."

„Also was jetzt? Ja oder nein?", bohrte Berthold weiter.

„Wenn sie groß, das heißt mindestens 1,70 und kräftig genug war und genug Hass in sich hatte, wäre es möglich. Okay?"

Berthold konnte im Augenwinkel sehen, wie Klüber übereifrig nickte. Er fühlte sich sichtlich bestätigt und zufrieden. Petra Schöneck war groß genug, kräftig war sie außerdem, okay, vielleicht schon zu kräftig. Berthold fragte sich, ob die Frau in der Lage war, sich überhaupt trotz ihrer Leibesfülle tief zu bücken.

„Ich habe Haare an der Leiche gefunden, die nicht zu ihr gehören. Braune und ein blondes. Beide lang. Ein paar braune Hundehaare sind auch dabei. Außerdem hatte die Frau einen Abdruck von einer Hundepfote im Gesicht. Kannst du mit deiner Verbrecherkartei vergleichen, vielleicht liegt schon was vor gegen Waldi oder Rex."

Als Berthold nicht lachte, fuhr Reitzer fort: „Hat sich die Zeugin über die Leiche gebeugt? Wir brauchen Vergleichsproben. Ist natürlich nicht gesagt, dass die Haare nicht schon vorher an der Kleidung hingen."

„Dafür bist du zuständig", sagte Berthold zu seinem Kollegen, ohne sich zu ihm umzudrehen.

„Was du wahrscheinlich nicht weißt." Reitzer setzte kunstvoll eine Pause und bedeckte das Gesicht der Toten. Er schob sie an ihren kalten Hort zurück und ging wieder in den Obduktionsraum.

Warum er ihnen die Leiche überhaupt noch einmal gezeigt hatte und es nun offensichtlich für angemessen hielt, sie wieder in ihr kühles Grab zurückzuschieben, verstand Berthold nicht. Die Männer kehrten in den Sektionsraum zurück, und Klüber bezog wieder schweigend seine Kachelwand. Reitzer murmelte nun irgendetwas Unverständliches, das offenbar dem Assistenten galt, der daraufhin wieder kurz und heftig nickte und ein „Mh" von sich gab.

Berthold kapierte, dass der Arzt seinen Spaß daran hatte, ihn auf die Folter zu spannen, und tat ihm den Gefallen, ungeduldig zu werden.

„Ich nehme an, du wirst mir im Laufe des Tages mitteilen, was du noch weißt", sagte er und stichelte weiter: „während wir hier kostbare Zeit verlieren, statt einen Mord aufzuklären."

„Würde man uns hier unten besser unterstützen, hättest du heute nicht nur einen Fall auf deinem Schreibtisch. Also beschwere dich erst gar nicht. Dein Glück ist, dass man in Tote nicht ausreichend investiert. Das heiße Eisen fasst von den Politikmoderatoren niemand an."

Berthold wusste, dass Reitzer nun bei seinem Lieblingsthema angelangt war, und stöhnte auf.

Frau Dr. Bender-Winterstein und der namenlose Sektionsassistent prusteten laut los, wobei Berthold nicht klar war, ob die Heiterkeit ihrem Chef galt oder ihrem ursprünglichen Gesprächsstoff.

Jedenfalls setzte Reitzer unbeirrt wieder an:

„Wenn selbst die Polizei nicht wissen will, wie viele Morde wirklich geschehen und nur nicht aufgeklärt werden, weil sie von Anfang an nicht als Tötungsdelikt eingestuft werden, sage ich nur: fatal! Meine Erkenntnis, dass gerade mal jede vierte Tötung überhaupt erkannt wird, interessiert in dieser Bananenrepublik niemanden. Und warum, frage ich dich?"

Er wollte keine Antwort, die Frage war rein rhetorisch,

denn als Fachmann wusste Reitzer genau, wovon er redete, und Berthold hörte seine durchaus berechtigten Klagen nicht zum ersten Mal. Daher wusste er genau, welche Sachverhalte an der hohen Dunkelziffer schuld waren.

„Die qualitativ schlechte Leichenschau in Deutschland, begründet durch zu wenige professionelle Leichenbeschauer, verstärkt durch zunehmende Stellenkürzungen und die begrenzte finanzielle Ausstattung für Aus- und Weiterbildungen", leierte Berthold geübt seine Sachkenntnis runter und hoffte damit Reitzers Mitteilungsbedürfnis zu stoppen. Der Unmut des Mediziners über diese Missstände war völlig statthaft, und Berthold teilte auch seine Ansicht, dass in diesem Bereich ein erhöhter Handlungsbedarf bestand, aber die jahrelange Erfahrung innerhalb eines Verwaltungsapparates hatte den Polizisten so weit desillusioniert, dass er nicht mehr gegen Windmühlen kämpfte. Die Arbeit des Kriminalhauptkommissars und die seiner Kollegen war aufreibend und anstrengend genug, da reichten die Energiereserven oft nicht mehr aus, um sich gegen weitere Widerstände durchzusetzen. Er wusste, dass es nach Reitzers Einschätzung bei optimalen Arbeitsbedingungen mindestens doppelt so viele Ermittlungsverfahren wie bisher geben würde, die einen Einsatz von deutlich mehr Staatsanwälten, Rechtsmedizinern und Polizeibeamten erfordern würden, und das war und blieb absolut illusorisch. Abgesehen von den finanziellen Gründen fehlte es vor allem am politischen Willen, und daran konnten sie nichts ändern. Welcher Politiker wollte während seiner Amtszeit eine Verdopplung von Tötungsdelikten verantworten? Eine solche Statistik wäre unpopulär. Der Wähler wäre beunruhigt und verunsichert. Keine gute Marketingstrategie, um sich eine Wiederwahl zu sichern, und darum ging es ja letztendlich und um nichts anderes.

„Du hast gut aufgepasst, Berthold, darum verrate ich dir jetzt auch, dass die Frau schwanger war. Nach der äußeren Erscheinung und der Entwicklung und Anlage der Organe und des Skelettsystems zu urteilen: zwölfte Woche. Wirft das ein neues Licht auf deinen Fall?"

„Möglich", antwortete Berthold vage. „Und was kam bei dem Stoff raus, den Dengler konsumiert hat?"

„Das Ergebnis habt ihr ausnahmsweise heute schon. Meine Heinzelmännchen haben auf Hochtouren gearbeitet. Nach dem, was Super-Spusi Pfitzner vom Tatort mitgebracht hat, war der Kerl sicherlich bis unter die Haarspitzen aufgepeppt."

„Wie meinst du das?"

Der Rechtsmediziner knurrte seinem Assistenten zu, der gerade seine Arbeit beendete: „Was peppt da bei Ihnen, Herr Lee?"

Der hob automatisch den Kopf und begann zu rezitieren: „Speed, Pep, Speck, Freundin, Susi, Putzmittel und so weiter sind umgangssprachliche Bezeichnungen für Alpha-Methylphenethylamin oder Phenylisopropylamin. Das Amphetamin ist ein synthetisch stimulierender und euphorisierender Wirkstoff."

Die Informationen sprudelten aus dem angehenden Mediziner heraus, dabei sprach er mit tonloser Stimme und unbewegter Mimik wie ein Roboter. Berthold war sich sicher, dass der junge Mann ein enzyklopädisches Wissen über diese Thematik besaß und alles aufsagen würde, was er auf seiner Festplatte gespeichert hatte, aber dazu fehlte es Berthold heute an Zeit und Geduld.

„Okay, okay, damit kann ich was anfangen, nur den Wortwitz hatte ich nicht verstanden", unterbrach er den Redefluss des lebenden Lexikons.

Schließlich kannte er die Wirkungsweise dieser Droge nicht erst, seit er Peter wieder getroffen hatte. Der Polizist hatte schon genug andere Konsumenten kennengelernt, um die typischen körperlichen Anzeichen wie erweiterte Pupillen, trockener Mund, Zittern, zwanghafte Bewegungen der Gesichtsmuskulatur und Schweißausbrüche zu kennen. Peters Nervosität und Unruhe sowie sein gesteigertes Mitteilungsbedürfnis und die erhöhte Risiko- und Aggressionsbereitschaft waren nur einige der kennzeichnenden psychischen Wirkungen dieses Rauschgifts. Allerdings hätte auch Koks infrage kommen können.

„Ob noch andere toxikologische Stoffe in der Mischung enthalten sind, wird noch festzustellen sein, schließlich werden die abenteuerlichsten Cocktails gepanscht. Wenn die Konsumenten wüssten, was sie so alles zu sich nehmen, wenn sie sich Koks oder sonst was kaufen!"

Reitzer sah Berthold kopfschüttelnd und missbilligend an, als ob der sich gerade mit dem Stoff versorgt hätte.

„Nach dem Abklingen der Euphorie kommt der seelische Absturz. Depressive Verstimmungen bis hin zu Suizidtendenzen sind dabei wahrscheinlich noch nicht mal die unangenehmsten Begleiterscheinungen. Wenn der Knabe Stimmen hört und in seinem Verfolgungswahn in Panik verfällt, kann er noch viel Unheil anrichten. Glaubst du, ein Blumenstrauß tut es auch?"

Als Reitzer Bertholds verständnislosen Gesichtsausdruck sah, klärte er ihn auf. „Ich bin jetzt beim Geburtstagsgeschenk."

Berthold verzog schmerzlich das Gesicht. „Leisten kannst du dir doch wohl beides, oder ?"

„Wenn ich Mathilde Blumen *und* ein Geschenk mitbringe, habe ich den größten Ärger am Hals."

Wieder bedurfte Berthold der Aufklärung.

„Die wird mir glatt unterstellen, ich hätte Bockmist gebaut und wollte mein schlechtes Gewissen freikaufen."

Berthold überließ Reitzer achselzuckend die Qual einer Entscheidungsfindung. Er grinste nur und fragte: „Geschlechtsverkehr?"

Diesmal konnte Reitzer dem Gedankensprung nicht folgen und nickte freudig.

„Ja, klar! Darauf läuft es doch immer raus! Hab ich ..."

Berthold unterbrach ihn: „Aha. Bevor du mir jetzt ein Geständnis machst, ... ich bin bei der Toten."

Reitzer wurde ungehalten. Unwirsch schmiss er sein Wissen Berthold wie Brocken vor die Füße.

„Nein! Keine Vergewaltigung, kein Sperma. Nichts!"

„Danke für die Infos!"

Berthold nickte zum Abschied. Faser- und Gewebespuren von den Klamotten sollten noch untersucht werden, und den Rest der Beobachtungen und Befunde würde ihnen die Institutssekretärin als Bericht für die Ermittlungsakte zuschicken.

Klüber stieß sich mit einem Pokerface von der Wand ab und tippte sich grüßend mit einem Finger an die Stirn. Verabschiedet wurden sie nur von Frau Doppel-Name und Assistent. Die beiden anderen Käuze würdigten sie keines Blickes mehr.

Als die beiden Polizisten das Gebäude der Rechtsmedizin verließen, atmeten sie beide so tief und erleichtert auf, als hätten sie gerade eine lange Schicht untertage abgerissen.

Der junge Kollege begann prustend zu lachen. „Der wäre dir glatt ins Messer gelaufen!“

Auch Berthold musste grinsen, griff nach seinen Zigaretten und klopfte Klüber auf die Schulter: „Jetzt haben wir uns wahrhaftig unser spätes Mittagessen verdient. Irgendwie hat mich dieser Hautwulst am Kopf an blasses, fettes Dönerfleisch erinnert, was hältst du davon?“

Klüber kriegte sich vor Lachen kaum wieder ein. Er wischte sich die Tränen aus den Augen und meinte glucksend: „Wenn du denkst, du könntest mir den Appetit verderben und dein Portemonnaie schonen, hast du dir in den Finger geschnitten. Ich esse Currywurst und Pommes mit blutrotem Ketchup!“

Von außen sah die Privatklinik mehr wie ein Hotel aus, und auch die Empfangshalle erinnerte eher an eine Hotellobby, aber nachdem die beiden Männer das Gebäude betreten hatten, umfing sie der typische Krankenhausgeruch, den die meisten Menschen lieber mieden. Er weckte unangenehme Erinnerungen an eigene Leiden oder die von nahestehenden Personen und erzeugte Angst vor Krankheit und letztendlich vor dem Tod. Während sie im Aufzug standen und zur Station fuhren, in der Martina Gerstenberger gearbeitet hatte, dachte Berthold an Anniken.

Als der Aufzug ganz sachte im dritten Stock anhielt und beim Abstoppen leicht absackte, stiegen Bertholds Magensäfte seine Speiseröhre hoch und brachten den Döner schon fast wieder zu seinem Eingangspunkt zurück. Berthold schluckte mehrmals angewidert, bis die Gefahr gebannt war. Ihm war schlecht. Kein Wunder, seit dem Frühstück mit Klüber hatte er bis zu dem Döner nichts zu sich genommen außer Kaffee und Zigaretten. Vollkommen ausgehungert hatten sie im Dönerladen in Nidda Unmengen Essen bestellt und tatsächlich alles aufgegessen. Cem, der Wirt, hatte ihnen noch einen Espresso ausgegeben und sich angeregt mit Klüber über die neuesten Fußballergebnisse unterhalten. Nachdem sich beide als Eintrachtfans geoutet hatten, fand sich ausreichend Gesprächsstoff.

Da konnte Berthold nicht mithalten. Er sah aus dem Fenster und beobachtete das Treiben auf der Hauptstraße, und ... dachte natürlich an Anniken. Hier in dieser Stadt lebte diese Frau, die er erst vor Kurzem kennengelernt hatte und die ihm seitdem nicht mehr aus dem Kopf ging. Sie verbrachte hier ihre Zeit, ging hier einkaufen und arbeitete hier.

Berthold hatte die Zeichnungen auf ihrem Arbeitstisch gesehen, und sie hatten ihm gefallen. Sie waren zart, aber ausdrucksstark und zeugten von einem traurig-mystischen Einfallsreichtum. Im Grunde waren es Bildnisse ihrer Schöpferin. Dass die Themen der Illustrationen an den Wänden Stationen im Leben des Oliver Twist waren, hatte Berthold sofort erkannt, und es hatte ihn tief berührt. Seine Gefühle, die ein Eigenleben zu haben schienen, rissen ihn in einer Heftigkeit mit, die er nie für möglich gehalten hätte.

Auch jetzt verpasste er hier auf dem Stationsflur seinen Einsatz, weil er tief versunken in Gedanken bei Anniken weilte und nur wortlos auf die Krankenschwester starrte, die sich ihnen in den Weg stellte. Daher übernahm Klüber ihre Vorstellung:

„Kriminaloberkommissar Klüber von der Polizeidirektion Friedberg, das ist mein Kollege Kriminalhauptkommissar Hortmann, wir hätten gerne mit den Kollegen und Kolleginnen von Martina Gerstenberger gesprochen."

Berthold sah, wie sich das Gesicht der Krankenschwester vor Empörung dunkel färbte, als Klüber seinen Text aufsagte.

„Hören Sie mal, wir sind hier in einem Krankenhaus. Was sollen denn die Patienten denken, wenn hier die Kripo ständig rein und raus spaziert?"

Sie gab Klüber seinen Ausweis zurück und tat sehr beschäftigt, indem sie die Unterlagen auf einem Klemmbrett durchblätterte. Ihr Ach-hier-ist-noch-so-viel-zu-tun-wie-soll-ich-das-in-diesem-Leben-noch-alles-schaffen-Blick wanderte dabei unruhig hin und her.

„Die denken sich nichts anderes als ‚Gott sei Dank, dass sich die Kripo um die Aufklärung von Straftaten bemüht und wir sicher schlafen können', meinen Sie nicht auch?" Berthold sprach mit einschmeichelnd brummiger Stimme, ließ aber heraushören, dass er keine Machtspielchen mitmachen würde.

„Haben wir nicht schon alles gesagt, was dazu zu sagen ist, oder was?"

„Oder was“ hätte sie nicht sagen dürfen. Das war der Trigger, der Klüber zu sehr an Petra Schöneck erinnerte. Prompt wurde er patzig. „Was und wie viel hier zu sagen ist, entscheiden wir, Schwester Oderwas!“

„Oberschwester Hilde, wie wir auf diesem Schild lesen können.“ Mit dem Zeigefinger wies die Oberschwester auf ein kleines Namensschildchen, das an ihrem Kittel befestigt war. Ihre spitze Nase reckte sie gleichzeitig in luftige Höhen. Hilde Hoffmann war drahtig, fast mager, und ihr Gesicht trug harte Züge. Ihr Aussehen drängte die Frage nach einer verwandtschaftlichen Beziehung zu den Frauen aus Gölzenhain förmlich auf. Um den Mund zogen sich Falten, die von Verbitterung zeugten. Ihre grauen Augen waren farblos und zeigten keinen Schimmer einer freundlichen Emotion. Berthold schätzte sie auf Mitte vierzig.

„Haben *wir* einen Personalraum, den wir für unser Gespräch aufsuchen können, Oberschwester Hilde“, fragte er.

„Mit wem wollen Sie denn heute schon wieder reden? Wir haben Wochenende und alle keine Zeit. Jetzt wird das Essen gleich wieder eingesammelt, und dann gehen die Vorbereitungen für die Nacht los.“

„Darum haben wir uns hierher bemüht, damit wir Ihnen den Weg in die Polizeidirektion und die damit verbundene Zeit ersparen können.“

Die Augen der Oberschwester taxierten Bertholds Augen wie eine Katze, die ihren Rivalen einschüchtern will und gleichzeitig versucht, das Risiko eines Angriffs abzuschätzen. Berthold hielt ihrem Blick stand. Er war fast zwei Köpfe größer als die Frau vor ihm, aber wegen der körperlichen Überlegenheit hätte Oberschwester Hilde bestimmt nicht die Krallen eingezogen.

Eine Frau ihres Kalibers setzte auf mentale Durchsetzungskraft, kalkulierte in kürzester Zeit, auf wessen Seite die meisten Pluspunkte standen und handelte entsprechend.

„Ach, kommen Sie mal mit, meine Herren, es nutzt ja nichts. Sie hätten bestimmt auch lieber Feierabend, nicht wahr?“

Die beiden Polizisten liefen hinter dem Stationstyrannen her und warfen sich nur kurz einen vielsagenden Blick zu. Sie quetschten sich an großen Metallwagen vorbei, auf denen Tabletts gestapelt und transportiert wurden. Ein paar Patienten in Morgenmänteln und Pantoffeln schlurften zum Teewagen, um sich mit Getränken zu versorgen. Nur einer strebte auf den Ausgang zu.

„Herr Jedamski, wir wollen doch nicht etwa rauchen?" Mit erhobenem Zeigefinger drohte die Oberschwester einem verknitterten, alten Mann, der so tat, als habe er die Frage nicht gehört. Er zog zwar den Kopf tiefer zwischen die Schultern, verfolgte jedoch wackelig, aber tapfer seinen Weg. Berthold wünschte ihm im Stillen Kraft für den ungleichen Kampf mit Hilde Hoffmann. Die öffnete gerade eine Tür in der Mitte des Flurs, die sich direkt neben dem verglasten Büroraum der Station befand.

Vor ihnen öffnete sich ein schmaler Durchgang, der rechts und links an Spinden vorbei in einen rechteckigen Raum führte, in dessen Mitte ein Tisch und Stühle für acht Personen standen. Auf der gegenüberliegenden Seite des Durchgangs befand sich die Fensterfront, durch die grelles Licht auf die Besucher fiel und sie im ersten Moment blendete, sodass sie nicht die Person erkennen konnten, die sich in dem Raum aufhielt. Allerdings gab das Ausmaß des Umrisses Aufschluss genug.

„So, da wären wir. Ach, Schwester Petra, was machen Sie denn hier?", fragte die Oberschwester erstaunt. Am Tisch, auf dem Tassen, Essensreste und Tüten eines Fast-Food-Herstellers unordentlich herumstanden, saß Petra Schöneck mit dem Rücken zur Tür und las in einem Schriftstück. Erschrocken fuhr sie herum, als sie die Stimme ihrer Vorgesetzten vernahm. Frau Schöneck steckte feist wie eine Presswurst im Kunstdarm in ihrer engen rosafarbenen Schwesterntracht und dokumentierte auf eindrucksvolle Weise die Qualität des Stoffes im Hinblick auf Stabilität und Elastizität.

„Ja, ich, äh, dachte, ich springe von sechs bis zehn Uhr für Sybille ein, die hat heute niemanden, der auf ihren Sohn aufpasst." Sie faltete den Brief hastig zusammen.

„Warum weiß ich nichts von der Dienstplanänderung?"

Die Oberschwester stemmte die Hände in die Seiten, zog scharf die Luft ein und blähte sich künstlich auf. Aber wollte sie nur annähernd den beachtlichen Umfang ihrer Gesprächspartnerin annehmen, hätte sie das komplette Luftvolumen des Raums einsaugen und ihn in ein Vakuum verwandeln müssen. Vielleicht aus Einsicht in die Vergeblichkeit ihres Unterfangens oder aber aus Angst vor einem Erstickungstod blies die Oberschwester die Luft hörbar wieder aus, und nachdem sie keine Antwort erhielt, keifte sie weiter:

„Wie oft soll ich wiederholen, dass erst mit *mir* gesprochen wird, bevor hier die Entscheidungen getroffen werden? Na ja, das wird sich eh bald alles ändern, wenn es nach mir geht."

Die Gescholtene zog ein Taschentuch hervor und wischte sich damit die verschwitzte Stirn ab, entgegnete aber nichts.

„Was geht denn hier *nicht* nach Ihnen?", fragte Klüber.

„Werden Sie mal nicht frech, junger Mann. Legen Sie los, mit wem wollen wir sprechen?"

„Wenn Sie Schwester Petra für einige Minuten entbehren könnten, wäre das sehr hilfreich." Berthold lächelte sie freundlich an.

Oberschwester Hilde senkte ihre Augenlider und blinzelte. „Nun denn, schließlich wollen wir den Fall ja so schnell wie möglich geklärt haben, nicht wahr?"

Sie raschelte hastig hinaus und lehnte die Tür beim Hinausgehen nur an. Klüber ging hinterher und schloss sie nachdrücklich. An den Wänden rechts und links vom Durchgang standen graue Metallspinde, die mit bunten Abziehbildchen und Namenszeichen beklebt waren. Der dritte von links war mit einem Siegel verklebt und wies ihn das ihn als Aufbewahrungsschrank von Martina Gerstenberger auswies. Den hatten Vollmer und Ramirez gesichert.

Klüber nahm seinen Schlüsselbund aus der Hosentasche und riss das Siegel damit auf. Mit einem kleinen Dietrich hatte er im Handumdrehen die Metalltür geöffnet.

„Was ist denn da drin?" Schwester Petra beobachtete den Polizisten mit großen Augen, rührte sich aber nicht vom Fleck.

„Wenn Sie das nicht wissen, wer sonst?"

„Woher soll ich denn wissen, was Tini in ihrem Spind hat ... hatte."

Klüber deutete auf Berthold. „Also ich weiß, dass mein Kollege immer eine Notration Rothändle in seinem Schrank hat, Ersatzklamotten, Duschgel, Handtuch,

Rasierzeug und so weiter. Und das ist nur einfach mein Kollege. *Sie* waren mit Tini auch noch dick befreundet. Da weiß man doch sogar, was der andere im Nachttischchen hat, oder? Es sei denn, sie waren gar nicht sooo gut befreundet, wie sie immer behaupten?“

„Was soll das, wie reden Sie eigentlich mit mir? Natürlich waren wir befreundet. Ich war Tinis beste Freundin!“ Petra Schöneck stützte sich mit ihren Armen auf die Lehnen ihres Stuhls und drückte sich aus dem Möbelstück. Berthold fragte sich erstaunt, wie sie es überhaupt hineingeschafft hatte. Klüber hatte recht. Diese Frau war so außerordentlich dick, dass man sich fragte, ob sie nicht wirklich bald zum Nichtstun gezwungen sein würde, denn diese Fleischmassen in Bewegung zu setzen, musste sie unglaublich viel Energie kosten.

„Bleiben Sie sitzen, ich schaffe das schon allein“, blaffte Klüber.

Schwester Petra blieb hinter ihrem Stuhl stehen und hielt sich an der Rückenlehne fest.

Klüber untersuchte den Inhalt von Martina Gerstenbergers Spind. Er enthielt offenbar nichts Interessantes, denn Klüber tauchte nach kurzer Zeit wieder hinter der Schranktür auf und schüttelte verneinend den Kopf.

Berthold fragte: „Frau Schöneck, sie haben mir doch das letzte Mal erzählt, dass sie Martina am Donnerstag abholen wollten, um sie erst zum Arzt zu fahren und später zur Arbeit. Aber sie hatten am Abend zuvor erfahren, dass ihr gekündigt worden war. Klingt das für Sie logisch?“

Klüber verschloss geräuschvoll den Metallspind und klebte ein neues Siegel auf das Schloss. Frau Schöneck war bei dem Lärm erschrocken zusammengefahren. Jetzt schnaufte sie kurzatmig und zögerte mit ihrer Antwort.

„Ich dachte nicht darüber nach. Ich meine, ich habe sie doch immer hingefahren und so.“

„Sie haben ausgesagt, dass die Kündigung diesmal ernst klang. Warum sollte Frau Gerstenberger nach einer ernstzunehmenden Kündigung arbeiten gehen?“ Berthold sprach freundlich und sah die Zeugin aufrichtig interessiert an.

„Na ja, ich meine, es war ja nicht das erste Mal, dass ihr gekündigt wurde. Darum dachte ich, ... was weiß denn ich.“

„Sie haben sich sogar solche Sorgen um ihre Kollegin gemacht, dass Sie die Polizei benachrichtigt haben. Also was denn nun, haben Sie die Kündigung ernst genommen oder nicht?"

„Im Moment haben hier alle Angst vor Kündigungen. Es wird eingespart, wo es nur geht." Schwester Petra schluckte und wischte sich mit dem Handrücken den Schweiß von der Oberlippe.

„Das beantwortet meine Frage nicht, Frau Schöneck."

„Ja, irgendwie war es schon klar, dass das diesmal eine richtige Kündigung war."

Berthold wies auf das Papier in ihrer Hand. „Haben Sie auch eine Kündigung erhalten?"

Die Hand schloss sich fester um den Brief.

„Das ... das ist privat. Das ... geht sie nichts an", stammelte die Frau.

Klüber trat dicht an das Fensterbrett, auf dem eine Kaffemaschine und ein Tablett mit sauberen Kaffeetassen standen. Er hatte das Licht im Rücken, sodass er nur noch als dunkler Umriss zu erkennen war, und blaffte die Zeugin an: „Was uns hier was angeht, entscheiden wir, gute Frau. Von wem bekommen Sie denn private Post in die Klinik?"

Der Polizist bückte sich und hob einen Umschlag hoch, den er aus dem Mülleimer neben der Kaffeemaschine gefischt hatte. Er schüttelte das Kuvert, um es von dem Rest Kaffeesatz zu reinigen, der als dicker Klumpen daran hing. „Und wer benutzt dabei Briefumschläge mit dem Logo der Klinik?"

Schwester Petra stiegen die Tränen in die Augen. Sie rang mühsam um Fassung. Erbost warf sie ihren zerknitterten Brief auf den Tisch. „Ich weiß nicht, was Sie von mir wollen. Da, lesen Sie doch selbst. Das ist keine Kündigung. Da geht es um die Kürzungen der Nachtzulagen. So! Und jetzt lassen Sie mich gefälligst in Ruhe! Ich muss arbeiten oder wollen Sie, dass mir wirklich gekündigt wird, oder was?"

„Wir wollen, dass Sie uns sagen, was Sie wissen, damit wir den Mord an ihrer Freundin aufklären können. Ist es Ihnen etwa gleichgültig, dass da draußen jemand frei rumläuft, der ihre Freundin Martina getötet hat, oder was?"

Klüber wurde laut. Die Krankenschwester begann zu

weinen und ließ sich wieder auf ihren Stuhl fallen. Der knackste zuerst gefährlich unter der schweren Last und quietschte zusätzlich schmerzhaft auf, als er näher an den Tisch gerückt wurde.

Berthold machte eine besänftigende Geste in Richtung Klüber. „Was ist denn los, Frau Schöneck? Warum erzählen Sie uns nur Halbwahrheiten oder lassen wichtige Details aus, die uns näher an die Wahrheit bringen könnten?"

Umständlich befingerte die Schwester ihren Kittel und quetschte ihre Hand in eine kleine, aufgenähte Tasche. Berthold kam ihr zuvor und reichte ihr ein Papiertaschentuch aus seiner Hosentasche. Geräuschvoll putzte die Frau ihre Nase, während ihre Tränen ungehemmt den Weg über die dicken Wangen nahmen, um auf der umfangreichen Brust zu landen. Auf dem rosafarbenen Stoff hinterließen sie dunkle Flecken.

„Ich weiß nix und Sie bringen mich nur durcheinander. Ich habe schließlich meine Freundin verloren, und Sie hacken nur auf mir rum, statt auf ..."

„Anstatt auf wem, Frau Schöneck?" Berthold war nach außen immer noch die Ruhe selbst, aber eine Welle der Ungeduld zerrte an ihm. Er fühlte sich ausgelaugt und müde.

„Na, auf dem Kerl, der es getan hat."

„Wie kommen Sie darauf, dass es ein Mann gewesen ist?" Klübers Stimme war leise, klang aber nicht weniger bedrohlich. Er setzte sich der Frau direkt gegenüber an den Tisch.

Frau Schöneck verzog schmollend den Mund und schwieg.

Vielleicht war jetzt der richtige Zeitpunkt gekommen, Frau Schöneck mit der Schwangerschaft der Freundin zu konfrontieren. Sie wusste möglicherweise, wer als Vater in Frage kam.

Berthold atmete tief durch und stand auf. „Glauben Sie, ich könnte mir hier mal einen Kaffee kochen?"

Überrascht sah die Schwester auf und schälte sich sofort wieder aus dem gepeinigten Möbelstück heraus.„Das mache ich für Sie, Herr Kriminalhauptkommissar."

„Da bin ich aber erleichtert; wenn Sie wüssten, wie meine Kollegen über meine Kaffeekochkünste lästern." Berthold stellte sich lächelnd neben die Krankenschwester.

Sie erledigte die wenigen Handgriffe schnell, aber ihre Hände zitterten. Offenbar war sie immer noch aufgewühlt.

„Wer hat eigentlich das Polaroid von Ihnen und Frau Gerstenberger vor der Klinik aufgenommen?" Berthold stand dicht vor der Zeugin und sah sie an. Sie hatte schöne, braune Augen. Ein Detail, das ihm vorher nicht aufgefallen war. Petra Schöneck wich seinem Blick nicht aus, zögerte aber eine Sekunde zu lange und strafte ihre Aussage Lügen. „Das weiß ich nicht mehr, ich glaube, Herr Thomas von der Pforte oder so."

Entweder war ihr nicht klar, was sie mit ihrem „oder, so" bei Klüber anrichtete, oder sie trieb ein ausgekochtes Spiel mit ihm; die Reaktion blieb jedenfalls nicht aus.

Klüber ging hoch wie eine Rakete. „Packen Sie hier Ihren Kram zusammen und begleiten Sie uns nach Friedberg. Ich habe genug von Ihren Faxen, Frau Schöneck. Für wie blöd halten Sie uns denn eigentlich?"

In diesem Moment ertönte ein Klopfen und im nächsten wurde die Tür geöffnet. Ein großer, schlanker Mann trat ein. Sein blondes, exakt geschnittenes Haar sah nicht nach dem Werk eines Wald- und Wiesenfriseurs aus. Unbewusst fuhr sich Berthold durch seinen vollen Haarschopf, der schon zu lange keine fachmännische Behandlung mehr erfahren hatte. Ein weißer Kittel über der weißen Hose und die üblichen Handwerksutensilien wiesen den Mann als Arzt aus, und so stellte er sich auch den beiden Polizisten vor:

„Dr. Schweikert, ich bin hier der Stationsarzt, und Sie sind die Herren von der Kriminalpolizei, nehme ich an."

Schwester Hilde hatte ihren Vorgesetzten sicher umgehend von dem unerwünschten Besuch der Polizei informiert. Der Arzt trat näher und streckte Berthold die Hand hin. Die beiden Männer schüttelten sich die Hände. Berthold nahm einen kurzen und festen, aber feuchten Händedruck war und stellte sich ebenfalls vor. Er wies auf Klüber und nannte auch dessen Namen. Dr. Schweikert begrüßte Klüber ebenso mit einem Handschlag. Er lächelte zwar und sein Gesichtsausdruck war freundlich, wirkte aber einstudiert, da die Liebenswürdigkeit nicht die hellblauen Augen erreichte. Der Mann war auf sehr professionelle Weise nett. Seine Worte zeugten von einer Art der Selbstsicherheit, die Berthold ärgerte.

„So, meine Herren! Ich nehme an, Sie haben gewichtige Gründe, warum Sie uns aufsuchen, aber wir befinden uns hier in einer Klinik. Diese Dame hier wird auf der Station von kranken Menschen gebraucht und sollte ihre Zeit nicht mit Kaffeekochen verbringen. Ihr Verständnis vorausgesetzt, sollten Sie ihre Befragungen auf eine angemessene Zeit verlegen. Wann haben Sie Feierabend, Schwester Petra?"

Die Angesprochene blinzelte verwirrt mit den Augen. Ihr Kopf lief dunkelrot an, und ihr Mund öffnete sich. Bevor sie Auskunft geben konnte, setzte Berthold sein coolstes Bullenlächeln auf und klang gleichmütig:

„Danke, dass Sie uns darauf hinweisen, wo wir uns befinden. Aber glauben Sie mir, das ist unnötig. Worauf ich *Sie* aber offensichtlich aufmerksam machen muss, ist die Tatsache, dass wir in einem Mordfall ermitteln. Einem Mord an einer Ihrer Mitarbeiterinnen. Sie kannten doch Frau Gerstenberger, Herr Dr. Schweikert?"

„Sicherlich, Herr ..."

Dr. Schweikert hatte sich vielleicht wirklich nicht die Mühe gemacht und sich den Namen des Polizisten gemerkt. Berthold wertete diese Tatsache jedoch so, dass ihm damit eine untergeordnete Rolle zugewiesen werden sollte.

„Ich bedaure es zutiefst, eine geschätzte Kollegin unter solchen Umständen zu verlieren, aber glauben Sie mir, ich .."

Berthold fiel dem eloquenten Sprecher ins Wort. „Soviel ich gehört habe, wurde Frau Gerstenberger an dem Abend ihres Todes von Oberschwester Hilde gekündigt? Ist das ein adäquater Umgang mit geschätzten Mitarbeitern?"

Der Mediziner räusperte sich und zog einen Pager aus der Kitteltasche. Das Display war dunkel. So gewinnt man Zeit, dachte Berthold und wartete auf die Antwort.

„Mit diesen Personalentscheidungen habe ich nicht viel zu tun. Glauben Sie mir, es tut mir um jeden leid, der gehen muss."

Während er sprach, sah er Frau Schöneck mit einem durchdringenden Blick an. Diese lächelte demütig und fingerte verunsichert an ihrem Oberteil herum.

„Frau Schöneck, hier ist meine Karte, falls Ihnen noch etwas einfällt, egal was, dann rufen Sie mich an. Ich bin

Tag und Nacht erreichbar. Im Übrigen möchte ich, dass Sie mich morgen um zehn Uhr in meinem Büro aufsuchen. Ist das okay für Sie?“

Sichtlich erleichtert, dem Raum und seiner gespannten Stimmung zu entkommen, griff die Krankenschwester nach der Visitenkarte. Doch eine ungeschickte Bewegung von Berthold und die Karte fiel zu Boden. Erstaunlich schnell und behände ging die Schwester in die Hocke und hob das Papier auf, bevor Berthold sich danach bücken konnte. Für einen kurzen Moment kreuzten sich die Blicke der Polizisten vielsagend.

„Danke für Ihre Mitarbeit, Frau Schöneck. Sie haben uns sehr geholfen!“ Berthold war die Dankbarkeit in Person und hob grüßend die Hand. Er schickte noch ein „einen ruhigen Dienst wünsche ich auch!“ hinterher. Dann wandte er sich zu Dr. Schweikert, der sich nun ebenfalls zur Tür drehte.

„Können Sie sich noch daran erinnern, wann Sie das Foto von Schwester Petra und Schwester Martina vor der Klinik gemacht haben, Dr. Schweikert?“

Ein kurzes Zucken um den Mundwinkel verriet Berthold genug. Er zückte sein Notizbuch und schrieb eifrig „Trockenfutter Murr“ in seine Einkaufsliste, dann sah er den Befragten erwartungsvoll blinzelnd an.

„Das war so vor ein paar Wochen, keine Ahnung, wann genau. Warum fragen Sie mich das?“

„Wussten Sie zu diesem Zeitpunkt schon von der Schwangerschaft von Schwester Martina?“

Der Arzt blickte starr auf Berthold und bemühte sich, dem insistierenden Blick standzuhalten. Seine Kiefermuskeln spannten sich an. Die distinguiert glatte Art des Arztes bekam Risse.

„Ich wusste nichts von einer Schwangerschaft. Ich nehme an, niemand wusste hier etwas von der Schwangerschaft, sonst hätte man ihr schließlich nicht kündigen können.“

Jegliche Freundlichkeit war aus seiner Stimme gewichen. Auch Berthold gab sich keine Mühe mehr, seine Antipathie gegenüber diesem Mann zu unterdrücken. Er packte seinen Notizblock wieder ein, legte seine Karte auf den Tisch und sagte:

„Ich weiß, dass Sie lügen, Herr Dr. Schweikert, und ich

werde herausfinden, warum. Hier ist meine Karte, falls Sie sich doch noch an das eine oder andere entsinnen können, was uns weiterhelfen könnte, den Mord an Martina Gerstenberger aufzuklären."

Er drehte sich grußlos zur Tür und strebte dem Ausgang zu.

Klüber lächelte strahlend und hielt dem Arzt die ausgestreckte Rechte hin. Als dieser seine Geste ignorierte, wünschte er ihm trotzdem fröhlich ein schönes Wochenende.

Die beiden Polizisten liefen durch den langen Gang der Station, der immer noch durch die Essenswagen eingeengt wurde. Vom Personal war nichts zu sehen. Die automatische Flügeltür öffnete sich mit einem „Klack" und entließ die beiden Besucher. Berthold sah sich im Flur um und entdeckte rechts von den Fahrstühlen eine Tür, die auf einen schmalen Balkon führte. Er strebte darauf zu. Richtig, da stand Herr Jedamski in seinem alten, gestreiften Frotteebademantel und rauchte. Berthold trat mit Klüber im Schlepptau auf den Vorbau hinaus. Sie grüßten, und als Berthold suchend seine Hosentasche abtastete, reichte ihm Klüber seine Rothändle.

„Haben Sie mal Feuer?" Bittend trat Berthold mit der Kippe im Mundwinkel auf das Männchen zu. Der Patient nickte freundlich und griff in seine Manteltasche, reichte mit zittriger Hand das Gewünschte weiter und sah mit trüben Augen zu Berthold auf. Die faltige Haut dieses Mannes schien durchsichtig zu sein. Das Gesicht, seine Hände, alles, was nicht mit Kleidung bedeckt war, zeigte eine pergamentartige, hauchdünne Struktur, und darunter zogen Adern und Venen ihr rotes und blaues Muster. Berthold hatte mal eine Uhr besessen, deren gläsernes Rückblatt den Blick auf das Uhrwerk zuließ. Ihm drängte sich in seiner Fantasie ein Bild von dem Körper unter dem Morgenmantel auf, der wie ein lebendes Modell aus der Ausstellung „Körperwelten" aussehen musste. Würde man die Organe und Muskelstränge erkennen können, die, eingehüllt in ein Netz aus Nerven- und Blutbahnen, pulsierten, pumpten, Sekrete absonderten und trotz ihrer jahrzehntelangen Tätigkeit diesen alten Mann am Leben hielten?

„Sind Sie schon lange hier?", fragte Berthold.

Resigniert verzog der alte Mann seine Mundwinkel und zog gierig an seiner Zigarette.

Heiser antwortete er: „Zu lange, junger Mann, und so, wie es aussieht, komme ich hier auch nicht mehr raus."

Diese bittere Erkenntnis wollte Berthold nicht mit einer Floskel kommentieren. Dazu gab es nichts Passendes zu sagen.

„Kannten Sie Schwester Martina?"

„Ach, Sie sind von der Polizei?" Der Patient nickte, als Klüber ihm seinen Ausweis zeigte und sie vorstellte.

„Ja, ich kannte die Martina. Ein nettes Mädchen. Ich habe in der Zeitung gelesen, was passiert ist. Erst die Meldung von einer unbekannten Frau, die hier in Bad Salzhausen ermordet wurde. Dann kommt die Polizei in die Klinik. Tja, da kocht die Gerüchteküche, obwohl sich das Personal bedeckt hält. Ganz nach dem Motto: ‚Wir wollen uns doch nicht aufregen!' He, he, he", kicherte er, bis ihn ein heftiger Hustenanfall von seiner Freude abbrachte.

Berthold konnte sich lebhaft vorstellen, wen der Mann zitiert hatte, und klopfte ihm nur ganz sanft auf den mageren Rücken, da er Angst hatte, den Mann zu verletzen.

Als Herr Jedamski wieder sprechen konnte, fuhr er eifrig fort: „Die Martina war eine ganz Liebe. Nicht so ein Drachen wie die Oberschwester. Die hat sich auch mal mit mir hier raus gestellt und eine geraucht. Die war immer fröhlich. Hat immer gelacht und Späßchen gemacht. Außerdem war sie eine Augenweide, wenn Sie wissen, was ich meine."

Dieser Mann war offensichtlich froh, Zuhörer gefunden zu haben. Ein kurzes, zustimmendes Nicken von Klüber und Berthold genügte, um seinen Redefluss in Gang zu halten.

„Die anderen sind ja eigentlich auch alle okay, die haben ja auch einen harten Job. Da müssen wir schon dankbar sein, dass es so Frauen überhaupt gibt. Tag und Nacht sind die im Einsatz, und was kriegen sie am Ende des Monats?" Er rieb Daumen und Zeigefinger reibend in die Höhe.

„Auf jeden Fall zu wenig", antwortete Berthold.

„Genau. Aber bei euch ist das wohl auch nicht viel anders, oder irre ich mich?"

Er schien keine Antwort zu erwarten, denn unbeirrt setzte er seine Ausführungen fort: „Ihr haltet den Kopf hin, und im Endeffekt seid ihr für viele nur die Scheißbullen. So ist es doch, oder? Wenn ich heute bedenke, was ich früher verdient habe und heute noch als Rente kassiere, müsste ich mich schämen. Aber habe ich diese Entlohnungskriterien erfunden? Nee, und wenn man Ihnen jeden Monat eine satte Lohntüte hinhält und Sie dafür nur den Mund halten müssen, wenn es um irgendwelche Schweinereien geht, dann greifen Sie zu. Und jetzt bin ich ein alter Trottel, habe mir die Lunge kaputtgeraucht, habe niemanden, der mich besuchen will, aber genug Geld, um mir diese Privatklinik zu leisten."

Die Stimme ging in ein Krächzen über. „Da ist man dankbar, wenn es noch so junge Mädchen gibt, die einem mit ihrer sonnigen Art die letzten Stunden ein bisschen erträglicher machen."

Berthold hätte interessiert, welchem Beruf Herr Jedamski früher nachgegangen war, aber er wollte nicht indiskret erscheinen.

„Hat Ihnen Schwester Martina irgendetwas erzählt, was uns weiterhelfen könnte? Ich meine, hat sie etwas von einem Freund oder Liebhaber erzählt, Ärger mit einer Freundin oder sonst wem?"

„Ach, wissen Sie, für lange Gespräche ist auch hier in einer Privatklinik nicht viel Zeit, und als Patient ist man ja froh, wenn einem mal einer zuhört. Ich muss ehrlich sagen, ich habe mich immer nur um mich selbst gekümmert. Mit dem Ergebnis, dass ich jetzt ein alter und einsamer Mann bin, für den sich erst wieder jemand interessieren wird, wenn ich unter der Erde liege und es darum geht, meine Erbschaft aufzuteilen. Aber da werden die sich noch wundern."

Wieder kicherte der unverbesserliche Raucher, bis er erneut von einem Hustenanfall geschüttelt wurde.

Berthold drückte seine Zigarette im Blumenkasten aus, der an der Balkonbrüstung hing, und steckte den Stummel in seinen Handaschenbecher. Er gab Herrn Jedamski seine Visitenkarte mit der Bemerkung: „Wenn Ihnen irgendetwas einfällt, rufen Sie mich an. Ich bin immer erreichbar."

„Sagen Sie mal, hat sie leiden müssen, ich meine, hat er was Schlimmes mit ihr angestellt, der Mörder?"

„Er hat sie umgebracht. Das ist schrecklich genug. Mehr kann ich dazu nicht sagen."

„Ich verstehe. Dann wünsche ich Ihnen viel Glück, Herr Kommissar. Fassen Sie den Drecksack und rauchen Sie nicht so viel. Sehen Sie mich an, dann wissen Sie, wohin das führt."

„Danke für das Gespräch, und alles Gute wünsche ich Ihnen, Herr Jedamski."

Im Auto schmiss Berthold seine Rothändle auf den Boden und fluchte unverständliches Zeug vor sich hin.

„Du scheinst ja doch nicht gänzlich von der Unschuld unserer Dicken überzeugt zu sein." Klüber sprach damit Bertholds kleinen Test an. „Der Fleischberg ist durchaus in der Lage, sich schnell nach einem Stein zu bücken und zuzuschlagen."

Er steuerte langsam auf eine rote Ampel zu und verrenkte den Kopf nach zwei jungen Frauen, die er auf dem Bürgersteig entdeckt hatte.

„Kannst du dich mal darauf besinnen, dass die Frau einen Namen hat und nicht nur dick ist?", fauchte Berthold ihn an.

Sein Kollege grinste ungerührt: „Lass es nicht an mir aus, dass du Angst vor Lungenkrebs hast."

Tanja saß noch an ihrem Schreibtisch, als Klüber und Berthold zurückgekehrt waren. Sie winkte ihnen freudig zu und folgte den Männern in deren Büro. Klüber fasste kurz für sie zusammen, was sie in Erfahrung gebracht hatten. Kriminalhauptkommissar Hortmann blätterte die Unterlagen auf seinem Tisch durch, die ihm seine Kollegen hinterlassen hatten. Er war zu erschöpft, um sich sofort in sie zu vertiefen. Sein Körper schrie nach Erholung und Schlaf.

Tanja sah ihn mitfühlend an. „Mach Feierabend, Berthold. Heute erreichst du eh nichts mehr."

Ohne auf ihre Bemerkung einzugehen, fragte er: „Was steht da drin?" und wies auf die Seiten vor ihm.

Tanja schnappte sich die Berichte, und nach kurzer Durchsicht sagte sie: „Von den Telefongesellschaften habe ich nur Abschriften über die eingehenden und abgehenden Telefonate von Martina Gerstenberger und Petra Schöneck bekommen. Gesprächsprotokolle können wir so schnell nicht bekommen. Aber die Schöneck hat mehrere kurze Verbindungen zur Nummer ihrer Freundin gehabt, auch noch nach deren Tod. Hat nie länger als 20 bis 30 Sekunden gedauert. Wahrscheinlich hat sie nur die Mobilbox erreicht. Aber das Opfer hat kurz vor seinem Tod, und zwar um 13 Minuten nach zehn, in der Klinik angerufen. Das ist doch interessant, oder? Ich meine, sie kam ja gerade erst von da. Wen wollte sie da sprechen, hat das jemand dort erwähnt?"

Klüber lachte auf. „Die waren alle sehr verschlossen. Guck doch mal auf dem Dienstplan der Klinik nach, ob Dr. Schweikert am fraglichen Abend Dienst hatte. Der Typ ist aalglatt und denkt, er hat alles im Griff. Aber meines Erachtens lief da was zwischen Schwester Martina und dem Herrn Doktor."

Tanja leckte sich über ihren Zeigefinger und blätterte die seitenlangen Informationen durch, die Ramirez und Vollmer gesammelt hatten.

„Ach, hier. Ja, der hatte Dienst bis zehn Uhr. Warte! ... Mh ... mh ... mh. Du meinst, das ist unser Mann, der schützend die Hand über Martina gehalten hat?"

„Sieht ganz so aus. Er hat das Foto gemacht, und er war es, den die beiden angehimmelt haben. Ein aalglattes und arrogantes A ..."

Bevor Klüber das böse Wort aussprechen konnte, unterbrach ihn Berthold: „Nur kein Neid, Klüber. Dass die Alphamännchen immer das Rennen bei den Frauen machen, kommt dir doch auch zugute. Hat er die Kündigung ausgesprochen?"

Tanja las und schüttelte den Kopf. „Nein, bei der lautstarken Auseinandersetzung im Personalraum waren nur Oberschwester Hilde und unser Opfer, das danach wutentbrannt die Tür hinter sich zugeschmissen und die Station verlassen hat. Das wurde von drei Patienten berichtet."

„Aha, interessant. Wenn ihr Schutzengel also nicht anwesend war, hat sie ihn vielleicht später versucht anzurufen und zum Friedhof bestellt? Ich hatte auch den Eindruck, dass er von der Schwangerschaft wusste, zumindest war er nicht überrascht, davon zu hören. Vielleicht ist er sogar der Vater des Kindes? Ein Produkt ihrer romantischen Treffen im Wald? Das lässt sich ja feststellen, aber ..."

Tanja hob erstaunt die Augenbrauen und fiel Berthold ins Wort: „Hat der das echt nötig? Ich meine, ein Arzt, gut aussehend, wie ich Klübers verstecktem Rivalitätsgebaren entnehmen darf, und im besten Alter? Trifft sich so ein Mann *im Wald* mit einer Angestellten und schwängert sie dann auch noch? Das glaube ich nicht!"

„Dein Glauben an die Männer ehrt dich, Tanja. Aber es zeugt von mangelnder Erfahrung mit dem vermeintlich starken Geschlecht. Wenn es um Sex geht, kann auch ein intelligenter Mann nicht mehr denken und sein Schwanz übernimmt die Steuerung."

Berthold suchte nach seinen Zigaretten.

Klüber warf ihm die zerdrückte Packung zu, die er vorausschauend im Auto aufgehoben hatte.

„Ja, Tanja, so sind wir Männer. Wenn selbst Berthold das so sieht, muss es einfach stimmen. Wir müssen mal nachforschen, ob der Mann verheiratet ist. Das wäre durchaus ein Motiv. Ein Techtelmechtel tut gut und ist eine Weile amüsant, nur die Konsequenzen müssen sich in Grenzen halten. Tja und wenn das Hirn plötzlich wieder stärker Einfluss nimmt und einem die Scheiße bis zum Halse steht, dann nimmt man einen Stein und haut drauf."

Ungläubig schüttelte Tanja den Kopf. „Ach so, wenn einer mit einem Mord Probleme zu lösen versucht, dann ist das also nur ein Zeichen seines wiederkehrenden rationalen Verhaltens?"

„So ungefähr, oder, Berthold?"

„Was haben wir noch?"

Berthold versuchte, das Gespräch wieder zu versachlichen. „Was haben wir von der Drogenfahndung?"

„Treffer! Die haben seit einiger Zeit die Pizzeria Da Silvio unter der Lupe und werden die Chancen einer Razzia ausloten. Die Besitzer sind zwei Brüder, einer ist wegen Verstößen gegen das Waffengesetz vorbestraft, nämlich Silvio Gottelengo."

„Hier gibt es vielleicht die Pizza Mafia besonders scharf mit einer Beretta garniert, was meinst du, Berthold? Du warst dir doch sicher, dass er eine Beretta hatte."

Berthold nickte zustimmend. „Ja. Die Waffe kenne ich gut. Früher ist die häufiger aufgetaucht, als es noch mehr GIs gab. Möglich, dass Peter die Waffe erst in Nidda gekauft hat. Fragt sich nur, warum?"

„Gelegenheit? Du kaufst dir ein Gramm Koks und wirst wie beim Metzger gefragt, darf es ein bisschen mehr sein. Du sagst ‚Ja', und schwupps hast du eine Knarre im Einkaufskörbchen. Upps!"

Klüber hob in gezierter Manier und mit abgespreiztem kleinem Finger scheinbar erschrocken die Hand vor den Mund.

„Mhh. Was wolltest du noch sagen, Tanja?"

„Der jüngere Bruder, Giuseppe, hatte zwei Gerichtsverfahren wegen Drogenbesitz. Ein Verfahren wurde wegen Geringfügigkeit abgewiesen, und bei dem anderen kam er als Ersttäter mit einer Bewährungsstrafe davon. Hatte nur eine geringe Menge Gras dabei. Apropos Gras, ich habe mal über die Zeugin Anniken van Kampen recherchiert. Auch sehr interessant."

Schwungvoll zog Tanja aus den Unterlagen einige Seiten heraus und präsentierte sie stolz Berthold.

„Was soll das? Wieso nimmst du dir die Frau vor?" Nur mühsam unterdrückte er seinen Unwillen.

Erstaunt entgegnete Tanja: „Nehmen wir uns hier nicht jeden vor, der nur irgendwie mit dem Fall zu tun hat? Das ist doch deine Devise: Suche so lange im Leben des Opfers, bis irgendwo die Alarmglocken klingeln, und da mach weiter."

„Was hat Anniken van Kampen mit dem Opfer zu tun? Sie wurde selbst Opfer, und im Übrigen ist sie nur die Nachbarin von der Gerstenberger, sonst nichts!" Bertholds Stimme nahm einen harschen Ton an.

Als sich Klüber und Tanja einen kurzen Blick zuwarfen, ging ihm auf, wie er auf seine Kollegen wirken musste. „Es tut mir leid. Du hast recht. Die anderen Nachbarn haben wir ja auch alle vernommen. Hat da jemand etwas bemerkt?"

Tanja räusperte sich und schluckte schwer. „Nein, soweit ich weiß nicht." Auf ihrem Hals leuchteten rote Flecken.

„Entschuldige, Tanja, ich bin müde, und ich kann nicht mehr klar denken. Sag mir, was du rausgefunden hast." Berthold strich sich müde mit beiden Händen über das Gesicht und ließ sie dort liegen, als wappnete er sich vor dem, was er zu hören bekommen könnte.

„Die Frau kommt aus Hamburg. Der Name van Kampen bedeutet dort etwas. Eine reiche Familie mit besten Beziehungen und gutem Renommee. Ein Vorstrafenregister gibt es da von keinem Familienmitglied. Da kann ich dich beruhigen. Wir haben aber trotzdem ein paar Daten, und was mir noch gefehlt hat, habe ich über das zuständige Revier in Erfahrung gebracht. Und zwar war Anniken van Kampen vor fast sieben Jahren in einen schweren Autounfall verwickelt. Gesteuert wurde das Fahrzeug von ihrem Verlobten Felix ... und jetzt kommt's ... von Grevenbroich!"

Den Namen sprach Tanja mit einer Betonung aus, als müsste sich jeder über seine Bedeutung im Klaren sein. Bei Berthold klingelte nichts. Er nahm auch seine Hände immer noch nicht vom Gesicht. Klübers kurzer Pfiff durch die Zähne machte ihm aber klar, dass der Bildzeitungsleser mal wieder bestens informiert war. Annikens Bild schob sich vor sein inneres Auge. Er dachte an ihre blauen Augen, in denen er sich verlieren könnte. Ihr rotes, langes Haar, das er ihr mit einer liebevollen Geste aus dem Gesicht streichen, und ihre vielen Sommersprossen, die Berthold am liebsten einzeln küssen wollte.

„Berthold?"

„Ja, Tanja, ich höre dir zu!"

„Der Unfallhergang wurde nie richtig geklärt. Das Verfahren wurde eingestellt, obwohl Anniken van Kampen schwere Vorwürfe gegen ihren Verlobten erhoben hatte. Alkohol und Koks sollen im Spiel gewesen sein. Der hatte Glück, ihm ist bei dem Unfall nichts passiert, und abgesehen davon konnte ihm auch nichts nachgewiesen werden. Blutuntersuchungen wurden direkt nach dem Unfall keine gemacht oder sind verschwunden. Na ja, so ist das halt, wenn man die richtigen Beziehungen hat. Übers Netz habe ich noch weiter recherchiert und herausgekriegt, dass der Kerl selber Anwalt ist und mittlerweile das Unternehmen der von Grevenbroichs führt. Tja, die Frau hatte weniger Glück. Sie sitzt seitdem im Rollstuhl und hat wohl nach vielen Monaten in Krankenhäusern ihren Kampf gegen von Grevenbroich aufgegeben. Auf jeden Fall wurde der Fall zu den Akten gelegt, und Anniken van Kampen hat es nach Nidda verschlagen. Das muss man sich mal reinziehen. Die hat Kohle ohne Ende und wohnt in einem kleinen Häuschen in Nidda!"

„Bringt uns das jetzt in diesem Fall einen Schritt weiter?“ Berthold riss die Hände vom Gesicht.

Tanja wich etwas zurück.

„Na ja, wie man es nimmt. Also mit einem Kokser hatte sie wohl schon ihre Erfahrungen gemacht, wenn auch in einer anderen Liga. Aber ich frage mich, warum sie Peter Dengler in ihrem Haus aufgenommen hat, das war doch komplett daneben, oder? Abgesehen davon hat das Super-Spusi-Dream-Team in ihrem Wohnzimmer fast hundertfünfzig Gramm Marihuana bester Qualität gefunden. Vielleicht war Dengler ihr Dealer, und die beiden kannten sich?“

Berthold schüttelte vehement den Kopf. Seine Gesichtsfarbe nahm den Farbton an, in dem die Ohren seiner Kollegin leuchteten.

Er fuhr Tanja laut an: „Absoluter Quatsch! Die zwei kannten sich nicht. Das hätte ich mitbekommen. Was reimst du dir da zusammen, Tanja? Eben lässt du dich noch darüber aus, wie reich die Frau ist, und dann soll sie sich mit zwei Kriminellen zusammentun? Warum in aller Welt?“

„Um sich mit Dope zu versorgen? Da lässt man sich immer auf illegale Kreise ein. Vielleicht war sie auch Kundin bei Da Silvio und hat Dengler dort kennengelernt? Berthold, warum schreist du mich eigentlich an? Hab ich hier irgendwas verpasst?“

Tanja hatte sehr ruhig gesprochen und sah nun forschend von einem Kollegen zum anderen. Klüber betrachtete stumm seine Fingernägel und Berthold hob hilflos die Hände. Er ließ sie laut auf die Schreibtischplatte fallen.

„Findest du es etwa normal, dass jemand einen fremden Mann in sein Haus lässt, der gerade bei ihm eingebrochen ist, dass er ihn bei sich schlafen lässt und einfach mal ein Pfeifchen mit ihm raucht? Also ich finde das ...“

Bevor seine Kollegin einen Vergleich fand, räusperte sich Klüber und rieb sich die Nase. „Wenn ihr mich fragt, lasst uns Schuss machen. Draußen singen die Vöglein in der Abenddämmerung, und ich will heim.“

Berthold nickte erleichtert und stimmte ihm zu. Er war froh, dass der Kollege verhindert hatte, dass er Tanja weitere abwertende Bemerkungen an den Kopf werfen konnte, denn ein neuer, bösartiger Ausspruch hatte ihm bereits auf der Zunge gelegen. Innerlich schüttelte er den Kopf über sich selbst. So ein impulsives und vor allem ungerechtes Verhalten war absolut untypisch für ihn. Aber die vergangenen Tage forderten wohl ihren Tribut, und seine Nerven lagen vor Übermüdung blank. In seinem tiefsten Innern wusste Berthold, dass er selbst noch nach einem einwöchigen Dauerschlaf so heftig reagieren würde, wenn jemand – berechtigt oder nicht – Annikens Verhalten infrage stellen würde. Sein Telefon klingelte, und für eine Sekunde machte sein Herz einen Sprung, vielleicht rief ihn Anniken an. Aber ein Blick auf das Display verriet ihm, dass es Pfitzner vom Erkennungsdienst war. Barsch meldete er sich mit seinem Namen.

„Ja .... mh ... aha ... und das ist Standard? ... aha, okay. Danke ... Ja, du auch."

Zu seinen Kollegen sagte er: „Das war Pfitzner. Die Reifenspur vom Acker stammt von einem Porsche und ist neueren Datums. In unmittelbarer Nähe des Tatorts war vor Kurzem ein Porsche, was immer das auch heißen mag."

Tanja war interessiert: „Woher weiß Super-Spusi, dass das ein Porsche war?"

„Der Reifentyp wird von Porsche bevorzugt und gehört zur Standardausrüstung. Und die Typen N1 bis N4 sind speziell auf diesen Wagen zugeschnitten. Pfitzner hat in Frankfurt angerufen, der Mietwagen, mit dem Ringo Dahlem verunglückt ist, hatte diesen Reifentyp aufgezogen."

„Tja, dann verdichtet sich das Ganze noch mehr um Dahlem und Dengler und zwangsläufig um die van Kampen."

„Tanja ...", setzte Berthold an, tippte dann aber auf seinem Mobiltelefon eine Nummer ein und drehte seinen Kopf von den Kollegen weg.

„Ja, Hortmann vom K10 Friedberg. Ich rufe wegen Ringo Dahlem an. Wie sieht es aus, wann können wir den Mann besuchen?"

Eine Weile hörte man in dem Büro nur ein schnarrendes, teilweise quakendes Geräusch, das ab und zu von Berthold durch ein „Mh" unterbrochen wurde.

„Na ja, ganz soweit sind wir noch nicht, aber es spricht einiges dafür ... Bis jetzt weiß Dengler nichts davon, wo sich Dahlem aufhält. Solange die Presse nichts davon spitz kriegt. ... Ja, denke ich auch. Aber wie das eben manchmal so läuft. ... Ja, okay, dann danke ich euch, Kollegen. Schönes Wochenende. Tschau!"

Berthold drehte sich wieder um und berichtete ihnen, was er erfahren hatte. Ringo war nicht vernehmungsfähig. Seine schweren Verletzungen ließen keine Prognosen zu, die für eine baldige positive Veränderung sprachen. Er lag auf der Intensivstation, niemand außer dem Personal hatte Zutritt zu seinem Krankenzimmer. Man konnte von einer Überwachung absehen.

„So, ich glaube, wir haben für heute alles getan, was zu tun war, und ich gehe jetzt nach Hause."

„Willst du mit dem Fahrrad fahren, oder soll ich dich absetzen?", fragte Klüber. Nach kurzem Zögern nahm Berthold das Angebot an und verließ zusammen mit Klüber das Büro.

Tanja zauderte einen Moment und winkte dann zum Abschied.

Die spontane Idee, sich unter Menschen zu begeben, stellte sich als Fehler heraus. Es musste an den Medikamenten liegen, dass sie sich auf einmal so quälend ruhelos und getrieben fühlte. Sie hatte einfach etwas unternehmen müssen und ihr Zimmer verlassen.

Aber anzunehmen, dass man als Kranke unter Kranken nicht auffiel und ungestört einen Kaffee trinken konnte, war ein Trugschluss. Kaum rollte sie in die sachlich eingerichtete Kantine, zog sie die ungenierten Blicke der Gäste auf sich.

In ihrem Haus fiel es ihr nicht schwer, behindert zu sein. Sie hatte sich eingerichtet und kam irgendwie zurecht. Der Rollstuhl war ein Stuhl. Ein Möbelstück wie jedes andere auch, nur eben mit Rädern.

Aber außerhalb ihrer vier Wände stigmatisierte sie dieses Hilfsmittel als Behinderte. Dieser Stuhl auf Rädern forderte Fremde dazu auf, ungefragt zu helfen und ihr beim Tragen oder Schieben psychisch wie physisch gefährlich nahe zu kommen.

Das Schlimmste dabei war, dass von einer einzigen unterstützenden Handreichung oft das Anrecht abgeleitet wurde, milde lächelnd auf sie herunterzusehen, sie als bemitleidenswert einzuschätzen und über sie zu bestimmen. Warum glaubte alle Welt, dass jemand, der im Rollstuhl saß, bemitleidenswert sein musste und darüber hinaus nicht einmal mehr über einen eigenen Willen verfügte?

Der Prototyp dieser Anmaßung begegnete ihr gleich im Selbstbedienungsbereich, als Anniken nicht die oberste Glasplatte erreichen konnte, um sich ein Stück Sandkuchen zu nehmen. Sie bat die Frau in der Schlange vor ihr um Hilfe. Die stellte ihr ein Stück Schokoladentorte aufs Tablett.

„Die schmeckt viel besser, nehmen Sie, die ist richtig saftig. Und nach einem abschätzenden Blick auf Annikens Figur folgte der Hinweis: „Sie können es ja vertragen."

Während die Frau noch, von ihrer eigenen Freundlichkeit entzückt, lächelte, ließ Anniken den Kuchen und die unwillkommene Helferin stehen und setzte sich nur mit einer Tasse Kaffee an die Fensterseite der krankenhauseigenen Cafeteria.

Sie konnte das unverschämte Glotzen der Leute kaum ertragen und starrte zum Fenster hinaus. Der Raum war trotz der Uhrzeit noch fast voll besetzt. Kinder rannten durch die engen Gänge zwischen den Stühlen. Ein alter Mann berichtete laut und in allen Einzelheiten von seinen gesundheitlichen Problemen und sah sich dabei immer wieder um, ob seine unmittelbare Umgebung die interessanten Details um Katheter, Darmausgang und Druckgeschwüre auch wirklich mitbekam. In einer Ecke saß, um einen runden Tisch verteilt, eine große, lebhafte Gruppe, die in ihrer Lautstärke dem alten Mann die Show zu stehlen drohte. Sie standen laut diskutierend auf, lachten, riefen nach ihren Kindern, und erst, als jemand Anniken zuwinkte, erkannte sie Frau Dr. Athanatopoulos. Sie hob kurz die Hand zum Gruß und sah wieder weg.

Das war wohl die Familie der Ärztin. Eine große Familie, die immer zusammenhielt; wo die Mutter stolz auf ihre Kinder war und sie mit Verständnis und selbst gekochtem Essen verwöhnte, bis sie nicht mehr papp sagen konnten, und einem strengen Vater, der aber alles verzieh und sein ganzes Leben lang für die Familie da war.

Ihr Herz schlug ihr auf einmal bis zum Hals, der auch irgendwie enger zu werden schien. In dem Raum mit den vielen Menschen wurde ihr plötzlich unerträglich heiß.

Nervös kaute sie an der Nagelhaut ihrer Fingernägel. Den Kaffee hatte sie noch nicht mal angerührt.

Als plötzlich ein Mann neben ihr auftauchte und sie mit ihrem Rollstuhl einfach ein Stück zur Seite schob, um an einen freien Tisch zu gelangen, schnappte sie um Fassung ringend nach Luft. Dieser Übergriff degradierte sie zu einem Gegenstand, den man einfach aus dem Weg räumte, wenn er störte. Sie fühlte sich zutiefst gedemütigt und rollte wütend aus der Cafeteria. Die bewundernden Blicke zweier junger Männer bemerkte sie nicht.

Im Aufzug war sie Gott sei Dank allein. Trotzdem starrte sie stur die Tür an und blinzelte mühsam die Tränen weg. Bloß nicht heulen und Gründe für mitfühlende Interventionen liefern. Sie musste so bald wie möglich aus diesem Krankenhaus weg und sich so schnell wie möglich in Sicherheit bringen. Zurück in ihr Häuschen und zu Frau Jäger, an die sie sich gewöhnt hatte und die sie nahm, wie sie war, und am meisten sehnte sie sich nach einem Joint.

Sie hatte Frau Jäger angerufen und kurz und knapp erzählt, was sich zugetragen hatte, aber Anniken hatte das Gefühl, dass sie bereits alles wusste.

Na ja, Nidda war nicht Hamburg, und selbst dort sprach sich vieles herum. Aber eine Kleinstadt brachte den Informationsfluss natürlich schneller in Gang.

Zumindest hatte Frau Jäger nicht weiter nachgefragt, sondern sich nur besorgt nach ihrem Wohl erkundigt. Anniken hatte es erst nach einigen Überredungskünsten geschafft, sie von einem Besuch im Krankenhaus abzuhalten. Nein, sie wollte keinen Blumenstrauß, keine verlegene Konversation über das Wetter führen und nicht über die aktuelle sozialpolitische Lage Deutschlands oder andere Themen diskutieren, die nur dazu dienten, das Persönliche tunlichst zu vermeiden.

Gleich hatte sie es geschafft und konnte sich in ihrem Bett verkriechen. Bevor sie die Tür zu ihrem Zimmer öffnen konnte, erhob sich eine junge Frau aus einem der Besucherstühle und sprach sie an. „Frau van Kampen?"

Irritiert schaute Anniken auf. Die Frau war gut und gerne ein Meter achtzig groß. Sie zog einen Ausweis hervor.

„Tanja Pohl. Ich bin von der Kriminalpolizei Friedberg und habe ein paar Fragen an Sie."

Diese Mitteilung machte sie in einem sehr bestimmten

Ton, der keine Frage beinhaltete wie „haben Sie einen Moment Zeit für mich?" und auch keinen Platz für Widerspruch zuließ.

Überhaupt machte die Polizistin mit ihrem modernen, ultrakurzen Haarschnitt einen sehr selbstbewussten Eindruck auf Anniken, was wiederum dazu führte, dass diese sich noch schlechter fühlte, als sie es ohnehin schon tat.

Ja, klar, diese Frau trat hier auf ihren gesunden langen Beinen geschmeidig auf sie zu, wackelte aufreizend mit ihrem wohlgeformten Hintern, trug obendrein ein T-Shirt, das mit seiner Aufschrift „Eng ist ein dehnbarer Begriff" den Blick auf ihre Oberweite lenkte, und hatte die Legitimation der Macht in Form eines Polizeiausweises in ihrer knallengen Jeans stecken. Aufgrund dieser Fakten konnte sie sich leicht haushoch überlegen fühlen.

Aggressiv dachte Anniken: „Du denkst, nur weil du stehst, kannst du es mit mir aufnehmen, warte es ab, du blöde Kuh."

Sie öffnete die Tür zu ihrem Zimmer, rollte voran und forderte mit einer elegant angedeuteten Bewegung die Besucherin auf einzutreten.

„Dann kommen Sie bitte herein und nehmen Sie dort im Sessel Platz. Ich verdrehe mir nur ungern meinen Kopf, um meinem Gesprächspartner in die Augen zu sehen."

Die Ohren dieser Tanja Blabla liefen ja tatsächlich rot an. Anniken wärmte dieser kleine Triumph und bestärkte sie in ihrer „Ich-bin-eine-van-Kampen-und-wer-bist-du?"-Rolle, deren Facetten sie von ihrer Mutter in allen Variationen gelernt hatte, und die ihr eigentlich zuwider war.

Diese Tanja ignorierte aber ihre Platzanweisung und setzte sich stattdessen auf die dem Zimmer zugewandte Seite des Tisches. Was aber ein Fehler war, denn so platzierte Anniken nun ihren Rollstuhl vor dem Fenster, und Tanja konnte garantiert ihre Gesichtszüge nicht klar ausmachen, weil die tiefstehende Sonne sie blendete. Ein heller Lichtstreifen lag auf ihren Augen und ließ sie aufleuchten.

„Pech, meine Liebe, das müsstest du als Polizistin eigentlich bedenken."

Anniken kannte die optimale Sitzposition aus den Einstellungsgesprächen ihrer Mutter, die selbst bei einer befristeten Einstellung alle psychologischen Raffinessen einsetzte, um Menschen einzuschätzen und vor allem einzuschüchtern.

„Sie können sich denken, warum ich hier bin?"

„Da gäbe es sicherlich eine Reihe Möglichkeiten, die ich in Betracht ziehen könnte, aber sind Sie wirklich daran interessiert, wie fantasievoll meine Überlegungen sind, oder haben Sie konkretere Fragen?"

Beide Frauen taxierten sich eine Weile schweigsam.

„Entschuldigen Sie, natürlich. Ich bin hier, um Sie über die Ereignisse der letzten zwei Tage und vor allem der letzten Nacht zu befragen."

„Sie haben mir zwar Ihren Namen genannt, aber mir ist leider entfallen, welchen Dienstrang Sie bekleiden, Frau ..."

„Pohl! Kriminalkommissarin. Das habe ich wohl unterschlagen, Frau van Kampen. Ist ein Titel von irgendeiner Bedeutung für Sie?"

„Nein, nicht wirklich, aber ich weiß gerne über die Menschen Bescheid, mit denen ich zu tun habe."

Scheiße, sie hatte sich selbst eine Falle gestellt.

Mit Freude stürzte sich Tanja darauf: „Das ist immer nützlich. Dann können Sie mir sicherlich mehr über Herrn Dengler sagen?"

„Mehr als was?"

„Wann haben Sie Herrn Dengler kennengelernt?"

„Bearbeitet Herr Hortmann nicht mehr diesen Fall?"

„Doch, sicherlich. Bitte beantworten Sie mir meine Frage, Frau van Kampen."

„Dann sind Ihnen die näheren Umstände, wann und wie ich Peter kennengelernt habe, ja bekannt."

„Bekannt ja, Berthold hat davon berichtet, aber sehen Sie, ich verstehe es nicht. Wie kommt man dazu, einen Einbrecher bei sich einzuladen, einen Kriminellen, der einem angeblich vollkommen unbekannt ist."

„Ich glaube, das werden *Sie* nie verstehen. Nehmen Sie es einfach als Tatsache hin."

Berthold und sie duzten sich also. Ob sie sich gut verstanden, diese Tanja und Berthold? Er hatte ihr Bericht erstattet. Über sie und alles, was vorgefallen war. Eine innere Stimme sagte ihr, dass es wohl zu seinem Job gehörte, die Kollegen über die Fälle zu informieren. Aber was hatte er von ihr erzählt? Ihre Lust auf eine Zigarette machte Anniken unruhig. Aber sollte sie diese arrogante Kuh fragen, ob sie ihr auf den Balkon half? Sie entschied sich dagegen.

„Sie wissen also nicht, wo Herr Dengler lebt, welche Freunde er hat, welche Drogen er nimmt?"

„Nein, das heißt, dass er snifft, habe ich später festgestellt, kurz bevor Berthold kam."

Sie betonte den Vornamen in einem kindlich trotzigen Impuls.

„Nach eigenen Angaben wissen Sie gerne, mit wem sie es zu tun haben. Im Falle Dengler wollten Sie nicht mal das Nötigste wissen. Warum?"

„Mir hat genügt, was ich gesehen und gehört habe."

„Was meinen Sie damit?"

„Nun, ich meine, ich brauche mich nicht zu rechtfertigen, wen ich in meinem Hause beherberge und ob ich über meine Gäste investigativ recherchiere oder nicht."

Diese Tanja hatte offenbar Schwierigkeiten, ihre Gefühle zu kontrollieren. Sie blieb zwar äußerlich sehr ruhig und betont cool, aber durch ihre zitternden Nasenflügel, die sie von Zeit zu Zeit aufblähte, verriet sie sich.

Ob sie sich selbst besser unter Kontrolle hatte? Zuckte vielleicht ein Augenlid, verriet ein unsteter oder besonders starrer Blick die Kraft, die sie aufbrachte, um nicht ausfallend zu werden?

„Normalerweise schon, aber in diesem Fall liegen die Dinge wohl nicht so einfach. Frau van Kampen. Für Sie mag das ja alles ein harmloser Zeitvertreib gewesen sein, für uns sieht das anders aus. In Ihrem Haus wurden schwere Vergehen verübt, angefangen von Drogenbesitz, Drogenkonsum, illegalem Waffenbesitz über Geiselnahme mit Waffengewalt. In ihrem Hause wurde ein Kollege von uns festgehalten und mit einer Waffe bedroht. Und zwar von Ihrem Besucher und Freund Peter Dengler, der in dringendem Verdacht steht, Ihre Nachbarin umgebracht zu haben."

Die Stimme der Polizistin schwoll gegen Ende ihrer Worte an.

„Contenance, meine Liebe, sonst mache ich ganz dicht", dachte Anniken und lächelte. Leise erwiderte sie:

„Machen Sie nicht aus Opfern Täter! Denn dass ich mich geirrt habe und mich meine Menschenkenntnis diesmal im Stich gelassen hat, gibt Ihnen kein Recht, so mit mir zu sprechen."

„Ist es nicht eher so, dass Sie sich gerne mit Menschen umgeben, die sich, sagen wir mal, nicht immer an Recht und Ordnung halten?"

„Worauf wollen Sie nun hinaus?" Anniken ahnte, aus welcher Richtung der Hieb kommen würde, und wappnete sich.

„Ich meine damit ihren Verlobten von Grevenbroich, Frau van Kampen, der hat doch auch gekokst wie Peter Dengler und Ringo Dahlem. Kannten Sie die beiden noch von früher, aus guten alten Hamburger Zeiten?"

Anniken setzte ein mildes, nachsichtiges Gesicht auf, das ihr so gerne von Fremden geschenkt wurde und immer auch eine ‚Bin-ich-nicht-nett?'-Bestätigung beanspruchte.

„Mein Vergehen besteht einzig und allein darin, dass ich einen Menschen in Not gesehen habe, der auf mich – zumindest am Anfang – einen höflichen und netten Eindruck gemacht hat und dem ich, hilfsbereit wie ich nun mal bin, kurzfristig eine Bleibe geboten habe." Mit einer Handbewegung unterbrach sie die Polizistin, die den Mund für eine Erwiderung öffnete und ihr sicherlich keine ‚Ja-ich-find-dich-nett'-Bestätigung schenken wollte.

„Jetzt kommen Sie hierher, platzen unangemeldet in ein Krankenzimmer und überfallen mich mit einem Verhör, in dessen Verlauf Sie schwerwiegende Anschuldigungen gegen mich vorbringen. Auf diese Art und Weise können Sie nicht mit meiner Kooperation rechnen. Denken Sie denn im Ernst, dass ich nicht über meine Rechte informiert bin und nicht weiß, was Sie sich hier leisten?"

Wieder versuchte die Polizistin, Anniken zu unterbrechen, und stand auf.

„Setzen Sie sich, solange ich mit Ihnen spreche!"

Jetzt hatte Annikens Stimme jegliche Freundlichkeit verloren. Tanjas Ohren quittierten die Aufforderung mit einem leuchtenden Rot. Sie setzte sich jedoch folgsam.

„Als Konsequenz werde ich in Zukunft bei Gesprächen mit Ihnen und Ihrer Behörde auf einen Rechtsbeistand bestehen, was Sie sicherlich als Hinweis auf eine Mittäterschaft oder als Schuldeingeständnis werten könnten. Aber wissen Sie, Frau Pohl, mir ist es ganz einerlei, wie Sie was interpretieren oder einschätzen. So, und jetzt entschuldigen Sie mich bitte. Das Gespräch hat mich ermüdet."

Anniken sah Tanja Pohl ruhig ins Gesicht. Sie hatte sich auf die Nasenflügel der Beamtin konzentriert. Gerade fragte sich Anniken, warum sie sich eigentlich so gänzlich gegen diese Frau sperrte und ihr so viel Antipathie entgegenbrachte, als die Polizistin abrupt aufstand und nun von oben auf sie herabsah.

„Frau van Kampen, in Ihrem Haus wurde eine größere Menge Marihuana gefunden, das allein reicht schon für ein Verfahren aus, für das Sie Ihren Rechtsbeistand um Unterstützung bitten sollten. Erklären Sie mal einem Richter, warum Sie Gras in diesen Mengen aufbewahren. Eigenkonsum klingt da sehr unglaubwürdig. Und wenn wir Ihnen eine Beziehung zu Peter Dengler und Ringo Dahlem nachweisen können, wird die Liste einer Anklageschrift länger und das Strafmaß auch. Wir hören auf jeden Fall noch voneinander."

„Frau Pohl", Anniken sah zum Fenster hinaus, um nicht länger zu der Polizistin aufsehen zu müssen, „mein Anwalt Dr. Biesinger wird Ihnen mitteilen, ob und wann ich Ihnen zu weiteren Gesprächen zur Verfügung stehe. Ob ich rechtliche Schritte gegen Sie unternehme, werde ich mir noch überlegen, wenn es mir wieder besser geht."

Sie hörte, wie die Tür ins Schloss fiel.

Verdammte Scheiße! Warum hatte sie das mit Josef erwähnt. Dazu hätte sie sich nicht hinreißen lassen sollen. Spontan hatte sie versucht, mit seinem Namen Eindruck zu machen. Billig, Anniken van Kampen, schalt sie sich selbst.

Der bundesweit bekannte Anwalt war seit Jahren der Rechtsbeistand der Familie van Kampen, hatte aber in der Sache gegen Felix von Grevenbroich einen Rückzieher gemacht. Ob auf Geheiß ihrer Mutter oder nicht, war ihr bis heute nicht bekannt. Auf jeden Fall hatte sie sich geschworen, dieses opportunistische Arschloch nie mehr um Rat zu fragen.

Aber wie es nun aussah, brauchte sie kompetenten juristischen Rat und musste wohl oder übel ihren Stolz überwinden.

Mit einem Mal projizierte Anniken ihre ganze Wut auf Berthold. Warum schickte er ihr diese Frau auf den Hals, statt selbst zu kommen? Erst bedachte er sie mit Blicken und Gesten, die voller Verständnis und Entgegenkommen waren, dann kam die ernüchternde Abfuhr im Krankenhaus, und nun verfolgte sie seine Kollegin mit üblen Verdächtigungen und versuchte sie mit einer Strafandrohung wegen ein paar Gramm Dope einzuschüchtern.

Eigentlich hatte sie vorgehabt, Berthold anzurufen und ihn darüber zu informieren, was sie von Schwester Nicole in Erfahrung gebracht hatte.

Sie hatte sich auf diesen Anruf und auf Bertholds tiefe, raue Stimme gefreut. Die Visitenkarte lag schon neben dem Telefon. Das Papier war an manchen Stellen vom langen Befühlen aufgeraut. Den Anruf hatte sie wie ein schönes Bonbon, mit dem man einen Abschluss krönt, auf den Abend verschoben.

Nicole hatte ihr heute Mittag bei einer gemeinsamen Zigarette auf dem Balkon erzählt, warum sie so niedergeschlagen war.

Sie hatte Martina Gerstenberger aus der Schwesternschule gekannt und sich immer wieder mal mit ihr in einem Café, das sie während ihrer Ausbildung regelmäßig besucht hatten, getroffen. Bei ihrem letzten Zusammensein hatte ihr Martina von einer anfangs leidenschaftlichen Beziehung zum Stationsarzt erzählt und von ihrer Vermutung, von ihm schwanger zu sein. Martina war wohl nicht mehr besonders glücklich in dieser Beziehung gewesen, da sie der Arzt immer nur mit Versprechungen hinhielt, aber sich letztendlich nicht von seiner Frau trennen wollte. Sie hielt nur noch an der Verbindung fest, weil es ihr auf der Station den einen oder anderen Vorteil einbrachte. Aber nun hatte sie die Hoffnung geäußert, eine Schwangerschaft könnte die Verhältnisse vielleicht doch noch ändern.

Zu ihrem Entsetzen hatte Schwester Nicole von dem Tod ihrer Bekannten aus der Zeitung erfahren müssen und war noch zu keinem Entschluss gekommen, ob sie mit ihrem Wissen zur Polizei gehen sollte. Anniken hatte versucht, ihr die Entscheidung leichter zu machen, und ihr gut zugeredet. Immerhin lenkte die Aussage der Schwester den Verdacht von Peter Dengler ab und brachte vielleicht mehr Licht ins Dunkel der Ermittlungen. Nicole hatte sich aber nicht dazu entschließen können. Vermutlich befürchtete sie Unannehmlichkeiten. Sie wollte ihren

Namen, wenn möglich, aus der Sache rauszuhalten. Wie recht diese Frau mit ihren Vermutungen in Bezug auf die Zusammenarbeit mit der Polizei hatte!

„Soll Berthold doch alleine zusehen, wie er seinen Fall löst und sein Peterle da rausboxt."

Beim Gedanken an Peter und seine mögliche Unschuld meldete sich ihr schlechtes Gewissen und kroch langsam wie eine Schlingpflanze in ihr hoch, breitete sich aus und umklammerte sie beängstigend fest. Ihr fiel das Atmen schwer.

„Nein, verdammt, nein und nochmals nein! Mich geht das alles nichts an. Diese Hortmanns und Denglers sollen sehen, wie sie allein zurechtkommen. Über mich macht sich von denen bestimmt auch keiner Gedanken!"

Mit entschlossenem Griff riss sie die Nachttischschublade auf und griff nach den Tabletten, die ihr dreimal täglich von den Krankenschwestern gebracht wurden. Die letzten zwei hatte sie nicht eingenommen, weil sie deren schläfrig machende Wirkung nicht mochte. Den Beipackzettel hatte man ihr zu lesen gegeben.

Nach dem fettgedruckten Warnhinweis auf die psychische wie körperliche Abhängigkeit nach längerer Einnahme von Benzodiazepinen folgte eine Liste der möglichen Nebenwirkungen. Mundtrockenheit, Müdigkeit, Konzentrations- und Artikulationsstörungen; nachdem sie so weit gekommen war, hatte sie den Zettel zerknüllt und in den Mülleimer geworfen. Ein Satz war ihr noch in Erinnerung und erschien ihr nach der Strafandrohung von Tanja Pohl wegen des Besitzes von Marihuana als bittere Ironie: „Beim plötzlichen Absetzen der Therapie können nach längerer Anwendung starke Entzugserscheinungen eintreten."

Jahrelang hatte das Dope ihre Schmerzen in einem Rahmen gehalten, der verhinderte, dass sie sich mit Medikamenten vollpumpen musste, deren Nebenwirkungen sicherlich größeren Schaden verursacht hätten, als möglicherweise ihr gutes Hamburger Gras angerichtet hatte. Dafür sollte sie jetzt Repressalien ausgesetzt werden, während man sie hier im Krankenhaus ganz legal mit richtig hartem Stoff versorgte.

Anniken nahm sich ein Glas Wasser und gab sich die doppelte Dosis.

Doch die gewünschte Schläfrigkeit stellte sich nicht ein. Im Gegenteil, ihre Unruhe und Fahrigkeit verstärkte sich nach einiger Zeit und übertrug sich auf ihre Gedanken, die von den Ereignissen der letzten Tage gefangen waren und ständig Bilder produzierten, die sie nicht sehen wollte. Sie wollte vor allem nicht an Berthold erinnert werden. Doch sein Gesicht war am deutlichsten und schmerzhaftesten. Seine schwarzen Haare, die ihm immer wieder in die Stirn fielen, sein voller Mund, das markante Kinn und diese wunderbaren braunen Augen, die sie so warm und zärtlich angesehen hatten. Das hatte sie sich doch nicht eingebildet? Wie passte das aber mit seinem Verhalten an ihrem Bett zusammen? Dieses Gefasel von „erhole dich erst, und manchmal hat man in so einer Situation Gefühle ...“ Was sollte sie damit anfangen? Eigentlich war es klar. Der Mann hatte keinen Bock auf sie. Wahrscheinlich nie gehabt. Ihre Fantasie hatte ihr einen Streich gespielt. Der Wunsch war des Gedanken Vaters! Das klang merkwürdig, sie konnte aber nicht sagen warum. Als sie versuchte, den Satz richtigzustellen, hatte sie schon vergessen, über was sie gerade nachdachte. Anniken war schwindelig, und ihre Gedanken hetzten sie. Warum besuchte er sie nicht? Rief nicht mal an. Stattdessen schickte er ihr Tanja Pohl, die sie behandelte, als wäre sie in die schreckliche Sache mit Martina Gerstenberger verwickelt.

Berthold hatte ihr das Gefühl gegeben, eine wunderbare, begehrenswerte Frau zu sein, und sie sehnte sich auf schmerzhafte Weise nach einem Beleg dafür.

Mühsam kletterte sie vom Rollstuhl in ihr Bett. Die Beine waren heute irgendwie noch schwerer als sonst, aber endlich lag sie unter der leichten Decke, zog den kühlen, weißen Stoff über sich und bedeckte auch ihr Gesicht.

Sie schloss die Augen und suchte in ihrem Gedächtnis die Szenen ab, in denen Berthold ihr ganz nahe gewesen war.

Wie schön es sein musste, sich in seinen Armen geborgen zu fühlen, wie sanft er sie auf die Couch gelegt und ihr das Haar aus dem Gesicht gestrichen hatte. In ihrer Fantasie machte er bei dieser Geste nicht halt, sondern beugte sich langsam über sie und küsste sie auf die Augen. Endlich setzte er seine Lippen vorsichtig auf ihren Mund. Er küsste sie lang und intensiv. Seine Zunge erforschte ihren

Mund, sein Atem ging schneller, wie auch ihr Herz immer schneller schlug. Ihr Unterleib wurde vor Verlangen ganz warm. Als sie ihr Nachthemd nach oben schob und ihre Brüste streichelte, stellten sich die Brustwarzen auf und sehnten sich nach Berührung. Bertholds Küsse waren auf ihrem ganzen Körper, sie spürte seine Haut an ihren Händen, fühlte diesen großen, kräftigen Körper schwer auf sich liegen. Kein langes Vorspiel, dazu waren sie beide viel zu besessen in ihrem Verlangen, den Körper des anderen so intensiv wie möglich zu erfahren. Sie wollte Berthold tief in sich spüren und ihre Lust durch sein Begehren steigern. Er war unglaublich gierig, aber gleichzeitig liebevoll und sanft. Anniken stöhnte, als sie sich vorstellte, wie Berthold endlich in sie drang. Sie befriedigte sich selbst und merkte, wie sich vom Rücken aus langsam die Wellen in ihrem Körper ausbreiteten und den nahenden Höhepunkt ankündigten. Aber so schnell und heftig die Leidenschaft ihre Stimmung aufgeheizt hatte, so schnell und rapide stürzte sie jetzt ab. Ihre verkrampften Bewegungen brachten keine Befriedigung, sondern taten weh. Das anregende Bild von Berthold und ihr selbst im Liebesakt vereint, konnte sie nicht mehr festhalten, sondern nun schob sich Tanja in ihrer Fantasie dazwischen. Die beiden küssten sich und lachten miteinander.

Anniken zog schweißgebadet mit einem Ruck ihr Nachthemd wieder runter und schlug die Decke zurück. Sie war unendlich frustriert und niedergeschlagen. Ein Impuls ließ sie nach der Visitenkarte greifen, die immer noch neben dem Telefon lag. Sie las laut vor:

„Polizeidirektion Friedberg, Kriminalhauptkommissar Berthold Hortmann, K10, Telefonnummer 0603 ...“

Grimmig zerknüllte sie die Karte.

„Vergiss es, du blöde Kuh. Nichts war je an irgendeinem deiner Traummänner dran. Nichts als Träume, und bei Felix sogar ein Alptraum!“

Anniken grübelte immer weiter und überdachte ihr Verhalten. Das sah ihr alles nicht ähnlich. Sie war sich selbst fremd, vor allem die plötzliche Aggressivität stand in krassem Gegensatz zu ihrer Persönlichkeit.

Eigentlich hatte diese eingebildete Person recht, und ihre Fragen waren mehr als gerechtfertigt. Sie tickte doch nicht mehr richtig, ließ einen Einbrecher bei sich schlafen und behandelte ihn wie einen netten Besucher. Und nun stand der nette, vertrauenswürdige Peter im dringenden Tatverdacht, ihre Nachbarin getötet zu haben, so oder ähnlich hatte es doch diese blöde Ziege ausgedrückt. Die Kriminalkommissarin Tanja Pohl! Pohl! So ein Scheißname!

Fahrig fuhr sie sich mit der Hand über die Stirn und stieß dabei das Telefon vom Nachttisch. Jetzt konnte sie zusehen, wie sie das blöde Ding wieder hochbekam. Sie konnte ja nach dem Personal klingeln. Anniken lachte schrill.

Aber wer sollte sie denn eigentlich anrufen? „Kein Schwein ruft mich an, keine Sau interessiert sich für mich ...", sang sie nun leise vor sich hin. Niemand würde sie anrufen. Es wusste ja nicht mal irgendjemand, dass sie hier war, und selbst wenn, von wem wollte sie denn angerufen werden? Die Antwort war klar.

Ich hole mir das verdammte Ding. Sie stützte sich auf die rechte Seite, um den Rollstuhl näher an das Bett zu schieben, knickte aber mit ihrem Arm ein. Eingeschlafen. Er fühlte sich an, als wäre er doppelt so dick wie sonst und bleischwer. Sie hob ihn mit der Linken hoch und schüttelte ihn hin und her. Leblos baumelte er herum, bis endlich ein leichtes Kribbeln entstand. Millionen kleiner Insekten schienen durch ihre Venen und Adern zu rennen und alle Gänge und Kanäle zu besetzen. Interessiert beobachtete Anniken dieses merkwürdige Körperglied, das weiß und voller Sommersprossen ein Eigenleben zu führen schien.

Wieder schüttelte sie ihren willenlosen Arm und stieß dabei an die Tischkante. Schmerzhaft fügte sich das Köperteil wieder in ihren Restkörper ein. Wutentbrannt schnappte sie sich mit der linken Hand ein Wasserglas und schleuderte es an die Wand. Ein unterdrücktes Brüllen, wie von einem Tier, ging in dem lauten Klirren des zerbrechenden Glases unter. Tränen stiegen in ihr hoch, aber weinen konnte sie nicht.

Von ihrem Bett aus konnte sie auf den Balkon sehen. Ihr Blick schweifte in den Abendhimmel. Das Zwitschern und fröhliche Tirilieren der Vögel klang wie ein Hohngesang in ihrem Kopf. Eines dieser kleinen Geschöpfe bekundete seine Einfallslosigkeit in einem gleichmäßigen, hohen Ton, den es in kurzen, regelmäßigen Abständen von sich gab. Seine Hartnäckigkeit bereitete ihr Kopfschmerzen. Sie sah, wie ein Vogel vor ihrem Fenster herumschwirrte. Zeitweise sah sie ihn doppelt. Wie ein altes Doppeldeckerflugzeug schien er manchmal vier Flügel zu haben. Anniken blinzelte. Ein kleiner, brauner Spatz landete auf dem Balkongeländer und sah sich aufgeregt um. Er flatterte hoch und landete auf dem Tisch, auf dem noch der Teller mit ihrem Abendessen stand; die Schwester hatte das Tablett mitgenommen, aber eine belegte Scheibe Brot und einen Apfel für den Fall stehen lassen, dass Anniken später doch noch Appetit bekam.

Der Vogel setzte sich auf den Apfel und pickte hektisch darauf ein. Dabei sah er sich immer wieder vorsichtig um. Ab und zu flog er aufgeregt wieder auf das Geländer, um gleich darauf zum Apfel zurückzukehren. „Vom Tisch zum Geländer, vom Geländer zum Tisch, vom Tisch zum Geländer, vom Geländer zum Tisch." Anniken legte die Endlosschleife ein und wiederholte diesen Satz in ihrem Kopf, bis sie nichts anderes mehr beschäftigen konnte. Ihr Mund war so trocken, dass er ein lautes Schmatzen verursachte, als sie husten musste.

Der Vogel flog aufgeschreckt davon.

Freitagabend

Mit einem Blick auf seine Armbanduhr bemerkte Klüber: „Na, da komme ich ja doch noch zu meiner Torte."

Erschrocken fragte Berthold: „Hast du heute Geburtstag?"

Klüber zog ein übertrieben beleidigtes Gesicht. „Du weißt doch, dass ich ein intelligentes Winterkind bin!"

„Na ja, das mit der Intelligenz lässt du mich immer wieder vergessen, und damit geht mir der Zusammenhang zum Winter immer wieder verloren", feixte Berthold.

„Ich glaube eher, es ist *deine* mangelnde Intelligenz, die es dir unmöglich macht, wichtige Daten wie den Geburtstag deines Lieblingskollegen abzuspeichern. Aber ohne dieses Wissen kommst du nicht mehr in dein Handynetz, schon vergessen? Heute hat mein Cousin Simon Geburtstag, und meine Tante Maria macht die besten Schwarzwälder Kirschtorten, die du je gegessen hast."

Berthold wusste, dass Klüber eine große Sippe hatte, in der sich ständig eine Gelegenheit ergab, um sich zu treffen, sich zu helfen oder zusammen zu feiern. Es wurde immer jemand getauft, getraut, konfirmiert, beerdigt oder wie heute ein Jahr älter. Um diese festen Familienbande war Klüber zu beneiden.

Der junge Kollege bremste das Dienstfahrzeug vor Bertholds Wohnung ab.

„Schlaf dich aus Berthold, ich hole dich morgen um acht ab, damit wir uns auf die Dick ... auf die Schöneck vorbereiten können, okay?"

„Alles klar. Bis morgen. Ach, und bring mir ein Stück Kuchen mit! Tschau!"

Berthold sah, wie Klüber hinter der nächsten Straßenecke verschwand, und atmete tief die sommerlich-warme Abendluft ein. Er öffnete die Haustür und trat ein. Unentschlossen stand er vor dem Aufzug und lauschte, ob Musik aus dem Keller zu vernehmen war. Als alles ruhig blieb, drückte er den Knopf. Von oben drang das obligatorische Rumpeln durch den Schacht, das der Aufzug verursachte, wenn er sich in Gang setzte. Das Geräusch rief unvermittelt Frau Eberlein auf den Plan. Die Wohnungstür der Eberleins ging auf, und die Nachbarin lugte um die Ecke. Geschmückt mit großen, blauen Lockenwicklern und bekleidet mit einer gelbgeblümten Kittelschürze in dezentem Violett trat sie heraus, als sie Berthold sah:

„Hab isch doch rischtisch gehört. Unsern Kommissar. Ach Gottsche, wie sehn Sie dann aus? Sie sin ja zum fürschte."

„Danke, Frau Eberlein."

„Jetzt sein Se ma net gleisch beleidischt, isch maans ja schließlisch nur gut, gelle!"

„Isch weiß des doch. Nemme Sie mir heut ma nix übbel, des hat isch alles schon", bat Berthold entschuldigend. Nichts lag ihm ferner, als Frau Eberlein auf den Schlips zu treten. Er war froh, sie zu sehen, denn in ihrer schlichten, unkomplizierten Art hatte sie etwas beruhigend Normales an sich, nach dem er sich nicht nur heute sehnte. Fleißige und ehrliche Frauen in Kittelschürze und mit Lockenwicklern im Haar wie Frau Eberlein gab es schon seit vielen Jahren, und sie hatten für die Allgemeinheit viel Gutes geleistet. Berthold hoffte, es würde sie auch in ferner Zukunft immer geben.

„Was habbe Se denn mit ihrm Kopp gemacht? Ach, isch fraach nix, kann mer schon denke, um was es geht. Die Tode, gä? Na ja, Sie werns mir schon beizeite erzähle. Isch wollt ja aach nur saache, dass isch den Murr geholt hab, der wollt bei dem schöne Wetter raus, die Greens passe uff en uff. Der arme Kerl will doch aach e ma an die frisch Luft, odder?"

„Ach, sie hamm ja soo rescht. Danke Frau Eberlein, Sie sin mir ne eschte Stütze! Isch wüsst net, was isch ohne Sie tät. Jetze ma im Ernst: Isch mag Sie, mehr als Sie sich denke könne!"

Berthold stiegen bei seinem Geständnis, das ihm ohne zu überlegen über die Lippen gekommen war, ungewollt die Tränen in die Augen. Frau Eberleins scharfem, forschendem Blick entging das nicht, aber sie gab sich Mühe, ihre Entdeckung nicht preiszugeben.

„Dann gehn se ma in de Gadde zu de Greens und trinke en schöne Äppler zusamme, und dann sehn mer weider. Moin is aach widder en Taach."

Nach diesem Ausspruch ihrer Lebensweisheit verschwand sie hinter der Wohnungstür. Berthold atmete erleichtert auf, da er nun einen Grund hatte, nicht in seine Wohnung zu gehen. Er war zwar unsäglich müde, wollte sich aber nicht mit den Gedanken auseinandersetzen, die ihn bestürmen würden, sobald er allein war. Besser, er schob diesen Moment hinaus und lenkte sich ab.

Im Hof saßen Ritchie und Gertrud auf der Bank unter dem Holunderbusch. Murr lag vor ihnen auf dem Tisch und ließ sich von Gertrud streicheln. Obwohl alle Hausbewohner zugangsberechtigt waren, setzte sich niemand außer ihnen dreien und den Eberleins in den Hinterhof. Das von allen Seiten durch Mauern geschützte Fleckchen Erde wurde liebevoll von Gertrud gepflegt und sah einladend aus. Es wunderte Berthold immer wieder, dass diese kleine Idylle von den anderen Nachbarn nicht genutzt wurde. Aber heute Abend war er über dieses Faktum froh, denn er konnte sich sicher sein, dass sie hier in ungestörter Dreisamkeit sitzen konnten. Für eine größere Gesellschaft fühlte sich Berthold heute nicht mehr stark genug.

Seine Freunde sahen ihm entgegen, und an Gertruds Mimik sah Berthold, dass ihre Antennen genauso gut funktionierten wie die von Frau Eberlein. Er musste furchtbar aussehen. Aber Gertrud verzichtete auf eine offene Bemerkung und begrüßte ihn dafür besonders herzlich, als er sich neben sie setzte.

„Hast du heute schon was gegessen?“ Gertrud stand auf, ohne eine Antwort abzuwarten und ging zum Haus.

„Ich bringe dir was. Du kannst mein Glas nehmen, ich bringe ein neues mit!“, rief sie und verschwand im Hausflur. Richie füllte Gertruds Glas mit Äppler auf und schob es zu Berthold: „Prost, man!“

Er lachte, und als Berthold ihn ansah, erkannte er, wie stoned Ritchie war. Seine Augen waren glasig und die Bindehaut stark gerötet.

„Na, du hast ja schon einiges intus.“

„Yeah, man! Es wächst mittlerweile gutes Gras in die Wetterau. Es ist soo schön hier. Isch liebe diese Sommernacht.“

Unvermittelt stimmte er einen alten Hit an:

summertime ...
and the living is easy
fish are jumping and the cotton is high
your daddy's rich and your ma' is good looking
so hush little baby, don't you cry

one of these mornings
you gonna rise up singing, then you spread your little wings
and then take to the sky ... take to the sky
but till that morning, there's nothing that can harm you
with daddy and mommy, standin' by

summertime, yestertime, I'm talking ,bout summertime
and the living, summerliving, and the living is so fine
the fish are jumping and the cotton is high
your daddy's rich, he's rich, your daddy's felt that rich
and your mamma, hot mamma, your mamma's so good looking
so hush little baby, don't you cry ...

summertime and the living is ... easy
fish are jumping and the cotton is high
your daddy's rich and your mamma is good looking
so hush little baby, don't you cry ...

Laut sang er den bekannten Song und beschallte mit seiner soften Bluesstimme den Hof. Berthold trommelte leise den Takt mit den flachen Händen auf der Tischplatte mit. Richie zog seine Mundharmonika aus der Hosentasche und interpretierte den Song auf eine eigene, traurige und sehnsuchtsvolle Weise. Als er endete, lachten sich die Männer glücklich an.

„Wenn man mal als Bedienung gearbeitet hat, muss man nicht mehr so oft laufen." Mit diesen Worten nahm Gertrud einen Teller, Besteck, Servietten, ein Glas und eine Flasche Apfelwein von einem Tablett und stellte alles auf den Tisch.

„So, das ist noch von heute Abend. Ich habe mal wieder für sechs Personen gekocht."

„Mh, das sieht lecker aus. Mir läuft das Wasser im Mund zusammen."

Und tatsächlich spürte Berthold, dass er einen Bärenhunger hatte. Er langte dankbar zu und verzehrte mit großem Appetit ein kaltes Schnitzel mit Kartoffel- und Krautsalat. Seine Nachbarin sah ihm mit Freude dabei zu.

Nachdem er sich auch noch die Tellerdekoration aus Gurke und Radieschen in den Mund gesteckt hatte, wischte er sich zufrieden und satt den Mund mit einer Serviette ab. Er hatte nur noch ein paar klein geschnittene Schnitzelstückchen für Murr übriggelassen, die er ihm jetzt zuwarf. Als sich Richie einen Joint ansteckte und ihn Berthold wie immer einladend vor die Nase hielt, zögerte der nur einen kleinen Moment und griff zu. Richie amüsierte sich königlich, während Gertrud erschrocken fragte: „So schlimm?"

Berthold presste die Lippen zusammen, hielt den Rauch in der Lunge, so lange er konnte, und und blies ihn dann langsam aus. Er nickte.

„Schlimmer", konstatierte er.

Gertrud nahm ihm den Joint aus der Hand und reichte ihn an ihren Mann weiter, ohne daran zu ziehen. Sie sah Richie missbilligend an.

„What's up, darling. He is not a child and he knows what he is doing."

Gertrud fuhr ihm über den Mund: „Oh, shut up, will you?"

Zu Berthold gewandt sagte sie: „Wenn du reden willst, dann leg los. Wir hören dir zu. Wenn du aber deine Ruhe haben willst, ist es auch okay."

Unschlüssig stand Berthold auf und legte sich neben die Bank ins Gras. Es roch so herrlich, wie nur gerade frisch gemähtes Gras riechen kann. Er griff in die kurzen Gräser und wühlte in dem weichen Teppich aus abgeschnittenen, grünen Halmen. Richie hielt den Rasen immer kurz, damit er sich das Zusammenrechen sparen konnte. Berthold döste eine Weile nur vor sich hin und genoss die Ruhe. Doch die Gedanken holten ihn wieder ein, und schließlich fasste er den Entschluss, nicht mehr länger zu schweigen. Wenn er den beiden alles erzählen würde, was ihn seit fast 24 Stunden beschäftigte und gefangennahm, würde ihm das vielleicht helfen, das Chaos in seinem Kopf zu lichten. Nur der Anfang fiel ihm unsagbar schwer.

Der erste Satz ist immer der schwerste, hatte er einmal in einem Interview mit einem Schriftsteller gelesen. „Stimmt", dachte er. „Es ist wie bei dem berühmten ersten Schritt. Der kann klein sein, und doch ist er entscheidend. Man muss sich nur trauen." Und Berthold gab seinem Herzen einen Stoß.

Diesmal fing er bei seinem Vater an, den Richie und Gertrud noch kurz vor dessen Tod kennengelernt hatten und den sie bis jetzt für den leiblichen Vater von Berthold hielten. Gertrud hatte sogar immer gewisse Ähnlichkeiten zwischen Vater und Sohn festgestellt, die Berthold nun ad absurdum führte.

Der einsame, kleine Junge von einst schilderte die ersten Jahre seiner Kindheit in möglichst sachlicher Art und Weise, doch seine Worte bedurften keiner Emotionalität, um das Ehepaar tief zu berühren. Berthold lag im Gras, sah in den Himmel, der in den verschiedenen blauen und orangen Rottönen des Sonnenuntergangs strahlte und dessen kleine Wölkchen davon kündeten, dass morgen, zumindest meteorologisch gesehen, wieder ein herrlicher Sommertag bevorstand.

Diesem Abendhimmel erzählte Berthold diesmal alles und reihte Fakt an Fakt aneinander. Die ersten Sterne begannen, hinter der Atmosphäre zu funkeln. Ohne jedes Zeitgefühl reihte Berthold Wort an Wort, bekannte sich zu Erfahrungen, nannte Namen und Zusammenhänge. Er verschwieg auch diesmal Kraushaar nicht, und er sprach über seine beklemmende Angst, dass sein kleiner Peter der Mörder von Martina Gerstenberger sein könnte.

Aber er formulierte nur für sich und den Himmel, welche überwältigenden Gefühle er gegenüber Anniken empfand.

Laut sprach er es nicht aus.

Als er schließlich seine Zusammenfassung beendete und schwieg, bemerkte er, dass es dunkel und still geworden war. Die Vögel sangen nicht mehr, und auch die entfernten Straßengeräusche schienen verstummt zu sein. Nur die Grillen verstärkten mit ihrem Gezirpe den Klang der Geräuschlosigkeit.

Berthold spürte, wie ausgetrocknet sein Mund war. Er bekam kaum die Lippen auseinander. Ein Phänomen, das seine Ursache in seiner langen Rede haben konnte, aber, wie Berthold wusste, auch eine typische Folge der Kifferei war. Er richtete sich auf und fühlte sich seltsam benommen, aber irgendwie freier und unbeschwerter als vor wenigen Stunden. „So ist das also", dachte er verwundert. „Gar nicht so schlecht. Kein Wunder, dass sich die Leute schnell dran gewöhnen." Er unterdrückte einen Lachreiz. Die Tatsache, dass er stoned war, belustigte ihn plötzlich ungemein. Er, der stets korrekte Berthold, war bekifft und fand es gut.

Doch als er sah, dass nur Gertrud auf der Bank saß, verging ihm das Lachen. Richie war gegangen. Er hatte ihm wohl nicht zuhören wollen. Bitterkeit stieg in Berthold auf. Es hatte den Freund vor seinem Leben gegraut. Oder er war wütend, weil er sich belogen fühlte. Nein, gelogen hatte Berthold nie, nur die ganze Wahrheit hatte er ihm nie erzählt. Vielleicht ekelte sich Richie nun vor ihm. Berthold stieg die Schamesröte bis in die Haarwurzeln. Er ergriff sein Glas und leerte es in einem Zug aus. Forschend blickte er in die Dämmerung und versuchte, in Gertruds Gesicht zu lesen. Die zog ein Feuerzeug aus Bertholds Zigarettenschachtel und zündete die dicke Kerze an, die in der Mitte des Tisches stand. Im hellen Schein der Kerze sah Berthold, dass Gertrud weinte. Mit der flachen Hand klopfte sie neben sich auf die Bank und forderte ihn auf, sich zu setzen.

„Gertrud, ich wollte dir nicht ..."

„Berthold, bitte setz dich zu mir!"

Er tat, was sie von ihm verlangte, und zündete sich eine Zigarette an.

„Ich muss dich etwas fragen, aber du brauchst nicht darauf antworten, wenn du nicht willst. Genauer gesagt, habe ich zwei Fragen."

„Frag!"

„Du hast über Anniken van Kampen erzählt. Dabei hattest du einen Klang in der Stimme, den ich vorher noch nie bei dir gehört habe. Was empfindest du für diese Frau?"

Ein zärtliches Lächeln huschte über Bertholds Gesicht und ohne zu zögern sagte er:

„Ich hatte als kleiner Junge eine so lebhafte Vorstellung über das Aussehen meiner Mutter entwickelt, dass ich alles an ihr auswendig kannte, ihre Stimme, ihr Aussehen, ihren Geruch; und ich liebte dieses Wunschbild. Meine Mutter war ein wunderbarer Mensch. Sie war liebevoll, zärtlich, und sie war wunderschön. Ohne dieses Ideal wäre meine Welt sehr viel dunkler gewesen. Aber als Erwachsener habe ich nie auch nur die Idee einer Traumfrau gehabt. Ich weiß nicht, ob mir nur nichts eingefallen ist oder ob mir irgendwann die Fantasie abhandengekommen ist. Ich habe nie darüber nachgedacht. Auf jeden Fall war es auch gar nicht nötig, denn das Leben hat eine Frau geschaffen, wie ich sie mir nie hätte besser ausmalen können. Gertrud, ich bin so verliebt wie nie zuvor in meinem Leben. Anniken ist die lebende Personifizierung meiner Wünsche."

„Wow. Das hast du so wunderbar gesagt. Ich freue mich von ganzem Herzen für dich." Gertud strahlte ihn an.

„Danke. Und die zweite Frage?"

Nun stockte sie für einen Augenblick. „Hast du nie versucht, diesen Kraushaar ausfindig zu machen und seiner gerechten Strafe zuzuführen?"

Berthold stieß die Luft mit einem lauten „Pff" aus. Er antwortete erst nach ein paar Minuten. „Nein, ich wusste bis gestern nicht mal, dass es Kraushaar war. Ich wusste bis gestern nicht mal mit hundertprozentiger Sicherheit, dass dieses Monster real existierte. Und glaube mir, diese Ungewissheit war immer das Schlimmste für mich. Die nagenden Zweifel am eigenen Verstand. Ich dachte manchmal, ich bin verrückt.

Und später war ich froh, dass ich vergessen konnte. Ich konnte verdrängen und mit anderen Realitäten mein Leben ausfüllen. Nach und nach verschwand glücklicherweise alles aus meinem Bewusstsein, woran ich nicht erinnert werden wollte.

Als Erwachsener wurde mir natürlich klar, was damals passiert ist. Aber warum sollte ich nach Kraushaar suchen? Was hätte es gebracht? Weißt du, dass sexueller Missbrauch an Kindern je nach Schwere der Straftat nach fünf bis spätestens zehn Jahren nach Volljährigkeit des Opfers verjährt?"

Gertrud schüttelte ungläubig den Kopf. „Wie ... verjährt, wie meinst du das?"

„Man kann niemanden mehr strafrechtlich verfolgen, dessen Tat verjährt ist. Für verschiedene Delikte gibt es verschiedene Verjährungsfristen. Außer Mord, der verjährt nie."

„Das habe ich nicht gewusst. Das ist ja unfassbar!"

„Kannst du dir nicht vorstellen, dass man als Heranwachsender genug Probleme mit sich selbst auszutragen hat und sich auf Dinge konzentrieren will, die Jugendlichen eben wichtig und für dieses Alter normal sind, Mädchen, Musik und so weiter? Die Gruppe, deine Freude sind wichtig, und du willst von ihnen akzeptiert werden und dazugehören: Du willst erwachsen und stark sein, cool eben, aber bestimmt nicht missbraucht, angetatscht und besudelt."

Bitter fuhr Berthold fort: „Und was glaubst du, selbst wenn ein Kind, oder ein Jugendlicher, die schier unermessliche Kraft aufbringt und nach Jahren von seinen Erlebnissen erzählt, was ist dann? Erst mal muss dir jemand zuhören, dann muss er dir glauben, und dann muss er auch noch die nötige Energie aufbringen und die entsprechenden Schritte einleiten. Und dann, dann fängt es erst an! Du wirst gefragt, du wirst infrage gestellt, du musst jedes noch so peinliche Detail preisgeben, musst Beweise anführen für deine ungeheuerlichen Anschuldigungen gegenüber einem unbescholtenen Bürger oder gar einer Autoritätsperson wie Pfarrer oder Lehrer. Wenn dir das dann tatsächlich jemand glaubt, und du hast es wirklich geschafft, dass Anklage erhoben wird, dann kommt möglicherweise noch die persönliche Gegenüberstellung ... spätestens vor Gericht. Und das alles gekrönt von der Aussicht, nichts zu erreichen, außer dass du dich wieder und wieder beschmutzt fühlst.

Gertud, ich habe selbst Opfern gesagt, dass sie aussagen sollen, damit wir andere vor einem Vergewaltiger schützen können. Aber ich selbst habe diese Kraft nicht aufgebracht, und ich schäme mich dafür. Wie ich mich für all diesen Dreck schäme, bis heute."

Bertholds Stimme brach ab. Er kämpfte um Contenance. Er wollte nicht weinen, noch nicht. Später vielleicht.

Gertrud legte ihm die Hand auf die Schulter und lehnte ihren Kopf an seinen Rücken.

Leise sagte sie: „Dazu besteht kein Grund, das weißt du. Mein Gott! Was richten diese Menschen mit den Seelen ihrer Opfer an? Das ist so grausam. Und weil du dich bis heute verantwortlich fühlst, Berthold, darum jagst du seit Jahren die Kraushaars dieser Welt."

„So habe ich das noch nie gesehen." Staunen lag in Bertholds Stimme. „Verflucht, ich glaube, du hast recht!"

Aus dem Keller drang leise Musik. Ungewohnt zarte Klänge durchsetzten die Abendluft mit Sanftmut.

„Sei ihm nicht böse, Berthold. Das ist seine Art, mit den Dingen klarzukommen. Er liebt dich wie einen Bruder, glaub mir. Er wird versuchen, dir auf seine Weise zu helfen."

„Danke, Gertrud. Ich dachte schon ... es ekelt ihn."

„Sei still und sprich sowas nicht aus. Denke es auch nie wieder!"

Eindringlich drangen Gertruds Worte zu Berthold. Beide schwiegen und lauschten Richies Musik. Durch das geschlossene Fenster konnten sie den Text nicht verstehen, aber es war nicht auch nötig, denn Richie entlockte seiner Gitarre und seiner Stimme Klänge, die ihre Seelen tiefer berührte, als es Worte vermochten.

„Ruhe!", brüllte jemand von einem der höheren Stockwerke hinunter, der ganz offensichtlich diese Sprache nicht verstand.

„Schnauze!", brüllte Gertrud unvermittelt zurück. Berthold hatte so eine ungehobelte Reaktion noch nie von Getrud erlebt und lachte laut.

„Ach, Gertrud, ich liebe dich!"

Samstagmorgen

Auf dem Holztisch unter dem Holunderbusch lag ein winziges Menschenaffenbaby und strampelte mit den Armen und Beinen. Wie ein Menschenbaby ruderte es ruckartig seine Gliedmaßen hin und her. Es hatte nur eine geblümte Plastikwindel an. Der Rest des kleinen Körpers war dicht mit zarten, dunklen Haaren bedeckt. In Berthold regte sich nach anfänglichem Entzücken über dieses unglaublich süße Wesen immer mehr Mitleid. Es kam ihm so schutzlos und nackt vor. Abgesehen davon lag es gefährlich nahe am Rande des Tisches, und bei einer zu heftigen Bewegung könnte es herunterfallen. Er traute sich aber nicht, etwas zu sagen. Die Frau, die neben dem Tisch stand, war für den kleinen Affen verantwortlich. Das war ihm klar, und er akzeptierte es. Das geblümte Kleid, die blonden Haare, irgendwoher kannte er diese Frau. Sie wechselten kein Wort. Eine seltsame Scheu hielt ihn davon ab, mit ihr zu sprechen. An ihrem Hinterhof führte eine stark befahrene Straße vorbei, die Berthold zunehmend Sorge bereitete. Die Autos kamen immer dichter an den Tisch heran. Er sah dem Affenbaby in die großen, dunklen Augen, die ihn mit einem unschuldigen, aber seelentiefen Blick absuchten. Etwas Kleines und Schwarzes huschte auf dem Körper des Affen herum. Plötzlich schrie der kleine Kerl laut und gequält auf. Berthold sah die Frau an und wartete. Warum tat sie nichts? Er litt mit dem kleinen Kerl. Dass es ein männlicher Affe war, wusste er. Diese Erkenntnis nahm er so selbstverständlich hin, wie man eben im Traum auch eine Hauptverkehrsstraße in seinem Hinterhof hinnimmt, ohne sich darüber zu wundern oder sie in Frage zu stellen.

Das Affenbaby wimmerte jetzt jämmerlich. Die Frau war plötzlich nicht mehr da, und Berthold nahm das winzige Kerlchen endlich in die Arme. Er wiegte es besänftigend hin und her. Nach einer Weile wurde es ruhiger, und er untersuchte es. Eine ausgefranste, blutige Wunde, in der Größe eines Ein-Euro-Stücks, klaffte an seiner Brust. Dieses schwarze Etwas hatte es angefressen. Berthold fiel auf, dass es die Herzseite war. Oh Gott! Das konnte doch nicht wahr sein, und diese Frau war einfach verschwunden und hatte dieses schutzlose Wesen alleingelassen.

Berthold drückte das behaarte Äffchen an sein Gesicht und liebkoste es. Angesichts der Grausamkeit, die es erlitten hatte, musste er weinen.

Von seinem eigenen Schluchzen wachte Berthold auf. Vorsichtig schob er Murr zur Seite, der quer über seinem Hals lag. Der Kater rollte sich nach einigen Drehungen um die eigene Achse auf dem Kopfkissen zusammen.

Er hatte eine ganze Palette von Geräuschen auf Lager, mit denen er sein jeweiliges Befinden ausdrückte. Jetzt setzte er sein wohliges Schnurren in Gang.

Benommen sah sich Berthold im Zimmer um. Er stöhnte und legte sich den Unterarm auf die Stirn.

Mann, was für ein schrecklicher Traum. Berthold war immer noch zutiefst verwirrt und betroffen. Wie kam er denn auf einen Affen? So normal ihm alles im Traum erschienen war, so absurd kam ihm nun die ganze Szene vor. Nur das Gefühl der Traurigkeit blieb im Wachzustand so real wie im Schlaf.

Mit einem Blick auf seinen Wecker stellte er fest, dass er immerhin fünf Stunden geschlafen hatte. Es war halb sechs Uhr morgens, und die Sonne war zwar noch nicht ganz aufgegangen, bestrahlte aber schon den Himmel in einem zarten Blau. Keine Wolken. Vogelgezwitscher. Ein sonniger Sommertag stand ihnen bevor. Jetzt würde er eh nicht mehr einschlafen können, da konnte er genauso gut auch gleich aufstehen.

Und mit was würde er den Tag ausfüllen? Seufzend erhob er sich und hustete, bis ihm die Tränen in die Augen traten. Vielleicht half ihm die Dusche, einen klaren Kopf zu bekommen.

Nachdenklich bereitete er einen Kaffee vor. An die Filtertüten hatte er gestern Nacht noch gedacht und an einer Tankstelle eingekauft. Es erstaunte ihn immer wieder, zu welch gut ausgestatteten, aber überteuerten und trotzdem stark frequentierten Einkaufsstätten die Benzinhändler mutiert waren. Das Tanken schien zur Nebensache geworden zu sein. Aber gut, dass es überhaupt eine Möglichkeit gab, sich nachts mit dem Nötigsten zu versorgen.

Nach der eiskalten Dusche fühlte sich Berthold etwas besser.

Als die Maschine röchelnd in Gang kam und den ersten Strahl Kaffee gurgelnd ausspuckte, grübelte er weiter über seinen Traum nach. Die erste Rothändle des Tages verursachte einen erneuten Hustenanfall. Murr gähnte seinen Mitbewohner mit aufgerissenem Maul an und zeigte ihm seine langen, spitzen Zähne, seinen geriffelten Gaumen und die schmale, rosa Zunge, mit deren rauer Oberfläche er nun sein Fell in Ordnung brachte. Unbewusst fuhr sich Berthold durch seine eigene Haarpracht. Diese Frau in ihrem Hinterhof, wer sollte das gewesen sein? Mit dem ersten Schluck des heißen Gebräus, das stark und bitter geraten war, traf Berthold die Erkenntnis. Mit der flachen Hand schlug er sich gegen die Stirn. Er wusste jetzt, was ihm seit, ja seit wann eigentlich?, diffus durch den Kopf waberte. Herrmann Hesses Gedicht „Im Nebel" kam ihm wieder in den Sinn.

So greifbar nah kann der nächste Baum sein, und doch trennt ein Schleier aus winzigen Wassertröpfchen die Sicht auf das Naheliegende. Nur weil man etwas nicht sehen kann, bedeutet es nicht, dass es nicht existiert. Ihm hatte das Mordmotiv gefehlt. Ein diffuser, unverständlicher Traum hatte den Nebel gelichtet. Jetzt sah er klar.

Berthold wäre beinahe ausgerutscht, als er mit seinen nassen Füßen über die Küchenfliesen rannte. Er schleuderte das Handtuch auf den Boden, das er sich um die Hüften geschlungen hatte, und stand nackt vor seinem Bett. Das Handy. Wo war das kleine Scheißding. Zwischen den Falten des zerknitterten Lakens fand er es. Mit fliegenden Fingern tippte Berthold die Nummer eines Taxiunternehmens ein und gab seine Adresse an und wohin die Fahrt gehen sollte.

Nach vierzig Minuten bog der Fahrer beim Kreisel kurz vor der Ortsausfahrt Nidda nach rechts ein. Sie überquerten eine Brücke, die über die Nidda führte, und bogen beim Parkplatz des Bürgerhauses rechts ein. Nach der langen Natursteinmauer, die die Stadtbibliothek und eine kleine, gepflegte Grünanlage teilweise umschloss, wies der Polizist den Taxifahrer an, gleich rechts abzubiegen und direkt vor dem Steinbrunnen zu halten, der vor dem Kirchplatz der evangelischen Kirche stand.

Nachdem er den Betrag gezahlt hatte, den der Taxameter anzeigte, hielt er dem älteren Mann einen 50-Euro-Schein und Klübers Visitenkarte hin.

„In genau einer Stunde holen Sie mich hier bitte wieder ab. Ich werde auf einer dieser Bänke sitzen und auf Sie warten. Sollte ich nicht da sein, rufen Sie diese Nummer an und geben meinem Kollegen Bescheid, dass ich in Schwierigkeiten bin und wo Sie mich abgesetzt haben. Der weiß dann schon, was zu tun ist."

Der Mann schob seine speckige Ledermütze ein Stück nach oben und fragte in einem starken, osteuropäischen Akzent: „Wollen Sie mich ..., wie sagt man, veräppeln?"

Berthold zeigte ihm seinen Dienstausweis. „Nein, glauben Sie mir, mir ist nicht nach Scherzen zumute, ganz im Gegenteil."

Der Mann kratzte sich über die Stirn und rieb sich danach kräftig die Nase. Dabei schielte er auf den Fünfziger, den ihm Berthold immer noch hinhielt.

„Ich glaube, ich bin in falschem Kino."

„Film", verbesserte ihn Berthold. „Im falschen Film. Komisch, das geht mir genauso, und das nicht erst seit heute. Aber ich muss mich voll auf Sie verlassen können, äh, Herr ..."

Der Mann nahm den Schein an sich, ergriff Bertholds Hand und schüttelte sie kräftig: „Meißner. Ich heiße Meißner, und Sie können sich auf mich hochprozentig verlassen, Herr Hauptkommissar! Ährensache! Aber Sie wissen, was Sie tun?!"

„Ich hoffe es jedenfalls!"

Die Kollegen von der Spurensicherung waren mit der Durchsuchung wohl nicht fertig geworden und hatten die Haustür mit einem Amtssiegel verschlossen. Als Berthold das beschädigte Siegel entdeckte, wusste er, dass er mit seiner Vermutung richtig lag. Die Jalousien waren komplett geschlossen, man konnte nicht hineinsehen, aber hoffentlich auch nicht hinaus. Er hatte sich zwar sehr vorsichtig Annikens Haus genähert, aber ihm war klar, welcher Gefahr er sich aussetzte, sollte er entdeckt werden.

Leise zog er einen kleinen Metallstift aus der Seitentasche seiner Jeans und führte den Dietrich in das Schloss. Eine kleine Bewegung nach links, ein leichtes Anheben, und die Haustür stand offen.

Berthold blieb einen Moment stehen. Wenn jetzt bloß niemand vorbeikam und sich genötigt sah, ihm guten

Morgen zu wünschen! In diesen Kleinstädten war es eine immer noch weit verbreitete Sitte, jeden zu grüßen, egal ob man sich kannte oder nicht. Eigentlich eine schöne Geste der Höflichkeit, aber im Moment äußerst ungelegen.

Als aus dem Hausinneren keine Geräusche zu vernehmen waren, betrat er den Raum und schloss die Tür vorsichtig wieder. Erneut verharrte er eine Weile reglos und lauschte angestrengt.

Nichts. Doch. Da war etwas.

Berthold presste die Lippen fest aufeinander. Erst als er das Geräusch als tiefe, rasselnde Atemzüge identifizierte, ließ er locker, behielt aber die Schneidezähne auf der Unterlippe.

Peter war hier. Und er schlief.

War wohl erschöpft, ausgebrannt von dem Erlebten, von seiner Flucht und seinem Drogenkonsum. Das Zeug ließ einen erst nicht schlafen, hielt einen gnadenlos am Gipfel fest, stundenlang, manchmal tagelang. Der Körper schrie nach Schlaf und nach Nahrung und Flüssigkeit, konnte aber nicht mehr die entsprechenden Signale absetzen. Das Gehirn registrierte zu viele andere Eindrücke und vergaß die existenziellen Notwendigkeiten. Aber irgendwann kam der nötige Schlaf und führte oft in Zustände, die ohnmachtsgleich alle Sinne ausblendeten, aber selten eine Erholung mit sich brachten. Ganz im Gegenteil. Berthold kannte die Symptome von Speed und wusste, dass Peter jetzt in eine schwierige, deprimierte Phase eintreten würde. Aber nicht allein als Nebenwirkung seiner Drogen, sondern vor allem als Konsequenz seines Lebens.

Kriminalhauptkommissar Hortmann schaute sich kurz in dem Raum um. Er erlaubte sich keine sentimentalen Erinnerungen an Anniken und keine Sehnsucht nach ihr. Er konnte es sich nicht leisten, durfte keinen Fehler mehr machen. Sein Verstand und sein Blick waren geschärft und auf die Suche nach der Waffe gerichtet, die er rechtzeitig zu finden hoffte. Er selbst hatte außer seinen Handschellen nichts dabei. Wieder war er unbewaffnet gekommen, um Peter zu suchen und zu finden.

Vorsichtig näherte sich Berthold dem Geräusch. Schritt für Schritt setzte er einen Fuß vor den anderen. Er tippte erst die Holzdielen an, bevor er sein Gewicht darauf verlagerte. Sein Atem und Puls waren ruhig und gleichmäßig.

Nur einmal knackte es im Holz, aber das waren die Balken, die die Decke stützten.

In Annikens Schlafzimmer fand er ihn. Er lag auf der Seite zusammengerollt auf dem Bett. Vollständig angekleidet. Dieselben Kleidungsstücke, die er auch bei ihrem letzten Zusammentreffen getragen hatte. Sein Körper war Berthold zugewandt. Peter atmete schwer, schnappte manchmal wie ein Fisch nach Luft. Neben ihm lag die Pistole.

Peter furzte laut im Schlaf und zuckte ein wenig mit den Augenlidern.

Berthold vermied eine Zeitlang jede Bewegung. Peters Atemzüge wurden wieder ruhiger. Nur noch ein Schritt und er stand vor ihm. Gut, dass das Fenster keinen Schatten auf ihn warf. Mit einer katzenhaften Bewegung ergriff Berthold die Pistole. Er hatte richtig gesehen, es war eine Beretta. Die 92 FS verschwand hinter seinem Rücken im Hosenbund.

Peter machte es ihm so verdammt leicht. So reibungslos hatte er sich die Sache nicht vorgestellt.

„Aber wer weiß, die Sache ist noch nicht zu Ende", dachte er.

In diesem Moment schnappte die Handschelle um Peters erstes Handgelenk. Bevor der verstand, was vor sich ging, lag auch schon der zweite Metallreif um sein anderes Handgelenk, und ein metallisches Rasseln begleitete das Einrasten.

Berthold trat ein paar Schritte zurück, um einer abwehrenden Bewegung oder einem Tritt ausweichen zu können. Nichts dergleichen. Kein wutentbranntes Geschrei, keine wilden Beschimpfungen. Nichts. Peter öffnete benommen seine Augen. Er brauchte einen Moment, um zu sich zu kommen. Dann richtete er seinen Oberkörper auf und schwang seine Beine über die Bettkante. Sein lockiges Haar hing ihm wirr ins Gesicht, dessen linke Seite einen tiefen Abdruck von den Falten des Kopfkissens aufwies.

„Bertie, warum kommst du jetzt erst?" Weinerlich verzog Peter das Gesicht und verbarg es in seinen gefesselten Händen.

„Komm mit ins Wohnzimmer, Peter."

„Ich wusste, dass du kommst. Hast du mir was mitgebracht, Kippen oder so?"

Berthold blieb in einem sicheren Abstand neben der Tür stehen und ließ seinen ehemaligen Schutzbefohlenen vorgehen. Mit hängenden Schultern und gebeugtem Rücken trottete der an ihm vorbei und ging voraus. Berthold folgte ihm.

„Leg dich auf die Couch, ich mache uns auf die Schnelle einen Espresso. Wir haben ...", mit einem Blick auf seine Armbanduhr fuhr er fort, „noch genau 38 Minuten Zeit, dann geht ein Alarm in unserer Zentrale los und dann kommt der ganz große Bahnhof. Wir können es aber auch hier und jetzt gemeinsam beenden. Nur du und ich."

Berthold drückte auf den grünen Knopf einer Espressomaschine in exklusivem Design. Leise summend setzte ein Mahlprogramm ein, und nach einem kurzen Augenblick und einem dezenten „Flapp" füllte die Maschine den dampfenden Extrakt in zwei bereitgestellte Tässchen.

Peter weinte und schluchzte wie ein kleines Kind. Als er den Kopf hob, lief ihm der Rotz aus der Nase.

„Ich kann doch nichts dafür. Ich ... ich weiß nicht, was mit mir los war."

Mit dem Handrücken und dem Unterarm wischte er sich die Augen und die Nase ab. Die Geste rührte Berthold, aber er zeigte es nicht. Er durfte Peter keine Lücke, keinen Riss in seiner Haltung zeigen. Jeden noch so kleinen Hinweis auf eine Unsicherheit würde Peter für sich nutzen, er würde seine jetzige passive Stimmung ins Schwanken bringen.

„Sag mir, wie es passiert ist."

„Ich kann nicht, ich bin so was von im Arsch, weißt du, wie beschissen ich mich fühle?", jammerte Peter.

„Nein, ich will es mir nicht mal vorstellen."

„Ich brauche was zu rauchen, Annikens Schachtel ist leer. Hier ist kein elender Krümel Dope mehr, verdammte Scheiße."

„Hier!" Berthold warf ihm seine Rothändle und ein Feuerzeug zu. Mit einer fahrigen Bewegung verfehlte Peter beides und kroch auf dem Boden herum. Er blieb dort sitzen und steckte sich mit zitternden Händen eine Zigarette an.

Berthold sah auf die Uhr.

„Beeile dich, wir haben nicht mehr viel Zeit."

„Was hast du mit mir vor?"

„Ich werde dich zuerst ins Untersuchungsgefängnis bringen. Dort werde ich dich einem Haftrichter vorführen und alles Weitere veranlassen. Wenn du mitmachst, dann werde ich alles tun, was in meiner Macht steht, und niemand wird dir zu nahe treten. Du wirst bekommen, was du brauchst, aber auch für alles geradestehen, was du getan hast."

„Mehr fällt dir nicht ein, was du für deinen Oliver tun kannst? Du hast schließlich was gutzumachen"

Peter quengelte. Die Tränen kullerten aus seinen Augen, die den Polizisten Mitleid heischend ansahen.

„Das ist alles, was ich tun kann, und es ist besser als die harte Tour. Suche es dir aus."

„Ich wollte sie nicht töten, so was hatte ich nicht vor, das musst du mir glauben."

Schluchzen, geräuschvolles Nasehochziehen.

„Hast du es allein getan?"

„Ja! Ringo ist in diesem Lokal geblieben und wollte was essen. Der mit seinem verdammten Fraß. Ständig schiebt er was in sich hinein. Frisst und frisst und frisst. Und ich habe den Porsche genommen, um ein bisschen rumzukurven. Scheißteuer, die Karre, aber geil! Da stand sie dann an der Bushaltestelle, die verlogene Sau. Von wegen Ärztin, eine blöde Krankenschwester war sie, eine, die nichts ist und nichts hat. Geheult hat sie wegen ihrer Kündigung."

„Warum seid ihr zum Friedhof gefahren?"

„Sie wollte dahin, weil sie sich dort mit jemandem treffen wollte. Wegen ihrer Entlassung. Meinte, sie hätte ein Ass im Ärmel. Also habe ich sie hingefahren. Dort ist sie ausgestiegen und dann habe ich gehört, wie sie telefoniert hat. Das war ein Lover! Stell dir das doch mal vor! Die Hure. Baggert Ringo an und macht ihn scharf wie einen Rettich. Ich dachte, die Alte steht voll auf unseren Riesenaffen. Aber dann lässt sie sich auch noch von seinem Freund zu ihrem Stecher fahren. Ich habe ihr natürlich gesagt, was ich von ihr halte. Da hat sie mich nur ausgelacht. Die hat Sachen zu mir gesagt ... Berthold, das hat sich bisher keine Fotze getraut. Da wollte ich ihr nur mal ein bisschen Respekt beibringen."

Er hatte den Kopf zwischen die Arme geklemmt,sodass es für Berthold schwer war zu verstehen, was er sagte. Stoßweise kamen die Worte heraus.

„Ich habe sie doch nur festgehalten. Aber dann ... Die hat einfach nicht aufgehört. Da ist was in mir durchgeknallt. Keine Ahnung, auf einmal habe ich meine verhurte Mutter vor mir gesehen und was die immer im Suff von sich gegeben hat."

Er hob den Kopf zu Berthold.

„Ich schwöre dir, die war wie meine Mutter. Die hatte sogar dasselbe Kleid an."

Berthold nickte. Das Foto von Peters Mutter.

Die Frau in seinem Traum hatte es ihm wortlos mitgeteilt und ihn an das Foto in dem alten Rahmen erinnert, das Peter mit seinem Hasen in dem kleinen Koffer mit ins Heim gebracht hatte. Die junge Frau mit blonden Haaren und dem geblümten Sommerkleid.

Peter hatte in der unglückseligen Nacht am Friedhof seine Mutter umgebracht. Martina Gerstenberger musste sterben, weil sie einer fremden Frau ähnlich sah. Auf sie wurde fremde Schuld übertragen, als ihr junges Leben und das ihres ungeborenen Kindes brutal ausgelöscht wurden.

Berthold stürzte das bittere Getränk herunter und verbrannte sich dabei die Zunge.

„Komm, Peter, lass uns gehen. Wir werden viel Zeit haben, darüber zu reden."

Die vereinbarte Besprechung war verschoben worden, weil Berthold noch nicht anwesend war. Als er endlich in seinem Büro auftauchte, sprang Klüber auf.

„Mann, Berthold, wo warst du denn? Deine Alleingänge in der letzten Zeit werden ja wohl hoffentlich nicht zur Gewohnheit!"

Berthold ließ sich schwer auf seinen Schreibtischsessel fallen. „Ich muss mit dir reden."

Und zu Tanja gewandt, die gleich nach Bertholds Erscheinen ihren Kopf zur Tür hereinsteckte, ergänzte er: „Allein!"

Eingeschnappt wollte sie etwas entgegnen, aber als Berthold ein knappes „Raus!" bellte, verschwand sie sofort mit gekränktem Gesicht und schloss die Tür.

„Dass du deine größten Fans immer so vor den Kopf stoßen musst!"

„Hä?" Berthold zündete sich eine Zigarette an und

sah Klüber fragend an. Der riss demonstrativ alle Fenster sperrangelweit auf.

„Schon klar, du hast wieder mal nichts gepeilt. Fräulein Übereifrig will hier nur einem imponieren, und das bist du, Bertie!"

„Vergiss es und hör mir zu. Bevor wir gleich zu den anderen hochgehen, will ich dir als Erstem erzählen, was passiert ist und welche Entscheidung ich heute Morgen getroffen habe."

Klüber sah seinen Kollegen aufmerksam an. Der gewichtige Tonfall Bertholds verhieß nichts Gutes. Klüber zog die Augenbrauen zusammen und versuchte abzulenken.

„Ich habe dir zwei Stück von Simons Geburtstagstorte mitgebracht, warte, ich hole dir ein Stück."

Geschäftig packte er eine Tupperwarebox aus und nahm aus seiner Kaffeetasse den Löffel heraus, an dem außer altem Kaffee auch noch irgendetwas anderes klebte. Kurzentschlossen rammte er ihn wie eine Lanze in ein zu erlegendes Wildtier in das Riesenstück Schwarzwälder Kirschtorte. Währenddessen schwatzte er ohne Unterlass.

„Die Dicke war heute Morgen hier. Ich glaube, sie hat dich vermisst. Tanja und ich waren kein adäquater Ersatz. Trotzdem, oder soll ich sagen, deswegen, war sie diesmal sehr gesprächig. Sie hat schwere Anschuldigungen gegen ihren Chef vorgebracht. Der Gelackte hat kurz nach Martina die Klinik verlassen. Damit ist die Gute jetzt rausgerückt, weil ihr – siehe da – gekündigt wurde ..."

„Ja, ich weiß. Der Arzt ist der Lover von Martina Gerstenberger gewesen und wahrscheinlich auch der Vater des Kindes, nehme ich mal an, aber das ist sein Problem. Ich nehme sogar an, dass er am Tatort gewesen ist, zumindest hat ihn das Opfer dorthinbestellt. Das ist allerdings ein Problem, um das wir uns noch kümmern werden."

Klüber schob seinen Stuhl quer durch den Raum dicht an Berthold heran. Breitbeinig und mit offenem Mund hörte er jetzt doch zu.

„Falls er dort war, gibt es das eine oder andere Haar oder Spuren von Gewebe, die das klären. Aber zu diesem Zeitpunkt war Martina schon tot. Falls er dagewesen ist, ist er in Panik geraten und abgehauen. Aber den wirst du mit etwas Druck weich klopfen, Klüber. So wie du deine

Lieblingszeugin heute früh bestimmt auch fertiggemacht hast, oder?"

„Das ...", Klüber suchte nach den richtigen Worten, „habe ich mir nicht nehmen lassen. Jeder, wie er es verdient. Führt uns die Alte erst an der Nase herum und schützt einen Mann, den sie im Verdacht hat, ihre ach so geliebte Freundin umgebracht zu haben. Nur weil er Arzt ist oder was?"

„Er ist ihr Chef. Da siehst du mal, zu was die Leute heutzutage alles fähig sind, um nicht zum Hartzer zu werden. Da können wir für unseren krisensicheren Job richtig dankbar sein. Die Angst vor Arbeitslosigkeit da draußen muss riesig sein."

„Woher weißt du das alles?"

„Ich lese Zeitung."

„In der Zeitung stand, dass der Arzt der Lover von Martina Gerstenberger war?"

„Nein, Klüber, das weiß ich wiederum von unserem Täter."

„Okay, dann erzähle mir endlich alles, auch deine Entscheidung, obwohl ich jetzt schon weiß, dass mir das nicht gefallen wird."

In der Besprechungsrunde sollten alle aktuellen Informationen ausgetauscht werden. Die Spurensicherung hatte neben Ringos Blutspuren noch weitere am Lenkrad des Porsche feststellen können. Ein Abgleich mit dem Opfer stand noch aus.

Die Peilung nach dem Handy des Opfers hatte ergeben, dass das letzte Signal vom Tatort geortet worden war. Danach gab es keine Verbindung mehr mit einem Sender.

Vollmer hatte bei einer Befragung von einem Wirt in Bad Salzhausen den Hinweis erhalten, dass Dengler und Dahlem an besagtem Abend Gäste in seinem Lokal gewesen waren und dass Peter Dengler bereits nach wenigen Minuten das Lokal wieder verlassen hatte, während Ringo zwei Portionen Hähnchenpfanne à la Toskana verdrückt, zwei große Pils getrunken und dann das Lokal verlassen hatte. Vor der Gaststätte war Dengler in einen schwarzen Porsche gestiegen, der beim Wirt Eindruck geschunden hatte. Deshalb konnte er sich gut an die Gäste erinnern.

Alle Angaben und Ergebnisse deckten sich mit dem,

was Berthold von Peter erfahren hatte. Ab und zu warf er einen Blick auf Tanja. Egal ob Klübers Bemerkung zutraf oder nicht, aber nach diesem Hinweis schätzte er ihr Verhalten vorsichtiger ein. Bevor er endlich von seinen Ermittlungsergebnissen berichten konnte, sah sie ihn aufgeräumt an und begann eifrig von ihren Nachforschungen zu erzählen.

„Ich habe mir gestern Abend diese van Kampen vorgeknöpft. Diese Arroganz könnt ihr euch nicht vorstellen! Die hat mich abgekanzelt, als wäre ich ..."

„Du hast *was*?"

Tanja bewertete Bertholds Frage falsch und fuhr fort. „Sie hat mit ihrem Anwalt gedroht, als ich ihr auf den Kopf zugesagt habe ..."

„Was hattest du dort zu suchen? Verdammt! Diese Frau ist nicht vernehmungsfähig!" Berthold brüllte Tanja an.

Die Kollegin starrte ihn fassungslos und mit offenem Mund an. Vollmer kam voll auf seine Kosten. Mit erhobenem Daumen und einem hämischen Nicken nach rechts und links dokumentierte er seine Zustimmung. Frau Unentbehrlich, wie er sie manchmal nannte, wenn sie nicht gerade im Zimmer war, kriegte endlich eins auf den Deckel. Diese emsige Neue konnte er sowieso nicht ab. Mit ihrem Anspruch, alles besonders gut und richtig zu machen, ging sie ihm tierisch auf den Keks. Endlich legte Berthold mal den angemessenen Gang im Umgang mit der Neuen ein. Vollmers Freude wurde schnell getrübt, als er sah, dass sich ihm die Kollegen nicht anschlossen.

Klüber sagte: „Krieg dich wieder ein, Vollmer!"

Vollmer stand auf, setzte sich aber sofort wieder, als auch Berthold aufstand. Unruhiges Gemurmel setzte ein, das Ausdruck des Unwillens der Kollegen über die Entwicklung ihrer Unterredung war.

Berthold hob beschwichtigend die Hände. „Leute, ich kann euch mitteilen, dass der Fall gelöst ist."

Urplötzlich war es ganz ruhig im Zimmer. Vollmer vergaß sogar, seinen Kaugummi zu bearbeiten. Heute hatte er ein giftgrünes Teil in seinem Mund. Es hing jetzt zwischen seinen Vorderzähnen und bildete einen Blickfang in seinem ansonsten farblosen Outfit. Gespannt lauschte er Bertholds Ausführungen.

„Ich habe heute Morgen im Haus von Frau Kampen

meinen früheren Freund Peter Dengler wegen Totschlags verhaftet. Er sitzt in U-Haft. Sein Geständnis, Frau Gerstenberger getötet zu haben, liegt protokolliert vor."

Mit großen Augen verfolgten alle Anwesenden Berthold, der vor ihnen unruhig auf- und abging. Er klärte sie kurz über seine persönliche Verbindung zu Peter und Ringo auf und berichtete von dem Foto, an das er sich plötzlich wieder erinnert hatte und das ihm das Motiv hinter der Tat hatte erkennen lassen

„Alle Indizien und Hinweise bestätigen die Aussagen von Peter Dengler, und jetzt liegt es nur noch an euch, die ganze Sache wasserdicht zu machen. Alle anderen Einzelheiten bekommt ihr von Klüber, der macht hier für mich weiter. Ich bin raus aus dem Fall."

Kopfschütteln und Stirnrunzeln quittierten Bertholds Ansage. Fragen wurden von allen Seiten gestellt, und der Geräuschpegel schwoll an. Tanja war sehr blass. Sie sagte aber nichts, sondern sah Berthold mit einem durchdringenden Blick an.

„Ich nehme meine Überstunden und meinen alten Urlaub und den neuen auch gleich und dann genehmige ich mir ein Sabbatjahr. Das war es, liebe Kollegen."

Und zu Tanja gewandt: „Dafür, dass du nicht locker lässt, wenn dir etwas nicht koscher vorkommt, muss ich dich loben. Dein Ehrgeiz wird dich sicher noch weit bringen, wenn du lernst, deine Motive zu analysieren und das Persönliche rauszuhalten. Für die Konsequenzen deines Handelns bist nur du allein verantwortlich."

„Das sagt ja genau der Richtige", sprang Vollmer plötzlich unerwartet für Tanja in die Bresche.

„Habe ich mich nicht verantwortlich gezeigt? Habe ich nicht meinen Job gemacht, den Fall geklärt und den Täter geliefert, sogar noch, bevor das Bundesligaspiel anfängt?"

Bevor Vollmer weitere Vorwürfe erheben konnte, drang das Wort „Bundesliga" in sein Bewusstsein und löschte augenblicklich seinen Unmut. Die anderen Kollegen fühlten sich mehr oder weniger von den Ereignissen überrumpelt, doch niemand äußerte sich abwertend. Im Gegenteil, die meisten schienen Verständnis dafür aufzubringen, dass sich Berthold eine Auszeit nahm. Pfitzner und Hegmann gratulierten ihm als Erste zu seinem Erfolg und wünschten ihm viel Glück für die Zukunft. Die Männer klopften ihm freundschaftlich auf die Schultern. Andere schlossen sich an, wieder andere drückten ihr Bedauern über seine künftige Abwesenheit aus, während Klüber mit einer Miene dastand, als hätte Berthold offiziell das Datum seiner Beerdigung mitgeteilt. Schon im Büro hatte er auf eine zutiefst erschütterte Weise reagiert. Berthold hatte ihm klarzumachen versucht, dass er nur für ein Jahr seinem Schreibtisch fernbleiben würde.

„Mann, wir können uns dann öfter privat sehen, als wir das bisher getan haben."

Aber Klüber hatte nur müde abgewinkt. „Das ist nicht dasselbe, Berthold. Wie soll ich denn hier ohne dich klarkommen?"

„Du brauchst mich nicht. Und wenn, ich bin jederzeit erreichbar. Du kannst mit Tanja zusammenarbeiten, dann bist du der Boss."

Selbst diese Aussicht hatte Klübers Miene nicht erhellen können. Aber letztendlich wusste er, dass er sich fügen musste. Wenn Berthold sich etwas in den Kopf gesetzt hatte, zog er es auch durch.

Jetzt begleitete Klüber Berthold bis vor die Tür des Besprechungsraums. „Soll ich dich fahren?"

„Wohin denn?"

„Mann, Berthold, ich bin nicht blöd, sondern dein Partner!"

„Stimmt. Ist aber nicht nötig, Klüber. Wir sehen uns am Montag zum Rapport bei Jensen und der Staatsanwältin. Das wird noch spannend. Ach ja, bevor ich es vergesse, sieh doch mal in deiner Schreibtischschublade nach."

Berthold rannte die Treppen hinunter und winkte seinem Kollegen auf dem ersten Absatz noch einmal zu. Er grinste innerlich, als er sich Klübers Gesicht vorstellte, wenn der den Antrag ausgefüllt und unterzeichnet in seinem Schreibtisch fand. Als letzte Amtshandlung hatte Berthold einen Wagen bei der Sicherstellung reserviert, der garantiert Klübers trübe Stimmung aufhellen würde. Er konnte sich schon vorstellen, wie der Schwerenöter in dem Cabrio durch Friedberg fuhr und aufmerksam Ausschau nach den Bräuten hielt.

Klüber schrie so laut in das Treppenhaus, dass es schallte: „Du kommst spätestens dann zurück, wenn du keine Kippen mehr hast!"

Vor einem kleinen Blumenladen auf der Frankfurter Straße hielt Berthold sein Fahrrad an und lehnte es an einen Begrenzungspfahl.

Als er die Tür öffnete, erklang ein zartes Glockenspiel. In dem Laden hing ein betörender Duft. Die feuchte Luft ließ das Gefühl aufkommen, in eine tropische Atmosphäre getreten zu sein, obwohl es angenehm kühl war. Die überraschend große Auswahl an Blumen irritierte Berthold. So smart, wie er sich als Geschenkeratgeber bei Reitzer gegeben hatte, war er bei Weitem nicht. Wann kaufte er schon mal Blumen für eine Frau? Außer einem Geburtstagsstrauß für Gertrud eigentlich nie, und da war er bestimmt nicht so aufgeregt, wie er es im Moment war.

Aufgeregt und glücklich. Berthold befand sich in Hochstimmung. Er war frei. Frei, frei, frei! Er hatte seine berufliche Pflicht getan, hatte – soweit es in seiner Macht stand – alles für Peter getan und würde sich ab jetzt auch weiterhin um ihn kümmern. Anniken würde das verstehen. Anniken! Jetzt, wo er den Fall abgegeben hatte, konnte er zu ihr gehen und so mit ihr sprechen, wie er es bisher während einer laufenden Ermittlung nicht hatte tun dürfen.

Die Floristin räusperte sich vernehmlich, und Berthold merkte, dass er in Gedanken versunken die Blätter einer weißen, ganz zarten und kleinen Blüte glattgestrichen hatte.

„Oh, Entschuldigung! Ich hätte gern von diesen Blumen hier einen Strauß."

„Von der Angelonia?"

„Ja, keine Ahnung, wie die heißen, aber schön sind sie."

„Botanisch heißt sie Angelonia, im Volksmund Engelsgesicht. Sehen Sie mal, die habe ich auch in Blau hier. Dann wird es farblich ein bisschen lebhafter."

„Nein, nein, lieber nur Weiß, obwohl ..."

Berthold dachte an die vielen blauen Blumen in Annikens Vorgarten. „Doch, Sie haben recht, nehmen Sie auch die blauen dazu."

Engelsgesicht. Wie intuitiv er zu dieser Blume gegriffen und mit ihrem Namen einen Volltreffer gelandet hatte. Mittlerweile wurde er ungeduldig. Er wollte schnell nach Hause radeln, duschen, Murr füttern und sich dann ein Taxi rufen. Vielleicht war Herr Meißner frei, der ihn auch heute in aller Herrgottsfrühe gefahren hatte. Zuverlässig hatte er am vereinbarten Treffpunkt gewartet und keine Fragen gestellt. Er hatte sogar vor dem Untersuchungsgefängnis auf ihn gewartet und ihn auch auf der Rückfahrt in Ruhe gelassen. Ganz sympathisch, der Mann. Ja, den würde er anrufen und sich zu Anniken fahren lassen.

Endlich war der Strauß fertig, und die Blumenverkäuferin präsentierte ihm das Gebinde.

Anerkennend nickte Berthold. „Machen Sie mir jetzt noch einen Strauß mit weißen Lilien?"

Gertrud hatte längst mal wieder einen Blumengruß von ihm verdient. So viel Zeit musste jetzt auch noch sein. Außerdem wollte er eh bei ihr vorbeischauen und ihr sagen, dass er die Getränke für ihr Barbecue heute Abend von einem Händler liefern lassen würde. Zum Einkaufen hatte er bisher keine Zeit gehabt.

Zeit, das war in Zukunft ein Gut, über das er frei verfügen konnte. Herrliche Aussichten. Berthold strahlte und bedankte sich schließlich herzlich, als er seine Blumen entgegennahm.

Als er sein Fahrrad aufschloss, ging ihm auf, dass er ein Transportproblem zu überwinden hatte. Eine Menge Blumen für eine Hand. Eine brauchte er zum Lenken. Da er keinen Gepäckträger hatte, stopfte er einen Strauß in seinen Rucksack und spähte dabei in den Blumenladen, ob die Verkäuferin den Frevel an ihrem Werk beobachtete. Den anderen Strauß hielt er in der linken Hand und fuhr voller Vorfreude auf einen freien, sonnigen Samstag los.

Entwischt! Berthold triumphierte fröhlich, als er von Frau Eberlein unbemerkt im Aufzug verschwand. Um diese Zeit rechnete die gute Frau auch noch nicht mit ihm. Bald würde er sich auch mehr Zeit für das eine oder andere „Treppenhausgebabbel" mit der Nachbarin nehmen.

Laut seufzend landete der Fahrstuhl in der Etage, in der die Greens wohnten. Gertrud war bestimmt zu Hause. Berthold klingelte und nahm das Papier von den Lilien. Sie hatten die Fahrt ganz gut überstanden. Als Gertrud öffnete, stand ein strahlend glücklicher Berthold vor ihr und überreichte ihr ihre Lieblingsblumen. Als sie sich freudig überrascht bedanken wollte, klingelte Bertholds Handy. Unschlüssig stand er einen Moment da und griff dann doch in seinen Rucksack.

Er knurrte. „Wehe, wenn ..."

Ein Blick auf das Display ließ ihn verstummen. Keiner aus der Dienststelle. Er meldete sich, und als sich die Frau am anderen Ende der Leitung mit ihrem Namen meldete, durchfuhr Berthold ein Stromschlag, der in seinem ganzen Körper eine Eiseskälte auslöste. Aus dem Tonfall ihrer Stimme konnte er heraushören, was nicht wahr sein durfte.

„Athanatopoulos. Herr Hortmann. Es tut mir leid, aber ich muss Sie bitten, zu mir zu kommen. Es ist ..."

Berthold wusste seit der ersten Silbe, die sie ausgesprochen hatte, was sie ihm mitteilen wollte.

„Wie ist es passiert?"

In seinem Nacken stachen viele kleine Nadeln in die Haut, überzogen erst den Kopf und dann den ganzen Körper mit Gänsehaut.

„Wollen wir das nicht lieber hier besprechen? Bitte, Herr Kommissar!"

Berthold lehnte sich leichenblass an den Türrahmen und rutschte langsam daran herunter. Gertrud warf die Blumen zur Seite und setzte sich dicht neben ihn. Schützend legte sie einen Arm um die Schulter des Freundes. Aber vor dem, was er jetzt erfahren würde, konnte ihn niemand beschützen. Heiser bellte er in den Hörer:

„Sagen Sie es mir jetzt, ich bin Polizist."

„Ich weiß nicht, wie sie es angestellt hat, aber Frau van Kampen ist auf dem Balkon irgendwie auf den Tisch geklettert und hat sich von dort über das Geländer fallen lassen. Sie war sofort tot."

Tot. Tot. Tot. Tot. Dieses Wort hämmerte sich in Bertholds Bewusstsein und füllte sein ganzes Denken und Fühlen aus. Die Information der Medizinerin erreichten sein Gehör, aber er verstand sie nicht. Nebenwirkung ... Überdosierung ... Depression ... gesteigerter Antrieb ... Alles überflüssige Worte. Was er verstehen musste, war mit drei Buchstaben gesagt.

Berthold legte auf. Er spürte sich nur noch als kraftlose Hauthülle, die nur von Watte als Füllmaterial gehalten wurde. Vorsichtig nahm er Gertruds Hände von seiner Schulter und stand wortlos auf, nahm seinen Rucksack und ging zur Treppe. Sein Körper gehorchte, und er stieg die Stufen zu seiner Wohnung hinunter. Gertrud saß auf dem Boden und sah ihm traurig und hilflos hinterher.

In seiner Wohnung angekommen, griff er nach der einzigen Vase, die er besaß, füllte sie mit Wasser und stellte die Blumen für Anniken hinein. Murr folgte ihm auf Schritt und Tritt und wartete vergeblich auf die übliche Begrüßung.

Berthold steckte sich eine Zigarette an und tastete seine Hose nach dem Feuerzeug ab, das er Peter bei der Taschenkontrolle im Untersuchungsgefängnis abgenommen hatte. Ein schweres, goldenes Feuerzeug, mit schwarzem Chinalack verziert. Er strich über die glatte Oberfläche und die Initialen A. v. K. Er beschloss, es zu behalten. Eine lange Zeit stand er in seiner Küche, starrte auf das teure Utensil und strich immer wieder über die Initialen. Seine Hand zitterte nicht einmal, keine Tränen stiegen in ihm auf, nichts schien ihn zu berühren, nichts zu bewegen, und doch war gerade dieses Nichts eine Tortur, die, wie Berthold ahnte, noch lange anhalten würde.

Etwas zog ihn in sein Wohnzimmer, und wie fremdgesteuert gab er diesem Gefühl nach. Einen Moment sah er sich unschlüssig und hilflos um. Was sollte er jetzt tun? Was konnte er tun, was wollte er überhaupt tun? Sein Blick fiel auf ein Buch, das ganz oben im Bücherregal lag und dort nur auf ihn zu warten schien. Wie viele Jahre hatte es dort sein Dasein gefristet und nur auf den Moment gewartet, bis es wieder seiner Bestimmung zugeführt wurde?

Er stellte die Blumen auf den Nachttisch und setzte sich angezogen auf sein Bett. Vorsichtig hielt er das Buch auf seinen Knien und betrachtete den alten Leinenumschlag mit den abgestoßenen Ecken und Kanten. Oliver Twist. Die Farbe der tief eingeprägten Buchstaben des Titels konnte man kaum noch erkennen. Berthold strich sanft über ihre Konturen, den Augenblick des Wiedersehens auskostend. Schließlich schlug er den Buchdeckel auf und las den handschriftlichen Vermerk auf der Innenseite. Neben der Datumsangabe stand „Für meinen Enkel Gabriel, Deine Großmutter". Georg Hortmann hatte ihm auf seinen Wunsch die alte Schrift Sütterlin beigebracht, damit er das Geheimnis um die Herkunft des Buchs allein lösen konnte.

Berthold ließ die dünnen und rauen Seiten an seinem Daumen vorbeigleiten und hielt sie dann dicht vor die Nase. Er inhalierte den trostspendenden Geruch, den das alte Buch verströmte und den er schon als Kind so geliebt hatte. Holz und Staub vermischten sich zu dem undefinierbaren, schmerzstillenden Aroma, das Vergangenheit und Geschichte in sich trug. Berthold begann zu lesen.

Dankesworte

Mein Mann, der mir Partner und bester Freund ist, hat mir den Rücken freigehalten, damit ich mich voll und ganz konzentrieren konnte. Lieber Klaus, dir gilt mein ganz besonderer Dank.

Dank auch an den Kommissariatsleiter des K10 (Gewaltdelikte) der Regionalen Kriminalinspektion Wetterau in Friedberg, Herrn Kriminalhauptkommissar Klein, der ausführlich alle meine Fragen beantwortet und mir darüber hinaus einen eindrucksvollen Einblick in den Berufsalltag der Kriminalpolizei verschafft hat. Meine Achtung für die herausfordernden Aufgaben eines Polizisten wurde durch diese Gespräche bestätigt.

Meinen Dank auch an seinen Kollegen Herrn Kriminalhauptkommissar Merz vom K32 (Erkennungsdienst), der mir sehr anschaulich die Aufgaben seines Fachgebiets vorgestellt und letztendlich neue Impulse für meinen Roman geliefert hat.

Sollten sich trotz der umfangreichen Recherche Fehler in der Beschreibung der polizeilichen Ermittlungsarbeit finden lassen, bin ich allein dafür verantwortlich.

Ich bedanke mich bei Frau Schulmerich und ihren Mitwirkenden im Cocon-Verlag. Sie hat mir die Hilfestellung zuteilwerden lassen, die eine blutige Anfängerin in Sachen krimineller Schreibenergie nötig hat.

Herr Dr. Richter aus unserem kleinen privaten Literaturkreis war von Anfang an von meinem Projekt überzeugt und hat mich ermutigt, wenn mich die Zweifel gepackt haben. Danke schön!